N'y pense même pas !

DÉJÀ PARUS DU MÊME AUTEUR

DANS LA SÉRIE BLUE HERON

À un détail près
Sans plus attendre
Repartis pour un tour

KRISTAN HIGGINS

N’y pense même pas !

roman

Traduit de l’anglais (États-Unis) par
MARIE LAUZERAL

HarperCollins

Titre original :
IN YOUR DREAMS

HARPERCOLLINS FRANCE
83-85, boulevard Vincent-Auriol, 75646 PARIS CEDEX 13
Tél. : 01 42 16 63 63

www.harpercollins.fr

ISBN 979-1-0339-0068-9

200 HarperCollins
PUBLISHERS
Since 1817

Ce livre est dédié à mon meilleur ami ;
le merveilleux, le généreux, le tout-puissant
Robyn Carr.

Prologue

A l'évidence tout le monde adore Jack Holland. Surtout nous, les femmes.

Mais ce qu'il a accompli cet hiver : un vrai miracle ! Ce n'est pas qu'on ait été étonnés de sa conduite, ça non ! Pour commencer, c'est le fils de John Holland, le seul garçon de la famille, enfin, le seul homme, devrait-on dire à présent. En plus, il a servi dans la marine. Et, comme si cela ne suffisait pas, il est d'une gentillesse exquise. Sans parler de son physique ! De ses yeux bleus… Même Cathy et Louise en discutaient l'autre jour !

Jack est un peu le prince de Manningsport, vu que les Holland, c'est notre famille royale à nous. Il est chef d'exploitation viticole, au domaine familial Blue Heron. Ils ne risquent pas de vendre leurs terres à un promoteur, étant donné le nombre d'enfants impliqués dans l'affaire. Et puis cette façon dont Jack se comporte avec ses trois sœurs, et aussi sa belle-mère ! Un prince, je vous dis ! Ne me branchez pas sur son ex-femme, en revanche. Elle ne mérite même pas d'être un sujet de conversation.

Bon, où en étais-je ? Ah oui, le miracle ! Bien sûr, ce fut un effort collectif. Levi Cooper, le chef de la police, a été fantastique (aucun lien avec Anderson[1], ce n'est pas faute d'avoir demandé). Levi et son adjointe, la petite-

1. Journaliste et animateur de télévision américain né en 1967 (toutes les notes sont de la traductrice).

fille de Luanne Macomb… Comment s'appelle-t-elle, déjà ? Emily ? Emmaline ? Bref, ce sont eux qui ont fait le massage cardiaque. Avec le beau Gerard Chartier aussi.

Mais le plus dur, c'est Jack qui l'a fait.

Ce qui n'a étonné personne.

Ce fut, disons…, eh bien, « excitant » n'est pas le mot qui convient, si ? Disons plutôt assez spectaculaire, sans vouloir manquer de respect à cette malheureuse famille, bien entendu. Il faut dire que, l'hiver, Manningsport, c'est un peu mort, il ne reste personne, à part les gens du coin. Les touristes reviennent au printemps, lorsque les séances de dégustation de vin reprennent. Or ce miracle a attiré toutes sortes de célébrités et des journalistes. Brian Williams a séjourné à l'hôtel Black Swan, figurez-vous. Quel homme charmant ! Et tout le monde a défilé chez O'Rourke lorsque Anderson Cooper s'y est arrêté.

Ce soir-là, notre petite ville et son lac sont devenus le centre du monde et, pour un mois de janvier, ça faisait un peu de distraction. Laney Hugues a même rouvert son magasin de souvenirs pour l'occasion, tant il y avait de visiteurs en ville. Elle en a déballé, des T-shirts Keuka Lake ! Et Lorelei, à la boulangerie Sunrise, avait déjà écoulé son stock dès 8 heures tous les matins de la semaine.

Pardon ? Comment se porte Jack ? Oh ! très bien ! Il est tellement merveilleux ! Un véritable héros. Tout le monde vous le dira.

A quoi bon poser la question ?

1

Rien n'exaltait plus Emmaline Neal que l'idée d'avoir à utiliser son Taser pendant son week-end.

Bon, OK, elle ne s'en était encore jamais servie et elle ne s'en servirait probablement jamais (hélas), mais l'espoir fait vivre. Si effectivement quelqu'un s'était introduit chez les McIntosh, elle se ferait un vrai plaisir de l'appréhender. Barb McIntosh redoutait un violeur, et dans ce cas Emmaline savait précisément dans quelle direction pointer son arme.

Alors, c'est vrai, Barb était accro à la série *New York, unité spéciale*[1] (« Ce Christopher Meloni, quel beau gosse ! »). Mais elle avait tout de même entendu des bruits suspects dans son sous-sol aménagé, alors que son petit-fils, le fameux Bobby le super chelou, n'était pas là.

— Escalier de la cave en vue, souffla Everett Field.

— Oui, je sais, je suis juste derrière toi, Ev, répondit Emmaline. Et tu n'as pas besoin de chuchoter.

— Compris, répondit Everett toujours à voix basse.

Même si Emmaline ne faisait partie de l'équipe que depuis neuf mois et qu'Everett avait plus d'expérience, tous les deux savaient qu'elle était meilleure flic que lui. Ev n'était pas une lumière.

— Vous êtes sûre que Bobby n'est pas là ? demanda Em à Barb derrière elle.

1. Série policière et juridique qui a débuté en 1999 à la télévision américaine.

— Oui, oui. Je lui ai téléphoné et j'ai même gueulé son nom, il m'aurait forcément entendue s'il était là.

— Compris, répondit Ev en posant la main sur l'étui de son arme. Alerte : intrus hostiles.

— Laisse ton arme tranquille, Everett, intima Emmaline. Et d'où sors-tu ce vocabulaire ?

— *Call of Duty.*

— Super. Alors calme-toi, maintenant. On ne tire sur personne.

Au pire un petit coup de Taser, mais seulement en cas de résistance.

Le taux de criminalité à Manningsport, Etat de New York, 715 habitants, petite bourgade au bord du lac Keuka, était plutôt bas. Everett et Em constituaient les deux tiers du personnel policier, le dernier tiers étant représenté par Levi Cooper, leur supérieur hiérarchique. Police de la route, avec de temps en temps un conducteur sous l'emprise de substances dangereuses, vandalisme, stationnement interdit… Rien de plus excitant que cela à espérer dans le coin. Em s'occupait aussi d'un groupe d'adolescents à risques, au nombre de quatre. En été et à l'automne, lorsque les touristes venaient déguster du vin et se baigner dans le lac, l'activité était plus forte, mais en janvier c'était le calme plat. En fait, c'était leur première intervention depuis trois jours.

On entendit un bruit sourd, et Everett poussa un petit cri. Il y avait toutes les chances pour que ce soit juste la chaudière. Ou peut-être un raton laveur. Comme disait toujours Levi, si tu entends un bruit de sabots, il y a plus de probabilités que ce soit un cheval qu'un zèbre.

Ils étaient descendus à la cave : devant eux se trouvait l'appartement de Bobby, et à droite l'autre partie de la cave où étaient la chaudière et le chauffe-eau ainsi que, comme leur avait dit Barb, plusieurs douzaines de bocaux de légumes en conserve qu'elle avait préparés cet été.

Le bruit recommença.

OK, il y avait bien quelque chose.

— C'est sûrement un animal, murmura Em, en décrochant sa Maglite de sa ceinture. L'appartement n'était pas accessible par l'extérieur, donc, si c'était une personne, celle-ci aurait été obligée de passer par la maison. Or Barb fermait toujours à clé (encore une conséquence de son addiction à *New York, unité spéciale*).

Everett posa la main sur la poignée de la porte et regarda Em, qui approuva de la tête. Puis il ouvrit la porte d'un coup tandis qu'elle braquait sa lampe-torche à l'intérieur. Quelque chose bougea, et Ev poussa un cri. Avant qu'elle ait pu l'en empêcher, il saisit son arme et tira.

Bon sang ! La détonation lui cogna les tympans avec violence.

— C'est un chat ! Everett, c'est un chat ! hurla-t-elle. Range ton arme !

Il obéit. A cet instant, une boule de poils noir et blanc se jeta sur lui en sifflant et lui planta les dents dans la cuisse. Minou n'avait pas apprécié qu'on lui tire dessus.

— Agent à terre ! Agent à terre ! s'écria Ev en tapant sur l'animal. Urgence absolue, agent à terre !

— Ferme-la, ordonna Em. Tu l'as bien cherché.

Bien sûr, il avait manqué le chat. C'était un piètre tireur.

Elle attrapa délicatement le chat par la peau du cou et le souleva. Au même instant, Bobby McIntosh, qui était bien chez lui, en fin de compte, saisit Everett par la gorge.

— Qu'est-ce qui t'a pris, de tirer sur mon chat ! hurla-t-il.

— Bobby, lâche-le ! dit Emmaline.

— Mais nous n'avons pas de chat ! s'exclama Barb depuis le haut de l'escalier. Bobby, aurais-tu rapporté un chat chez nous ?

Everett suffoquait, rouge pivoine. Em soupira.

— Lâche-le ou bien il va falloir que j'utilise ceci, dit-elle en détachant son Taser de sa ceinture. Et ça fait mal.

Bobby hésita. Elle leva un sourcil et, avec un soupir, il lâcha enfin son partenaire.

— Merci, Bobby.

Et zut. Il s'en était fallu de presque rien.

— Bobby, que faisais-tu là, en bas ? demanda alors Barb. Je t'ai appelée et tu n'as pas répondu ! Et où es-tu allé chercher ce chat ? Je déteste les chats.

— Moi, je les adore, répliqua Bobby. Je l'ai pris au refuge.

— OK, tout le monde se calme, intervint Emmaline.

Ev avait encore les yeux exorbités.

— Viens, Ev, allons-y. Tu vas devoir faire un rapport pour avoir utilisé ton arme, tu es au courant ?

— Mais je croyais que c'était un violeur, protesta Everett, dont les mains tremblaient.

— Tu t'es trompé, mais tout va bien, maintenant, affirma-elle en lui tapotant le bras. Viens, on rentre au poste.

— Tu as tiré sur un chat ? dit l'inspecteur Cooper, éberlué, quinze minutes plus tard.

— Désolé, répondit Ev, piteux comme un gamin que l'on réprimande.

— Il l'a raté, précisa Emmaline. Le suspect a été très rapide.

À présent que ses tympans avaient cessé de résonner, elle avait du mal à garder son sérieux. Levi lui lança un regard noir.

— Remplis-moi ce rapport, Everett. Nous allons enregistrer cet incident, ce qui signifie que tu alourdis ma charge de travail.

— Désolé, patron, mais euh… Bobby McIntosh m'a agressé.

— Parce que tu as tiré sur son chat.

— C'était de la légitime défense.

— Pas vraiment, corrigea Emmaline. Le chat, lui, était en situation de légitime défense.

Levi réprima un petit sourire.

— Ta mère ne va pas être contente d'apprendre tout ça, Ev.

— C'est vraiment la peine de lui raconter ?

— Vu que c'est la maire de la ville, oui, plutôt.

— Merde, rétorqua Everett avec un soupir. Autre chose, patron ?

— Non. Remplis-moi ce rapport et file.

Everett sortit en fauchant un biscuit sur le bureau de Carol Robinson, la secrétaire récemment embauchée, qui n'avait rien manqué de leur conversation.

— Merci d'avoir empêché Bobby de tuer Everett, dit Levi à Emmaline.

— Moi qui espérais utiliser mon Taser.

— Tu aurais pu, sur Everett, mais je suis content de voir que certains parviennent à garder la tête froide.

Il n'y avait pas de meilleur compliment à attendre de la part de son chef, et Emmaline sentit une certaine fierté l'envahir. D'accord, cette intervention était stupide, mais quand même.

Levi, qu'elle avait connu au lycée, se leva et prit un bouquet de roses enveloppées de papier et d'un ruban blanc. D'un regard, il tenta de la dissuader de tout commentaire.

— Oh ! s'exclama-t-elle alors, des fleurs pour ta petite femme ? Quel gentil nounours tu fais, Levi !

— Remarque déplacée, agent Neal, riposta-t-il en prenant l'air exaspéré. Au fait, à propos de cette formation sur les techniques de négociation de crise, je t'ai inscrite. Tu démarres dans deux semaines.

— Vraiment ! Ah, tu es super ! Je retire toutes mes critiques.

— Très drôle. Bon, je rentre chez moi. On se voit peut-être chez O'Rourke plus tard.

— Peut-être. Dis bonjour à la petite maman de ma part.

Il sourit et sortit de son bureau, puis s'arrêta pour dire quelque chose à Carol avant de partir.

Difficile de ne pas ressentir un peu de jalousie. Levi et Faith étaient mariés depuis un peu plus d'un an et attendaient un bébé. Il semblait que tout le monde se mariait ces temps-ci. Em s'était rendue à trois mariages cet été. En fait, elle-même envisageait de se marier, ne serait-ce que pour le plaisir de déposer une liste.

Pour l'heure, elle allait rentrer, elle aussi. Le bâtiment des services d'urgence où cohabitaient policiers, pompiers et ambulanciers se trouvait à cinq minutes à peu près du centre-ville. Elle passa donc en voiture devant Hastings Farm, puis devant le lycée pour arriver jusqu'au cœur de Manningsport, un îlot de quelques rues autour d'un petit parc, sur la rive du lac Keuka.

Emmaline vivait dans Water Street, à côté de la bibliothèque, et se garait souvent le long du parc, de manière bien visible afin de dissuader toutes les mauvaises intentions de ses voisins, comme celle par exemple de prendre le volant en état d'ivresse. La taverne O'Rourke, seul endroit de la ville ouvert toute l'année, éclairait la rue de sa lumière chaude. Em irait peut-être y dîner plus tard, puisqu'elle n'avait rien prévu de spécial. Mais, avant toute chose, elle rentrait chez elle retrouver son bijou, Sarge, son tout nouveau berger allemand, qui avait besoin de se dégourdir les pattes, même s'il pouvait sortir dans le jardin de derrière par la petite porte aménagée pour lui.

Elle sortit de sa voiture, et son haleine se condensa dans l'air froid et pur.

— Salut, Em ! l'interpella une voix.

Lorelei Buzetta et Gerard Chartier lui firent un signe de la main en entrant chez O'Rourke, et elle leur répondit. Gerard était pompier et infirmier urgentiste. Elle le croisait presque chaque jour au boulot, ainsi que Lorelei, qui tenait la boulangerie et fabriquait des croissants au chocolat à se damner. Ils étaient ensemble depuis quelque temps.

Par les fenêtres, elle aperçut Colleen O'Rourke, désormais Colleen Campbell, en train d'embrasser son charmant mari, Lucas. Il y avait aussi Honor Holland et son mari, l'adorable Tom Barlow, ainsi que Paulie Petrosinsky et Bryce, qui tenaient le refuge pour animaux et lui avaient fourni son chiot deux semaines plus tôt.

Il semblait que tous les couples s'étaient donné rendez-vous chez O'Rourke ce soir.

Du coup, elle allait peut-être rester chez elle. Elle allait regarder des vidéos de prises d'otage sur YouTube avec Sarge, manger des macaronis au fromage Kraft (on ne se moque pas, c'est délicieux). Et peut-être enchaîner des épisodes de *The Walking Dead*. Elle avait également une pile de livres empruntés à la bibliothèque. Et sinon elle pouvait aussi appeler « les Amères larguées », comme se surnommaient les filles du club de lecture, histoire de voir qui était dispo.

Soudain, son week-end lui apparut comme une vaste page blanche. Pas de garde avant lundi, aucun projet si ce n'était un match de hockey dimanche, car elle jouait dans l'équipe municipale. Elle allait faire le ménage et la lessive, et puis… euh… peut-être racheter quelques serviettes, aller au club de tir, oui, ça, c'était sympa, même en solitaire.

Ses pieds s'engourdissaient, il fallait qu'elle bouge au lieu de rester sur cette minuscule pelouse, à contempler l'atmosphère joyeuse du pub.

Pourquoi ne pas aller voir un film à Penn Yan ? Non, c'était à une demi-heure de voiture, et on annonçait de la neige. Le terrible accident avait dissuadé tout le monde de rouler par ce temps.

Juste à ce moment-là, elle aperçut Jack Holland.

Il était devant le pub, à le regarder fixement comme s'il le découvrait. Et si elle allait prendre de ses nouvelles ?

Après tout, ils jouaient au hockey ensemble, et c'était le beau-frère de son patron. En plus, il était volontaire aux services d'urgence, pas un inconnu, donc.

Il ne bougeait pas, apparemment incapable de se décider à entrer.

Em traversa.

— Salut, Jack, dit-elle.

Il ne répondit pas.

— Salut, Jack, répéta-t-elle.

Il sursauta et la regarda.

— Ah, salut, Emmaline, dit-il avec un sourire forcé.

— Comment ça va ?

— Super.

Il avait tellement l'air de l'inverse qu'elle éprouva de la pitié en le voyant échoué là.

Le choix de la métaphore aquatique était malheureux, certes, mais il n'était pas en grande forme, c'était clair.

— Tu entres ? lui demanda-t-il, pour mettre fin au silence.

— Non, je vais chez moi. Je viens de prendre un chiot, un berger allemand, Sarge. Très mignon, mais j'espère juste qu'il n'a pas tout sali dans la maison.

Pourquoi adoptait-elle ce ton ridicule ? Ce qu'il faut savoir, c'est qu'en plus de tout ce qui a déjà été dit sur lui Jack Holland était scandaleusement beau. Genre : « Salut, je descends tout juste du mont Olympe. Et toi, ça va ? » Grand et blond, avec des yeux tellement clairs et parfaits et d'un bleu si pur qu'il vous venait des tas de qualificatifs grotesques : azur, céruléen, marin… De plus, il avait un sourire à tomber, ou à se pâmer, enfin, vous voyez, quoi !

C'est sûr, il rendait les femmes gagas, même celles qui se méfiaient des hommes très très beaux. Et tout le monde, Emmaline comprise, savait à quel point, en plus, c'était un type bien.

— Tout va bien, Jack ?

— Oui, oui ! s'empressa-t-il de répondre. Désolé, juste un peu fatigué. A bientôt, Emma.

Personne ne l'appelait comme ça. Il était plus que probable qu'il ait oublié son prénom. Il ouvrit la porte du pub et fut accueilli par des acclamations : « Jack ! », « Salut, le héros ! » et des applaudissements. La cloche métallique derrière le comptoir retentit : les jumeaux O'Rourke la faisaient tinter pour les grandes occasions.

Pauvre Jack.

Emmaline savait que les gens de Manningsport, et le pays entier, avaient été impressionnés par ce qu'il avait accompli. Elle aussi, d'ailleurs. Après tout, combien de personnes auraient été capables d'un tel exploit ? C'était impressionnant.

Alors pourquoi cette expression sur son visage ?

Enfin, bon, il avait une grande famille et de nombreux amis. Tout le monde aimait beaucoup les Holland. Il était bien entouré.

En aspirant une grande goulée d'air glacé, elle tourna au coin de la rue en direction de chez elle. Elle avait laissé des lampes allumées pour son chiot et fut accueillie par la douce lumière de son petit pavillon.

Elle n'était pas née à Manningsport, mais avait fréquenté le lycée ici et habité chez sa grand-mère dans cette même maison. Nana était morte quatre ans plus tôt, léguant sa maison à Em et sa sœur, Angela, qui vivait en Californie. Pour Em, ce pavillon était plus qu'une simple maison, c'était l'endroit où, adolescente, elle avait trouvé un refuge et une vie normale. Depuis trois ans, elle y était installée pour de bon. Elle avait conservé pas mal de meubles de Nana, en avait aussi acheté, avait donné quelques coups de peinture ici et là, et le résultat était un mélange plaisant d'ancien et de moderne, sans style particulier mais confortable et joyeux, où elle se sentait toujours bien.

Elle ramassa son courrier dans la petite boîte aux lettres de cuivre, ouvrit la porte et se mit à quatre pattes.

— Maman est rentrée ! lança-t-elle.

Une cavalcade empressée et des jappements joyeux se firent aussitôt entendre. Sarge se précipita vers elle, son jouet préféré dans la gueule, un canard en plastique, en guise de cadeau de bienvenue.

Elle le prit dans ses bras et embrassa sa tête pleine de poils.

— Salut, toi !

Elle résista avec peine à l'envie de lui parler comme à un bébé, afin de préserver leur dignité à tous les deux, mais ne put s'empêcher de rire lorsqu'il lui lécha le visage en se tortillant comme une petite otarie.

Elle se leva et tourna sur elle-même pour l'amuser puis le fit sortir avant que, dans l'excitation, il ne fasse pipi partout. Il s'élança dehors, à la poursuite d'une feuille d'arbre dans le petit jardin clôturé.

Elle jeta un œil à son courrier. Il y avait une publicité pour des cookies et des cupcakes en forme de cœur qu'on pouvait d'ores et déjà commander chez Lorelei pour la Saint-Valentin. Direction poubelle, à moins d'avoir envie de s'offrir une petite gâterie (ce qui était le cas, même si son pantalon d'uniforme avait tendance à vouloir l'en dissuader ces derniers temps). Une facture de la compagnie du câble. Une carte postale de sa sœur : *Saluti da Milano !* Ah oui. Sa perfection de sœur était allée en Italie, pour une convention d'astrophysiciens.

Elle retourna la carte :

Salut, sœurette ! J'espère que ça va. Pas encore vu grand-chose de Milan, mais ne désespère pas de me libérer quelques jours après la convention. J'espère te parler très vite ! T'embrasse fort. Angela.

C'était gentil. Sa sœur, de quatre ans sa cadette, était

incroyablement attentionnée. C'était la Fille 2.0, adoptée en Ethiopie lorsque Em était partie au lycée. Le genre de fille dont, même s'ils n'en avaient jamais rien dit, les parents Neal, tous deux titulaires d'un doctorat, rêvaient. Angela était brillante, joyeuse, et d'une beauté saisissante, avec sa peau brune lumineuse et ses yeux immenses et si expressifs. Elle avait même été mannequin pendant ses études. Si Emmaline ne l'aimait pas autant, il lui serait facile de la détester.

Sarge rentra en passant par sa petite porte, un peu de neige posée sur la truffe. Trop mignon ! Elle lui donna son dîner, puis se servit une bière Blue Point. OK, les Finger Lakes étaient connus pour leurs vignobles, mais il y avait aussi des tas de brasseries locales.

Tiens, il restait une lettre par terre dans la cuisine. Elle s'empressa de la ramasser avant que Sarge ne s'en empare. Il adorait manger du papier.

C'était une invitation à un mariage, apparemment : une enveloppe ivoire épaisse, avec une adresse calligraphiée en rouge et un timbre fleuri.

Le cachet de la poste indiquait Malibu, Californie.

Elle sentit ses jambes fléchir et s'assit devant sa petite table de cuisine en émail. Elle ouvrit l'enveloppe, qui en contenait une seconde, sur laquelle était marqué :

Miss Emmaline Neal
accompagnée de la personne de son choix.

Elle ouvrit cette seconde enveloppe.

Naomi Norman et Kevin Bates partagent avec leurs parents la joie et l'honneur de vous inviter à leur cérémonie de mariage.

Sarge lui posa ses pattes sur les genoux, et elle le fit monter sur elle.

— Eh bien, lui dit-elle alors, la bouche sèche. On dirait que mon fiancé va se marier.

2

Samedi après-midi, Jack rentra en voiture de l'hôpital à Blue Heron, la propriété viticole appartenant à sa famille et que celle-ci exploitait. La radio diffusait un débat, mais Jack n'y prêtait guère attention. Il trouvait juste les voix réconfortantes.

Il se dit alors que sa solitude lui pesait ces derniers jours et qu'il ne pouvait pas se satisfaire de la compagnie d'un vieux chat. Il fallait qu'il voie du monde. Mais la veille au soir, chez O'Rourke, cela avait été l'enfer : tous ces gens autour de lui qui lui tapaient dans le dos et lui offraient des bières, lui demandaient de ses nouvelles, des nouvelles de Josh, qui lui répétaient qu'il était sacrément courageux et qu'on n'avait pas fini d'en entendre parler en ville. Tout ça avait provoqué un malaise chez lui.

Pourtant, il avait souri et remercié chacun, certain que tous étaient pleins de bonnes intentions, mais il fallait qu'il retrouve une vie normale ou bien ce serait de plus en plus difficile. Il allait bien. Tout allait bien. Aucun problème.

Il était resté au pub aussi longtemps qu'il avait pu. Colleen O'Rourke, qui était comme sa quatrième sœur, l'avait pris dans ses bras et il avait dû lui rendre la pareille, mais aussitôt rentré chez lui il était resté assis sur son canapé, avec Lazare à côté de lui, pas très câlin mais c'était toujours ça.

Rester en famille, ne rien faire de particulier, voilà ce qu'il voulait. Il aimait sa famille. Il y régnait l'harmonie, enfin, presque toujours.

Même s'il était seul sur cette route de campagne, il mit son clignotant. C'était un conducteur prudent.

Si seulement il avait pu rendre visite à Josh ! Aller le voir quand ses parents n'étaient pas auprès de lui, juste le voir.

Bon sang, il allait devoir s'arrêter.

Un jour, à l'époque où Jack construisait sa maison, un lynx y était entré, attiré par l'odeur de son sandwich, posé sur le chevalet de sciage. Jack l'avait surpris dans la grande pièce, et l'animal, paniqué, avait détalé jusqu'à la baie vitrée et s'était cogné dedans à plusieurs reprises.

C'était exactement ce que faisait son cœur à cet instant précis. Il frappait et cognait contre ses côtes. Jack avait les mains moites sur son volant, mais ça allait. Tout allait bien, il n'avait plus besoin de s'arrêter. Il allait bien.

Il eut l'impression que des centaines de voitures étaient garées devant chez Honor. Avec ses sœurs, Prudence, Honor et Faith, il avait grandi là, dans cette maison bâtie vers 1800. Sa sœur cadette, Honor, y habitait désormais avec Tom, son mari, et Charlie, l'adolescent qu'ils avaient en quelque sorte adopté. Le père de Jack et sa belle-mère, Mme Johnson (techniquement, c'était Mme Holland, mais personne ne l'appelait comme ça), vivaient dans un appartement spacieux au-dessus du garage.

Aujourd'hui avait lieu la petite fête en l'honneur de la naissance prochaine du bébé de Faith.

Le fils de Pru, Ned, s'approcha de lui lorsqu'il descendit de son pick-up.

— Salut, onc' Jack. On est là pour quoi, déjà ?

— Aucune idée, répondit Jack. Par solidarité pour Levi, j'imagine.

Sans hésiter, les hommes de la famille, Jack, son père, son grand-père, ses trois beaux-frères et son neveu non officiel Charlie, se retranchèrent dans la cuisine tandis que des rires féminins fusaient depuis le salon.

— Jack, te voilà ! Du vin ? proposa son père.

— Merci, papa. Salut, Levi, ça roule ?

Levi prit un air douloureux.

— Elles sont en train de parler de tétons infectés, indiqua-t-il en désignant de la tête le salon où étaient accrochées des banderoles bleues.

— Ce n'est pas pour rien qu'on appelle ça une assemblée de sorcières, fit remarquer Jack.

— Levi, viens voir, chéri ! appela Faith. Un désodorisant pour les couches !

— Un désodorisant pour les couches ? Au secours ! commenta Ned. Grandpa, je peux avoir un coup à boire ? D'urgence !

— Tu es sûr que tu as l'âge ?

— Oui. Vite !

— Levi !

— On t'appelle, mon pote, dit Tom en posant la main sur l'épaule de Levi. Faut pas faire attendre sa petite femme.

— Ton tour viendra, marmonna alors Levi. Le bébé, je suis archi pour, mais c'est tout cet attirail qui me rend nerveux.

En soupirant, il regagna le salon afin d'admirer cette merveille désodorisante.

— Un bébé de plus, lança le père de Jack avec satisfaction. Il était temps, pas vrai, Jack ? Un neveu de plus pour toi !

— Espérons qu'il sera aussi cool que Charlie et moi, remarqua Ned.

Jack sourit. Ce vin était bon, remarqua-t-il. Curieusement, il ne se souvenait pas de l'avoir goûté.

Mme Johnson fit irruption, une pile d'assiettes dans les mains.

— Il me semblait bien avoir entendu ta voix, Jackie, mon chéri ! Veux-tu quelque chose à manger ? Tu as maigri.

— Mme J., lui répondit Jack, vous êtes très en beauté aujourd'hui. Comme tous les jours, d'ailleurs.

Il avait dit cela le plus naturellement du monde.

— Oh ! quel menteur tu fais ! dit-elle, ravie, en lui donnant une petite tape sur la tête. Viens vite dire bonjour à ta sœur, et ensuite tu mangeras quelque chose.

Jack se laissa conduire jusqu'au salon où était assise Faith, une assiette de gâteau posée sur son ventre rond, du papier cadeau pastel ainsi que des vêtements minuscules éparpillés tout autour d'elle.

Environ une douzaine de femmes se mirent aussitôt à s'écrier en faisant un bruit de casseroles qu'on aurait jetées dans l'escalier :

« Jack, comment tu vas ? Jack, tu as été extraordinaire ! Jack, grâce au ciel, tu es vivant ! Jack ! Jack ! »

— Mesdames, répondit-il, tandis que le lynx reprenait ses allers-retours dans sa poitrine.

Et il se pencha vers sa sœur pour déposer sur sa tête un baiser convenu.

— Jack ! s'exclama Faith. Merci d'être venu !

— Mais de rien. Tu es laquelle de mes sœurs, déjà ?

— Celle qui est enceinte. La reine.

Il sourit. Et voilà. Tout était normal. Il réagissait normalement à la plaisanterie de sa sœur. Honor lui fit un grand sourire pour lui confirmer que tout allait bien.

— Eh bien, je te souhaite un accouchement plus facile que les miens, déclara alors leur grand-mère. Trois jours de travail, et sans antidouleur à l'époque. A part de l'éther. Et on en mourait même parfois. John ! Où es-tu, mon fils ?

Le père de Jack passa la tête hors de la cuisine, avec l'air de s'excuser.

— Trois jours de travail pour ta naissance.

— Je suis désolé, maman, mais bon…, rétorqua-t-il.

Et il lança à Jack un regard navré.

— Moi, j'ai adoré mes accouchements, intervint Prudence. Ned est sorti tout seul, et pour Abby je n'ai même pas eu le temps d'aller jusqu'à la voiture, elle est née dans la cuisine, par le siège, rien que ça.

— Merci, maman, je suis ravie que tout le monde soit au courant, répliqua Abby.

— Ça explique tout ! s'écria son frère depuis la cuisine.

— Surtout, demande une épisiotomie, Faith, insista une autre femme. Sinon tu vas être déchirée, tu ne sais pas à quel point. Est-ce qu'il y en a ici qui ont eu des points de suture là où je pense ?

Jack connaissait tout ça par cœur. Ses trois sœurs n'avaient pas vraiment de scrupules à partager leurs expériences, comme d'autres partageaient leurs faits d'armes. Sauf que son passage dans la marine à lui s'était limité à rejoindre une unité de recherches à Washington DC.

Cela lui faisait un peu drôle d'être dans la nouvelle maison, qu'on appelait comme ça parce qu'elle était plus récente que la maison d'origine, qui avait brûlé l'an passé. Honor avait conduit les travaux l'été dernier et, même si c'était toujours cet endroit chaleureux et familier où Jack avait grandi, il fallait un peu de temps pour s'y habituer. C'était déconcertant.

Ou alors c'était qu'en ce moment tout était un peu comme ça : pareil mais différent.

Levi vint s'asseoir à côté de lui.

— Non mais je t'assure, tu entends toutes leurs histoires ?

— Bah, j'ai grandi avec trois sœurs. Elles ne peuvent pas se retrouver dans la même pièce sans parler de leurs ovaires et de leurs règles. Et, quand elles étaient ados, tu les aurais entendues jacasser et piailler, c'était terrifiant.

— Pas mécontent d'avoir été en Afghanistan lorsque ma sœur à moi a fait sa puberté, remarqua Levi. J'étais plus en sécurité là-bas.

Il se tut quelques instants.

— Ça va, Jack ?

— Oui, oui.

— Tu dors bien ?

— Pas mal, oui.

Et, à ce mensonge, Jack ajouta qu'il ne fallait pas s'en faire pour lui.

— Non, parce que, même quand elles finissent bien, des histoires pareilles peuvent être un peu… traumatisantes.

— Oui, c'est sûr.

— Si tu as besoin de parler, je suis là.

— Merci, mon pote. C'est sympa.

Le lynx était de nouveau là : boum, boum, boum. Jack se demanda si Levi remarquait la veine de son cou qui se gonflait.

Il se leva au moment où un nouvel éclat de rire secouait l'assemblée.

— Bon, je crois que j'ai eu ma dose d'œstrogènes pour la journée.

Il se tut puis reprit :

— Tu as eu des nouvelles du petit Deiner ?

Levi leva les yeux et répondit :

— Etat stationnaire.

— OK, merci.

Jack essaya de respirer à fond sans y parvenir. Il fit un signe de tête à Levi puis repartit dans la cuisine, où les autres s'étaient mis à jouer au poker.

— Prends-toi une chaise, Jack, dit son grand-père. Tu peux te rajouter.

— J'ai des trucs à faire chez moi, déclara Jack en pressant l'épaule de son grand-père. Papa, il faut qu'on vérifie le pinot demain, d'accord ?

— Si tu le dis, fils, rétorqua son père en lui faisant un sourire que Jack s'efforça de lui rendre.

Jack rejoignit son pick-up. Il faisait presque nuit. Encore un jour de passé. Non que les nuits soient plus faciles, d'ailleurs, au contraire.

Il entendit la porte derrière lui. C'était Tom.

— Attends, vieux, lança-t-il. Je voulais juste te parler un peu. Comment ça va, toi ?

— Ça va, Tom. Merci.

Le mari de sa sœur était un type sympa, comme tous ses beaux-frères, en fait. Ils étaient amis, désormais, même s'il connaissait Tom, d'origine anglaise, depuis moins longtemps que Carl et Levi.

— Si tu as besoin de quoi que ce soit, je suis là, hein ? Et tu es toujours le bienvenu ici, évidemment. Honor espère bien que tu vas venir regarder avec elle une de ces séries médicales dégueulasses, ajouta-t-il avec un gentil sourire.

— Sans faute, répondit Jack, tout en pensant le contraire. Merci, Tom.

Il monta dans son pick-up et s'engagea sur la route.

Les ouvriers de la voirie n'avaient toujours pas réparé la rambarde, et un mémorial improvisé avait surgi là dès la première nuit. Les fleurs étaient fanées, maintenant, et pourrissaient dans leurs emballages de plastique. Un ours en peluche trempé tenant un cœur avait basculé dans la neige.

Ne regarde pas.

Décidément, se disait-il en roulant sur la route sinueuse qui traversait les bois jusqu'à Rose Ridge, il ne voulait pas de toute cette sollicitude et de toute cette attention, ni de toutes ces marques d'amitié. Il voulait ne plus penser. Il voulait que Josh aille mieux. Il voulait une seconde chance.

Il glissa sa clé dans la serrure et se figea devant la porte d'entrée.

Sa maison sentait le parfum.

Des bougies étaient allumées sur la table, et un feu crépitait dans la cheminée.

Une magnifique femme lovée sur le canapé se leva.

— Jack, oh, mon chéri, comment vas-tu ? Je me suis tellement inquiétée.

Merde.

La dernière personne au monde qu'il ait envie de voir.

— Hadley, dit-il avant que son ex-femme ne le prenne dans ses bras.

***

Elle était là parce que *bien sûr* elle avait appris cette histoire par la télévision et était venue aussi vite qu'elle avait pu. Quel exploit incroyable et merveilleux il avait accompli ! Un vrai miracle ! Papa était tellement fier, comme toute la famille, d'ailleurs. C'était tellement Jack de faire…

— Hadley, que fais-tu ici, sérieusement ? l'interrompit-il.

Elle s'installa de nouveau sur le canapé, et s'enveloppa du plaid. Il aurait parié qu'elle avait tout vérifié dans le miroir avant qu'il arrive : *Avec ou sans la couverture ? Faut-il que j'aie l'air perdue et abandonnée ou bien au contraire sûre de moi et forte ? Les cheveux, lâchés ou attachés ?*

Elle sirotait son vin (puisqu'elle ne l'avait pas attendu pour se servir).

— Il fallait que je vienne, dit-elle. Et ne te fais aucun souci. J'ai posé des congés, je peux rester aussi longtemps que nécessaire.

— Nécessaire pour quoi ?

Elle inspira profondément.

— Jack, je sais combien tout ça a dû être difficile pour toi et je sais que nous avons eu des différends…

Il se mit à rire. On pouvait le dire comme ça.

— Mais je veux être là pour toi, pour prendre soin de toi.

Elle marqua une pause puis le regarda droit dans les yeux.

— Me racheter, aussi.

— Nous ne nous sommes pas vus depuis deux ans, Hadley.

— Je sais parfaitement depuis combien de temps nous ne nous sommes pas vus. Et tu n'imagines pas à quel point je regrette ce qui s'est passé entre nous. Mais j'ai beaucoup mûri ces deux dernières années et je veux que tu saches que je ne suis plus la même personne.

Un beau discours, il fallait l'admettre.

— C'est gentil, mais je ne suis plus concerné.

Elle baissa les yeux.

— Evidemment, je ne peux pas t'en vouloir.

Elle avait le don de faire joliment les choses.

— Maintenant, il faut que tu t'en ailles, dit Jack. Merci d'être venue.

— Je comprends, répondit-elle d'une voix sourde.

Elle se leva et replia la couverture.

— Bien, sache en tout cas que je suis descendue dans un hôtel en ville.

— Pourquoi ?

— Parce que, même si tu ne t'en rends pas encore compte, je sais que notre histoire n'est pas terminée. Et je veux t'aider, Jack, vraiment.

— Je n'ai pas besoin d'aide. Mais merci, et bonne chance pour la suite, comme on dit.

— Tu es en colère, et je ne t'en veux pas. Quoi qu'il en soit, je suis ici pour un moment. Du reste, ça me donne l'occasion de me rapprocher de ma sœur.

Ah oui. Frankie Boudreau, la plus jeune des sœurs Boudreau, qui finissait ses études de vétérinaire à Cornell, que Jack connaissait assez bien, et avec qui il lui arrivait de dîner de temps en temps.

— Eh bien, je ne te retiens pas. Bonne nuit, dit-il.

— Très bien. Il faut juste que j'appelle un taxi. Je n'ai pas encore eu le temps de louer une voiture.

Il ferma brièvement les yeux. Il n'y avait pas de taxi de nuit à Manningsport l'hiver. Il faudrait qu'elle attende au moins une demi-heure qu'il en arrive un de Penn Yan.

— Je te ramène. Où es-tu descendue ?

— Au Black Swan. Oh ! merci, Jack ! Tu es un vrai gentleman.

Ses valises étaient à côté de la porte d'entrée. Il y en avait quatre, de quoi rester des mois. Il les attrapa et retourna à sa voiture, suivi par Hadley, qui frissonnait gracieusement. Il lui tint la porte, avec sa courtoisie naturelle.

— Merci, dit-elle avec un sourire doux en grimpant sur le siège passager.

Jack eut soudain l'impression que sa vie venait de prendre un tour compliqué.

3

— Mais qu'est-ce que c'est que ce truc ? demanda Emmaline horrifiée devant le… le machin que lui présentait Shelayne.

— Fais-moi confiance, répondit celle-ci. C'est moche, mais ça marche.

Les Amères larguées avaient embarqué Emmaline pour une virée shopping parce que, oui, elle irait à ce satané mariage. Chaque fois qu'elle y pensait, le tableau d'Edvard Munch *Le Cri* lui venait à l'esprit, mais elle irait.

Ce serait encore pire de rester chez elle, parce que Kevin penserait qu'elle n'avait pas tourné la page et Naomi jubilerait.

Le truc, c'était que lorsque, des années plus tôt, Emmaline et Kevin étaient devenus amis, leurs parents en avaient fait de même, tant ils étaient soulagés de voir enfin leurs enfants sortir de leur isolement. Lorsque les parents d'Em avaient divorcé, dix ans auparavant (tout en continuant à cohabiter, ce qui dans le genre malsain ne pouvait pas être pire), les Bates et les Neal dînaient ensemble chaque troisième samedi du mois. Ils firent un voyage en Alaska ensemble et quelques années plus tard un autre à Paris.

Si bien que les parents d'Emmaline seraient au mariage, tout comme sa sœur, Angela. Et, si elle ne s'y rendait pas, il y avait toutes les chances pour que ses psychologues de géniteurs se mettent à analyser devant qui voudrait les entendre la raison profonde de ce refus, en prétendant qu'elle n'avait pas dépassé son sentiment d'échec et était incapable d'entreprendre ce douloureux voyage pour clore définitivement cette histoire. Sa mère l'avait déjà appelée trois fois cette semaine pour en parler, ce qui avait achevé de la décider.

Allison Whitaker, leader incontesté des Amères larguées, avait sauté sur l'occasion pour les dispenser d'une discussion autour d'un livre que personne n'avait lu et proposer au lieu de ça une descente collective au centre commercial.

De toute façon, ce club de lecture n'avait pas grand-chose à faire de la littérature. En revanche, comme son nom l'indiquait, il fallait avoir été larguée pour en faire partie. Allison, pédiatre originaire du Sud, avait divorcé après que son mari avait entrepris avec passion une collection de bocaux à biscuits anciens, « sans avoir au moins l'honnêteté d'avouer qu'il était gay, comme l'avait fait le si sexy Jeremy Lyon ». Shelayne Schanta, infirmière chef aux urgences, avait été larguée au profit de sa propre tante, tandis que le mari de Jeanette O'Rourke s'était entiché d'une jeunette il y avait de cela quelques années. Grace Knapton, qui dirigeait la troupe de théâtre du coin et mettait en scène le spectacle de l'école, s'était fait arnaquer de cinq mille dollars sur Internet par un Pakistanais qui prétendait être amoureux d'elle et n'avait plus jamais donné signe de vie. Cela dit, Grace n'était pas vraiment amère et riait volontiers de cette histoire, mais elle avait le don de préparer des cocktails (comme son légendaire *sunrise* à la pêche) et des soufflés au fromage, alors on l'avait intégrée.

A l'évidence, le fait de savoir si Emmaline devait se rendre au mariage de celui qui était à l'origine de son intégration dans le club méritait qu'on en discute.

— Tu sais ce que tu devrais faire, d'après moi ? lança Allison avec son superbe accent de Louisiane tout en tripotant un soutien-gorge de dentelle noire. Mettre des laxatifs surpuissants dans leur verre. Je peux te prescrire ce qu'il faut, ma chérie, si tu veux. Ou alors, encore mieux, tu coupes un piment mexicain juste avant la réception, tu te frottes les mains avec et tu t'arranges pour leur toucher les yeux, expliqua-t-elle tout en mimant la chose. Là, c'est le feu de l'enfer assuré !

— Comment veux-tu qu'elle leur touche les yeux ? demanda Shelayne. Cela dit, Em, si tu y arrives, mets-lui plutôt la main au paquet. Là, on rigolerait vraiment ! On a eu un cas comme ça aux urgences, on était mortes de rire, en tout cas, nous, les infirmières.

— Oui, c'est tentant, admit Em, sans parvenir à quitter des yeux cette chose dans les mains de Shelayne. Mais je ne pense pas, non.

— Essaye ça, Emmaline, lui ordonna Jeanette. Je vais peut-être m'en acheter aussi.

— Ça ne suffit pas que j'aie déjà été obligée de m'acheter un maillot de bain ? gémit Em.

— « Maillot de bain obligatoire », dit Grace en gloussant, c'est la première fois que je lis ça sur une invitation de mariage.

— Oui, n'est-ce pas ? répondit Emmaline.

— Suffit, mon petit, on a eu pitié de toi en te laissant acheter un une-pièce. Alors maintenant enfile-moi ça et montre-nous un peu tes nichons !

— Quelle humiliation, protesta Emmaline tout en obtempérant et en disparaissant dans la cabine, son maillot de bain dans une main et dans l'autre les… machins.

Elle fit passer au-dessus de sa tête son sweat-shirt au logo de la police municipale et enleva son jean, puis enfila le maillot, « effet amincissant garanti », Dieu merci. La première fois qu'elle l'avait passé, les filles avaient trouvé qu'il ne mettait pas assez en valeur ses seins. A force de la comprimer et de l'amincir, le tissu magique lui aplatissait autant la poitrine que le ventre.

Et du coup…

Voilà qu'elles avaient déniché ces machins qui avaient

l'apparence de blancs de poulet et dont la mission était de redonner un peu de peps à son décolleté.

Em ouvrit l'emballage et fit la grimace. Ils ressemblaient à des blancs de poulet crus non seulement à la vue mais aussi au toucher. En soupirant, elle souleva son sein gauche et plaça le truc en dessous. Elle sursauta : c'était glacé. Sur l'emballage, on lisait que c'était du silicone, mais du vrai poulet aurait tout aussi bien fait l'affaire et lui aurait coûté moins cher. Elle glissa le second à droite et regarda.

Ma foi, pas si mal, efficaces, en effet.

Elle sortit montrer aux autres.

— Ben voilà ! C'est bien mieux comme ça ! s'exclama Allison.

— Quel effet ça te fait ? s'enquit Grace.

— C'est dégueu. Je les enlève direct, maintenant que vous vous êtes bien amusées.

Un peu plus tard, elles étaient assises à une table au Garden Olive, à siroter des *sunrises* à la pêche qui n'avaient rien à voir avec ceux de Grace, et elle lança :

— Bon, les filles, il faut que quelqu'un m'accompagne à ce mariage. Vous avez une idée ?

— Jack Holland, répondirent-elles toutes en chœur.

— Je vois…, lâcha Em. Il est en promo ou quoi ?

— Non, pas du tout, rétorqua Jeanette, qui travaillait à Blue Heron et était donc experte sur le sujet de la famille Holland. C'est juste le genre de truc qu'il ferait. T'as besoin d'un mec pour t'accompagner ? Tu lui demandes.

— Non mais pas lui, protesta Emmaline.

— Pourquoi ? Il est super beau ! Si j'avais vingt ans de moins… Et puis il a sauvé la vie à tous ces gamins ! Je veux dire : il était déjà craquant avant, mais alors là, dès que je pense à lui, j'en ai des vapeurs !

Grace en était à son troisième cocktail quand elle dit cela, heureusement, elle ne conduisait pas.

— Jack m'a accompagnée au mariage de ma sœur, dit

Shelayne. C'est le cavalier parfait. D'abord, on est toutes d'accord là-dessus, il est craquant, mais en plus il a de la conversation, une eau de toilette merveilleuse, et il se débrouille plutôt bien sur le dance-floor. Et, quand il m'a raccompagnée chez moi, il m'a embrassée sur la joue. Je lui ai bien fait des avances, mais il a décliné. Gentiment, sans me vexer.

— Son ex-femme est revenue, déclara Allison.

Em était déjà au courant car Faith s'était arrêtée au poste de police, sans doute pour que Levi puisse l'embrasser et poser ses mains sur son ventre, ou se livrer à d'autres petits gestes de mari, et elle leur avait annoncé la nouvelle.

— Sa femme ? La princesse sudiste ? La blonde ? s'exclama Grace. Quand on a monté *La Mélodie du bonheur*, je lui ai demandé de prendre le rôle de Liesl, mais elle a été, enfin, vous voyez, quoi…

Elle baissa la voix.

— Enfin, pas sympa, quoi !

Grace était incapable de médire vraiment.

— Elle s'appelle Hadley, dit Jeanette. Et elle est ravissante, oui. Elle est venue à la boutique de Blue Heron l'autre jour. Qu'est-ce qu'elle est élégante !

Emmaline se souvenait de la femme de Jack : une petite blonde, aussi fragile et adorable qu'un bébé lapin. Un jour, elles s'étaient retrouvées à l'épicerie, et Em avait compris que c'était elle à cause de son accent (dans les petites villes, tout se sait). Em avait les bras chargés de sacs de courses, et son bac de Ben & Jerry's menaçait de tomber. Gerard Chartier l'avait vue en difficulté mais, après lui avoir tout juste dit bonjour, il lui avait pratiquement marché sur les pieds pour aller offrir son aide à Hadley, dont le sac ne devait guère contenir qu'une pomme.

— Ça n'a pas traîné, ajouta Jeanette avec jubilation : Honor l'a fusillée du regard, et Hadley a tout de suite compris. Elle s'est littéralement enfuie du magasin.

— Il faut vraiment être folle pour tromper Jack Holland, fit remarquer Allison.

— Si Jack avait un vagin, on pourrait le prendre dans notre club, ajouta Grace.

— On arrête avec les *sunrises*, ordonna Emmaline. Et on en revient à mon problème. Je ne pense pas que Jack soit dispo en ce moment. Il a assez de soucis comme ça.

Et puis il était bien trop beau pour une simple mortelle comme elle.

— Vous ne connaissez pas quelqu'un d'autre ?

— Je vais demander au cousin de Charles, dit Allison. Il doit bien avoir des copains.

Malgré l'épisode des bocaux à biscuits et le divorce, elle parlait quasiment tous les jours avec son ex-mari.

La discussion en vint ensuite à la tenue que porterait Emmaline, et à la question de savoir s'il fallait qu'elle fasse un régime éclair d'ici là, si elle devait se faire une couleur et une nouvelle coupe, ou si au contraire elle devait plutôt agir de sorte que Kevin se sente coupable, en portant une tenue négligée et en ne se lavant pas les cheveux pendant une semaine.

— Non, non, protesta Jeanette. Il faut que tu sois encore plus belle que d'habitude.

Et elle ajouta en lançant un regard de défi à Em :

— Tu veux que je t'envoie ma fille ? Elle s'y connaît.

A une époque, Colleen faisait des apparitions aux réunions du club, mais elle était revenue avec l'homme qui l'avait larguée, et l'amour et les hormones lui donnaient un teint de rose, du coup, elles avaient fini par l'exclure.

— Vous savez quoi ? dit Emmaline. Je crois que je vais y aller seule et que je resterai avec ma famille.

Elle s'interrompit pour visualiser mentalement la scène.

— Non, en fait, si l'une de vous me trouve un type qui accepte de prendre l'avion pour la Californie, je lui supprime toutes ses amendes de stationnement.

***

Si bien que, deux soirs plus tard, après avoir embrassé Sarge sept fois de suite, s'être assurée qu'il avait bien son canard en plastique avec lui, elle se rendit chez O'Rourke, pour y faire la connaissance de l'ami du cousin de l'ex-mari d'Allison, Mason Maynard.

Selon Allison, et la rapide vérification qu'avait faite Emmaline, Mason travaillait (un bon point) dans le marketing et ne vivait plus chez sa mère (un autre bon point). Jamais marié, quarante et un ans, plutôt beau garçon, sans que cela fasse peur.

— Il aime les chiens, les restaus et le cinéma français, avait dit Allison.

Emmaline avait tiqué.

— Attends, le cinéma ? Ou juste les films ? Je suis inquiète.

— C'est pour se donner un genre, Em. Bon, il faut que j'y aille. Je suis en pleine conversation érotique avec un type sur Internet.

— Mais c'est comme ça que les *serial killers*… ! Allison ? Allô ?

Elle avait raccroché.

Malgré tout, Allison l'avait convaincue. Elle consentirait à s'intéresser au cinéma français, voire à regarder un film ou deux, si le type était assez gentil pour l'accompagner à ce satané mariage.

Em prit une grande inspiration et entra dans le bar, chaleureux et tranquille ce soir-là, où quelques lumières douces diffusaient juste assez de clarté pour rendre l'atmosphère flatteuse. Les habitués étaient là : les Iskin, Bryce et Paulie, Jessica Dunn, et le gros Frankie Pepitone. Lucas souriait à sa femme, qui secouait un shaker de martini.

— Salut, Emmaline, dit Bryce. Comment va Sarge ?

— Super bien, Bryce. Je ne te remercierai jamais assez.

— Tu parles ! Tout ce que je veux, c'est qu'il soit heureux.

— Salut, ma grande, tu veux t'asseoir au bar ? fit Colleen.

— Je vais m'installer sur une banquette, plutôt. J'attends quelqu'un, répondit-elle avec une grimace.

— Rendez-vous avec un inconnu ?

Ces histoires rendaient Colleen hystérique, tout le monde le savait.

— Tu cherches quelqu'un, Em ? Pourquoi tu ne me l'as pas dit ? Je suis vexée.

Colleen avait de nombreuses qualités, mais la discrétion n'en faisait pas partie.

— Je ne cherche personne. J'ai juste besoin qu'on m'accompagne à un mariage, expliqua Emmaline en ôtant sa parka et en la suspendant au portemanteau.

— Tu as demandé à Jack Holland ? Il est toujours partant pour ce genre de truc, à part avec moi, maintenant que j'y pense.

— C'est que tu es mariée, maintenant.

— C'est vrai. Mais, si tu as besoin d'un cavalier, demande à Jack. Il adore les femmes en détresse.

— Il a assez de soucis comme ça, en ce moment, je pense.

Colleen approuva.

— Il a l'air fatigué, le pauvre.

Elle tendit un menu à Emmaline.

— Qui est-ce qui se marie ?

— Mon ex-fiancé.

— Ah, la vache ! OK, là, il nous faut quelqu'un de super beau. C'est quand et où, ce mariage ?

— Dans dix jours. A Malibu.

Em avait passé les deux premières semaines depuis l'invitation à tergiverser : oui ou non, allait-elle à ce mariage ? Oui ou non, se faisait-elle accompagner ? Oui ou non, n'allait-elle pas plutôt vivre en Alaska avec un pêcheur de crabes ?

— Est-ce que par hasard ce serait le mariage de Naomi Norman ? lui demanda Colleen avec un drôle d'air.

— Oui, comment le sais-tu ?

— J'y vais aussi. On était ensemble à la fac, Naomi et moi, dans la même asso.

— Ah, OK. Eh bien, c'est elle qui m'a piqué mon fiancé, il y a quelques années.

Autant ne pas faire de mystères.

— Non ! Eh bien, tu vois, je ne l'ai jamais vraiment beaucoup aimée. Je pense qu'elle m'a demandé d'être sa demoiselle d'honneur parce qu'elle n'a pas d'autre amie.

— Tu es sa demoiselle d'honneur ?

— Désolée, répondit Colleen avec une grimace. J'ai dit oui parce que j'ai pensé que ce serait sympa de quitter un peu la neige et le froid avec mon mari tant que je ne suis pas encore trop enceinte pour voyager. On ira se balader dans le coin. La station a l'air super.

— C'est sûr.

— Alors, comme ça, tu vois quelqu'un ce soir ? On ne sait jamais, il est peut-être très bien. Enfin, bon, c'est peu probable, mais soyons optimistes. Mais attends, j'y pense, ajouta-t-elle en se tapant le front, tu pourrais y aller avec Connor ! Ma grossesse me ramollit le cerveau, j'oublie tout, même mon frère jumeau. Connor ! appela-t-elle alors en direction de la cuisine. Il faut que tu ailles à un mariage en Californie avec Emmaline Neal !

— Pas question ! répliqua une voix forte. Désolé, Em.

— Pas de problème, dit Em, dont les joues avaient pris feu.

— Mais si ! insista Colleen. C'est son ex-fiancé qui se marie.

Pourquoi n'allait-elle pas raconter ses déboires amoureux dans toute la ville, tant qu'elle y était ? Cela dit, c'était dommage, parce que Connor était sympa et séduisant, et du genre viril bourru.

— Arrête de vouloir me vendre à tout le monde, dit-il en sortant la tête de la cuisine.

— D'accord, mais t'es vraiment naze.

En se tournant vers Em, elle demanda :

— Tu veux boire quelque chose ?

— Et comment ! Une Blue Point à la pression.

— Pourquoi pas un verre de pinot noir ? suggéra Colleen. Ça renverrait une meilleure image de toi, sensuelle mais pas narcissique, et pas non plus trop masculine.

— Je m'en tiendrai à la bière, va. Je ne suis pas lesbienne, tu sais, ajouta Em.

— Je le sais, mais tu en as juste l'air.

Em soupira.

— Super !

— Lâche tes cheveux. C'est joli, dit Colleen en se penchant pour retirer la barrette qui retenait les cheveux d'Emmaline. Voilà. Bien plus hétéro. Et je suis la pro du maquillage. Je peux m'en occuper tout de suite.

— Non, merci. Tu as sûrement des choses à faire.

— Message reçu. En tout cas, je l'aurai à l'œil, ton gars.

Colleen sourit puis s'éclipsa.

Em était immensément soulagée car, malgré son manque de délicatesse, Colleen compterait parmi ses alliés au mariage, tout comme Lucas et Angela. Quant à ses parents, on verrait bien. Tout dépendrait de leur humeur du jour.

Hannah O'Rourke lui apporta sa bière, et Em but une gorgée, tout en faisant un petit signe du menton à la brigade des pompiers de Manningsport, réunie en assemblée hebdomadaire pour jouer au poker et raconter des blagues salaces.

Bon. Qu'était-elle censée faire, maintenant ? Elle n'avait quasiment jamais eu de rendez-vous avec des hommes depuis sa rupture. Elle en avait eu… disons… deux.

Il lui avait fallu du temps pour se remettre de sa séparation d'avec Kevin, le seul homme avec qui elle soit jamais sortie, avec qui elle ait jamais couché, qu'elle ait même jamais embrassé ou à qui elle ait jamais tenu la main. Et les deux rendez-vous par la suite avaient été plutôt calamiteux. Un des deux types avait dû se rendre à l'hôpital à cause de calculs rénaux et, alors qu'Emmaline était prête à patienter avec lui, il lui avait enjoint de partir avant qu'arrive sa femme. Le second lui avait proposé de passer le prendre, puis l'avait invitée à entrer chez lui, s'était affalé sur le canapé, avait sorti sa pipe à eau et lui avait demandé si ça lui disait de se défoncer en regardant *Bob l'éponge*. « Vous avez le droit de réclamer la présence d'un avocat », lui avait-elle dit alors. Et la soirée s'était soldée par son arrestation.

Il fallait reconnaître aussi que les hommes ne se bousculaient pas devant sa porte. Elle avait lu tous les livres où l'on apprend à passer pour une idiote pour laisser l'homme faire tout le boulot, à être féminine et inaccessible et tout le reste. Elle était plus que disposée à essayer, mais voilà, personne ou presque ne la sollicitait.

Elle comprenait. Elle était agent de police, jouait au hockey et n'avait pas sa langue dans sa poche. Pas moche, mais pas belle à tomber non plus, rien à voir avec Colleen ou Faith. Des cheveux bruns aux épaules, des yeux bleus qui n'étaient ni saphir, ni aigue-marine, ni cobalt, ni turquoise, ni céruléens. Juste bleu normal. Un corps qui n'avait rien d'extraordinaire non plus. Elle était en forme car elle courait et faisait du kick boxing de temps en temps. Mais elle avait aussi mangé un gâteau à la noix de coco en entier pas plus tard que la veille au soir.

En la quittant, Kevin avait mentionné son poids.

Elle soupira. Mason Maynard avait quarante-sept secondes de retard.

Dans son mail, elle avait été claire : elle cherchait quelqu'un pour l'accompagner à un mariage, rien de plus.

Naturellement, elle prendrait en charge les frais d'avion et d'hôtel pour le week-end. Elle ne voulait rien d'autre qu'un compagnon agréable, quelqu'un avec qui parler et à côté de qui s'asseoir et qui, si on l'interrogeait, se contenterait de dire qu'ils étaient amis.

Par le passé, il lui était arrivé de se rendre seule à un mariage, bien sûr. Mais c'étaient des mariages de gens sympas : Tom Barlow et Honor Holland, ou Faith et Levi l'année dernière.

Elle regarda de nouveau sa montre. L'ami du cousin de l'ex-mari d'Allison avait maintenant trois minutes et quarante secondes de retard. Elle but une petite gorgée de bière, mais pas plus parce qu'elle ne voulait pas qu'il croie qu'elle l'attendait depuis trop longtemps ni qu'elle était du genre à boire comme un trou.

Il serait peut-être adorable, avait peut-être, à quarante et un ans, connu une histoire d'amour malheureuse lui aussi et comprendrait parfaitement qu'elle ait besoin d'être accompagnée. Au mariage, il se montrerait peut-être charmant et spirituel. Peut-être qu'en rentrant à Manningsport il lui dirait : « J'ai passé un super week-end. Ça te dirait qu'on dîne ensemble un de ces soirs ? »

Parce que, oui, Emmaline avait toujours voulu se marier.

Voilà ce qui arrive lorsqu'on rencontre l'amour de sa vie en quatrième.

— Emmaline ?

Elle leva la tête si brusquement qu'elle manqua se démettre une vertèbre.

— Ah ! Bonjour ! Euh, oui, c'est moi !

Mason Maynard était mieux en vrai que sur sa photo. Beaucoup mieux.

Là, c'était vraiment une situation qu'on ne voyait pas tous les jours. On aurait dit Michael Fassbender. Sur tous les plans, heureusement.

— Enchanté, dit-il avec un petit sourire.

Emmaline sentit une boule se loger dans son ventre et un sourire idiot naître sur son visage.

Il avait de beaux yeux sombres et les cheveux grisonnants et avait un air de… de mari. Mais il ne fallait pas s'emballer.

— Moi de même, balbutia-t-elle.

Il sourit de nouveau, de son sourire de mari potentiel.

— Je te présente ma sœur, annonça-t-il alors en faisant un pas de côté.

Une femme mince, aux cheveux grisonnants aussi, se tenait là, le visage hostile et sombre.

— Patricia, je te présente Emmaline.

— Bonjour, dit celle-ci d'une voix morne.

— Salut, répondit Em.

Mais qu'est-ce que… ?

Mais non, allons, ça ne voulait rien dire. Ce n'était pas si bizarre, après tout, qu'un type se ramène à un rendez-vous accompagné de sa sœur, si ?

En fait, si, c'était flippant. Mais il y avait peut-être une bonne raison. Peut-être que sa voiture était tombée en panne, ou qu'elle avait débarqué chez lui sans prévenir, ou, à en juger par sa mine, qu'on ne pouvait pas la laisser seule.

— Elle voulait faire ta connaissance, confia Mason avec un clin d'œil.

— Ah oui, bien sûr. C'est super.

Colleen s'approcha.

— Bonjour, qu'est-ce que je vous sers ? demanda-t-elle d'un ton enjoué.

— Pour moi, une vodka tonic, déclara Mason. Et pour ma sœur ce sera un verre d'eau avec une rondelle de citron très très fine, s'il vous plaît.

— Ça marche, dit Colleen en lançant un regard appuyé à Em. Vous mangerez quelque chose ?

— Non, merci, rien du tout, fit Mason en s'asseyant à côté de sa sœur.

Emmaline hésitait. D'un côté, la situation était plus qu'étrange, de l'autre, elle mourait de faim.

— Je prendrai les *nachos*, dit-elle, en assumant son solide appétit.

Patricia s'enfonça un peu plus dans sa chaise.

— On partage, si vous voulez, proposa Em.

Mason sourit. Em lui rendit son sourire. Patricia ne réagit pas.

— Bon, eh bien, c'est super, de vous rencontrer tous les deux, affirma Em.

— J'ai un peu de mal à me retrouver seul avec une femme, expliqua Mason d'une voix douce.

— Alors je l'accompagne partout, à chaque fois, ajouta Patricia.

— Ah.

Dieu du ciel, où caches-tu les gens normaux ? Merci de ta réponse. Emmaline.

Mason se mit à rire.

— Non, elle exagère.

— Mais si, c'est vrai, insista Patricia.

— Non, vraiment, elle exagère. Elle ne vient qu'au premier rendez-vous. Je comprends qu'on puisse trouver ça bizarre, concéda-t-il.

— C'est la faute de notre mère, indiqua Patricia.

— Ce n'est pas le moment de parler de ça, dit Mason.

— Tu devrais lui en parler, Mase, s'exclama Patricia. Ce n'est jamais bon de mettre le couvercle sur les secrets de famille. C'est même dangereux ! Très dangereux !

A ce stade de la conversation, les pompiers étaient tout ouïe. C'était le genre de sujet qu'ils adoraient.

— Il a raison. Certains sujets sont trop personnels pour qu'on en parle à des inconnus.

— Il a du mal à distinguer la limite, s'empressa de dire Patricia.

— Elle aussi. La limite entre la sphère privée et la sphère publique est moins nette dans une communauté.

— Pardon ? Une communauté ? demanda Em.

— Et puis il y a les chats. Oh ! mon Dieu ! marmonna Patricia en frissonnant.

— Tellement de chats, insista Mason d'une voix brisée, avant d'inspirer profondément puis de tenter de sourire à Emmaline, qui s'efforça d'en faire autant.

— Je préfère les chiens, personnellement, déclara-t-elle.

— Merci, dit Mason en allongeant le bras pour lui prendre la main.

La scène était quelque peu gênante, sachant qu'il la regardait dans les yeux avec intensité et que dans le même temps sa sœur tentait d'extraire quelque chose d'une de ses molaires.

— Tu es gentille, lança-t-il. Alors, ce mariage. Un événement pénible pour toi, je dois dire.

— Oui, mais tu sais quoi ? Je pense que je vais y aller toute seule. Ça va aller. Merci, en tout cas.

— Tu disais dans ton mail que c'était ton premier amour, c'est ça ?

Merde. Qu'est-ce qui lui avait pris de raconter ça ?

— Oui.

Tout en terminant de curer sa molaire, Patricia reprit la parole.

— Mase, raconte-lui ton premier amour à toi, vas-y.

— Tu n'es pas obligé, répliqua Em. Vraiment pas.

— Si, si. J'aimerais beaucoup. C'est une très belle histoire.

Il ne lui avait pas lâché la main.

— Elle s'appelait Lisbeth. Elle était tellement, tellement jolie. C'était une amie de ma grand-mère.

— C'est la faute de la communauté, Mase. On aurait dû en partir bien avant, l'interrompit sa sœur.

— Comme je te disais, poursuivit Mason, Lisbeth était

une femme magnifique. Alors oui, bien sûr, un peu mûre pour un garçon de dix-sept ans, mais…

— Elle avait soixante-quatorze ans, expliqua Patricia en soulevant ses sourcils broussailleux en direction d'Emmaline. Soixante-quatorze.

— Et voilà les *nachos* ! annonça Colleen en posant sur la table un plat gargantuesque.

Pourquoi Em avait-elle commandé un truc pareil ? Maintenant, elle était obligée de faire au moins semblant de manger.

Mais, au fait, elle était dans la police ! Elle pouvait trouver n'importe quelle excuse !

— Vous savez quoi ? Je suis d'astreinte au poste ce soir, j'ai oublié de vous le dire. Il faut que j'y aille, au cas où. Je suis agent de police, Patricia, et nous sommes très peu nombreux.

— Mais non, c'est Levi qui est d'astreinte ce soir, corrigea Colleen.

Cher Dieu, si tu pouvais te bouger un peu là-haut… Merci d'avance. Em.

— Non, c'est moi, affirma-t-elle en fusillant Colleen du regard.

— Non, non, je suis sûre que non. Faith est passée dîner ici parce qu'il était au poste. Donc tu es libre… Oups !

A cet instant, on aurait dit qu'elle venait de percer le dernier canot de sauvetage du *Titanic*.

— Euh, désolée…

— Non, c'est cool ! Je croyais que c'était moi, mais si tu le dis. Parfait ! C'est parfait !

— Mange ton dîner, dit Mason avec son large sourire de mec sympa.

Vraiment flippant.

— Vas-y tant que c'est chaud. Dans la communauté, nous ne prenons plus de repas chauds, d'ailleurs, ça me manque, reprit-il.

— Ah, mais tu veux goûter ? Je t'en prie, sers-toi.

Non, par pitié, ne te sers pas.

— Nous sommes végétariens, révéla alors Patricia en prenant un *nacho* pour l'examiner. Même s'il m'arrive de temps à autre de commander du jambon. Est-ce que tu connais le mot français « jambon[1] » ? Il est fascinant, je trouve : jambon. Jambon. Jambon.

— Pour en revenir à Lisbeth, dit Mason, c'était mon âme sœur. C'était tellement rafraîchissant de ne pas avoir à jouer un personnage, et de ne pas être aveuglé par l'image traditionnelle de la beauté. D'ailleurs, c'est ce qui me fait penser que toi et moi, cela peut marcher.

— Ah. Merci.

— Je t'en prie. Du coup, son âge n'était pas un problème. Tu comprends, dans la communauté, l'âge n'avait aucune importance.

— Ah bon ? demanda Em en attrapant un *nacho*. Et comment ça s'est terminé, vous deux ?

— Elle est morte ! s'écria-t-il. Lisbeth est morte, elle est tombée d'un coup en désherbant les plants de basilic.

Il éclata en sanglots.

— Je n'ai rien vu venir.

— Oh ! Mase, dit alors sa sœur en passant ses bras autour de son cou. Ne pleure pas.

Mais apparemment les larmes de son frère lui étaient insupportables, car elle se mit elle aussi à sangloter.

Emmaline regarda en direction du bar. Colleen était secouée d'un fou rire, une main sur les yeux.

— Coll ? Tu m'emballerais les *nachos* pour que je les emporte, s'il te plaît ?

1. En français dans le texte.

4

Jack savait que, lorsque Hadley voulait quelque chose, rien ne la faisait renoncer. Ni l'opinion des autres ni le bon sens, rien. Et, là, ce qu'elle voulait, c'était lui.

Ce qui était absolument vain.

— Se marier vite, c'est se repentir longtemps après, lui avait dit sa grand-mère quand il lui avait annoncé son mariage.

— Qu'y a-t-il de mal à rester célibataire ? avait lancé son grand-père. Moi, ça fait soixante ans que je me demande pourquoi je ne le suis pas resté !

— Appelle ton avocat, avait répliqué Goggy. Je divorce quand tu veux !

Avec le recul, ils avaient raison tous les deux.

Mais Jack avait eu le coup de foudre, et Hadley Boudreau était différente de toutes les femmes qu'il avait connues.

Elle avait une voix douce, était drôle et intelligente, et, même s'il risquait de se faire trucider par ses sœurs en disant cela, ses manières étaient incomparables à celles des femmes du Nord, ou du moins des femmes de la famille Holland. Pru s'habillait comme un homme et sentait la poussière et le raisin, tout comme leur père, et se faisait un plaisir, depuis plusieurs dizaines d'années, de torturer Jack avec des récits sanglants et détaillés à propos de ses règles ou de ses kystes aux ovaires. Honor était brusque et peu sentimentale. Faith, la plus jeune, aimait encore se bagarrer avec lui, à presque trente ans.

Alors que Hadley était… comment dire ? Raffinée. Une

fille du Sud, quoi. C'était, qu'on le veuille ou non, une dame, espèce qui n'existait pas dans la région agricole de l'ouest de New York. Mais Jack courait à une mort lente et atrocement cruelle si ses sœurs (et même sa grand-mère) l'entendaient parler ainsi, ce qui prouvait bien qu'il avait raison.

Hadley avait aussi une certaine fragilité. C'était une petite chose d'à peine un mètre soixante, à la silhouette délicate, aux cheveux blonds et soyeux, aux grands yeux bruns, avec un sourire qui illuminait toute la pièce. Cela dit, elle ne manquait pas d'un solide sens de l'humour à l'occasion, ce qui l'empêchait d'être mièvre.

Ils s'étaient rencontrés lors d'une dégustation dans un restaurant chic et bruyant de Wall Street, fréquenté par des femmes maigres ultra-branchées et des hommes sûrs d'eux qui parlaient fort, se jetaient avec agressivité sur les hors-d'œuvre et rivalisaient à coups de récits de leurs succès de la semaine. C'était un des meilleurs clients de Blue Heron à Manhattan, et les patrons étaient sympas.

En général, Honor se chargeait de ces choses-là, mais elle avait demandé à Jack de la remplacer, ce qu'il avait fait avec plaisir. Ces dégustations, tout comme les opérations de RP auprès des restaurateurs, faisaient partie de leur travail. Avant de rejoindre l'entreprise familiale, Jack avait intégré le centre de formation des officiers de réserve de la marine le temps de ses études. Après avoir obtenu son master en chimie (parce que c'était de chimie qu'il s'agissait dans la fabrication du vin), il avait effectué son service dans la marine au sein d'un laboratoire du côté de Washington DC, à étudier les effets potentiels et le traitement de la contamination chimique en mer. A son retour à Manningsport, il avait rejoint son père et son grand-père comme vigneron.

Il n'avait jamais eu d'autre ambition que celle-ci : études, service militaire puis retour sur la propriété familiale. Et tout s'était passé comme prévu. Il adorait sa famille, adorait faire du vin, adorait cette région à l'ouest de New York. Son succès énorme auprès du beau sexe avait fini par le lasser, et il aspirait à se caser et fonder une famille.

Il ne lui manquait plus que de rencontrer la femme idéale et, étant donné qu'il connaissait à peu près tout le monde à Manningsport, il était quasiment certain qu'il la trouverait ailleurs. Il avait vécu deux chagrins d'amour, le premier pendant ses études, le second auprès d'une assistante parlementaire, mais depuis n'avait jamais rien connu de sérieux.

Ce fameux soir, donc, Jack servait du vin dont il commentait les particularités à ceux qui étaient intéressés. Aux yeux de ces hommes de Wall Street, Jack n'était guère qu'un barman, même si la façon dont la gent féminine le regardait les inquiétait un peu et les encourageait à l'ignorer plus encore. Cela ne lui posait pas de problème. Il n'était là que pour le travail.

De toute façon, ces femmes n'étaient pas son genre. Elles étaient toutes vêtues de robes noires, strictes et austères, et portaient des bijoux compliqués. Ce devait être la mode cette année, car elles se ressemblaient toutes, mis à part quelques variations de couleur de peau, de cheveux ou d'yeux.

— Alors, dites-moi ce que je suis en train de boire, lui demanda l'une de ces femmes clones tout en se penchant pour lui faire admirer son décolleté (lequel présentait ses seins aussi généreusement que sur un plateau grâce à un soutien-gorge extraordinairement alambiqué).

— C'est du sauvignon blanc, expliqua-t-il, avec des notes de mandarine et d'abricot et une magnifique touche de calcaire.

— Mmm, commenta-t-elle tout en promenant un regard appréciatif sur lui.

— L'équilibre est parfait, et il est long en bouche. Idéal sur une volaille ou un poisson.

— Ça vous dirait de venir chez moi quand vous aurez fini ? lui demanda-t-elle. Je me présente, Renée, associée chez Goldman.

— Malheureusement, c'est contraire à la politique de la maison, prétendit-il.

Un autre spécimen s'approcha alors du bar et posa sur Jack le même regard gourmand. Il réprima un soupir et s'efforça de sourire, lui servit du vin et son petit baratin.

Puis un homme lui tendit son verre sans même le regarder, et Jack s'exécuta.

— Pas celui-là ! Le cabernet, aboya alors le type.

Jack souleva à peine le sourcil et obtempéra.

C'est alors qu'il la vit.

C'était la seule femme de l'assemblée qui ne soit pas habillée en noir, ce qui lui donnait l'air de sortir d'un dessin animé de Walt Disney. Elle portait une robe rose vif, ses cheveux blonds étaient relevés en un chignon flou dont quelques mèches s'échappaient, et elle avait l'air un peu perdue.

Complètement perdue, à vrai dire. Elle se hissait sur la pointe des pieds et regardait tout autour d'elle. Puis, à grand renfort de « pardon, excusez-moi », elle se fraya un chemin jusqu'au bar au milieu des traders qui vociféraient, indifférents, comme s'ils la jugeaient insignifiante par rapport aux autres femmes présentes.

— Bonsoir. Tout va bien ? lui dit-il en humant son parfum.

— Bonsoir. Je suis un peu dépassée, en fait. Je suis venue pour retrouver une ancienne copine de fac, mais je ne la vois pas. Je ne me sens pas vraiment dans mon élément.

Cet accent du Sud et cette voix rauque, c'était totalement irrésistible.

— Jack Holland, fit-il en tendant la main.

— Hadley Boudreau.

Sa main était douce et légère.

— Ravie de vous rencontrer. Vous êtes la première personne qui me sourit aujourd'hui, sans mentir. C'est la première fois que je viens à New York et, ma foi, c'est vraiment un autre monde, non ?

Avant même qu'elle ait terminé sa phrase, il était amoureux. Elle n'avait pas l'air à sa place dans cette foule bruyante et si sûre d'elle, et il avait le sentiment que, si on la bousculait ou si on lui marchait sur le pied, elle allait éclater en sanglots. Il n'avait pas grandi au milieu de trois sœurs sans rien apprendre de la psychologie féminine.

De plus, ses sœurs lui avaient toujours dit qu'il savait s'y prendre avec les femmes en détresse.

— D'où êtes-vous ? lui demanda-t-il.

— De Savannah.

— Belle ville, répondit-il en souriant.

— Vous connaissez ? s'exclama-t-elle. N'est-ce pas, que c'est une belle ville ?

Il lui raconta qu'il s'y était rendu quelques années plus tôt pour participer à une conférence, et elle ouvrit de grands yeux lorsqu'il mentionna la marine (la branche de l'armée qui plaisait le plus aux femmes, avait remarqué Jack). Elle poussa un petit cri lorsqu'il évoqua un restaurant qu'elle connaissait, et elle était tellement adorable, vive et facile à impressionner qu'elle lui faisait l'effet d'une rose qui aurait poussé dans un parking abandonné.

Elle continuait à siroter son vin et semblait légèrement ivre, de la plus jolie manière qui soit, sachant qu'elle avait à peine bu un demi-verre. Mais elle ne devait guère peser plus de quarante kilos.

Elle était ravissante, avec un teint de pêche, un nez parfait, des lèvres roses et charnues et une fossette dans chaque joue. Elle avait un rire de gorge qui enivrait littéralement Jack. A chaque fois qu'il servait quelqu'un d'autre, il se tournait vers elle avec un clin d'œil ou un sourire, et à chaque fois elle rougissait en lui rendant son sourire.

Lorsque arriva son amie (habillée de noir, bien sûr), Hadley les présenta, dit combien elle était contente d'avoir rencontré Jack et combien elle lui était reconnaissante de lui avoir tenu compagnie. Elle lui tendit la main, et il la retint une longue minute dans la sienne.

— Je suis ici pour quelques jours, lui dit-il. Voudriez-vous dîner avec moi ?

— J'en serais absolument ravie, Jack Holland, répondit-elle.

Le soir suivant, ils dînèrent ensemble dans un restaurant chic et cher possédant une vue fabuleuse sur le pont de Brooklyn. Essayait-il de l'éblouir ? Sans aucun doute. Il la raccompagna à pied jusqu'à l'appartement de son amie et, lorsqu'il se pencha pour l'embrasser, elle détourna la tête et lui offrit sa joue.

— Je suis un peu vieux jeu, déclara-t-elle. Ne le prends pas mal, mais je n'embrasse jamais le premier soir.

Pourtant, ce baiser chaste lui fit plus d'impression que tout ce qu'il avait vécu par le passé.

Le lendemain, Jack appela son père pour le prévenir qu'il prolongeait un peu son séjour à New York. Il alla voir quelques clients mais passa le plus clair de son temps avec Hadley. Son amie travaillait, et Hadley avait donc prévu de visiter la ville avant le début officiel de son week-end entre filles. Si bien qu'il lui servit de guide dans les endroits les plus réputés de New York : Greenwich Village, l'Empire State Building et Times Square, mais aussi la High Line, les Cloîtres et Governors Island, dont ils firent le tour à vélo.

Ils avaient partagé un bretzel à Bryant Park, pris le ferry pour Staten Island, acheté un cupcake à un vendeur de rue dans SoHo. Jack avait loué une calèche pour qu'ils se promènent dans Central Park, ce qui avait enchanté Hadley. Elle l'avait laissé l'embrasser sur les lèvres, et s'était montrée douce, gentille et adorable. Mais elle avait aussi un sens de l'humour et un naturel qu'il trouvait incroyablement sexy. Il avait cru défaillir en la voyant manger son hot-dog, ce qui l'avait mise en joie, parce qu'elle voyait bien l'effet qu'elle lui faisait.

Elle était décoratrice d'intérieur et adorait rentrer dans les hôtels pour voir les halls. Une fois, tandis qu'ils sortaient d'un hôtel, justement, un homme lui avait tenu la porte et elle avait failli s'évanouir.

— Tu as vu ? C'était Neil Patrick Harris ! Oh ! j'étais folle de lui ! Je rêvais qu'il devienne hétéro juste une heure et juste pour moi !

Puis elle se hissa sur la pointe des pieds et déposa un baiser sur la joue de Jack en disant :

— C'est la meilleure semaine de toute ma vie, Jack Holland.

Et lui ressentait exactement la même chose.

La suite donna lieu à une cour en bonne et due forme : des lettres (et pas seulement des mails), de longs coups de téléphone tard dans la nuit… Il lui envoya des fleurs et une boule à neige de Manhattan. Elle lui envoya des cookies et une écharpe qu'elle avait tricotée elle-même. Trois semaines plus tard, il lui rendit visite dans le Sud.

Hadley habitait un quartier charmant, non loin de chez ses parents et de chez ses deux sœurs aînées. Sa maison était petite, avec un jardin fleuri. Lorsqu'il frappa à la porte, elle l'accueillit vêtue d'une robe et de talons hauts et délicieusement parfumée, puis prit son manteau, qu'elle suspendit dans un placard, avant de verser du thé glacé fait maison dans un grand verre. Elle y ajouta deux feuilles de menthe ramassées dans son jardin. Elle avait aussi préparé pour lui des biscuits, qu'elle servit dans une assiette de porcelaine, après l'avoir invité à s'asseoir et à se détendre.

Ils dînèrent avec la famille ce soir-là, et tous lui semblèrent merveilleux, drôles et intelligents. M. Boudreau était avocat, et Mme Boudreau avait enseigné l'anglais à l'université. Hadley avait trois sœurs. Ruthie était chirurgienne, spécialisée en pédiatrie, et Rachel, membre de la Chambre des représentants. Toutes les deux étaient mariées, et chacune avait un fils et une fille. La plus jeune sœur de Hadley, Frances-Lynne, surnommée Frankie, était en troisième année de fac et envisageait de poursuivre ses études de vétérinaire à Cornell, l'ancienne université de Jack.

A l'évidence, c'était une merveilleuse famille, et à l'évidence Hadley ferait une épouse fabuleuse.

Ce soir-là, il l'emmena au Bohemian Hotel, et ils passèrent leur première nuit ensemble.

Ce qui par la suite fit dire à Hadley qu'elle n'avait jamais rien connu de tel, même si elle avait bien peu d'expérience. Elle avait senti que c'était spécial, et important.

Quelques semaines plus tard, il la fit venir chez lui. C'était le moment idéal pour visiter Manningsport : les arbres étaient en fleurs, le temps était clair et doux, et c'était le week-end du Black-and-White Ball, une soirée de bienfaisance à laquelle contribuait chaque année sa famille. Cette année, l'événement avait lieu dans la propriété des McMurtry, elle aussi située au bord du lac Keuka. Hadley fut enchantée et elle séduisit tout le monde, éblouissante dans une robe blanche à paillettes.

— Qu'en penses-tu ? demanda Jack à Honor. Est-ce qu'elle n'est pas merveilleuse ?

— Elle est *vraiment* jolie, répondit celle-ci, et ce n'est que beaucoup plus tard que Jack se rendit compte qu'elle avait éludé la question.

Hadley adora Blue Heron, adora la famille de Jack, adora la maison qu'il s'était construite à Rose Ridge, nichée dans les bois au bout de la prairie.

— Je n'imagine rien de plus agréable que de rester assise sur cette terrasse à regarder le soleil se lever, dit-elle.

Neuf semaines après leur rencontre, Jack prit pour la troisième fois l'avion pour Savannah et frappa à la porte des Boudreau. M. Boudreau le fit entrer dans son bureau, lui servit un verre d'excellent bourbon fumé et s'en servit un aussi.

— Je crois que je sais ce qui vous amène, lui dit-il en s'asseyant à son bureau.

— Je voudrais demander à Hadley de m'épouser, mais j'ai d'abord besoin de votre bénédiction, répondit Jack.

— Et on dit que les nordistes n'ont aucune éducation ! dit alors M. Boudreau avec un petit sourire.

Il but une gorgée de bourbon et regarda Jack.

— Eh bien, j'apprécie cette démarche, c'est certain. Mais laissez-moi tout de même vous poser une question : êtes-vous bien sûr d'avoir assez réfléchi ?

— Je sais que c'est rapide, mais oui, monsieur.

— Et vous ne pensez pas qu'un petit délai supplémentaire serait utile ?

Au début, Jack avait pensé que M. Boudreau était réticent à voir s'en aller sa troisième fille, qu'il se comportait en père protecteur. En y repensant plus tard, il interpréta les choses différemment.

— Je crois savoir tout ce qu'il est utile de savoir, monsieur. Elle est tout ce dont je rêvais.

Bill Boudreau soupira.

— Elle est charmante, n'est-ce pas ?

Puis il tapa du plat de la main sur son bureau.

— Eh bien, c'est d'accord. Bonne chance, Jack. Je pense que vous serez un bon mari pour elle.

Ce soir-là, il emmena Hadley dîner au Manoir Forsyth, le restaurant qu'elle préférait. Ensuite, ils allèrent marcher dans le parc et, devant la fontaine, il lui prit la main, posa un genou à terre et tira de sa poche une petite boîte turquoise.

— Hadley, veux-tu faire de moi l'homme le plus heureux du… ?

— Oh oui ! Oui, Jack ! Montre-moi cette bague ! Oh ! mon Dieu, elle est magnifique ! Oh ! Jack !

Elle le laissa enfiler la bague à son doigt puis se mit à danser de joie tout autour de lui.

Il venait de marquer un point avec la bague, c'était clair.

A l'origine, il avait prévu de lui offrir la bague de fiançailles de sa mère, que son père lui avait confiée des années plus tôt dans ce but précis. Mais quelque chose lui avait dit que Hadley préférerait une bague achetée rien que pour elle, et il s'était donc fait aider par Faith, était allé chez Tiffany et avait acheté une bague sophistiquée en diamant et platine qui lui avait coûté presque le prix d'un tracteur.

Il voulait l'épouser vite et l'emmener à Manningsport, ce qu'elle désirait aussi. En dépit du délai très court, le mariage fut toute une histoire. Hadley avait un énorme dossier constitué depuis qu'elle avait sept ans, auquel s'ajoutaient des tableaux Excel et des milliers de photos sur son ordinateur, triées par sujets : compositions florales, bouquets de mariée, gâteaux, robes de demoiselle d'honneur, cartons d'invitation, lieux de réception… La seule chose dont elle n'avait pas besoin, c'était sa robe, car elle l'avait déjà achetée à vingt et un ans. Lorsqu'elle le lui dit, Jack trouva cela terrifiant. Mais bon, rien n'était pareil dans le Sud.

Il apprit ainsi qu'à l'âge canonique de vingt-sept ans Hadley se considérait comme une vieille fille. La plupart de ses amies s'étaient fiancées (avec ou sans bague) à l'université. L'été d'après son diplôme, elle s'était rendue à huit mariages et pensait que son jour n'arriverait jamais. Lorsque Jack lui annonça qu'il avait deux sœurs plus âgées qu'elle encore célibataires, elle haussa les épaules.

— Dans le Sud, les femmes veulent se marier et fonder une famille. C'est leur priorité.

Pendant les préparatifs, elle se montra redoutable, devenant hystérique lorsque le traiteur ne lui présentait pas la teinte exacte d'ivoire pour les serviettes de table. Ses yeux se plissaient de rage lorsqu'elle repensait à cette cousine qui lui avait volé son idée de bouquet de mariée l'été précédent.

Tout le monde savait que Hadley rêvait depuis toujours d'un bouquet de gardénias et de lupins, et voilà que cette Vanna lui avait piqué son idée. Du coup, tout le monde allait comparer, alors que Hadley voulait être absolument unique tout en respectant la tradition et en ayant le plus beau mariage jamais vu.

Jack se félicitait d'être un homme et, comme il se trouvait à des centaines de kilomètres, il avait beaucoup d'indulgence pour les caprices de sa princesse.

— Mais bien sûr, que ce sera le plus beau mariage, puisque tu en es la mariée, ma chérie, lui répétait-il au téléphone.

— Oh ! Jack, tu sais si bien me parler ! Mais quand même je crois que je vais tuer Vanna quand je la verrai à mon enterrement de vie de jeune fille !

Il y eut de nombreuses festivités avant le mariage. La traditionnelle fête des fiançailles à laquelle se rendit Jack avec son père afin qu'il rencontre la famille, et afin de rencontrer lui-même la famille élargie. Cela se passa très bien, car les sudistes savaient recevoir, et le père de Jack apprécia beaucoup les parents de Hadley. Ensuite, il n'y eut pas moins de trois soirées entre filles, auxquelles Hadley fut un peu vexée de ne pas voir les sœurs de Jack. Il y eut aussi l'enterrement de vie de jeune fille, puis une soirée la veille de la répétition et enfin la répétition. Le lendemain du mariage, il y eut un brunch pour les invités, tout cela sans parler du mariage lui-même.

Le grand jour arriva enfin, au soulagement de Jack, qui ne souhaitait qu'une chose : se marier et que Hadley redevienne la douce jeune femme qu'il aimait, au lieu de ce monstre hystérique à la maniaquerie obsessionnelle.

Le mariage eut lieu dans la charmante maison des parents de Hadley. On ne comptait plus les demoiselles d'honneur : les trois sœurs de Hadley, celles de Jack ainsi que sa nièce, les amies d'université et de nombreuses cousines, y compris Vanna, toutes vêtues de rose pâle. Jack avait quelques copains de fac, Connor O'Rourke, un pote de la marine, et son père comme témoin, ainsi que les beaux-frères de Hadley. Il n'avait jamais vu de mariage pareil et était même un peu gêné que ce soit le sien.

Mais Hadley était au comble du bonheur et elle semblait flotter sur un nuage de tulle. Même s'il lui arrivait de fusiller du regard une demoiselle d'honneur dont le rire était un peu trop fort ou un enfant qui avait renversé son jus de fruits sur la table, parce qu'elle voulait que cette journée soit parfaite.

Et Jack trouvait que c'était le cas. L'hospitalité du Sud à son summum.

Des tables couvertes de nappes blanches où étaient disposées des compositions florales dans des pots de terre bleus. Une demi-douzaine de baignoires en cuivre remplies de glace et de bouteilles de Coca en verre disposées dans tous les coins stratégiques (Jack avait appris que le Pepsi avait été banni pour toujours par ici). Au bar, on servait du mint julep et du bourbon, et sur chaque table était posé un pichet de thé glacé. Le gâteau du marié était décoré de fausses feuilles de vigne. Le buffet était garni de crevettes et de gruau de maïs, de macaronis au fromage, de poulet frit et d'huîtres chaudes. Le gâteau des mariés, quant à lui, ne comptait pas moins de douze étages.

— Bon sang, tu as vu ça, dit Prudence en s'éventant le visage. On se croirait à Tara[1] !

Le Sud : le mot était sur toutes les lèvres, comme s'il était besoin de rappeler aux invités où l'on se trouvait : Hadley était d'une bonne famille du Sud, et c'était un vrai mariage dans la tradition sudiste. Quelle belle fille du Sud, cette Hadley ! Et quel merveilleux respect de la tradition du Sud, ce mariage ! Cette nourriture du Sud, quel délice ! Et Barb, elle était tellement typique des mamas du Sud ! Vous

1. Nom de la plantation de Scarlett O'Hara, héroïne du roman *Autant en emporte le vent*.

avez vu comme Bill a pleuré ! C'est bien les pères du Sud, ça ! Ah, il fait chaud, oui, on est dans le Sud, forcément ! Oh ! mais regardez-moi ce beau sourire du Sud !

Jack se fit répéter un nombre incalculable de fois que, pour un Yankee, il n'était pas mal. Apparemment, dans cette région, depuis ce qu'on appelait ici l'agression venue du Nord, la rancune était tenace.

Le bal dura jusqu'à l'aube, avant que Jack pût enfin faire franchir à sa femme le seuil de leur suite.

Ils passèrent leur lune de miel dans les Outer Banks, une semaine parfaite à marcher sur la plage et à faire l'amour, à nager et à faire du bateau à voile, à manger et à boire du vin, à ouvrir les cadeaux et à parler (sans fin) du mariage, que Hadley avait trouvé magique et parfait, et dont elle voulait commenter chaque minute.

Ils prirent l'avion pour Manhattan, où ils voulaient faire escale avant de rentrer, et descendirent, si si !, dans un des hôtels chics qu'ils avaient vus lors de leur rencontre (dans une suite, mais pas celle du dernier étage, ce qui causa à la jeune mariée une infime déception).

Enfin, ils terminèrent en voiture le voyage jusqu'à Manningsport, et Jack se sentait de plus en plus décontracté en approchant de chez lui. Le mariage avait été super (mais épuisant), la lune de miel, idyllique, mais il n'était plus impatient que d'une chose : non pas se marier, mais *être* marié, prendre ses repas chez lui et non plus au restaurant, dormir dans son propre lit entouré de tous les bruits familiers de la maison.

Et, il était forcé de l'admettre, Jack avait envie de retourner au travail, parce qu'il adorait son métier. Ces deux semaines d'oisiveté l'avaient rendu un peu nerveux. Sa maison lui manquait, le brouillard qui planait si souvent au-dessus du lac, les champs dans la brume, les longs après-midi calmes auprès de son père et de son grand-père, à expérimenter de nouvelles techniques, à profiter du savoir-faire ancestral de Pops en y ajoutant ses méthodes scientifiques à lui et les conseils de son père. Il adorait l'odeur du raisin dans les vignes, les branches qui serpentaient et les grappes blondes, vertes et violettes qui apparaissaient comme par magie, la fraîcheur humide des granges et des chais où était entreposé pour y vieillir le vin de Blue Heron.

Mais, presque aussitôt après leur arrivée, les ennuis commencèrent.

5

Ce jeudi-là, tandis qu'un vent glacial soufflait sur le lac, Jack se rendit au chai, où les fûts de chêne remplis de vin rouge de Blue Heron étaient entreposés à l'abri de la lumière. Les murs frais, l'odeur caractéristique de la pierre, la pénombre, tout ici témoignait d'un savoir-faire ancestral.

Le facteur le plus important était le temps. Comme en toute chose, il faut croire. Trop jeune, le vin n'aurait pas donné le meilleur de lui-même en termes de saveur et de texture. Trop vieux, il aurait pris une couleur trouble et perdu de sa force.

Comme Josh Deiner, qui avait passé trop de temps sans respirer, trop de temps sous l'eau.

« L'une des victimes souffrait d'une blessure à la tête et d'un manque possible d'oxygénation du cerveau. C'est la dernière à avoir été secourue. »

C'est en ces termes que les infos avaient rapporté les faits. Jack avait suivi intégralement ce qui avait été diffusé. Il avait même programmé sa box pour enregistrer tous les reportages, dans l'espoir d'entendre quelque chose d'optimiste à propos de Josh. Mais tout ce qu'on pouvait dire, c'était que le gosse n'était pas mort.

Ou plutôt pas *encore* mort. Mais son état ne s'était pas amélioré non plus.

Malgré la fraîcheur ambiante, Jack était en nage. Il fallait vraiment qu'il parvienne à dormir un peu.

Deux soirs plus tôt, il avait trouvé en rentrant chez lui sa porte grande ouverte et toutes les lumières allumées. Or il se souvenait parfaitement avoir fermé à clé, comme tous les matins, par un réflexe acquis lors de son passage à Washington DC. Il ne voyait pas non plus quand il serait monté allumer toutes les lumières à l'étage. Cette incertitude le rendait nerveux. Jeremy Irons, un médecin ami de la famille, était passé le voir. Peut-être devrait-il lui demander de lui prescrire un somnifère.

Un SMS arriva sur son portable.

Je pense à toi.

C'était Hadley. Frankie n'avait pas pu faire autrement que de donner à sa sœur le numéro de Jack, et s'en était excusée.

Hadley était comme ce vin qui n'a pas assez vieilli : une robe magnifique et une brillance parfaite, des arômes fruités et gouleyants au premier abord, mais une fin de bouche lourde et pâteuse. Trop de tout. Trop vite.

Dîner avec Frankie et moi cette semaine ?

Elle jouait donc déjà son atout ? Il arrivait que Frankie sorte dîner avec Jack, et ils parlaient d'elle et de ses études, sans évoquer Hadley. Elle l'avait appelé juste après l'accident et lui avait envoyé quelques SMS depuis. Il l'aimait bien.

Il remit son téléphone dans sa poche, retira le bouchon sur le côté du fût et inséra le tube à échantillon. Il le regarda se remplir puis versa le vin dans un verre. Il fit tourner le vin et le huma, y décelant des notes de mûre, de tabac et de cuir. *De bon augure.* Il trempa ses lèvres. *Non, trop jeune, trop immature.*

La porte en haut des escaliers s'ouvrit et sa plus jeune sœur descendit d'un pas lourd. Blue, son golden retriever, la suivait et fonça tout droit vers Jack.

— Coucou, toi, fit-il au chien, qui le regardait, l'air béat.

— Salut, Jack, lança Faith.

— Salut. Dis donc, tu crois que c'est raisonnable dans ton état de descendre jusqu'ici ?

— J'ai encore sept semaines devant moi. Regarde Goggy, elle avait rentré cinq cents kilos de raisin le jour où elle a accouché de papa, et Pru conduisait encore la vendangeuse le jour de la naissance de Ned, alors oui, je pense que je peux encore descendre un escalier.

Elle lui tendit un paquet enveloppé d'aluminium.

— Du gâteau au citron de la part de Mme Johnson. Elle m'a interdit d'en manger. C'est parfaitement injuste. Tu es son chouchou.

— Je n'y peux rien si je suis parfait, répondit-il sur ce ton moqueur qu'il réservait à ses sœurs, même si aujourd'hui il se forçait un peu.

Le gâteau était encore tiède, et il le mangerait peut-être plus tard. Mais il n'avait pas beaucoup d'appétit ces derniers temps.

Faith s'assit devant la vieille table en bois.

— Est-ce que je peux au moins sentir ce vin ?

Il lui tendit le verre, et elle inspira profondément.

— Mmm, de la prune et du cuir, délicieux ! Il devrait être parfait dans quelques mois, non ?

— Si.

Elle s'appuya sur le dossier de sa chaise et posa ses mains sur son ventre arrondi.

— Alors, comment ça va, toi, en ce moment ?

— Bien. Ça va.

— Vraiment ?

— Oui, merci.

Il n'avait pas l'intention de partager avec elle les images d'adolescents inertes et sans vie qui l'obsédaient.

— Je vais bien, Faithie.

— Tant mieux. Tu sais qu'on t'aime tous, hein, même si tu es un peu le prince, ici.

— Oh ! ça va. Je te rappelle que je suis à la tête d'une dynastie de vignerons, et que tu te contentes de planter de jolies fleurs.

Faith était paysagiste et, même s'il avait le plus grand respect pour ce qu'elle faisait, il se gardait bien de le lui dire. Il conservait sa pseudo-supériorité de frère aîné en toute occasion.

— Disons que je n'ai rien entendu… Alors, Jack.

— Oui ?

— Tu connais Emmaline, n'est-ce pas ?

— Bien sûr.

— Elle a besoin de quelqu'un pour l'accompagner au mariage de son ex.

— D'accord.

— Eh bien, c'est… ça, alors ! Voilà qui est vite réglé !

Le chien s'approcha et posa son énorme tête sur ses genoux pour qu'elle lui grattouille les oreilles.

— Le truc, c'est que c'est en Californie, et donc un week-end entier. Colleen aussi y va, la mariée était une de ses copines de fac.

— Pas de problème.

C'était l'hiver, il avait moins de travail et, ma foi, ce serait fantastique de partir un peu d'ici, d'aller dans un endroit chaud où les gens ne lui demanderaient pas ce que cela lui faisait d'avoir sauvé des gosses.

— J'y vais avec qui, déjà ?

— Avec Emmaline, idiot. La policière.

— OK. Dis-lui que je suis d'accord.

— Super ! Et dire qu'on pensait que tu n'avais plus de but dans la vie. Ça ne t'ennuierait pas de le lui dire toi, plutôt, pour que ça ne fasse pas trop cour d'école ? demanda Faith avec un petit sourire.

— Mais c'est justement ça que tu adores, Faith ! Que ça fasse cour d'école.

— Fais ce que je te dis, d'accord ? Après tout, je suis en train de te fabriquer un neveu.

Elle se leva et se frotta le dos.

— Tu l'aimes bien, non ? Je veux dire, tu vas être sympa avec elle, hein ?

— Mais oui. C'est la meilleure ailière de l'équipe de hockey.

— Voilà exactement ce que les femmes aiment entendre sur elles.

— Je le lui dirai, alors. Autre chose, ma chère sœur ? dit-il en ouvrant un autre fût.

— Oui. Tu veux bien être le parrain de mon bébé ?

Il eut un temps d'arrêt.

— Bien sûr ! Merci, Faith.

Il s'approcha d'elle et déposa un baiser dans ses cheveux.

— Je pensais que tu demanderais à Jeremy ou Tom.

— Mais je préfère demander à mon grand frère bien-aimé, vois-tu.

La joie de Jack était visible et n'avait rien de forcé, cette fois-ci.

— Ne crois pas que j'ai oublié ce que tu as dit un jour à Megan Delgado à propos de mon ver solitaire.

— Je t'ai rendu service, rétorqua Faith.

— Tu crois ? Non, parce que, la dernière fois que je l'ai vue, elle était toujours magnifique.

— En parlant de fille magnifique, j'ai appris que Hadley était revenue.

— Oui.

— Tu es content ?

— Non.

— Pourquoi est-elle revenue ? Elle a vu les reportages sur le sauvetage, c'est ça ?

— Oui.

Jack repoussa le chien, qui se frottait contre sa jambe. Il le voyait un peu flou, ce qui n'était pas bon signe.

— Allez, Jack ! Ne fais pas comme Levi, qui répond toujours par monosyllabes quand il est de mauvais poil !

— OK. Eh bien, elle a vu les images à la télé et elle a pensé que j'avais besoin d'elle.

— Et donc ?

— J'en ai besoin comme d'un ver solitaire, si tu veux tout savoir.

— Tu veux qu'on se charge de le lui faire comprendre, Pru, Honor et moi ? On peut aussi emmener Mme Johnson, elle ne l'a jamais appréciée, proposa Faith en souriant.

— Je vous sifflerai.

— Du coup, ce mariage tombe à pic, dit Faith.

Jack eut l'air surpris.

— Quel mariage ?

— Jack, enfin ! Le mariage où tu viens d'accepter d'aller. Celui de l'ex d'Emmaline !

— Ah, oui oui. Je passerai la voir au poste. Bon, allez, file, maintenant, et va t'occuper de tes fleurs. J'ai du vin à contrôler.

Et il ajouta après un instant :

— Et merci de m'avoir choisi comme parrain. Ça me touche vraiment. Dis-le bien à Levi.

— Je t'aime, lui répondit-elle en le serrant dans ses bras.

— Moi aussi.

Sa petite sœur sentait toujours la vanille et les gâteaux, et Jack lui rendit son étreinte, tandis que sa sensation d'étourdissement disparaissait peu à peu.

Elle se dégagea brusquement.

— Oh ! il a bougé ! Il a deviné que son oncle Jack était là !

Elle posa la main de Jack sur son ventre, et il perçut alors comme une vague lente et étrange se dessiner.

Son neveu. Un petit gars qui bêcherait la terre et apprendrait à conduire une moissonneuse bien avant d'avoir son permis, et à qui, le jour où il conduirait effectivement une voiture, son oncle Jack raconterait des histoires *terribles* pour que ce gosse ne conduise *jamais* en ayant bu, et qu'il n'ait *jamais* d'accident.

Il retira sa main et s'éclaircit la voix.

— Vous avez des idées de prénom ?

— Non, soupira-t-elle. Levi me dit que tout ce qui me plaira lui ira aussi. Ça me rend dingue !

— Quel égoïste sans cœur…

— Je sais. En tout cas, je te laisse John, pour que tu puisses enfanter John, cinquième du nom, héritier de la dynastie Holland, si jamais tu te maries un jour. Il n'y a qu'à entendre Mme J. ou Goggy sur le sujet. Je suis allée à Rushing Creek tout à l'heure, et elle m'a dit : « Oh ! bien sûr, je suis ravie que tu attendes un bébé, Faith, mais je veux un petit Holland pour qu'il porte le nom de notre famille. »

— Sans compter mon patrimoine génétique exceptionnel.

Après un bref silence, il reprit :

— Mais, si tu veux appeler ton petit gars John, Faith, vas-y. Papa sera ravi.

— Pas question. Tu es Sa Majesté John Holland, Jack pour les intimes, quatrième du nom, et le privilège te revient d'engendrer le cinquième si tu le souhaites, enfin, si tu arrives à persuader une femme de t'épouser.

Puis, en réalisant que le sujet du mariage était sans doute douloureux pour lui, vu que son ex-femme était en ville, elle s'excusa aussitôt.

Au même instant, il sentit son pouls s'accélérer, beaucoup trop.

— C'est bon, t'inquiète. Enfin, tu peux me faire un gâteau, si tu veux que je te pardonne. Maintenant, vas-y, s'il te plaît.

Un flash-back était en train de revenir, et Jack voulait être seul au moment où il arriverait.

***

Le jour où la voiture était tombée dans le lac, cela faisait vingt ans que Jack attendait de sauver la vie de quelqu'un. Depuis vingt ans, il ne s'était jamais trouvé au bon endroit au bon moment. Depuis vingt ans, il lui semblait qu'il arrivait toujours cinq minutes trop tard ou trop tôt, et loupait l'occasion d'être utile.

Depuis vingt ans, il était forcé de vivre avec l'image de sa jeune sœur piégée avec le corps de leur mère dans l'épave de la voiture et il attendait depuis vingt ans l'occasion de se racheter. Cela n'avait aucun sens, puisqu'il était à la fac le jour où sa mère était morte. Mais imaginer que sa petite sœur était restée seule, choquée, sans personne pour l'aider pendant une heure… que sa mère n'avait eu personne qui lui tienne la main pendant ses derniers instants… que personne n'était venu leur porter secours avant bien trop longtemps, cela avait marqué son esprit pour toujours.

Depuis ce jour-là, il était sur le qui-vive. Il était entré dans la marine afin d'intégrer les forces d'opérations spéciales, mais au vu des résultats de ses tests Oncle Sam avait eu d'autres ambitions pour lui et l'avait plutôt affecté à un laboratoire de recherche. Cela s'était bien passé. Il suivait tout de même un entraînement physique, avait amélioré ses performances à la nage et passé tous les brevets de plongée possibles : plongée en mer, secourisme, fouilles en eaux sombres…

Malgré tout, il n'était jamais parvenu à se débarrasser de ce sentiment, même à la fin de son service.

Chaque fois qu'une voiture le doublait trop vite sur l'autoroute, chaque fois qu'il voyait un motard circuler en ville sans casque, des images d'accident et de victimes lui revenaient. Il imaginait ce qu'il ferait, comment il donnerait un coup de main, le soin qu'il prendrait à bien garer son pick-up pour laisser libre le passage, comment il téléphonerait à la police et comment il extirperait le conducteur du véhicule et comprimerait les blessures jusqu'à l'arrivée des secours. Dans sa voiture, il avait un extincteur (comme tout le monde, non ?) et un brise-vitres accroché à son porte-clés ainsi qu'un marteau dans la boîte à gants, des signaux lumineux, un kit de premiers soins, une très bonne lampe-torche (dont il changeait les piles deux fois par an), un cutter pour les ceintures de sécurité et une couverture de survie.

Lorsqu'il allait au bord du lac l'été, il comptait les enfants dans l'eau et vérifiait que leurs parents les surveillaient et n'étaient pas trop pris par leur lecture, leur conversation ou leur téléphone. Lorsque, dans l'avion, les hôtesses donnaient les consignes de sécurité, il écoutait avant d'examiner ses voisins pour repérer qui aurait besoin d'aide si d'aventure ils se posaient dans l'Hudson ou dans un champ de maïs de l'Iowa.

Comme disait Honor, chacun ses manies.

Jack avait mis sa formation au service de la collectivité en devenant plongeur bénévole dans la brigade de pompiers de Manningsport. Il avait son certificat de plongeur sous la glace et de maître nageur sauveteur. Il était aussi secouriste.

Et pourtant il n'avait jamais sauvé une seule vie. L'année précédente, lorsque la maison de leur grand-père avait brûlé, c'était Honor qui s'était distinguée par sa conduite héroïque. Jack habitait à l'autre extrémité de la propriété, à Blue Ridge. Au moment où il était arrivé sur place, Honor avait déjà sauvé la vie de leur grand-mère, un peu aidée par son fiancé.

Et enfin, le 12 janvier, Jack était descendu prendre des photos sur le quai. Il adorait l'hiver, les couchers de soleil rougeoyants et la Voie lactée dans le ciel glacial de minuit. D'ici, il voyait Crooked Lake vers l'est, et vers l'ouest toute l'étendue des terres de Blue Heron. Si bien que, vers 4 h 30 de l'après-midi, il était en train de prendre des photos des champs où la neige et les pieds de vigne en hibernation formaient un vif contraste. Au-dessus de Rose Ridge, le ciel prenait une teinte qui promettait un de ces couchers de soleil célèbres dans tout le pays. On pouvait même s'attendre à une aurore boréale plus tard dans la nuit.

En des moments pareils, Jack se sentait en communion avec la terre. Pas seulement parce que la famille Holland était en partie à l'origine de la création de la ville, ni parce que ses ancêtres avaient tous travaillé cette terre. C'était la région même qu'il aimait : le froid, les lacs, les gorges et les cascades, le sol rocailleux et fertile.

C'était le genre de spectacle qui lui rappelait combien il était gâté par la vie : une famille, trois sœurs mariées, une nièce, un neveu et bientôt un deuxième, son père et sa belle-mère, un travail qu'il adorait, un… euh, un chat, une bonne santé, toutes ces bonnes choses.

Pourtant, depuis quelque temps, Jack se sentait un peu… inaccompli.

Après vingt ans de veuvage, son père s'était remarié au printemps dernier. Et c'était une très bonne chose, car Mme Johnson était la meilleure personne du monde et s'était occupée des enfants comme une vraie maman depuis la mort de leur mère. Pru et Carl étaient ensemble depuis vingt-cinq ans, Honor et Faith s'étaient mariées récemment et, suite à l'incendie de leur maison, Goggy et Pops, ses grands-parents, avaient fini par tomber amoureux l'un de l'autre après soixante-cinq ans d'un mariage tumultueux.

Jack, en revanche, avait divorcé au bout de huit mois.

C'est alors qu'il avait entendu la voiture. A en juger par le bruit du moteur, il lui sembla qu'elle roulait à pas loin de cent kilomètres/heure dans une zone limitée à soixante. Il tourna le dos au lac et attendit, étrangement calme. La voiture allait avoir un accident. C'était inévitable en roulant à cette vitesse.

Pourtant, il avait déjà eu ce pressentiment des centaines

de fois, des milliers, peut-être. Et rien n'était jamais arrivé, mais cet instinct qui lui dictait d'être sur ses gardes, de faire attention, d'être prêt était comme un réflexe. La partie rationnelle de son cerveau savait qu'il était très improbable que ce qu'il redoutait arrive.

Il fixait tout de même la colline. Dans quelques secondes encore, il pourrait voir la voiture descendre dans le virage sur la route du lac, à une centaine de mètres du lac Keuka.

Plus tard, en entendant le récit de l'accident et en apprenant que Jack se trouvait justement à cet endroit, les gens firent les commentaires d'usage : il n'y avait pas de hasard, c'était un miracle, les voies de Dieu étaient mystérieuses.

Il lui semblait plutôt que c'était une histoire de statistiques. Il fallait bien qu'il finisse par se trouver au bon endroit au bon moment après toutes ces années d'attente.

Sans réfléchir, il anticipa ce qui risquait de se produire : la voiture allait quitter la route en entrant dans le virage et partir en tonneaux dans les rangs de vignes les plus proches. Ou alors elle foncerait dans ce même poteau téléphonique où il avait enfoncé sa portière à seize ans.

Ou, pire, la voiture heurterait le gros érable à l'entrée de la propriété. Ce devait être un adolescent qui était au volant, car seul un adolescent pouvait se croire à ce point bon conducteur et immortel.

Avec un peu de chance, ils étaient tous attachés à l'intérieur, et les vitres étaient fermées à cause du froid, si bien que personne ne serait éjecté. Mais à cette vitesse, même avec les airbags…

Dans un rugissement de moteur, le gamin inconscient rétrograda.

Et ce fut l'accident. Il entendit le crissement des freins, mais il était trop tard. Jack s'attendait à un fracas de tôle quand la voiture partirait en tonneaux ou bien heurterait un arbre, et ensuite il y aurait un bruit de klaxon continu. Mais il entendit autre chose. Ce fut un bruit sec, et curieusement clair. Avec stupéfaction, il vit la voiture foncer dans les rails de sécurité, s'envoler littéralement en frôlant les branches des arbres sur la colline, passer au-dessus de sa tête, moteur allumé, et roues tournant toujours. Il put clairement distinguer le châssis.

Ensuite, il y eut un formidable claquement lorsque la voiture plongea en avant dans l'eau. Le lac n'était pas gelé, car il était trop profond à cet endroit. La chute provoqua une grosse vague, et un corbeau croassa dans un arbre. C'est alors que Jack entrevit les visages terrifiés de deux garçons, des adolescents, évidemment.

La voiture était un coupé Audi couleur argent et elle commença tout de suite à s'enfoncer par l'avant, les phares éclairant le fond du lac. Le ciel était pourpre, par un coucher de soleil magnifique. Il avait déjà enlevé ses bottes et plongeait. Il aurait préféré le faire au mois d'août. Seigneur, ce que l'eau était froide !

Pendant un quart de seconde, il fut sonné et incapable de penser quoi que ce soit, tant chacun de ses muscles était pétrifié tandis qu'il avançait dans l'eau (merci, la marine américaine, qui lui avait appris à agir d'abord et à réfléchir ensuite).

Il sentait le froid dans ses os douloureux.

Les garçons hurlaient, leurs voix étouffées derrière les vitres. Bon sang, si seulement leurs vitres avaient été ouvertes pour leur permettre de sortir tout de suite ! Un des garçons frappait avec son poing, mais, la seule chose qu'il avait une chance de briser, c'était sa main. Le circuit électrique devait être déjà hors d'usage puisqu'ils ne parvenaient pas à baisser les vitres à l'aide du bouton. Ou alors c'était qu'ils paniquaient trop pour même penser à s'en servir.

A présent, le garçon essayait de pousser la porte avec son épaule, mais c'était peine perdue également, vu les tonnes d'eau qui pressaient de l'autre côté. Non, il fallait qu'ils brisent les vitres et sortent par là ou bien qu'ils laissent entrer de l'eau afin de faire diminuer la pression et de pouvoir ouvrir les portières.

Mais on ne vous apprend pas ça au lycée, se disait Jack au moment où il reconnut un des camarades de classe de sa nièce. Ils devaient être en terminale, quelque chose comme ça.

Ce qui allait arriver lui traversa l'esprit à la vitesse de l'éclair.

L'eau allait s'engouffrer à l'intérieur de la voiture. Il leur restait cinq minutes au plus avant qu'elle soit submergée. Peut-être huit, en mettant les choses au mieux. Huit avant qu'ils ne soient tous en hypothermie, mais évidemment moins s'ils ne pouvaient plus respirer.

Jack ne sentait déjà plus ses bras. Pas bon, ça. Mais surtout ne pas se laisser envahir par des pensées négatives, agir, c'est tout ! Il parvint à la voiture, inclinée à quarante-cinq degrés et déjà à moitié submergée, avec de l'eau jusqu'au milieu des vitres. Il y avait quatre garçons, deux à l'avant et deux à l'arrière, dont l'un avait du sang sur le visage. Le conducteur était affaissé sur le volant.

— Au secours ! Aidez-nous ! suppliait le garçon au visage en sang.

Comme s'il ne faisait rien !

Il fouilla dans la poche de son jean à la recherche du brise-vitres accroché à son porte-clés. Dix dollars sur Amazon, et il n'était pas le seul à en posséder un, chaque membre de la famille avait le sien. A cause du froid, il était malhabile, ses doigts étaient engourdis, et ses gestes, ralentis.

Un des gosses avait sorti son iPhone. *Ouf.* Les secours devaient être en route. Mais, là encore, le temps que les pompiers arrivent, ils seraient tous noyés, lui compris, ou bien morts de froid. Depuis combien de minutes était-il dans l'eau, une ? Deux ?

La voiture s'enfonçait toujours.

Voilà. Ses doigts rencontrèrent enfin le petit objet. Il le

pressa contre la vitre, ses mains tremblaient et l'objet lui échappa.

— Vite ! Vite ! cria le garçon au visage en sang.

— Vous allez y arriver, dit un autre, étrangement calme, dont la voix était assourdie par la vitre.

Jack recommença, appuya fort, et la vitre se brisa, laissant s'engouffrer l'eau.

La voiture se mit aussitôt à plonger plus vite, mais déjà un garçon se faufilait dehors par la fenêtre. Jack le prit par le col de son manteau et le tira. Il fit la même chose avec le deuxième, le calme, dont le nom lui revint : Sam Miller.

— Nagez jusqu'au ponton, leur dit-il.

Ils s'éloignaient déjà, ils étaient sauvés.

En revanche, le conducteur ne bougeait toujours pas, ce qui n'était pas bon signe, et le garçon au visage en sang criait toujours. Il aurait déjà dû être sorti.

Dans un gargouillement sinistre, l'arrière de la voiture disparut. Puis ce fut le silence.

Jack s'agrippa au toit et plongea aussi, sentant la morsure douloureuse de l'eau glaciale sur son visage et sa tête. A travers la vitre, le garçon lui saisit le bras, et il le fit sortir à grand-peine, tandis que la voiture poursuivait sa descente, ses phares diffusant une lumière surnaturelle dans l'eau sombre.

Le troisième garçon était sorti, et Jack donna de grands coups avec ses jambes avec l'espoir de remonter. Il avait les poumons en feu et le reste du corps complètement insensible. Enfin, ils parvinrent à la surface. Le froid de l'air était terrible, mais il était temps. Le gosse, toujours agrippé à Jack, toussa et eut du mal à retrouver sa respiration.

— Calme-toi et nage, lui dit Jack, dont les lèvres étaient gelées et l'haleine formait un petit nuage.

Le garçon se contenta de le serrer davantage, si bien que Jack passa son bras autour de son cou et commença à nager.

Le bord était à quoi ? Cinq, six mètres ? Il pouvait y arriver.

Depuis combien de temps étaient-ils dans l'eau ? Trois minutes ? Cinq ? Plus ?

Sam était sur l'échelle du ponton et leur tendait la main. Avec l'aide des deux autres garçons, il hissa hors de l'eau le troisième, choqué, grelottant et incapable de dire un mot.

Jack était déjà reparti.

— Laisse-moi t'aider, lui cria Sam.

— Reste là, répondit Jack.

Lui aussi grelottait, tremblait, même. Ce n'était pas bon signe. Il était en hypothermie, rien de moins. Mais bon, c'était, quel était le terme, déjà ? Encore réversible.

Le dernier garçon, le conducteur, était probablement mort noyé, sinon au moment de l'impact. Et Jack, lui aussi, allait sans doute, comment disait-on, déjà ? Ah oui : mourir en opération de sauvetage.

Il avait du mal à penser. Etat d'hypothermie avancé.

Tout était si calme, le ciel rouge au-dessus de sa tête, l'eau glacée tout autour.

Le froid ne lui faisait plus aussi mal.

En bas, les phares de la voiture restaient allumés, et Jack se demandait comment c'était possible.

Il respira à fond deux fois puis replongea, nageant de toutes ses forces sans parvenir à avancer très vite.

La voiture était couchée au fond du lac sur le côté conducteur, à trois mètres de profondeur à peu près. Un poisson passa dans la lumière des phares puis disparut dans l'obscurité.

Jack tenta d'ouvrir la portière passager, mais elle était verrouillée ou coincée. La vitre, en revanche, était brisée. Le tableau de bord était toujours éclairé, et l'horloge indiquait 4 h 41.

Il atteignit le conducteur, qui avait l'air étrangement calme. Ses bras se balançaient et ses cheveux flottaient avec le courant, ses yeux étaient clos, il était très probablement mort. Il n'était pas attaché, et sur la peau blanche de son front se dessinait une large entaille noire d'où s'échappaient lentement des volutes de sang sombre.

Aucune bulle ne sortait de sa bouche. Il ne respirait plus.

Jack lui empoigna le bras et le tira.

Le gosse ne bougea pas d'un pouce.

Jack ne pourrait pas rester beaucoup plus longtemps sous l'eau ou il mourrait aussi. Ce ne serait pas si mal, après tout. Le spectacle de ce bleu profond tout autour de lui était beau.

Il tira de nouveau. Le gosse bougea un peu, mais la poitrine de Jack se creusait sous l'effet du manque d'air et, s'il ne remontait pas maintenant, plongeur expérimenté ou pas, il allait mourir.

Dix-huit ans, c'était l'âge de sa nièce.

Si c'était Abby dans cette voiture, il voudrait que quelqu'un fasse tout pour la sauver.

Alors il tira une fois encore, en prenant appui contre la voiture avec ses jambes, et en laissant s'échapper tout l'air de ses poumons dans un jet de bulles.

Ils remontaient à la surface, Dieu sait comment. Jack était désormais incapable de penser, mais ils avançaient centimètre par centimètre, et enfin le ciel apparut, d'un rouge sang, d'une beauté cruelle, et enfin il put respirer. L'air glacé lui déchira les poumons, mais c'était tellement bon ! Le bruit de ses halètements résonnait dans le silence de l'hiver. Le gamin, lui, restait silencieux.

Jack le tenait fermement et s'efforçait d'avancer. Le corps était raide, inerte et lourd.

Une sirène retentit, puis une autre. Les pompiers et la police étaient en route.

Le ponton était si loin encore. Jack ferma les yeux et laissa sa tête glisser sous l'eau de nouveau. Surtout pas ! Il poussa plus fort sur ses jambes, qui ne lui répondaient plus.

Le garçon était sans réaction et silencieux. Il ne toussait pas, ne respirait pas, ne faisait pas un geste de résistance.

Chaque inspiration de Jack était plus laborieuse que la précédente et lui brûlait les poumons.

Son bras battait vainement l'eau dans un bruit désespéré tandis qu'il tentait de nager. De l'autre, il serrait le garçon dans un effort surhumain.

Encore quelques mètres. Quelques mètres encore. Entre chaque battement, la tête de Jack plongeait un peu plus profondément. Il commençait à s'étouffer.

Encore quelques mètres.

Enfin, quelqu'un lui attrapa le bras. C'était Sam Miller, qui se tenait à l'échelle et se penchait vers lui. Dieu merci !

Les autres garçons se baissèrent aussi pour récupérer leur ami inconscient (ou mort), et le hisser en haut de l'échelle. L'un d'eux sanglotait.

Sam aida Jack, incapable de sortir seul de l'eau. Il dégoulinait et s'écroula à genoux.

— Allongez-le sur le côté, parvint-il à dire.

Ils obéirent et tournèrent le garçon inerte sur son côté gauche.

— Oh non, Josh ! dit alors le garçon qui sanglotait toujours. Allez, mon pote !

Josh. Oui, c'est ça. Josh Deiner. Un vrai voyou, celui-là.

Il faisait désormais trop sombre pour voir si de l'eau s'échappait de sa bouche. Jack le remit sur le dos et commença à lui faire un massage cardiaque. Il ne sentait plus ses mains, mais il maîtrisait la technique : il suffisait d'appuyer, une fois, deux fois, trois fois… en bloquant bien les coudes, d'appuyer vite et fort.

Les sirènes se rapprochaient.

Sam se mit à lui faire du bouche-à-bouche.

Un… deux… trois… quatre… cinq…

Il était à bout de forces.

Enfin, il vit les lumières bleues et rouges et entendit des pas s'approcher.

— C'est bon, Jack, on prend le relais, dit une voix.

C'était Levi, et Emmaline, et puis Ned aussi, un autre flic, un bon joueur de hockey. Ils s'agenouillèrent et poursuivirent le massage.

Un bruit de portière, et Jessica Dunn et Gerard Chartier arrivèrent en courant avec une civière.

— Séchez-le ! ordonna quelqu'un. Il faut qu'il soit sec si on doit le ranimer.

Une petite foule s'était rassemblée, à présent. On emmena les trois garçons enveloppés dans des couvertures, le visage blême dans la semi-obscurité.

Le soleil n'était pas encore tout à fait couché. Jack avait pourtant l'impression que cela avait duré des heures.

Quelqu'un lui mit une couverture sur les épaules et le conduisit plus loin, en lui passant un bras autour de la taille pour le soutenir car il avait du mal à marcher. Les trois garçons montèrent à l'arrière de l'une des deux ambulances. L'autre attendait Jack.

— Viens, il faut te mettre au chaud, dit la personne qui était à côté de lui.

C'était Emmaline. *Comment ça ?* Il la croyait auprès de Josh. Elle ouvrit la portière de son véhicule et le fit entrer doucement.

— Est-ce qu'il est mort ? demanda Jack.

Elle regarda vers le bout du ponton.

— Pas tant qu'on ne l'aura pas déclaré mort, tu sais ça comme moi. Pour le moment, on s'occupe de toi, si tu veux bien.

Elle allait fermer la portière lorsque Sam Miller lui adressa quelques mots. Il avait repris des couleurs.

— Vous nous avez sauvés la vie, dit-il d'une voix brisée par l'émotion. Vous nous avez sauvés la vie à tous.

Mais ce n'était pas vrai. Le corps de Josh était toujours

étendu sur le ponton, et Levi et Gerard se tenaient à genoux près de lui, comme en prière.

Les médias parlèrent de miracle, sans craindre l'exagération, et pendant quelques jours cette histoire fit la une de l'actualité.

Anderson Cooper, entre autres célébrités, vint interviewer les trois garçons, Sam Miller, Garrett Baines et Nick Bankowski, tous parfaitement indemnes à l'exception d'un nez cassé pour Nick. Leurs parents en larmes portaient Jack aux nues, faisant de lui un héros, un envoyé du ciel. Un ancien des forces spéciales de la marine commenta en disant que c'était « un p… de sauvetage ».

En tant que porte-parole de la police, Levi aussi fit une déclaration, et, lorsque Anderson lui demanda si Jack était vraiment son beau-frère, il répondit juste que oui. Lorsqu'on lui demanda d'en faire le portrait, il se contenta de dire : « C'est un type bien. » Jack lui fut très reconnaissant de cette sobriété.

On le sollicita de toutes parts pour une interview, mais sur cinquante-sept demandes il n'en accorda aucune.

Cette nuit-là, aux urgences, son père le prit dans ses bras et le serra très longtemps. Pops lui dit avec des trémolos dans la voix combien il était fier, ses sœurs se mirent en quatre pour lui, sa nièce pleura, et même son neveu ne put cacher son émotion. Toute la semaine qui suivit, Mme Johnson lui prépara ses plats préférés, tout comme sa grand-mère, qui n'avait pas l'intention de se laisser surpasser. Cela fit donc beaucoup de bons repas auxquels Jack s'efforça de faire honneur.

Josh Deiner ne pouvait, quant à lui, faire de commentaire, car il était toujours dans le coma. Son cerveau était endommagé, et on l'avait mis sous respiration artificielle.

La nuit, Jack ne parvenait pas à trouver le sommeil. Il voyait constamment le corps inerte et sans vie de Josh, allongé sur le ponton, de la glace se formant sur ses paupières tandis que son cœur ne battait plus pour tenter de le réchauffer. Il revoyait le visage de sa petite amie qui pleurait sur l'épaule d'Anderson Cooper, et les mots que la mère de Josh lui avait lancés au visage à l'hôpital continuaient de résonner sans fin dans sa tête.

« C'est le dernier que vous êtes allé chercher. Celui qui avait le plus besoin de vous, vous êtes allé le chercher en dernier. »

6

Emmaline était assise à son ordinateur, et Carol Robinson lui montrait l'écran du doigt.

— Il est mignon, celui-là. Il a de beaux yeux.

Ce n'était pas faux.

— Oui, mais regarde : agression avec coups et blessures.

— Ça le disqualifie ?

— Un peu, oui !

— Oh ! ce que tu es tatillonne ! OK, suivant.

Elles passèrent vite sur la photo suivante : il n'avait pas de dents.

— C'est tellement marrant, tellement plus que l'immobilier. Oh ! regarde celui-là, il est sexy !

Emmaline cliqua sur « plus d'informations ».

— Actuellement incarcéré. Pas de pot, tous les mignons sont derrière les barreaux !

— Vous faites quoi, là ? demanda Levi.

Les deux femmes levèrent à peine les yeux puis retournèrent à leur écran.

— On cherche un type pour accompagner Em au mariage, expliqua Carol.

— T'es-tu occupée du rapport que je t'ai demandé ?

— Pas encore, rétorqua Carol. Et ne me regarde pas comme ça, Levi. Je te rappelle que je t'ai changé tes couches.

— C'est faux.

— Enfin, j'aurais pu. Je suis assez vieille pour être ta mère.

— Ma grand-mère, même.

— Comment oses-tu !

Levi les regarda avec mansuétude.

— Em, cette ville est-elle si paisible que tu n'aies rien d'autre à faire aujourd'hui ?

— Il est plus de 17 heures, et la réponse est oui. Ce fichu mariage est dans huit jours, et je n'ai toujours pas de…

— Surtout, n'hésite pas à rester discrète sur ta vie privée, Em, un peu comme moi, tu vois.

— C'est ça, oui. Tu appelles ta femme vingt fois par jour.

— Je l'appelle trois ou quatre fois par jour parce qu'elle est enceinte, que c'est ma femme, que nous sommes en plein hiver et que je veux être sûr que…

— Lui ! Lui ! s'exclama Carol. Si tu n'en veux pas, je le prends pour moi !

Em regarda. En effet, le gars était très beau, avec des cheveux noirs et de grands yeux verts, un peu trop grands.

— Il a l'air d'un psychopathe, commenta-t-elle.

— Ouais, enfin, qui est beau sur une photo d'identité judiciaire ? Ne sois pas si difficile. Même Robert Downey Jr. avait perdu de son sex-appeal sur la sienne, alors que… Ce type-là pourrait bouffer de la pâtée pour chats que j'aurais quand même envie de coucher avec.

— Langage inapproprié sur un lieu de travail, Carol, fit remarquer Levi. En outre, agent Neal, j'avais compris que mon beau-frère s'y rendait avec vous.

— Qui ? Jack ? Non.

— Mais Faith m'a dit qu'elle lui posait la question.

— Comment ça ? Mais elle est au courant ? se rebiffa Emmaline.

Levi prit un air navré.

— On l'a annoncé chez O'Rourke l'autre soir. Et depuis tout le monde ne parle plus que de ça.

— Ce n'est pas vrai !

— Mais bien sûr que si. J'en ai peut-être aussi un peu parlé pour que tu aies de nouveau l'esprit au travail.

— Attends, attends, qui est allé sur six interventions hier, hein ? Pas Everett, en tout cas !

Levi leva le sourcil et la laissa dire.

— En plus, je ne veux pas y aller avec Jack.

— Mais pourquoi ? Moi, j'irais avec lui, en tout cas. Il est adorable ! Et tu as vu ses yeux ?

— Merci, Carol, dit alors une voix.

Jack en personne, justement !

— Salut, Em, ajouta-t-il.

— Salut, fit-elle, gênée.

Oui, bien sûr, elle le connaissait comme ça, il était sympa, ils jouaient au hockey ensemble (enfin, avec une dizaine d'autres). Quand il passait au poste voir Levi, ce qui arrivait de temps en temps, il la saluait toujours en arrivant (et en repartant). Et même chose lorsqu'elle le rencontrait chez O'Rourke.

Et puis bien sûr ils s'étaient parlé aussi ce fameux jour où il voulait savoir si Josh était mort.

Mais là, vu le contexte, c'était plus gênant.

Jack croisa les bras et la regarda bien en face.

— Faith m'a dit que tu cherchais quelqu'un pour t'accompagner à un mariage…

— Oui.

— Ne reste pas là comme un sac de patates, souffla Carol. Aie l'air contente. Tu vas y aller avec qui, sinon ? Un prisonnier ?

— Ça ne te posait pas de problème il y a deux secondes.

— Souris, je te dis !

Emmaline s'efforça d'obéir. Carol attendait, tout comme Levi, tout comme Jack.

A-t-on déjà mentionné le fait qu'il était extrêmement séduisant ?

— OK, dit enfin Emmaline. On pourrait peut-être aller parler de tout ça autour d'une bière ?

— Bien sûr.

— On se retrouve chez O'Rourke vers 18 heures ?

Cela lui laissait le temps de passer chez elle, de promener son chiot et de se motiver.

— Ça me va, dit-il. A plus tard, tout le monde.

— Vas-y ! s'écria Carol. Va te mettre quelque chose de plus féminin et du parfum aussi. Les hommes adorent. Pas vrai, Levi ?

Emmaline s'en alla, contente d'avoir un petit laps de temps dans la voiture pour réfléchir à tout ça. Elle baissa sa vitre et laissa l'air froid lui rafraîchir le visage.

Bon, alors ? Elle partait avec Jack. Evidemment. Quand un dieu grec vous proposait de vous accompagner à un mariage, un mariage où en plus il était crucial d'impressionner le marié, on ne pouvait pas refuser.

Même si cela supposait qu'on mette son orgueil dans sa poche. Même si cet arrangement n'était pas loin d'être de la prostitution. A dire vrai, elle aurait préféré y aller avec un inconnu, car il lui semblait plus difficile d'assumer tout ça qu'avec quelqu'un d'aussi… gentil, qui risquerait (quelle idée !) de la prendre en pitié.

Elle se demandait ce qui avait décidé Jack. C'était clair qu'il ne l'avait jamais invitée où que ce soit, elle n'était même pas certaine qu'il ait remarqué que c'était une fille, vu le peu d'intérêt qu'il lui avait manifesté jusqu'ici.

Ce jour funeste où elle était revenue s'installer à Manningsport, le cœur en miettes, un sentiment vague et persistant s'était emparé d'elle tandis qu'elle transportait ses cartons dans sa petite maison. Tout lui semblait irréel. Etait-ce vraiment vrai ? Elle était de retour ici ? Au lieu de se marier ? C'était par un jour pluvieux d'avril, sous une pluie froide qui ne faisait aucun cas des boutons de magnolias dans le jardin de Nana, et Em eut l'impression qu'elle n'aurait plus jamais chaud. Elle ne se coucherait plus jamais aux côtés de Kevin.

C'était un vrai choc.

Tu ne vas pas pleurer, s'était-elle dit. *Fais un effort. Ce n'est pas si grave. Tu as été larguée, OK. Mais c'est des choses qui arrivent tout le temps.*

Cela n'avait pas empêché des larmes chaudes d'inonder ses joues.

A ce moment-là, un pick-up s'était approché et un homme en était sorti.

— Vous avez besoin d'aide ? avait-il demandé.

Et, sans attendre la réponse, il avait attrapé un carton et l'avait transporté à l'intérieur.

— Je m'appelle Jack Holland, avait-il dit. Ma famille est propriétaire de Blue Heron.

— Emmaline Neal, avait-elle répondu en séchant ses yeux avec sa manche.

— Bienvenue à Manningsport.

Il avait souri, faisant mine de ne pas remarquer ses larmes (d'ailleurs, pourquoi s'en soucierait-il ? Si ça se trouvait, c'était un assassin qui allait se contenter de la tuer, et ce serait bon débarras pour Kevin), et était retourné chercher un carton dans sa Subaru.

Elle se souvenait de la famille Holland. Elle était une année devant Faith à l'école. Jack n'était sans doute pas un assassin. Elle lui aurait bien raconté qu'elle avait vécu quatre ans dans cette ville et était même une fois allée jouer chez lui, enfant, mais elle avait le cœur si lourd qu'elle parvenait tout juste à ne pas pleurer. Elle n'aurait pas dû être ici. Elle aurait dû être dans le Michigan avec l'amour de sa vie. Son mariage était prévu pour sept semaines plus tard.

Avec l'aide de Jack, elle avait donc déchargé le reste des cartons en silence. Puis il lui avait souhaité bonne chance et il était parti.

Chaque fois qu'elle l'apercevait, il la saluait. Il lui arrivait, dans un rêve de vengeance, d'imaginer qu'il tombait amoureux d'elle et que Kevin, fou de jalousie, laissait alors tomber cette garce de Naomi. Mais non. Jack se fiança peu de temps après et il se maria.

Il resta très gentil avec elle, et sa femme aussi. Il la lui présenta un soir chez O'Rourke. C'était la féminité incarnée, qui ne buvait que des cafés crème et ne portait que des robes ou des jupes. Chez O'Rourke, elle commandait toujours un cocktail rose et grignotait trois feuilles de salade.

Dans la ville, la rumeur disait que Jack était trop bien pour elle.

Et la suite ne démentit pas la rumeur, qui, au moment où le mariage capota, se déchaîna. Hadley l'avait trompé, disait-on. Elle s'était entichée de l'agent de change qui possédait Dandelion Hill, lequel était mort (en plein coït, ajoutait-on) presque aussitôt après.

Malgré tout cela, Jack ne changea pas d'attitude. Il ne buvait jamais à l'excès, ne couchait pas avec toutes les femmes qui le sollicitaient, n'avait jamais de geste violent.

Quant à Em, elle continuait de le trouver… sympa. Et aussi très beau. Un soir, à l'entraînement de hockey, elle lui rentra dedans de plein fouet, et pendant une seconde ils se livrèrent un corps à corps. Cela faisait si longtemps depuis Kevin qu'elle avait oublié cette sensation de contact physique avec un homme, même s'ils étaient tous deux encombrés de leur équipement de protection et en train de se disputer le palet. En s'écartant de lui, elle s'était remise à patiner et s'était demandé s'il avait ressenti quelque chose de son côté.

Mais non. En tout cas, par la suite, il avait fait preuve à son égard du même romantisme qu'à l'égard de Levi, Jeremy ou Gerard, c'est-à-dire aucun.

Em alla promener son chien, lui fit des tas de mamours, le nourrit puis se rendit chez O'Rourke.

La situation était pour le moins gênante.

Jack était devant la porte, justement.

— Salut, dit-il en lui ouvrant.

Le pub était à moitié plein. Il y avait Colleen, en train d'embrasser son mari à pleine bouche, les Iskin, ainsi que Lorena, toujours aussi discrète, et Victor, toujours aussi silencieux, les Meering, qui, comme d'habitude, ne s'adressaient pas la parole, Cathy Kennedy et Louise Casco en pleine conversation, Bryce et Paulie qui faisaient un bras de fer et les Knox qui lui firent un signe de la main. Em était allée chez eux le matin même faire dégager leurs poulets de la route.

Elle alla s'installer sur une banquette et enleva son manteau. Zut. Elle avait oublié de se changer. La plupart du temps, le soir, elle ôtait son uniforme pour enfiler son pyjama. Bon, pas très grave. D'ailleurs, elle adorait son uniforme, en particulier son arme, et son Taser.

— Salut, les jeunes, qu'est-ce que je vous sers ? s'enquit Hannah O'Rourke.

— Une bière pour moi. Une Cooper, indiqua Em.

— La même chose, dit Jack.

— Ça marche, fit Hannah en s'éloignant d'un pas de danse.

Jack se taisait et regardait Em en souriant, ce qui lui tordait l'estomac.

— Euh, tu as faim ? lui demanda-t-elle. Je t'invite.

— Non, merci, ça va.

— OK.

Hannah revint avec leur commande.

— Vous dînez ?

— Non, ça ira. Merci, Hannah, répondit aimablement Jack.

— Parfait, alors appelez-moi si vous avez besoin de quoi que ce soit.

Elle partit servir une autre table. Elle était jolie. Elle serait bien pour Jack.

Emmaline, vas-y, lance-toi.

— Bon, alors, voilà l'histoire, dit-elle en vidant d'un

coup la moitié de sa bière, avant de s'essuyer la bouche à l'aide d'une serviette. Mon ex-fiancé se marie, et je ne veux pas aller seule au mariage, quand bien même je pourrais puisque ma sœur et mes parents y seront, et aussi Colleen et Lucas, et que ce n'est pas comme si j'étais l'indésirable ni la risée de tous, ni comme si j'allais m'immoler par le feu ou éclater en sanglots pendant la cérémonie, ou que sais-je. Je voudrais juste être accompagnée, avoir un genre de bouclier humain. Mais je peux emmener un ami, si tu refuses.

— Je pensais que nous étions amis, répondit-il doucement.

— Oh ! mais oui, bien sûr.

Elle se tut un bref instant puis ajouta :

— Ecoute, Jack, tu n'es vraiment pas obligé. J'imagine que tu viens de traverser une période très difficile, ajouta-t-elle.

— Mais je serais très content de venir et je te remercie de me l'avoir proposé.

— Je ne te l'ai pas proposé, en fait. C'est plutôt toi.

Sa réponse prenait un tour plus agressif.

— Ou alors c'est ta sœur, je ne sais pas, mais en tout cas je ne t'ai rien demandé.

Em, tais-toi ! lui soufflait une petite voix, mais sa bouche refusait d'obéir.

— Ce que je veux dire, c'est que tu n'es en rien obligé de venir. Enfin, évidemment, c'est cool d'y aller avec un type qui ressemble à un dieu grec (Jack sourit), mais je ne suis pas le genre de fille à…

— Bonjour, Jack.

Oh non, quelle poisse ! C'était Hadley. La ravissante ex-femme au nom étrangement stylé.

— Je t'ai aperçu assis là et je me suis dit que j'allais venir te dire bonjour.

Em avait oublié à quel point elle était ravissante. Elle se rappelait avoir même été attirée par cette beauté incroyable, sans compter qu'elle sentait délicieusement bon. Ses yeux bruns immenses, ses cheveux blonds soyeux, son teint de rose, son visage en forme de cœur, ses lèvres douces et charnues… Elle portait une robe en tricot verte, des leggings et de minuscules bottines de daim. A vue de nez, les hanches d'Emmaline devaient être deux fois plus larges que les siennes, et Em n'aurait pas été surprise de découvrir dans son dos deux petites ailes, ni de la voir s'envoler en virevoltant comme la fée Clochette.

— Hadley, dit Jack en se levant et en se plantant devant elle. Je te présente mon amie Emmaline. Emmaline, tu te souviens peut-être de mon ex-femme.

Sur le visage de la jolie blonde s'afficha un sourire artificiel.

— Hadley Holland, enchantée.

Tiens, elle n'avait pas renoncé à son nom d'épouse. *Intéressant.*

— Nous nous connaissons.

— Vraiment ? Je suis désolée. Vous êtes dans la police ?

— Oui.

— J'admire les femmes capables d'évoluer dans un milieu d'hommes. Moi, je n'y survivrais pas ! Je n'ai pas le cuir assez épais. Je n'imagine pas courir derrière un malfaiteur pour le plaquer au sol. Mon Dieu ! Vous devez être forte.

— Vous vous moquez de moi ? lança Emmaline.

— Jamais de la vie ! répliqua Hadley en éclatant de rire. C'est juste que je suis décoratrice d'intérieur. Rien à voir avec les armes ni les arrestations ! Moi, il s'agit plutôt de choisir des peintures et des tissus pour rendre les maisons chaleureuses.

Elle avait l'art de marquer les différences avec subtilité, se dit Em : Hadley l'artiste, la délicate, et Emmaline la brute épaisse.

— Qu'est-ce que tu veux, Hadley ? demanda Jack.

— Oh ! rien, juste… des nouvelles, répondit la fée Clochette. Comment vas-tu, Jack ?

Elle lui pressa le bras, et Em admira sa manucure parfaite.

— Je vais très bien, répondit-il sans sourciller.

— Je suis heureuse d'entendre ça, dit-elle en souriant. (Son sourire était d'une beauté insoutenable.)

N'importe qui dans le Nord aurait compris à la froideur de Jack qu'il valait mieux s'en tenir là, mais c'était une fille du Sud, et dans le Sud les gens sont capables de faire la conversation à un tronc d'arbre.

— Jack, j'ai vu Frankie tout à l'heure. Tu sais combien elle t'adore. Et encore plus depuis ton exploit. Elle raconte à tous ses amis que tu es son beau-frère !

— Son ex-beau-frère, corrigea Jack.

— Oui, eh bien, elle ne te considère pas comme un ex-quoi que ce soit, rétorqua Hadley calmement. Mais bon, je n'avais pas l'intention d'interrompre votre soirée. Je t'appelle pour qu'on dîne ensemble. Au revoir, Emmaline ! C'était un plaisir !

En disant ces mots, elle fit un petit geste du bout des doigts et s'éclipsa d'un pas léger. Jack se rassit et but une gorgée de bière. Emmaline remarqua qu'il n'avait pas dit non à l'invitation de Hadley.

— Alors, quand partons-nous ?

— Oui, il faut voir ça. Le mariage a lieu à Malibu samedi, et évidemment c'est moi qui paye l'avion et l'hôtel.

— Certainement pas.

— Oh si.

— Ce n'est pas nécessaire.

— Jack, je tiens à payer ton voyage. Ce n'est pas négociable.

Il haussa les épaules.

— Dans ce cas… Donc, on y va, et je fais semblant d'être ton petit ami.

— Non, non, comme je t'ai dit, je veux juste un copain.

Elle soupira et se frotta les yeux.

— Vraiment, tu n'es pas obligé de venir. Allison Whitaker ne demanderait pas mieux que de laisser ses enfants pour m'accompagner.

— Mais tu préfères y aller avec un garçon, sinon tu n'aurais pas passé en revue toutes ces photos sur Internet avec Carol, si ?

— Oui, enfin, si j'emmène Allison, mes parents penseront que je suis lesbienne, voilà tout.

— Et c'est le cas ?

— Mais non ! Je te rappelle que j'étais fiancée avec le marié, d'accord ? Je suis hétéro, mais mes parents sont juste persuadés du contraire.

Jack ne la regardait plus, il fixait Hadley, assise au bar toute seule, à tenter d'attirer l'attention de Colleen.

— Excuse-moi une seconde, fit-il en quittant la table.

Il se dirigea vers Colleen, lui murmura quelque chose et revint s'asseoir. Colleen prit un air consterné et saisit un menu, puis alla vers Hadley et le lui tendit.

Emmaline, toujours très perspicace, en déduisit que Colleen faisait exprès d'ignorer l'ex-Mme Holland et que Jack lui avait demandé de faire un effort.

C'était donc ça. La fée Clochette était revenue, et Jack retombait sous le charme. Et, même si la ville entière savait qu'elle l'avait trompé, il ne se montrait pas moins bête que tous les autres. Les filles comme Hadley (ou comme Naomi Norman) finissaient toujours par avoir le dernier mot. C'était écœurant.

— Alors, on part quand ? répéta Jack, en se rasseyant.

— Jeudi ?

— Parfait.

— OK, merci, Jack, dit-elle après une hésitation.

— Mais je t'en prie. Ça va être sympa d'aller un peu au soleil.

— Malibu est une très belle ville tous les jours de l'année.

Il finit sa bière.

— Envoie-moi les détails du vol pour que je puisse réserver l'hôtel, tu veux bien ?

— Je m'en occupe. Je ne veux pas que tu dépenses un centime pour ce voyage.

Il lui fit un sourire si chaleureux qu'elle eut l'impression qu'une couverture chaude l'enveloppait soudain.

— Ta ta ta ta, dit-il.

En fait, il prononça peut-être de vraies paroles qu'elle fut incapable d'entendre tant elle était subjuguée par la beauté de ce sourire, de ces yeux d'un bleu si pur, de ces cheveux blonds un peu ébouriffés, de ce… de cet homme parfait qu'était Jack Holland.

Puis il se leva, lui posa la main sur l'épaule et s'en alla, en faisant un geste en direction des jumeaux O'Rourke et un léger signe du menton à son ex-femme, littéralement en extase, qui lui répondit d'un petit mouvement du bout des doigts aussi léger qu'un battement d'ailes de papillon.

Cela eut pour effet de tirer Em de sa fascination, mais elle mit tout de même cinq bonnes minutes à pouvoir se lever.

Ne te laisse pas séduire par ce type, se dit-elle avec autorité. Mais elle sentait toujours sur son épaule le contact chaud de sa main.

Un désastre était sur le point d'advenir.

7

— Attends, je vais t'aider.

Jack avait dit cela à Em sur un ton protecteur de grand frère, mais elle refusa. Elle refusait toujours son aide, en fait.

— Ça va, ça va, je peux ranger ma valise moi-même, enfin !

Elle avait l'air d'une humeur de chien, mais c'était compréhensible, vu leur destination. Pourtant, elle se reprit et s'excusa.

— Je m'en occupe, dit une hôtesse en lui retirant sa valise des mains. Asseyez-vous, et je reviens tout de suite avec une coupe de champagne.

— Mais qu'est-ce qui t'a pris ? demanda Em, exaspérée.

— C'est juste que je mesure un mètre quatre-vingt-cinq et que les sièges sont prévus pour des nains, répondit-il en se mettant à l'aise dans son fauteuil de cuir.

— OK, mais pourquoi m'avoir surclassée, moi ?

— Parce que tu n'es pas une naine.

— Comment dois-je le prendre ?

— Mais bien, voyons ! Tu préférerais le contraire ? Tu as beau avoir le caractère de Grincheux…

— C'est bon, c'est bon. Je reste. Mais ça me contrarie.

— Mais tu vas t'y faire ! Tu es en première classe, détends-toi.

Elle s'installa, et il ne put s'empêcher de sourire tellement elle était loin d'être détendue.

Pour sa part, il était absolument ravi de la perspective de ce mariage. Il était très reconnaissant à Kevin de se marier, d'avoir invité Emmaline avec le compagnon de son choix, que tout cela se passe à l'autre extrémité du pays. Il ne s'était pas senti aussi bien depuis l'accident. Il allait enfin s'éloigner de tous ces gens qui voulaient lui payer des coups à boire ou lui serrer la main, de la mère de Sam Miller qui passait son temps à cuisiner pour lui, du parking de l'hôpital, de sa famille qui voulait trop bien faire, de Hadley qui venait le voir pour un oui pour un non. La mauvaise humeur de sa compagne de voyage était un petit prix à payer.

L'hôtesse revint avec deux flûtes de champagne.

— Merci, dit Jack.

— Mais je vous en prie, répondit-elle avec un sourire. Etes-vous un peu nerveuse en avion, madame ?

— Aujourd'hui seulement, répliqua Emmaline en saisissant sa flûte de champagne. Oh ! mince, j'ai oublié mon gel à cheveux !

— Je pense qu'ils ont des magasins à Los Angeles, repartit Jack à mi-voix.

— Mais je ne trouverai pas ce que je veux. Je le commande par Internet, il vient de Sicile. Il est très efficace, parce que les Siciliens s'y connaissent en cheveux frisés. On ne le trouve pas ici.

— Une recette à base de plume d'ange ?

Elle lui prit sa flûte des mains et la vida d'un trait.

— A base de sang d'angelot frais, oui.

L'hôtesse patientait avec sur les lèvres toujours le même sourire légèrement effrayant.

— Surtout, n'hésitez pas si vous avez besoin de quelque chose, leur dit-elle avant de s'éloigner dans l'allée centrale.

Emmaline tripota son téléphone et joua un peu avec sa ceinture, défit puis refit sa queue-de-cheval, leva le store du hublot, puis le baissa, tenta de ranger sa flûte dans la poche placée derrière le siège en face d'elle, puis la reposa sur la tablette, avant de l'enlever de nouveau.

— Tu veux bien arrêter un peu de t'agiter ? lui dit Jack en lui retirant la flûte des mains. Calme-toi. Ne t'en fais pas pour tes cheveux. Ça va être sympa, tu vas voir.

— J'ai toutes les raisons de m'en faire pour mes cheveux, Jack. Et, pour ce qui est d'être sympa, je te rappelle que c'est le mariage de mon ex, autant dire un cauchemar.

— On devrait bien manger, au moins, insista-t-il.

— Ça m'étonnerait, ils sont végétaliens.

— Et c'est maintenant que tu me le dis ! Alors que je suis piégé ici !

Elle était jolie quand elle souriait, se dit-il. Bon, OK, pour le moment, elle avait un peu une tête de SDF, avec ses cheveux en bataille, sans maquillage et engoncée dans son sweat-shirt gris qui faisait tout pour masquer sa féminité.

Il ne considérait pourtant pas qu'elle en manquait, et il l'avait toujours trouvée pleine de vie. Certes, ils n'avaient jamais échangé autre chose que « bonjour, bonsoir » au commissariat ou chez O'Rourke, et à l'occasion s'étaient un peu bousculés pendant les entraînements de hockey (ce qui était bien plus agréable que de se faire bousculer par Gerard Chartier), mais elle ne semblait pas tout à fait insensible.

— Nous nous connaissons bien peu, hein ? lui fit-il remarquer.

— C'est vrai.

Elle se remit à tripoter sa tablette, et il lui prit la main.

— Détends-toi. Ce n'est pas comme si on allait se retrouver en face du peloton d'exécution, quand même !

— Ce serait de la rigolade à côté de ce qui m'attend.

L'avion commença à rouler vers la piste de décollage. Elle retira sa main de la sienne pour pouvoir s'agripper aux accoudoirs.

— Alors, tu es content d'être le seul garçon de la famille ? lui demanda-t-elle.

— Si tu veux une sœur ou deux, je te les donne volontiers.

— J'en ai déjà une, Angela. Tu vas l'aimer, elle est ravissante.

Les jointures de ses phalanges étaient blanches.

— Dis-m'en un peu plus au sujet des mariés, lui demanda alors Jack.

Elle respira à fond.

— D'accord. Kevin Bates et Naomi Norman.

— C'est donc le fameux mariage Bates-Norman ? ironisa-t-il, faisant naître sur ses lèvres un sourire.

Elle avait une jolie bouche charnue et rose.

Ça y est, elle se mettait enfin à parler. A toute vitesse, d'ailleurs.

— Oui, donc, lui, c'était mon petit copain à l'école. On est allés dans la même fac et on a vécu ensemble. J'avais l'impression qu'on était heureux, plus ou moins. Enfin, moi, je l'étais. Et puis il a rencontré quelqu'un d'autre et… voilà.

Elle haussa les épaules et regarda par le hublot.

Jack avait grandi entouré de femmes et avait très souvent été sollicité pour des occasions similaires. Il était doué pour ces situations. Par exemple, par le passé, il avait accompagné Eve Mikkes au bal de fin d'année parce que c'était une fille drôle et sympa et qu'elle avait été brûlée au visage et aux mains, plus jeune, dans un incendie, ce qui lui avait laissé de vilaines cicatrices. Il s'était rendu à cinq réunions d'anciens élèves, trois mariages et un anniversaire de mariage. Et puis il y avait ses sœurs, déjà évoquées.

Du coup, il savait reconnaître une femme dont le cœur a été brisé.

— C'était l'amour de ta vie, n'est-ce pas ?

Elle leva les yeux vers lui puis détourna le regard en direction des nuages.

— Oui.

Il lui reprit la main et la serra.

— Fais-moi confiance, petite, ça va être sympa.

*
* *

Emmaline avait rencontré son grand amour à neuf ans à l'école pendant un match de dodgeball, ce sport inventé pour punir les enfants. Quelques années plus tôt, des parents avaient assigné l'école en justice pour que soit supprimé le dodgeball, mais quelqu'un avait réussi à le faire rétablir et, tant que la décision de justice n'était pas prise, la pratique de ce sport redoutable continuait apparemment, sous le regard sadique de Mme Goldberg, son sifflet et son petit sourire méchant aux lèvres.

Pas de chance pour Emmaline, qui était déjà le souffre-douleur de ses camarades et n'avait aucun besoin d'être en plus bombardée de balles rouges. Le pire du pire étant, comme chacun savait, le moment de la sélection des équipes.

Elle prenait l'air nonchalant et pas concerné alors qu'elle avait les mains moites et le cœur à cent à l'heure, au moment où commençait l'abominable rituel. Lyric Adams (la fille d'une rock star d'âge mûr et de sa quatrième femme) et Seven Finlay (fils d'une actrice anglaise palmée et de son troisième mari) étaient les élèves les plus populaires, qui avaient la bénédiction de Mme Goldberg lorsqu'il s'agissait de choisir ou d'exclure à jamais leurs petits camarades, l'un après l'autre.

— Ireland, appela Lyric.

Et l'Ireland en question, fille d'un producteur de musique, baissa gracieusement la tête, signifiant par là même qu'elle acceptait l'insigne honneur qui lui était fait, et se rangea aux côtés de sa meilleure amie.

— Milan, enchaîna Seven en réaction.

La plupart des camarades de classe d'Emmaline furent appelés. En plus de Milan, il y eut deux Paris, trois London, un York, un Dallas et une Boston. On se serait davantage cru en cours de géographie que de sport, mais bon, Emmaline ne pouvait pas nier qu'elle aurait bien aimé avoir aussi un prénom cool, qu'elle aurait adoré faire partie des gamins populaires, même si elle se rendait bien compte qu'ils étaient méchants. Elle se serait même contentée de moins, aurait juste adoré se tourner vers le nouveau et faire une plaisanterie sur tous ces prénoms géographiques qui faisaient d'eux des exceptions.

Mais ce n'était pas possible.

— Jupiter ! appela Lyric, tout en faisant gonfler ses cheveux.

— Diesel, contre-attaqua Seven.

Ce garçon, paria comme elle, arrivait d'une ville dont la plupart des élèves n'avaient jamais entendu parler : Tacoma ou quelque chose comme ça. Ses parents ne travaillaient pas dans la musique ni le cinéma, ce qui le rendait inintéressant aux yeux de tous. Et de surcroît il avait un prénom normal, ce qui ne facilitait rien.

Kevin. Kevin Bates.

En plus, il était… comble du comble, gros.

A Malibu, il valait mieux être héroïnomane ou meurtrier que gros, si on voulait s'intégrer. Lorsqu'il entra en cours d'algèbre, le premier jour, les élèves le regardèrent comme si un téton lui avait poussé sur le menton. A leur décharge, ils n'avaient jamais vu de leur vie une personne en surpoids. Pas à Malibu. Pas sur les plages immaculées ni dans les montagnes ultra-sélectes que fréquentait leur famille. Qui aurait osé être gros ici ?

Pourquoi donc ses parents ne l'avaient-ils pas fait opérer de l'estomac ? Ou alors ne lui avaient-ils pas fait faire une liposuccion ? Ou ne l'avaient-ils pas au moins envoyé en cure d'amaigrissement ? S'il avait existé une opération pour régler le problème d'Emmaline, ses parents y auraient sûrement eu recours. Pourquoi ne pas tenter de régler cette chose qui lui rendait la vie si difficile ? A Malibu, c'était comme si on noyait tous les enfants qui présentaient une imperfection, ou qu'on les envoyait vivre ailleurs, où les exigences étaient plus normales.

Le premier jour, le professeur lui avait demandé de se présenter à la classe, et les autres élèves l'avaient bombardé de questions. Certes, il était gros, mais on pouvait le tolérer s'il était par exemple le fils de… Steven Spielberg.

Or sa mère était comptable, et son père, informaticien.

Le glas avait alors sonné pour lui. Si encore sa mère avait gagné le prix Nobel d'économie ou son père inventé la machine à remonter le temps, cela serait passé, mais, même si ses parents gagnaient fort bien leur vie, Kevin ne dînait pas avec des stars de cinéma, ne venait pas à l'école en limousine, et il était gros. En résumé, il n'était personne, alors bye-bye.

Emmaline connaissait très bien ce sentiment d'exclusion. Elle n'était pourtant pas grosse. Elle n'était pas non plus très mince, au regard des critères locaux. Elle était charpentée, ni squelettique ni anorexique. Non, son problème était tout autre.

Son problème était qu'elle bégayait.

Les mots se bousculaient dans sa bouche, et des années et des années d'orthophonie n'y avaient rien fait. Le seul moyen pour elle d'y remédier était de se détendre vraiment ou au contraire de parler sans réfléchir, ou encore devant un auditoire patient, et même dans ce cas c'était une vraie torture.

Or les enfants ne sont pas réputés pour être particulièrement patients. Quand elle ne parvenait pas à donner une réponse, ne sachant jamais si les mots n'allaient pas rester bloqués dans sa gorge, ou se transformer en un hachis incompréhensible devant les yeux horrifiés de toute la classe… cela faisait d'elle la cible idéale.

Et peu importait qu'elle ait obtenu sa ceinture noire d'aïkido à onze ans, qu'elle soit douée pour tous les sports, qu'elle soit élancée et intelligente, et qu'elle ait de très bonnes notes en classe, excepté à l'oral. Tous les élèves se laissaient influencer par ces méchants enfants si populaires, de vrais vampires qui se nourrissaient et se réjouissaient uniquement du malheur des autres.

Plus petite, elle s'était pas mal battue, à un âge où on tolérait mieux de voir les enfants en venir aux mains. A onze ans, en revanche, elle avait poussé Asia Redding pendant la récréation, et les parents de celle-ci avaient menacé de poursuivre les Neal en justice. Peu importait qu'Asia se moquât depuis des années du bégaiement d'Emmaline.

Elle avait enduré (non sans en souffrir) en feignant l'indifférence. Elle maîtrisait l'art d'ignorer les regards, portait des Doc Martens et des vêtements noirs. Elle apprit même le langage des signes pour exprimer toutes les grossièretés que son défaut de prononciation l'empêchait de dire.

Ses parents l'encourageaient à en rire ou à l'ignorer, mais en bons psychologues professionnels ils ignoraient tout des comportements enfantins. Au moins, faire semblant d'avoir le cuir épais lui donnait l'assurance que les autres ne devinaient pas sa souffrance.

Assis à côté d'elle ce jour-là, Kevin soupira. Elle lui lança un regard en coin. Il avait l'air amusé et bienveillant. Il la regarda à son tour et sourit.

— Pas facile d'être nous, pas vrai ?

Nous, comme le mot résonnait joliment.

— Chord, appela Seven.

— Birch, dit Lyric.

— Ses parents devaient détester les enfants, c'est sûr. Birch, ça craint, non ?

Emmaline se sentit joyeuse, tout à coup. Ce Kevin, il avait quelque chose, comme… de l'assurance. Il était là, un gros au pays où les filles de seize ans se font offrir des implants mammaires pour leur anniversaire, où les garçons ont des coachs sportifs personnels et les cheveux méchés avant même d'entrer au lycée. Etre gros ? Gros ? C'était un acte de rébellion majeur contre la société ! James Dean n'aurait pas fait mieux.

Il y avait quelque chose de fascinant là-dedans.

— Journey.

Ce dernier nom appelé le fut sans enthousiasme parce que Journey était le produit d'un premier mariage et ses parents étaient toujours ensemble, ce qui la rendait moins cool que les autres. Pas au niveau d'Emmaline et Kevin tout de même, mais pas loin. Et puis son prénom était le nom d'un groupe de musique, pas d'un lieu, alors…

A la fin, il ne restait plus qu'eux deux.

Emmaline jeta de nouveau un coup d'œil en direction de Kevin. Il la regarda aussi et leva les yeux au ciel, pas contre elle, contre ce rituel atroce qui consistait à humilier les autres. Elle lui sourit.

— Bon, ben, Kevin alors, dit Lyric. De toute façon…

— Super, du coup, c'est moi qui me farcis E… E… E… Emmaline, rétorqua Seven.

Emmaline se tourna vers Mme Goldberg, qui prenait des notes sur son carnet en faisant mine de ne pas avoir entendu. Elle ne punirait pas Seven, c'était sûr. Et ce n'était pas Em qui allait le dénoncer.

— Trou du cul, dit Kevin entre ses dents, avant de soupirer et d'aller rejoindre son équipe, tel Gulliver au milieu des Lilliputiens.

Ce jour-là, à la récréation, Kevin l'attendit près de la porte.

— Tu veux un Twinkie ? lui proposa-t-il.

Elle prit l'étrange gâteau en forme de tube. Ses parents étaient malheureusement dans un trip macrobiotique depuis peu.

— Mer… merci, dit-elle.

— Alors, comme ça, tu bégayes ?

— P… parfois.

A peu près tout le temps, en fait.

— Et moi, je suis gros, répondit Kevin.

Il avait de beaux yeux sombres, avec des cils incroyables et des cheveux noirs bouclés. A y regarder de plus près, il n'était pas *si* gros. Costaud convenait mieux, et doux aussi. Mais il était grand, à peu près aussi grand qu'elle, et à dire vrai il était plutôt beau.

— Tu veux qu'on devienne amis ? lui demanda-t-il, et elle tomba bien sûr aussitôt sous son charme.

Quand elle était avec lui, elle bégayait moins, et si cela arrivait, il attendait. Pas à la manière de ses parents, qui la fixaient, impatients que ça sorte enfin. Peut-être que, s'ils n'avaient pas été aussi bardés de diplômes et n'avaient pas eu sans arrêt à la bouche des mots comme « transfert » ou « responsabilisation » ou encore « prise de conscience de soi », elle se serait sentie moins stressée.

Ils connaissaient par cœur la méthode à adopter face à une personne affectée de bégaiement (un locuteur non fluide, comme ils préféraient dire). « Nous avons tout notre temps », disait sa mère. Et ça, c'était encore autre chose, cet usage systématique du « nous ». Jamais le « je ». « Ne te presse pas, nous attendrons tout le temps qu'il faudra. »

Cela avait pour effet d'empirer son bégaiement. Cette façon qu'ils avaient de traiter son handicap relevait du recentrage perpétuel. (Em connaissait tous les termes techniques.) « Nous aimons ton bégaiement parce que nous t'aimons toi ! », lui avait un jour dit son père, ce qui était parfaitement grotesque.

Elle, elle détestait son bégaiement. Elle le visualisait sous l'apparence d'un squelette vêtu de noir qui se dressait et venait placer ses doigts osseux et pointus autour de ses cordes vocales puis se mettait à serrer, avec un sourire méchant.

Kevin, lui, était différent. Il s'aimait bien, même s'il n'aimait pas être gros. Et il l'aimait, elle, mais il n'aimait pas qu'elle bégaye.

Ils s'embrassèrent pour la première fois un jour d'avril alors qu'ils étaient en quatrième et se connaissaient depuis des mois. Ses lèvres étaient douces, et il ne fit rien d'autre que les poser sur les siennes, sans mettre la langue, sans la peloter non plus. Ce fut délicieux. Ensuite, il lui sourit et lui demanda si elle voulait aller au cinéma le week-end suivant.

— D'accord, répondit-elle, tu veux voir quoi ?

Elle avait dit ça d'une seule traite.

Hélas, cette romance entre les deux tarés de la classe choqua au plus haut point leurs magnifiques et si mal nommés camarades. Ils s'en prirent davantage à eux encore. Emmaline trouva dans son casier un préservatif usagé, et cette vision la dégoûta tant que les mots restèrent coincés au fond de sa gorge toute la journée. Une autre fois, elle entra en classe de musique, et toutes les filles éclatèrent de rire ensemble sans raison apparente. Quelqu'un glissa un test de grossesse dans son sac, ce qui lui valut un sermon maternel sur le sexe et la nécessité d'être prête, alors qu'elle protestait en disant que Kevin et elle n'avaient rien fait d'autre que s'embrasser.

Les choses prirent un tour plus grave le jour où Lyric lança sur elle une allumette. Par chance, celle-ci s'éteignit avant de tomber dans ses cheveux. Emmaline s'en prit alors physiquement à Lyric, laquelle se mit à hurler comme si on menaçait de la manger. Em fut renvoyée pendant une semaine et, pire que tout, elle fut contrainte de s'excuser, de vive voix, en plus.

Heureusement, elle avait Kevin.

C'est alors que tomba la nouvelle : Kevin était admis dans l'école où son père avait été pensionnaire, dans le Connecticut. Il réagit avec une maturité exceptionnelle : ils n'avaient que quatorze ans, donc bien sûr qu'il devait y aller.

Son seul ami. Son grand amour.

Elle se mit alors à son ordinateur et écrivit à ses parents une lettre où elle leur disait qu'elle voulait partir vivre chez

Nana et aller au lycée là-bas parce qu'elle n'en pouvait plus de cette ambiance.

Nana, la mère de sa mère, vivait à Manningsport, dans l'Etat de New York, une charmante petite ville au bord d'un lac où Em allait tous les étés. C'était la grand-mère par excellence : elle lui faisait de bons petits plats, la chouchoutait, la câlinait. Em adorait ses vacances là-bas, passées à se gaver de viande rouge, de gluten et de desserts archi-sucrés. Les promenades à vélo et les baignades le matin dans le lac frisquet, les randonnées, les cascades et les descentes au magasin de bonbons. Nana invitait même des filles pour qu'elles jouent avec elle, et elles étaient bien plus gentilles que celles de Malibu. L'une d'elles, en l'entendant pour la première fois bégayer, posa sa main sur son bras et lui dit :

« Ne t'en fais pas. Moi, je fais des crises d'épilepsie, alors je sais ce que ça fait d'être différente. »

Là-bas, elle bégayait moins. Encore pas mal, mais moins.

Ses parents accueillirent avec enthousiasme l'idée de ce déménagement.

— Très bon pour l'autonomisation, dit sa mère, en faisant mine d'avoir quelque chose dans l'œil.

Dad s'éclaircit la voix et dit que c'était une idée très saine et qu'il la soutenait.

Tous les trois savaient bien qu'ils ne détenaient pas la solution à son problème.

Dans un sens, c'était une fuite, mais la perspective de quitter ses détestables pairs la remplissait de joie et de soulagement.

A Manningsport, les autres enfants virent arriver cette fille née en Californie comme un être exotique et fascinant, et ne se soucièrent pas qu'elle parle peu. Lorsqu'elle parlait, ils trouvaient même son bégaiement plutôt glamour.

La relation entre Em et ses parents s'améliora aussi. Elle avait des choses à leur raconter, maintenant qu'elle ne les avait plus en face d'elle. La communication par téléphone et par mail était plus facile. Lorsqu'elle leur annonça qu'elle faisait partie de l'équipe de hockey et de la chorale, parce que en chantant elle ne bégayait plus, elle sentit combien ils étaient soulagés.

La maison de Nana était petite et douillette, claire et bien meublée, avec une fenêtre aux vitres colorées dans la cage d'escalier. Par beau temps, Nana s'installait sous son petit porche et bavardait avec les passants (chose qui n'existait pas à Malibu), et invitait de temps en temps un voisin à boire un verre de vin ou de thé glacé. Le grand-père d'Em était mort quand elle était petite, et Nana avait parfois un rendez-vous avec un homme, ce qu'Em trouvait charmant.

Et puis elle aimait bien rendre service à sa grand-mère : balayer le trottoir ou nettoyer la voiture, foncer au magasin à trois pâtés de maisons de là. On avait besoin d'elle, et elle adorait cette impression. Parfois, des camarades de classe venaient chez elle passer un moment, faire leurs devoirs et goûter aux fabuleux gâteaux de Nana.

Enfin, un autre point positif de ce déménagement était qu'elle s'était rapprochée de Kevin.

Ils vivaient encore à quelques heures l'un de l'autre, mais ils s'organisèrent avec soin : si sa grand-mère l'emmenait en voiture dans le Connecticut une fois en octobre et une fois en février (ce qu'elle ferait car c'était une grande romantique), et s'ils rentraient chez eux pour Thanksgiving, Noël et les vacances de printemps, alors ils arrivaient à se voir presque une fois par mois. Ils s'écrivaient, s'envoyaient des mails, se parlaient au téléphone, et c'était toujours aussi super. Kevin était drôle, gentil et… rassurant. Il ne se moquait jamais d'elle, ne la repoussait jamais.

En février de cette première année, Em reçut un coup de fil de sa mère.

— Nous avons une merveilleuse surprise pour toi, lui dit-elle. Tu as une petite sœur ! Elle est à côté de moi. Tu veux lui parler ?

— Co… comment ?

— Allô ? dit une voix. C'est Angela.

Et comme ça, elle eut une sœur : Angela Amarache Demeku, adoptée en Ethiopie. Traduit, son nom signifiait en gros : « angélique, belle, rayonnante et brillante ».

Tandis qu'Emmaline signifiait « petite rivale laborieuse ». Quant à son deuxième prénom, Mara, il voulait dire « amère ».

Il n'y avait que des psychologues pour embrouiller à ce point leurs enfants…

Angela avait dix ans. Ses parents biologiques étaient morts depuis longtemps, et elle avait grandi dans un orphelinat. Elle était très gentille, et intelligente. Elle parlait trois langues. Déjà, à dix ans, elle était très belle, et possédait de grands yeux typés et de longs membres gracieux. Elle était très polie et appelait leurs parents « mama » et « papa » en accentuant la deuxième syllabe, ce qui était tellement plus joli que les vulgaires « Mom » et « Dad ».

Ce fut difficile pour Emmaline de ne pas se sentir un petit peu… remplacée. Ses parents l'appelaient pour lui raconter les derniers exploits d'Angela et lui faire la liste de toutes ses qualités. Parfois, elle se demandait s'ils n'essayaient pas de la punir d'avoir choisi de vivre avec Nana, mais ils avaient vraiment l'air d'adorer cette seconde fille sans défauts. Qui ne l'aurait pas adorée, d'ailleurs ? Angela n'était jamais aussi heureuse que lorsque Em rentrait pour les vacances. Elle déposait des petits bouquets sur l'oreiller de sa grande sœur, ou glissait des petits mots dans sa valise. Pour son premier Noël dans sa nouvelle famille, elle lui avait offert une écharpe tissée par elle-même selon la tradition éthiopienne.

Alors, bien sûr, Emmaline aimait sa petite sœur. Elle ne la voyait pas souvent et il lui fallut un peu de temps pour s'y habituer, mais Angela était super.

Pendant toute cette période, Emmaline et Kevin

continuèrent à se voir. Avec lui, elle se sentait elle-même, enfin capable de dire des blagues sans que celles-ci restent coincées au fond de sa gorge. Avec lui, elle cessait d'être sur la défensive et se détendait. Car, même si les enfants à Manningsport étaient plus gentils, elle restait sur ses gardes. Comme disaient ses parents, elle avait un problème d'estime de soi.

Tandis qu'avec lui elle était normale. Leur histoire d'amour se poursuivit au lycée. Ils entrèrent tous les deux à l'université du Michigan. Et un jour, alors qu'ils étaient en deuxième année, un miracle se produisit.

Le professeur de littérature anglaise, pendant un cours sur la tragédie shakespearienne, leur dit de lire chacun à voix haute quelques vers.

Emmaline se sentit mal. Avec le temps, son bégaiement s'était amélioré, mais il n'avait pas disparu, en particulier lorsqu'elle devait parler en public. Elle avait le cœur qui battait et parvenait à peine à voir les lignes du passage du *Roi Lear*. Morgan, le garçon assis devant elle, avait pris l'option théâtre et il lut avec un bel accent britannique et beaucoup de conviction le rôle du méchant Edmond.

Puis ce fut son tour : le roi Lear devant le corps de sa fille préférée, le moment le plus important de la pièce. Son bégaiement se frottait les mains de joie. Ses camarades attendaient.

Elle ferma les yeux et s'imagina dans la peau de sir Ian McKellen[1], puis regarda le livre et lut :

Hurlez ! Hurlez ! Hurlez ! Hurlez !
Oh ! vous êtes des hommes de pierre.
Si j'avais votre voix et vos yeux, je m'en servirais à faire craquer la voûte des cieux.
Elle est partie à jamais !

Le bégaiement en resta bouche bée.

1. Célèbre acteur britannique né en 1939.

Elle avait prononcé ces mots avec un accent britannique, elle aussi, et n'avait pas trébuché.

— C'est bien, Emmaline, avait commenté le professeur. A toi, Meggie.

Elle avait les mains qui tremblaient et une étrange sensation dans la poitrine. C'était de la joie.

A partir de ce jour, chaque fois qu'elle sentait les mots se coincer dans sa gorge, elle les imaginait prononcés avec un accent, et alors son cerveau et sa gorge les libéraient simplement de leur carcan. Au bout de toutes ces années, son handicap, qui l'avait rendue si malheureuse et avait fait d'elle une exclue, avait disparu. Lorsqu'elle l'apprit à ses parents, ils restèrent muets de stupéfaction.

— C'est merveilleux, s'exclama sa mère. Tu dois te sentir tellement plus en possession de toi-même !

— On est contents pour toi, ajouta son père dans le deuxième combiné (car ils étaient toujours ensemble au téléphone).

— Au fait, nous divorçons, dit alors sa mère. Mais nous continuons d'habiter ensemble. Rien ne changera pour Angela. Ni pour toi, d'ailleurs.

Un mois plus tard, Em et Kevin étaient tous les deux dans le grand lit de Kevin, qui habitait en dehors du campus, et il ne disait rien.

— Ça va ? lui demanda-t-elle.

Au bout d'une longue minute, il dit :

— Tu ne bégayes plus.

Elle ne répondit rien pour le laisser venir.

— C'est un peu bizarre. Je ne sais pas, mais, quand on s'est connus, on avait tous les deux… un truc, tu vois. Et maintenant toi tu ne l'as plus.

— Oui, enfin, on ne sait jamais.

Elle s'interrompit, se sentant presque coupable.

— Je le sens encore là au fond de moi, tapi en attendant de resurgir.

Il soupira et ajouta :

— Enfin, bon, je suppose que c'est mieux comme ça.

Plus tard, en rentrant à pied dans le froid jusqu'au campus, elle se dit qu'elle aurait préféré le voir se réjouir. Après tout, peu de gens savaient mieux que lui à quel point ce bégaiement l'avait paralysée, traumatisée, enfermée dans une prison invisible.

Mais elle comprenait. Il avait peur.

Parce que, voyez-vous, lui n'avait pas perdu cette chose qui faisait de lui un exclu. Il était toujours gros, obèse, même. Quand elle l'avait rencontré, il pesait peut-être dix kilos de trop, mais il en avait bien pris vingt supplémentaires à Choate.

Et il continuait de grossir à la fac.

Même s'il ne lui avait jamais dit combien il pesait, elle devinait qu'il faisait bien quarante-cinq kilos de plus que ce qu'il aurait dû. Peut-être davantage.

Ils n'évoquaient jamais la possibilité qu'il maigrisse. Avec ses amis, Kevin n'avait pas de problème pour assumer le fait d'être gros, « un type balèze ». Il adorait manger et ne se contentait pas de nourriture facile du genre pizza ou hamburger (même s'il ne s'en privait pas non plus). Il cuisinait pour Em et, oui, il se servait des portions énormes. Mais elle adorait manger, elle aussi, et ne se permettait jamais de le juger ni de lui faire sentir qu'il n'était pas séduisant. Kevin savait qu'il était gros, ce n'était un secret pour personne.

De plus, elle l'aimait et elle le trouvait véritablement séduisant. Il avait de si beaux yeux noirs, un rire et un sourire tellement contagieux, et il embrassait tellement bien.

Pourtant, à la fin de sa licence, quand il entra en master de droit tout en continuant à grossir, elle se mit à s'inquiéter.

Ils rentrèrent tous les deux à Malibu pour les vacances, et il dut acheter une deuxième place dans l'avion. Il vécut cela comme une humiliation, mais il occupait vraiment deux sièges.

Il ne dit pas un mot durant tout le vol.

— Au retour, je m'inscris dans une salle de sport, déclara-t-il dans la voiture.

— Super, répondit-elle calmement. Je m'inscrirai avec toi, si tu veux. Ça nous fera du bien à tous les deux.

Il se contenta de grogner.

Et ce qui fut dit fut fait. Kevin y alla une fois. Em, cinq fois, puis elle arrêta, pour ne pas rendre les choses plus difficiles pour lui. De toute façon, elle courait plusieurs fois par semaine huit kilomètres, hiver compris, et elle était toujours aussi charpentée : elle mesurait bien un mètre soixante-dix-sept, était musclée et avait de belles formes. Sur la côte Est, où les critères physiques étaient normaux, sa taille quarante (et même parfois quarante-deux) était dans la moyenne. A Malibu, elle ne rentrait pas dans du « L ».

Kevin obtint son diplôme de droit et un poste très bien payé dans une grosse société. Ils s'installèrent ensemble dans la jolie petite ville d'Ann Arbor. Em avait un boulot sympa dans un journal et utilisait ses compétences rédactionnelles dans la rubrique nécrologique ou culturelle, puis se lança dans le reportage.

C'était excitant de pouvoir se payer des verres dans les bars, de parler de ses collègues et d'aller s'acheter un canapé. Tous les deux aimaient leur travail et obtinrent une promotion, déménagèrent dans un plus bel appartement et semblaient en passe de devenir de vrais adultes.

Kevin fit sa demande dans un restaurant italien, autour d'une assiette d'aubergines au parmesan et de pain à l'ail, un genou à terre, en lui présentant une bague. Elle dit oui instantanément et l'embrassa. Il fallut l'aider à se relever, mais elle s'arrangea pour que ce soit discret. Les autres clients applaudirent poliment, mais Em vit quelques regards éberlués.

Il est merveilleux, bande d'abrutis, se disait-elle sans cesser de sourire. *C'est l'homme le plus gentil que je connaisse.*

Et c'était vrai.

Mais il était aussi paresseux, peu soucieux de sa santé, et elle risquait de finir veuve.

Elle fit alors l'erreur qui devait changer sa vie. Elle s'inscrivit au Sweat World, le club de gym le plus proche de chez eux. Elle n'avait jamais aimé aller à la salle de sport, préférant aller courir, mais Kevin détestait courir (même s'il n'avait jamais essayé).

Alors ce fut le Sweat World, un de ces endroits affreux avec de la musique à fond, des miroirs partout et des appareils compliqués.

Son projet consistait à s'initier à tout ce qu'elle pouvait, pour ensuite lui suggérer d'essayer aussi, en prenant leur mariage comme motivation. Ils avaient choisi de se marier en juin, et on était alors en août. Ça lui laissait presque un an pour se remettre en forme et ensuite le rester, parce qu'elle l'aimait depuis qu'elle était en quatrième et n'avait pas l'intention de le perdre.

Cela dit, elle détestait vraiment ce club : toute cette sueur, l'odeur des lingettes désinfectantes qu'utilisaient les gens pour nettoyer les appareils, le claquement des poids et les grognements humains, le vrombissement des roues de vélo et les cris du personnel.

Il y avait en particulier une femme qu'Emmaline évitait, une coach très musclée appelée Naomi Norman qui la fixait lorsqu'elle s'entraînait sur le tapis de course. Sa façon de travailler était de hurler sur les clients et de les encourager à coups de :

« Allez, on ne fait pas sa chochotte ! Bouge-moi un peu ce gros cul ! »

D'après la rumeur, elle avait tantôt servi dans les marines, tantôt fréquenté la prison, été prof de gym et grandi dans une meute de loups. Et rien de tout ça n'était invraisemblable. Em faisait mine de s'enfermer dans sa bulle, avec des boules Quies dans les oreilles, et, si elle avait besoin d'un renseignement pour faire marcher un appareil, elle prenait soin de s'adresser à quelqu'un de gentil.

Au bout d'un mois, elle émit l'idée que Kevin l'accompagne, et elle évoqua Naomi pour le convaincre.

— Il faut que tu viennes avec moi, bébé. Tu sais, la fille dans *The Biggest Loser* ?

— Pas vraiment, non, avait-il répondu, sans lever les yeux de son journal.

— Eh bien, Naomi est comme elle, mais avec en plus de graves problèmes d'hémorroïdes. Elle me fait peur.

— Alors, change de club.

Il se leva pour se resservir du café en y ajoutant de la crème demi-écrémée (et non pas la crème allégée qu'elle lui avait achetée).

— Oui, mais bon, celui-là est à deux rues d'ici. Il faut que tu viennes, bébé, pour me protéger de Naomi.

Cela le fit sourire.

C'était un bon début.

Elle savait qu'il n'aimait pas être obèse. Elle savait aussi qu'il avait un taux de cholestérol et une tension élevés. Elle savait enfin qu'il avait conscience de la nécessité de perdre du poids.

Mais elle savait que, si cela venait d'elle, ça ne marcherait pas.

Une semaine ou deux plus tard, par un dimanche matin calme, elle y alla franco. Ils étaient en train de finir leur petit déjeuner (des pancakes et du bacon, beaucoup de bacon).

— Minou, pourquoi tu ne viendrais pas au club avec moi aujourd'hui ?

— J'ai plein de boulot, répliqua-t-il aussitôt.

Ce qui était vrai. Son boulot de juriste le forçait à rester tard le soir, et il travaillait aussi quelques heures le week-end.

Elle posa sa main sur la sienne.

— Kev, je t'aime, tu le sais, et je suis folle de joie à l'idée de me marier et d'avoir des enfants et tout ça. Mais je veux qu'on vive très longtemps ensemble, toi et moi, et… je m'inquiète pour ce qui risque de t'arriver, si tu n'essaies pas de vivre plus sainement.

Elle prit soin de ne pas prononcer des mots tels que « régime », ni « quantités raisonnables », ni « plus d'exercice physique », ni rien de similaire. Elle avait lu qu'il fallait mettre l'accent sur la santé et l'amour, parce qu'elle connaissait toute la littérature parue sur le sujet. Elle avait avalé des douzaines d'articles à propos de ce qu'ils appelaient « intervenir contre l'obésité », et cette expression lui déplaisait un peu, d'ailleurs.

Il la fixa pendant une longue minute. Elle lut dans son regard qu'il était blessé et elle se mit à pleurer.

— Je ne veux pas qu'il nous arrive quelque chose, murmura-t-elle.

— Je pourrais aussi me faire renverser par un bus, rétorqua-t-il, un brin sur la défensive.

— Je sais, et moi aussi, mais…

— Très bien. J'irai.

— C'est vrai ? Oh ! je suis contente !

— Je ne te promets rien. J'irai une fois pour voir.

— Merci.

Elle l'embrassa, et il lui sourit. Son gentil Kevin, le plus gentil garçon du monde. Elle commença par l'attirer dans leur lit, pour lui prouver combien elle l'aimait. Certes, il était gros, mais elle se sentait rassurée près de lui, lorsqu'elle posait sa tête sur sa poitrine et qu'il passait son bras lourd autour d'elle.

Ils durent aller lui acheter un short à sa taille, et Emmaline fut horrifiée. Son poids avait grimpé : quatre kilos par-ci, quatre par-là, et au bout du compte il était devenu gigantesque.

Sur le chemin du club de gym, il ne disait rien.

— Ça va ? lui demanda-t-elle.

— Je me dégoûte.

— Oh ! mais pourquoi, Kevin ? s'écria-t-elle en lui serrant le bras. Chéri, tu es très grand, et oui, OK, tu es lourd, mais on va y remédier, justement !

Il répondit d'un hochement de tête triste.

Em lui tint la porte en essayant de faire diversion, et espérant de toutes ses forces que Naomi ne soit pas là. Son seul but était de le faire monter sur un tapis de marche, juste pour s'amuser, tout en bavardant à propos de leur mariage pour lui changer les idées parce qu'évidemment il détestait faire du sport. Le moins douloureux ce serait, le mieux ça fonctionnerait.

Il s'enregistra en tant qu'invité d'Em et signa sur un registre réservé aux personnes en grave surpoids.

Il pesait le double de ce qu'il aurait dû, lui dit un homme tout maigre et musclé aux dents blanchies. Son poids idéal était de quatre-vingt-cinq kilos, et il en pesait cent soixante.

— C'est fantastique que vous soyez venu. Je vous félicite, lui dit aussi le type.

Kevin marmonna quelque chose en retour. Il évita le regard d'Em en s'avançant jusqu'aux tapis de marche, en passant devant les appareils de musculation et les forçats qui hurlaient en les actionnant. Il était déjà à bout de souffle en arrivant aux tapis.

C'était une torture pour lui, Em le savait. Elle lui sourit et régla le tapis à la vitesse minimale, puis en fit de même pour elle.

— Je suis sûre que le plus dur est fait, dit-elle à voix basse. Il te fallait arriver jusqu'ici.

Il ne répondit pas, monta le régulateur de vitesse et démarra au petit trot.

Elle savait qu'il n'allait pas tenir le coup. C'était trop, trop rapide.

En effet, il fut obligé de baisser la vitesse une minute plus tard. Elle fit semblant de ne pas le remarquer et continua de marcher, alors que toute seule elle serait en train de courir à son allure habituelle de onze kilomètres/heure.

A cet instant, elle aperçut Naomi.

La coach était vêtue d'un minishort et d'un soutien-gorge de sport. Elle avait des bras parfaitement dessinés, à la musculature élégante, et un ventre plat et ferme mais sans rides, de belles jambes longues et bronzées. Elle avait un corps parfait, et pas trop musclé, juste parfait. Il n'y avait pas d'autre mot.

Et c'était aussi la méchanceté personnifiée, vu la façon dont son regard changea en se posant sur Kevin. Elle mit ses deux mains sur ses hanches et s'avança lentement, les yeux plissés.

— Qu'est-ce que vous faites dans mon club de sport ? lui demanda-t-elle en hurlant presque. Non mais, sans déconner, qu'est-ce que vous foutez ici ?

Tout le monde se tut dans la salle.

— Comment osez-vous, Naomi ? s'indigna Emmaline. Ça suffit !

— C'est votre homme ? Et vous l'avez accompagné pour le soutenir, c'est ça ?

Le visage de Kevin devint plus rouge encore.

— Exactement. Il est venu. Il a fait le premier pas, alors fermez-la !

— Oh ! comme c'est mignon. On voit qui a des couilles à la maison, pas vrai, gros lard ?

Le silence était devenu pesant.

— Je vais aller me plaindre. Vous n'avez pas le droit de nous parler comme ça, protesta Emmaline.

— Ah, vraiment ? C'est ce qu'on va voir.

— Tais-toi, souffla Kevin.

— Oui, c'est ça, Naomi, ta gueule ! reprit Emmaline.

— Non, c'est à toi que je parlais, dit Kevin.

Elle arrêta de marcher et manqua tomber du tapis.

— Tu me dégoûtes, dit alors Naomi en fixant Kevin. Tu te rends compte combien de graisse tu transportes là ? Combien de kilos de graisse jaune, poisseuse et dégueulasse ? Alors, OK, tu as un squelette costaud, c'est ça ? Tu es grand ? C'est ça, que tu leur racontes, aux autres ? C'est ce qu'elle te dit ? Ou que tu as un métabolisme lent ? Un problème de thyroïde ? Des conneries, oui !

— Mais si, j'ai un problème de thyroïde, justement, marmonna-t-il.

— C'est ça. Tu es un gros goinfre paresseux et tu me dégoûtes. De t'être fait subir ça. Tu t'es rendu toi-même dégoûtant.

— Je souffre de désordres alimentaires, dit-il d'une petite voix.

— Je souffre de désordres alimentaires, l'imita-t-elle. Non, c'est faux. Tu n'as aucune discipline, aucun respect pour toi-même et tu te mens, et elle aussi te ment. « Je t'aime comme tu es, bébé ! » C'est ça, hein ?

Naomi jeta un regard aux autres clients du club, qui n'en revenaient pas.

— Tu sais quoi ? Tout le monde ici te regarde et te trouve grotesque. Et tout le monde se fout que tu aies un super sens de l'humour et un bel esprit.

— C'est faux ! Ça suffit, maintenant ! s'écria Emmaline.

— Tais-toi, rétorqua Kevin.

Il ne lui avait jamais parlé comme ça, jamais.

Naomi s'approcha et appuya sur le bouton stop du tapis. Il était trempé de sueur. Il venait de faire plus de sport en sept minutes que depuis fort longtemps.

— Sors d'ici, lui dit-elle. Rentre chez toi, gros lard. Va te commander une pizza. T'as sûrement enregistré le numéro de Domino's.

Pas plus tard que la veille au soir, Em avait préparé du poulet grillé et une salade, dont il s'était servi très copieusement, puis il avait commandé une pizza, avec un supplément de fromage.

Il se tenait là sans réagir, la tête baissée.

— Tu veux perdre du poids, gros lard ? Il ne te suffira pas de monter sur un tapis de course deux fois par semaine. Tu penses qu'il te suffit d'entrer ici ? Eh bien, non. Ce n'est même pas la peine d'essayer.

— Dieu du ciel, fit Emmaline. Chéri, on y va. Il y a plein d'autres…

— Que faut-il que je fasse ? demanda alors Kevin.

Naomi sourit.

— Exactement tout ce que je vais te dire.

Et la suite fit mentir tous les livres, tout ce que ses parents avaient pu dire. Ça n'était pas censé marcher par la contrainte, ni par l'humiliation.

Kevin signa pour une période de six mois avec un entraînement personnalisé de deux heures par jour.

— Pourquoi as-tu fait ça ? s'enquit Emmaline dans la voiture. Je ne comprends pas.

— Parce qu'elle m'a dit la vérité, répondit-il sans la regarder.

En arrivant chez eux, il alla directement dans la salle de bains et mit la douche en marche. Une minute plus tard, elle l'entendit pleurer. Cela lui brisa le cœur, mais il refusa d'ouvrir lorsqu'elle frappa à la porte.

Il ne mangea pas de la journée.

Le lendemain, il n'était pas là lorsqu'elle rentra du travail. Elle lui envoya un SMS qui resta sans réponse. Vers 21 heures, il rentra, en sueur et le visage rouge, avec à la main un sac de sport tout neuf.

— Salut ! C'était comment ?

— Bien.

— Ecoute, minou, je suis contente que tu t'y mettes, mais tu penses que Naomi est la meilleure personne pour… ?

— Oui. Merci.

Trois jours plus tard, il revint du club de sport avec une liste à la main, puis, sans aucune explication, ouvrit tous les placards de la cuisine et commença à les vider dans la poubelle avec dégoût après avoir lu les étiquettes.

— Mais qu'est-ce que tu fabriques ? s'écria Emmaline, lui retirant des mains une boîte de bouillon de volaille. Elle n'est même pas entamée !

— C'est du poison, répondit-il. Regarde le taux de sodium.

Il la regarda avec réprobation, car après tout c'était elle qui faisait les courses. Il prit ensuite un sachet de soupe thaïe et le jeta à la poubelle.

— OK, chéri, on va donner tout ça à la banque alimentaire, mais est-ce que tu pourrais juste m'expliquer ce qui se passe ?

Il lança ensuite une boîte toute neuve de Special K, qu'elle intercepta. Elle adorait les céréales.

— On se met au régime sans gluten, ou quoi ?

— Oui, et sans sucre et sans lactose.

— Mais qu'est-ce qui reste, du coup ? demanda-t-elle sur le ton de la plaisanterie.

Il se tourna vers elle.

— Tu trouves ça drôle ? Regarde-moi. Je suis répugnant.

— Non, Kevin, ce n'est pas vrai.

Il leva les yeux au ciel et continua à faire le vide.

Le week-end suivant, il avait si mal partout qu'il arriva à peine à enfiler son pantalon, mais il se rendit tout de même à la salle de sport.

— Naomi prétend que la douleur est le signe que mon corps reprend le dessus, déclara-t-il.

Em l'accompagna, mais Naomi l'ignora, préférant s'en prendre à Kevin avec brutalité, le traitant de paresseux, de faible, de limace. Par deux fois, Em alla se réfugier dans les toilettes pour pleurer.

— Je pense qu'il vaudrait mieux qu'on n'aille pas à la

salle aux mêmes heures, toi et moi, lui dit-il sur le chemin du retour. J'apprécie ton soutien, mais il faut que je me concentre.

— Ah… mais… OK, bien sûr. Du moment que ça marche.

Il pressa sa main.

— Merci.

Naomi emmena Kevin au supermarché, et Em hurla en voyant le ticket de caisse : deux sacs de nourriture bio sans gluten, sans sucre ni lactose coûtaient plus cher que ses courses à elle pour tout le mois.

Il continua à ce rythme pendant tout l'automne. Il ne se nourrissait que de protéines sans graisse, de légumes indigestes et de bouillies à base de poudre verte et de lait de soja. De quinoa, de blé, de lin, d'omelettes au blanc d'œuf, de brocoli cru, de poisson grillé et de poivrons rouges. Il se livrait à des jeûnes, des lavements et des purges. Les toilettes empestaient. Sa libido en avait pris un coup.

Il ne parlait plus que de la salle de sport, commençait toutes ses phrases par « Naomi dit ». Teneur en calories, taux de graisse, métabolisme aérobie, chrononutrition… voilà tout ce dont ils parlaient (enfin, tout ce dont Kevin parlait).

Cependant, il perdit du poids pour de bon. Quatre kilos le premier mois, cinq le deuxième. En décembre, ils eurent une violente dispute parce que Em voulait faire des cookies pour les envoyer à sa famille, et Kevin lui dit que, dans le cadre d'un régime strict, ils ne pouvaient pas « prendre le risque » de faire de la pâtisserie.

Elle les fit quand même pendant qu'il était au bureau, les mit dans un paquet bien fermé avec du scotch et écrivit l'adresse, avant de partir faire un footing.

Lorsqu'elle rentra, elle trouva le paquet ouvert, et un Kevin furieux. Il venait de manger au moins une douzaine de cookies et lui dit que c'était sa faute. Elle l'avait mis face à la tentation alors qu'il était encore vulnérable à ce stade. Si c'était comme ça qu'elle comptait le soutenir !

— Mais je voulais juste faire des cookies pour ma famille, vois-tu, répondit-elle avec froideur. Je n'avais pas conscience d'être à ce point dangereuse.

— Tu peux rigoler, oui, mais tu pleureras sur mon cercueil si tu ne me soutiens pas !

— Mais *je* te soutiens ! Dieu du ciel, je ne supporte plus d'entendre ce mot !

— Il faut que j'aille à la salle, déclara-t-il avec un air de martyr. Et que je fasse un jeûne de trois jours. Tu pourrais, s'il te plaît, faire disparaître les cookies avant que je rentre ?

— Non mais je n'y crois pas, murmura-t-elle avant de soupirer et de le prendre dans ses bras. Je suis désolée. Je t'aime et je suis vraiment fière de toi, tu le sais. Je n'avais juste pas compris qu'il fallait que j'arrête complètement de faire des gâteaux.

— Je suis boulimique, alors tâche de prendre un peu plus en compte mes problèmes.

Il ne perdit que deux kilos ce mois-là. C'était encore sa faute, lui dit-il, parce qu'elle l'avait emmené à la fête de Noël du bureau et avait laissé Angela et sa mère se charger du réveillon.

C'est à la salle de sport qu'il se sentait le mieux. Finalement, les longues heures passées au travail n'étaient pas si indispensables que cela, et ses associés étaient heureux de voir qu'il se prenait en main.

Tout comme Emmaline. Sauf qu'elle ne le voyait presque plus, et lorsqu'elle le voyait ce n'était que pour parler sport et nutrition.

Ils ne sortaient plus dîner avec des amis, car cela aurait été trop tentant. Si elle organisait un restaurant avec des amis de la fac ou des collègues, il lui demandait de ne pas rapporter les restes à la maison. Ils ne pouvaient plus non plus aller au cinéma, alors ils restaient chez eux tous les soirs et Kevin s'endormait sur le canapé, épuisé par ses séances.

A l'occasion, ils faisaient un footing, mais Kevin passait un temps fou à décider de l'itinéraire car ils ne devaient pas passer devant une boulangerie ni un vendeur de hot-dogs.

— Naomi dit qu'il faut compter un an pour que je sois capable de résister mieux, expliqua-t-il alors qu'ils étaient en train de courir à 7 heures du matin un samedi dans une zone industrielle déserte. Jusque-là, il faut que je fasse très attention.

Elle se résigna, ne mangeant que lorsqu'il mangeait, n'achetant rien qui ne soit sur la liste approuvée par Naomi, et ne s'arrêtant plus jamais en douce chez Ben & Jerry's, à son grand regret.

Kevin avait collé sur le frigo les recommandations de Naomi, qui introduisait de la culpabilité dans chaque bouchée avalée :

> *Tout ce que tu manges en privé, tu le portes sur toi en public. C'est dans sa cuisine qu'on fait ses abdos. Ne ruine pas tes efforts à coups de fourchette. La question n'est pas de savoir ce dont tu es capable mais ce dont tu as envie pour toi-même. Rien n'est meilleur que de se sentir svelte.*

Emmaline n'était pas d'accord avec la dernière affirmation. Il n'y avait rien de meilleur qu'une glace Ben & Jerry's. D'ailleurs, elle-même n'était pas affûtée, mais elle n'était pas grosse non plus.

Pas encore.

Au fur et à mesure que Kevin perdait du poids, Emmaline devenait de plus en plus obsédée par la nourriture et ne pensait plus qu'à cela. Elle comptait les heures qui la séparaient de son prochain repas. Elle y pensait en s'endormant et, dès qu'elle avait fini un repas, pensait déjà au suivant.

Alors qu'à une époque elle se contentait d'apporter une pomme et un yaourt au bureau pour le déjeuner, désormais, elle faisait des repas énormes : cordons-bleus, burgers, *nachos*, soupe de coquillages ou encore le spécial maxi du Big Boy. Elle se serait damnée pour un gâteau à la cerise, la spécialité du Michigan.

Un jour, en rentrant, elle tomba sur Kevin, qui pour une fois n'était pas à la salle.

— Salut, chéri ! s'exclama-t-elle joyeusement en laissant tomber son sac à main.

— Salut, beauté, dit-il en la prenant dans ses bras.

Elle sentit alors un tel élan d'amour et de désir qu'elle en vacilla. Elle lui rendit son étreinte et constata qu'elle pouvait désormais faire le tour de son corps avec ses bras. Il était vraiment en train de fondre.

Soudain, il recula.

— Tu veux vraiment ma mort ?

— Quoi ?

— Tu sens… mais oui, c'est ça ! Tu es allée au Ray Red Hots aujourd'hui, non ?

A l'entendre, on aurait cru qu'elle avait torturé un bébé panda.

— Je plaide coupable, Votre Honneur.

— Ce n'est pas drôle, Emmaline, marmonna-t-il en boudant comme un gosse de maternelle. Tu pues le hot-dog.

— Oui, eh bien, j'en ai pris deux, si tu veux tout savoir ! OK ? Vas-y, venge-toi !

Cette enseigne était un endroit incontournable à Ann Arbor, et à une époque bénie ils y allaient souvent.

Il la fusilla du regard, empoigna son sac de sport et sortit.

Cette nuit-là, il ne rentra pas. Ce n'était jamais arrivé avant.

Elle refusait d'imaginer où il pouvait bien être.

Au lieu de ça, elle alla s'acheter un grand pot de Ben & Jerry's, qu'elle mangea tout entier. Vanille et brisures de noisettes : une tuerie.

Lorsqu'il rentra, le lendemain, ils se réconcilièrent, plus ou moins.

En mars, il avait perdu trente-cinq kilos et, en le regardant s'assoupir sur le canapé, épuisé après la nouvelle séance infernale que Naomi lui avait encore infligée, Emmaline se fit la remarque suivante : il était magnifique.

Oh ! elle l'avait toujours trouvé beau, mais, désormais débarrassé de sa graisse, son visage se révélait. Il avait de belles pommettes saillantes, une mâchoire carrée, et ses yeux, fermés à cet instant, semblaient plus grands, ses cils sombres formant deux ombres sur ses joues.

Si seulement leur relation pouvait redevenir comme avant. Cela faisait longtemps qu'ils n'avaient plus ri ensemble, ni fait l'amour, ni ri en faisant l'amour. *C'est juste un mauvais moment à passer*, lui disait une petite voix. *Au fond, il n'a pas changé.*

Sauf que si.

Autrefois, il était cool, drôle, facile à vivre et gentil. Désormais, il était vaniteux, narcissique et… méchant. Il n'y avait pas d'autre mot.

Il détestait les gros, les regardait avec dégoût et un manque d'indulgence total. Il détestait aussi ceux qui subissaient une opération de l'estomac. Un soir où ils regardaient un reportage sur une personne ayant perdu cent trente-six kilos, il fit ce commentaire :

— C'est un tricheur. Il va les reprendre. La bonne santé, c'est comme le mariage, si on triche, on ne peut pas espérer que ça dure.

Encore une citation de Naomi.

— En parlant de mariage, minou, commença à dire Emmaline, avant d'être interrompue par le téléphone.

Naomi aussi regardait le « tricheur ».

Un jour, tandis qu'ils faisaient la queue avant un concert, Kevin aperçut un petit garçon de huit ou neuf ans, grassouillet.

— Tu n'es pas forcé d'être comme ça, lui dit-il. Moi aussi, j'étais gros, avant.

— Kevin, enfin ! gronda Em. Arrête !

— Vous ne lui rendez pas service en le laissant manger n'importe quoi, déclara-t-il à la mère du garçon, qui lui fit un doigt d'honneur.

— Minou, tu n'as pas à juger les gens comme ça, insista Em plus tard. Je sais bien que ça partait d'une bonne intention, mais c'était méchant.

— Celle qui est méchante, c'est sa mère, qui le prépare à avoir du diabète.

Il avait raison, mais ce n'était pas gentil pour autant.

Lorsque Naomi lui donna le feu vert pour prendre de nouveau ses repas en présence d'autres gens, Emmaline en pleura presque de soulagement. Elle pensait qu'ils allaient enfin retrouver leur vie d'avant. C'était sûr, ils se nourrissaient mieux (hormis ses fringales secrètes le midi). Mais ne plus jamais aller au restaurant ou bien dîner chez des amis, c'était dur. Ils allaient enfin retrouver une vie normale, dîner dehors, aller au cinéma, parler.

Ce soir-là, surexcitée, elle mit une jolie robe, se maquilla avec soin et laissa ses cheveux lâchés parce que Kevin préférait. C'était un restaurant français romantique, avec des bougies et un serveur aussi discret que séduisant.

— *Mademoiselle*[1] désire-t-elle boire quelque chose ? demanda-t-il.

— Un verre de pinot noir, répondit-elle.

Kevin la regarda, et elle espéra qu'il en commande un aussi. Le pauvre était nerveux de se retrouver au restaurant après tant de temps.

— Et pour *monsieur*[2] ?

Depuis la table d'à côté, un toussotement se fit entendre.

1. En français dans le texte.
2. Idem.

Une fois, puis une autre, encore une autre. Emmaline se retourna et vit Naomi, qui fixait Kevin de ses yeux luisants.

— Un verre d'eau fraîche, lança Kevin, d'un ton brusque. Et ne nous apportez pas de pain.

— S'il vous plaît, ajouta Emmaline.

Puis elle se retourna de nouveau et dit :

— Bonsoir, Naomi, tu veux te joindre à nous ?

— Tu as réussi ton premier test, Kev, affirma Naomi, sans prêter la moindre attention à Em. Tu te débrouilles très bien. Que vois-tu sur la carte que tu pourrais prendre ?

Em soupira.

Et tout le dîner se poursuivit comme ça. Naomi le reprenait d'un toussotement à chaque mauvaise réponse : de la salade verte ? Très bien, avec quel assaisonnement (toussotement) ? Aucun ? Parfait. Du saumon grillé (toussotement) ? Non, plutôt du haddock. Et des choux de Bruxelles (toussotement). Sans sel, ni huile. Et pas de pommes de terre.

— Je prendrai la même chose, se résigna à dire Emmaline.

Ce ne serait pas juste de commander le canard grillé avec du soufflé au gruyère et des asperges à la sauce au beurre. Il fallait oublier le moelleux au chocolat, qui lui faisait de l'œil sur la carte des desserts. De toute façon, elle avait pris quelques kilos cet hiver et son jean la serrait un peu. Cela dit, la femme assise à la table d'à côté s'extasiait sur un plat bien crémeux à l'odeur délicieuse, et elle en eut des gargouillis dans l'estomac.

Naomi s'approcha et se pencha vers Kevin, ses fesses pratiquement sous le nez d'Em.

— Regarde un peu autour de toi, Kev, tu as envie de finir comme eux, d'une crise cardiaque ?

Em quitta des yeux le cul parfait de Naomi pour jeter un œil alentour et ne vit personne d'anormal. Elle avisa un couple d'âge moyen et de corpulence normale, à qui le serveur apportait le dessert.

— Une part de cheese-cake ? Cinq cents calories. Soixante-dix grammes de graisse, dit Naomi. Imagine ton cœur recouvert de toute cette merde, et tes muscles de plus en plus lents, tout englués dans le cheese-cake.

Kevin la fixait, comme hypnotisé.

— Mais ce n'est pas comme ça que ça se passe, murmura Em.

Ils ignorèrent tous les deux sa remarque.

— Le champagne est offert par la maison, annonça le serveur au couple plus âgé. Joyeux anniversaire et merci d'avoir choisi notre établissement ! Combien d'années ?

— Vingt-cinq, répondit la femme en souriant.

C'était un très joli couple, clairement très heureux. Ils se donnaient la main, l'air ravi.

— Ils feraient mieux de bouger un peu leur gros cul au lieu de se gaver comme ça, poursuivit Naomi. Mais non, ils préfèrent s'empiffrer comme des goinfres.

— OK, merci, Naomi ! Ravie de t'avoir vue, l'interrompit Emmaline.

— Elle a raison, Em, intervint Kevin.

— Mais enfin c'est quoi, la vie, sans cheese-cake ? demanda gentiment Emmaline. Juste une fois de temps en temps, bien sûr.

— Tu vois ? C'est à cause de discours comme ça que tu resteras gros, Kevin, et que les gens continueront de t'observer, en se demandant pourquoi ce gros lard repoussant ne se regarde pas plus souvent dans une glace.

— Arrête, dit Emmaline. Ecoute, Naomi, on est sortis dîner, Kevin et moi, là, et… je te suis reconnaissante de l'avoir remis en forme, mais s'il te plaît arrête, tu es trop cruelle.

— Elle est honnête, c'est tout, rétorqua Kevin, agacé.

— Peut-être, mais elle est aussi méchante, odieuse et sadique ! répliqua Em. Et qui aurait envie de vivre comme elle, toute la journée dans la salle de sport, incapable d'apprécier un bon repas, ne buvant que ces mélanges dégueulasses ? Je préfère encore être comme ces deux-là !

Elle pointa du doigt le couple.

— Ce ne sont pas des gros lards à mes yeux !

Oups.

Toute la salle s'était tue, et le couple qui fêtait son anniversaire de mariage était pétrifié, l'homme tenant une fourchette de cheese-cake devant sa bouche ouverte.

Naomi leva un sourcil et retourna s'asseoir devant ses portions congrues.

Kevin demanda l'addition. Il n'adressa pas la parole à Em dans la voiture, même lorsqu'elle tenta de se justifier. Arrivé chez eux, il monta dans leur chambre et ferma la porte. Une seconde plus tard, elle l'entendit parler au téléphone, avec Naomi.

Lorsque Kevin eut perdu quarante-cinq kilos, il lui dit qu'il voulait lui parler.

— Je crois qu'on ferait mieux de se séparer, lui déclara-t-il calmement, sans la regarder dans les yeux. Ma vie prend un tour différent, et je veux me concentrer là-dessus.

— Mais on se marie dans deux mois, répondit-elle d'une toute petite voix.

Rien ne put le faire changer d'avis. Elle tenta de ne pas pleurer mais en vain. Tenta de ne pas le supplier mais échoua là aussi.

— Tu ne me soutiens pas, se contentait-il de lui répéter.

— Mais si. Tu sais très bien que si.

— Non. Tu t'entêtes à me parler du passé.

— Mais parce que l'ancien Kevin me manque ! Il était plus heureux ! Je ne parle pas de ton poids, mais tu étais plus drôle et plus gai et tu aimais beaucoup plus la vie. Aujourd'hui, tu ne fais rien d'autre qu'aller à la salle de sport et compter les calories ! Ce n'est pas une vie !

— Naomi dit…

— Je t'en prie, arrête avec les citations de Naomi. Pas au moment où tu m'annonces que tu me quittes !

Elle se mit à sangloter.

— Kevin, je t'aime depuis mes treize ans.

— Tu ne me connais pas.

— Comment peux-tu me dire ça ?

— Em, tu ne comprendras jamais. Je suis enfin parvenu à m'aimer. Je suis désolé pour toi, mais par pitié ne me demande pas de revenir en arrière.

— Est-ce que tu ne peux pas être à la fois en forme et gentil, Kevin ? Parce que tu étais la personne la plus gentille, la plus merveilleuse que...

— Oui, j'étais obligé d'être comme ça pour que les gens ne me haïssent pas.

— Mais personne ne te haïssait, Kevin. Personne ne déteste quelqu'un parce qu'il est gros !

Il leva les yeux au ciel.

— OK, d'accord. Bon, écoute, je suis désolé, mais je ne peux pas être vraiment moi-même si je reste avec toi. Tu m'en empêches.

Elle s'essuya les yeux avec le dos de la main.

— K... K... Kevin, s'il... s'il te p... plaît.

Son bégaiement resurgit d'un coup, un rictus cruel aux lèvres.

Il était de retour. La graisse de Kevin avait fondu, mais, après toutes ces années, son bégaiement, lui, était revenu.

Kevin la regarda d'un air plus doux.

— Je vais te dire quelque chose pour ton bien, Emmaline, déclara-t-il tendrement. Tu as pris du poids, cette année. Tu devrais faire attention à ce que tu manges.

Et ils en restèrent là. Le Kevin qu'elle aimait, qui avait rendu tolérables les vexations à l'école, qui l'aimait même lorsque les mots restaient coincés dans sa gorge, ce Kevin était parti, il avait laissé tomber sa vieille peau comme une mue de serpent.

Il s'installa avec Naomi.

Elle ne put s'empêcher de lui écrire une lettre, pleine de phrases telles que « je t'aimerai toujours », et « je ne comprends pas », et encore « laisse-nous encore une chance », toutes ces phrases horribles et humiliantes que vos amis vous conseillent à tout prix d'éviter. Il ne répondit pas.

Lorsqu'elle vit que c'était définitif, elle alla annoncer la nouvelle à sa famille à Malibu.

— Kevin et moi avons rompu, révéla-t-elle à table un soir à ses parents (qui ne s'adressaient plus la parole directement mais vivaient toujours ensemble) et à Angela, de passage de Stanford où elle faisait un doctorat en astrophysique.

— On se doutait bien que ça allait arriver, lui dit sa mère d'une voix douce. Sache que je t'accepte exactement telle que tu es.

— Et que moi je t'aime sans conditions, ajouta son père pour ne pas être en reste.

— Euh, merci, répondit Emmaline. Vous voulez dire quoi, exactement ?

— Nous l'avons toujours su, expliqua son père.

— Su quoi ?

Sa mère posa sa main sur la sienne.

— Que tu étais lesbienne, ma chérie.

Emmaline ouvrit des yeux comme des soucoupes.

— Mais pas du tout.

— Tu n'as pas besoin de faire semblant, Emmaline, ton père et moi n'avons aucun problème avec ton orientation sexuelle.

Sur ce, elle lui tendit un mouchoir en papier.

— Ta mère et moi avons dîné chez les Bates l'autre soir, et ils nous ont dit pour la perte de poids de Kevin. C'est merveilleux, pas vrai ?

Son cher vieux papa, toujours aussi perspicace.

— Moi, je préférais quand il était gros, dit Angela. Et je suis vraiment désolée pour toi, Emmaline.

Sa sœur sans défauts savait toujours trouver les mots justes.

Em retourna à Ann Arbor, pour y apprendre que son journal annonçait des restrictions budgétaires. Elle se retrouva au chômage.

Nana leur avait légué sa petite maison, à Angela et elle. Elles avaient prévu de la louer mais, vu les circonstances, c'était une aubaine.

Le journal de Manningsport n'avait qu'un salarié et il y avait donc une possibilité pour elle, mais elle en avait assez de couvrir les manifestations locales et les fêtes de l'école.

Elle tomba sur une annonce de recherche d'assistante administrative dans le département de police locale, composé d'un policier à temps plein et d'un à temps partiel. Levi Cooper, le chef, avait été au lycée une année en dessous d'elle, et ils avaient joué au foot ensemble. Il était dans l'équipe vétérans, désormais. C'était un bon professionnel, un peu bourru.

Em inspirait confiance à tous ceux qui lui racontaient leurs problèmes.

— Oh ! Emmaline, bonjour, ma grande. Dis donc, mon mari n'est toujours pas rentré et, même si je m'en veux de psychoter là-dessus, tu penses que Levi pourrait faire un saut chez Suzette Minor pour voir si la voiture de Bill n'est pas garée devant ? Tu connais mon Bill : pas un recordman de la fidélité.

Un jour, une femme arriva au poste et se présenta : Shelayne Schanta. Elle voulait monter un club de lecture et souhaitait mettre une petite annonce sur le panneau.

— Mon fiancé m'a larguée pour partir avec ma tante, vous imaginez un peu ? Du coup, il faut bien que je m'occupe.

— Le mien m'a quittée il y a six mois, s'entendit répondre Emmaline.

— Il vous a trompée ?

Il avait prétendu que non, mais, même s'il n'avait jamais

couché avec Naomi avant de rompre, il avait été infidèle en pensée, puisqu'il donnait toute son attention, tout son temps et toute sa confiance à cette mégère. De surcroît, le numéro « spécial obèses repentis » du magazine *People* venait de sortir, et elle avait appris (en même temps que le monde entier) ce qu'il pensait réellement d'elle. On ne pouvait pas imaginer pire trahison.

— Je pense que oui.

— Bienvenue au club des Amères larguées, dit Shelayne.

Le nom fit tilt, et elle trouva refuge dans ce club. On n'y lisait pas beaucoup, mais on y buvait du martini et on se défoulait. De temps en temps, elles se retrouvaient chez O'Rourke. Emmaline rejoignit aussi l'équipe de hockey, car elle avait appris à patiner au lycée. Elle s'occupait aussi des fleurs de sa grand-mère. Le parfum du lilas et des iris lui rappelait le bon temps de son enfance.

Et, comme à l'école, elle revêtit son armure. On savait qu'elle n'avait pas la langue dans sa poche, mais on ne la pensait pas mauvaise fille pour autant.

Malgré tout cela, Kevin lui manquait follement.

Elle avait conservé une de ses chemises du temps où il était le plus gras. Elle était immense, et Em pouvait s'y envelopper deux fois. Ça lui rappelait cet homme qui lui préparait des macaronis au fromage tous les mois le deuxième jour de ses règles, et qui lui découpait des dessins humoristiques dans les journaux quand ils étaient au lycée et lui avait envoyé l'intégrale de *Buffy contre les vampires* quand elle s'était fait opérer de l'appendicite.

A chaque fois qu'elle se sentait seule et se disait qu'il était peut-être temps de s'inscrire sur des sites de rencontres en ligne, elle se replantait devant son armoire et considérait cette chemise bleue toute douce. Elle l'enfilait pour dormir et, même si elle savait bien que le Kevin d'autrefois n'existait plus, elle pensait à ce garçon qui avait proposé de devenir son ami alors qu'elle était complètement seule.

8

Le trajet de Los Angeles à Rancho de la Luna ne serait pas assez long.

Emmaline prévoyait de s'inscrire à la réception de l'hôtel tout de suite en arrivant, puis de s'enfermer dans sa chambre, de descendre une demi-bouteille de vin et de s'endormir devant la télévision.

Jack s'assoupit une seconde après s'être installé sur le siège passager de la voiture de location dont il n'avait pourtant pas manqué d'apprécier la qualité. En effet, elle avait loué une Mustang décapotable de luxe. Il n'aurait plus manqué qu'elle débarque à Rancho de la Luna dans une voiture minable !

Elle s'engagea sur l'autoroute en faisant un doigt d'honneur au conducteur qui klaxonnait avec fureur derrière elle et tenta de se détendre.

Jack ne bougeait pas, la tête renversée en arrière, ses cheveux blonds brillant dans le soleil et ses lunettes fumées sur les yeux. Il était parfaitement à sa place dans cette région où tout le monde est beau. Faith ne s'était pas trompée sur son frère, c'était le type idéal pour ce genre de situation, jusqu'ici, en tout cas. Gai, rassurant, beau. Plus que cela ne la surprenait, c'était justement ce qui embêtait Emmaline : elle se voyait bien tomber dans le cliché de la fille larguée qui couche avec son compagnon de voyage, juste pour se prouver qu'elle peut séduire.

Inglewood, Culver City, Santa Monica, tous les noms familiers défilaient à toute allure le long de l'autoroute.

C'était un peu un choc culturel de se retrouver ici sous le soleil au milieu des gaz d'échappement.

Pas plus tard que la veille, les triplés Cabrera, âgés de cinq ans, étaient venus la voir pour s'amuser avec Sarge dans le parc, et ils avaient tous fini couchés dans la neige fraîche à jouer aux serpents (une idée de Lucia). Puis les trois étaient montés à cheval sur son dos, et elle les avait promenés dans la neige en hennissant, pour leur plus grande joie.

Vingt minutes en Californie du Sud, et elle avait déjà envie de repartir.

Le soleil tapait fort, et il devait faire dans les 29 °C, plus encore sur l'autoroute. Elle prit la direction de Santa Monica pour rejoindre l'autoroute de la côte.

Sa mère lui avait raconté que Naomi et Kevin étaient revenus vivre à Malibu, avant que ses parents eux-mêmes ne déménagent à Stanford pour se rapprocher d'Angela.

C'était bizarre d'imaginer Kevin de retour ici. Elle avait toujours à l'esprit l'image du petit garçon pâle et grassouillet qu'elle avait connu et ressentait une douleur douce-amère dans la poitrine en y repensant.

L'océan était calme et d'un bleu scintillant. Les collines désertiques à l'est formaient comme un rempart d'un côté, et de l'autre il y avait le Pacifique.

— C'est magnifique, dit Jack en se redressant et en ôtant ses lunettes.

Non, pas à ses yeux. Elle avait oublié à quel point ce pouvait être sec. Bien sûr, aujourd'hui, l'océan était superbe, si vaste et brillant, mais le paysage n'était que sable et broussailles, à part quelques rares oasis artificiellement luxuriantes. Le long de l'autoroute, sans aucune harmonie, se dressaient des maisons et des hôtels. Tout pour avoir vue sur l'océan.

Si elle y avait été heureuse autrefois, elle aurait sans doute trouvé tout cela plus joli aujourd'hui. Après tout, Malibu était considéré comme un des plus beaux endroits du pays.

Lorsqu'ils arrivèrent à destination, son cœur se mit à battre plus fort. OK, c'était beau : des maisons parfaitement entretenues dispersées sur les collines, des potagers dans tous les jardins, des massifs luxuriants de palmiers et de buissons en fleurs.

— Il y a beaucoup de célébrités ici, non ? demanda Jack.

— Oh oui. Bruce Willis, Courteney Cox, Leonardo DiCaprio.

— Ça vous arrive de les croiser en ville ?

Sa question la fit sourire.

— Bien sûr. Beaucoup d'acteurs habitent ici quand ils travaillent à Hollywood. Morgan Freeman m'a même tenu la porte une fois.

— C'est cool.

Elle quitta l'autoroute de la côte et prit la direction du ranch. Le soleil commençait à descendre, et elle avait des gargouillis dans l'estomac. Elle mourait de faim, malgré le service excellent en première classe.

— Qu'est-ce qui est prévu ce soir ? demanda Jack.

— J'ai prévu de me cacher dans ma chambre, de commander à dîner et de boire du vin. Tu fais ce que tu veux, répondit-elle.

Puis, réalisant à quel point ce qu'elle venait de dire manquait de délicatesse, elle ajouta :

— Enfin, si tu veux aller visiter, c'est très beau. Le ranch servait de centre de désintoxication pour riches autrefois.

— Je fais ce que tu veux, dit-il.

Ne me tente pas, Jack. Elle tourna sur White Horse Canyon Road, de plus en plus fébrile. Un panneau indiquait « bienvenue à Rancho de la Luna, le premier camp d'entraînement intensif de luxe d'Amérique ».

— Un camp d'entraînement intensif de luxe ? Un peu paradoxal, non ? commenta Jack.

— C'est comme dans *The Biggest Loser*, expliqua Em. Naomi est coach sportive.

— On ne va pas rigoler, alors.

Sans mettre son clignotant, Em se gara brusquement au bord de la route, ce qui lui valut un coup de klaxon furieux de la part du conducteur qui la suivait. Elle lui fit un doigt d'honneur, on était en Californie, après tout, et se tourna vers Jack.

— Alors, je t'explique. Kevin était obèse, elle a voulu le faire maigrir, ils sont tombés amoureux. Mes parents pensent que je suis lesbienne. Et je ne sais pas si je t'ai déjà dit que ma sœur, en revanche, était ravissante et parfaite.

— Si, si, tu l'as dit.

— A part ça, mes parents sont divorcés, mais ils vivent toujours ensemble sans jamais s'adresser la parole directement. Et il se pourrait qu'ils te passent au gril parce qu'ils sont psys tous les deux.

— Je vois. Autre chose ?

— Sûrement, mais ça ne me revient pas.

— Tu veux t'arrêter et te changer avant d'arriver ? lui demanda-t-il alors gentiment.

— Pardon ? s'exclama-t-elle, surprise.

— J'ai trois sœurs, alors je me disais que tu ne voudrais pas forcément te retrouver en face de ton ex avec l'air de…

— De quoi ?

— D'avoir traversé tout le pays en avion et d'avoir oublié ton gel miracle pour les cheveux.

— Je ne t'ai pas emmené pour que tu te moques de moi, rétorqua-t-elle en redémarrant. Et d'ailleurs je ne suis pas du genre obsédée par l'apparence.

— Je vois ça.

— Jack, si tu ne veux pas que je t'étripe, ferme-la. Ton fan-club t'a présenté comme le compagnon de voyage idéal, alors ne le fais pas mentir.

Il la regarda du coin de l'œil. *Ahhh ! C'était pour rire !*

— Désolée, fit-elle alors, avec un petit sourire.

Rancho de la Luna, le Ranch de la Lune, était ravissant.

Des murs de chaux blancs et des toits de tuiles rouges, de splendides massifs de fleurs, une fontaine. Les citronniers et les orangers étaient en fleur, tout comme les poiriers d'ornement, et l'air embaumait le jasmin.

Très romantique, tout ça.

— Bienvenue, lui dit le portier en la voyant s'approcher des énormes portes de bois. Vous venez pour le mariage Norman-Bates ?

— Exactement, répondit-elle en lui tendant ses clés. Je suis Janet Leigh, et voici Anthony Perkins.

— Enchanté, répliqua-t-il avec un sourire si éclatant qu'elle manqua se cacher les yeux. Entrez donc et faites comme chez vous.

Jack sortit leurs bagages du coffre.

— *Showtime !* lança-t-il en cherchant sa main.

— Non, pas question de ça, objecta-t-elle, même si elle était carrément contente qu'il soit à ses côtés, si grand et si beau.

Sans blague, il aurait dû se faire payer. Il aurait fait fortune.

Le hall de l'hôtel était de style mexicain, avec des carreaux au sol et des murs blancs impeccables. Des objets d'art religieux décoraient ostensiblement la pièce. Em avait lu que le lieu visait à reproduire une mission espagnole. Elle jeta un regard circulaire : aucune connaissance à l'horizon.

— Emmaline Neal, se présenta-t-elle à l'employée.

— Bienvenue, répondit celle-ci en faisant cliqueter des clés. Et Monsieur, votre nom ?

— Jack Holland. Pouvez-vous nous donner des chambres voisines ?

— Ce n'est pas indispensable, corrigea Emmaline.

— Aucun problème, assura l'employée aimablement. Je vous installe dans les chambres 112 et 114. C'est au fond du couloir à droite, deux chambres avec vue sur l'océan.

Et elle leur tendit les clés tout en continuant de sourire à Jack.

Emmaline la remercia, prit sa valise, et, en se retournant, faillit percuter un homme magnifique : yeux et cheveux noirs, épaules larges, très baraqué, et elle ressentit aussitôt une attirance magnétique.

— Emmaline ! s'écria l'homme.

C'était Kevin, figurez-vous !

Elle devint rouge tomate et eut instantanément les jambes molles.

On aurait dit l'enfant caché de Johnny Depp et d'Orlando Bloom : mâchoire carrée, nez parfait, belle bouche, et puis ces yeux… qui n'avaient pas changé.

— Tu es venue, lui dit-il.

— Quoi ? fit-elle en se ressaisissant. Oui, je suis venue, euh, enfin, nous sommes venus. Merci de m'avoir invitée. Tu… tu as l'air en forme, Kevin.

Ça faisait presque trois ans qu'elle ne l'avait pas vu. Il était très beau, et, oui, très musclé. Un miracle de la science, en fait. Son T-shirt sur lequel on pouvait lire « Pas de pitié pour les faibles » lui moulait les pectoraux, et ses bras… ses bras étaient magnifiques, des bras à la Daryl dans *The Walking Dead*, ou à la Jeremy Renner.

Elle finit par fermer la bouche. Il était probable que Jack ne s'était pas désintégré, mais même si c'était le cas elle était incapable de détacher son regard de Kevin.

Avec un petit sourire, celui-ci souleva son T-shirt et contracta ses muscles.

Non mais quel… abruti !

Oui, mais quand même… la vache !

Il était bronzé et glabre (autrefois, il avait des poils sur le torse, mais désormais c'était une surface lisse et brune). Les muscles étaient parfaitement dessinés, sans un gramme de graisse où que ce soit. C'était comme si le nouveau Kevin avait tué l'ancien et en avait fait fondre toute la graisse pour faire de l'huile de coude. Elle qui avait couché avec ce type pendant des années ne reconnaissait plus rien dans cette plastique et cette musculature parfaites.

A cet instant, Naomi arriva au petit trot, vêtue d'une tenue de sport plus riquiqui que n'importe lequel des maillots de bain d'Emmaline. Celle-ci détacha à grand-peine ses yeux des tablettes de chocolat de Kevin. (Non mais comment ça pouvait exister, un truc pareil ?)

— Ah, bébé, te voilà ! s'écria Naomi en glissant un bras musclé autour de la taille sculpturale de Kevin avec un petit sourire satisfait à l'attention d'Emmaline.

— Salut, Emily. Ça fait une paye !

— C'est Emmaline, corrigea Em.

— Ah oui, fit Naomi en attrapant une boisson à la couleur verte douteuse, qu'elle s'enfila en entier.

— Bonjour, je me présente, Jack Holland, déclara une voix. J'imagine que vous êtes les mariés ?

— Oui, pardon, dit Emmaline. Jack, je te présente Kevin Bates et Naomi Norman. Voici mon ami Jack Holland.

Naomi le scruta des pieds à la tête.

— Quel est votre indice de masse corporelle ?

— Aucune idée, lâcha-t-il calmement.

— Vous soulevez combien ?

— Je ne suis pas un habitué des salles de sport, répliqua-t-il en souriant et en lui tendant la main.

Naomi répondit à son salut, d'une poignée de main plus que ferme.

Em aurait dû se montrer plus chaleureuse avec Kevin, pour lui prouver qu'elle avait dépassé toute cette histoire. Elle aurait dû s'exclamer : « Mais regarde-moi ça, Kevin, tu es magnifique ! » et se montrer naturelle et joyeuse au lieu d'être aussi gourde.

— Quel endroit sublime, commenta Jack. On était bien contents de quitter un peu le froid.

Comme Naomi et Kevin ne répondaient rien, il enchaîna :

— Bon, Emmaline, si on allait s'installer ?

Elle le regarda sans un mot, ce qui était toujours mieux que de continuer à fixer Kevin, ou, encore pire, Naomi.

— Bonne idée, acquiesça-t-elle une fois qu'elle eut (alléluia !) retrouvé l'usage de la parole. Bon, les amis, on se voit plus tard ? Evidemment, hein, vu que c'est votre mariage… C'est super !

Qu'est-ce qu'elle avait fait de son pistolet ? Elle l'avait emporté, au moins, hein ? Non, parce que, là, si elle avait pu se suicider direct !

Jack, béni soit-il, éclata de rire et la prit par l'épaule.

— On a un long voyage derrière nous, expliqua-t-il. Et on s'est levés à l'aube.

— Bien sûr, dit Naomi avec un rictus narquois. Va te reposer, Emily, tu as l'air épuisée.

Sur ce, main dans la main, les mariés s'en allèrent. Naomi avait le corps le plus sublime qu'elle ait jamais vu, et Em ne put s'empêcher de ressentir un brin de jalousie. Juste une fois, le temps d'un après-midi, elle aurait adoré assurer en maillot de bain. Enfin, bon, le temps d'un week-end, ou pendant un mois, voire même quelques années. Quant à Kevin, il avait réussi. C'était sûr, il n'était plus gros du tout. Il faisait partie des 1 % de gens ayant un corps parfait.

— Tout va bien ? lui demanda Jack.

— Mais oui, affirma-t-elle en se dégageant de son bras, pourtant réconfortant. Merci, Jack, mais je préfère vraiment ne pas faire semblant d'être en couple.

— Tu es sûre ? insista-t-il en la regardant fixement et avec douceur.

— Oui, mais merci quand même.

Elle détacha ses yeux des siens et s'engagea dans le couloir. Un bon verre de vin, voilà ce qu'il lui fallait. Ou même deux. Ils suivaient un deuxième couloir lorsqu'une voix familière arrêta net Emmaline.

— Emmaline, ma chérie !

Maman.

— Comment vas-tu ? Pas trop douloureux ? Tu as vu Kevin ? C'est très courageux de ta part d'être là.

— Mais bien sûr, qu'elle est là. Elle est forte, ma fille, c'est comme ça que je l'ai élevée.

Papa.

Il y eut ensuite un petit moment de confusion pendant lequel chacun d'eux voulut être le premier à la serrer dans ses bras.

— Salut, papa, salut, maman, dit-elle en leur passant à chacun un bras autour de la taille pour ne pas faire de jaloux, puis elle sourit à sa sœur.

— Emmaline ! s'exclama celle-ci, les yeux brillants d'émotion. Qu'est-ce que ça me fait plaisir de te voir !

Sa sœur parvint à l'extraire de l'étreinte parentale pour l'embrasser à son tour. A la suite de quoi son père la reprit dans ses bras pendant super longtemps afin de montrer que c'était lui le plus affectueux, ce qui fit que sa mère l'embrassa de nouveau deux fois sur chaque joue.

— Je suis contente de vous voir, leur affirma Em.

C'était sincère mais loin d'être aussi spontané et gentil que la réaction de sa sœur.

— Je vous présente mon ami Jack Holland.

— Enchantée, Jack, dit Angela en lui tendant la main avec chaleur.

Les bonnes sœurs de l'orphelinat avaient vraiment fait du bon boulot !

— Oh ! voici donc Jack ! s'écria sa mère. Mais quelle surprise ! Je ne savais pas que… enfin, nous ne savions pas…

— Quoi, maman ? Je t'avais dit que je venais avec quelqu'un.

— Oui, mais je pensais juste que ce *Jack*, expliqua-t-elle en mimant des guillemets avec ses doigts, était en fait plutôt une Jacqueline, tu vois. Ne le prenez pas mal, Jack, bien sûr.

— Ravi de faire votre connaissance, déclara Jack sans

se départir de son sourire, et en serrant la main de tout le monde.

— Plaisir partagé, mon grand, répliqua le père d'Em, histoire d'avoir l'air bien plus cool que sa femme.

— On s'apprêtait à dîner au restaurant, dit Angela. Il faut que vous veniez avec nous, n'est-ce pas, papa et maman ?

— Avec plaisir, répondit Jack, au grand dam d'Emmaline. Laissez-nous juste une heure. On vous retrouve là-bas.

On s'embrassa encore, et les trois autres membres de la famille Neal finirent par s'éloigner. Lorsqu'ils furent à une distance suffisante, Emmaline regarda Jack.

— Qu'est-ce que je t'avais dit à propos de rester dans ma chambre à boire du vin ? J'espérais qu'en tant que vigneron tu soutiendrais l'idée.

— C'est ta famille et ils t'aiment, rétorqua-t-il en soulevant sa valise sans faire attention à ses protestations. Tu boiras du vin à table.

Mais Emmaline, pas plus que quiconque, ne put prendre de vin à table, car le restaurant de l'hôtel, La Mer de tranquillité, un bel endroit qui dominait le Pacifique, ne servait pas une goutte d'alcool.

Et ça, c'était dit où sur leur site Internet, hein ? Vraiment pas cool de leur part !

Il faisait plus frais, et un feu était allumé dans une cheminée centrale. Pour ajouter au charme de la pièce, il y avait des fenêtres sur trois des quatre murs. Ils étaient installés à une table dans l'angle, ce qui fit dire à Emmaline que Jack avait dû soudoyer le maître d'hôtel. Une remarque idiote qu'elle se fit sous le coup de la fatigue. Des bougies à la beauté étrange, sans doute à base de fèves de soja et d'herbe, brillaient faiblement, et dehors le chant d'un engoulevent se fit entendre.

Naomi et Kevin n'étaient pas dans le restaurant, Dieu merci. Em crut reconnaître un de ses cousins, mais personne ne l'interpella ni ne l'intercepta, Dieu merci -bis. Elle aurait tout le temps de les voir tous demain et samedi, puisqu'on leur avait distribué un programme d'activités « saines et sportives » qui incluaient la séance obligatoire de jeux aquatiques.

Samedi avait lieu le mariage en tant que tel.

Elle se demandait ce que Kevin avait ressenti en la revoyant. Si seulement ils pouvaient avoir une vraie conversation en tête à tête et ainsi remettre vraiment les compteurs à zéro, et peut-être même redevenir amis. Quelque part dans ce corps remarquablement sculpté, un petit bout de l'ancien Kevin existait sûrement encore.

Les effets conjugués du stress et du décalage horaire étaient comparables à un Lexomil combiné à un coup de batte de base-ball en pleine tête.

Le ranch ne servait que de la nourriture vegan et sans gluten qui, même si elle était mangeable, n'était ni identifiable ni nourrissante.

Seule Angela, toujours aussi charmante, se comportait normalement. Elle riait, posait de temps en temps sa main sur le bras de Jack et racontait plein d'histoires. Pendant ce temps, sa mère s'obstinait à lui demander à voix basse pourquoi donc elle était venue avec un homme, ce qui fit dire pour la cinquième ou sixième fois à Emmaline que, non, elle n'était pas lesbienne.

— Il n'y a rien de mal à être lesbienne, ma chérie, et tu devrais être claire avec nous sur ton orientation sexuelle. Je suis très ouverte d'esprit, moi, contrairement à ton père.

— Mais j'ai l'esprit tout à fait ouvert ! protesta son père. Je ne vois qu'une seule personne homophobe à cette table. En tout cas, Emmaline, il ne faut rien cacher à ton père.

— Mais je ne vous cache rien, enfin ! OK, alors, parlons de ma vie sexuelle : j'aime les hommes, d'accord ? Je n'ai jamais embrassé une fille et je n'ai pas l'intention de m'y mettre !

— Encore heureux, dit Jack, qui méritait qu'elle le frappe, à cultiver ainsi l'ambiguïté.

— On peut changer de sujet, là ? demanda-t-elle, tout en mettant de côté dans son assiette un aliment étrange dont le nom commençait par un *z*. Quoi de neuf dans le monde de la Lune et des étoiles, Angela ? Tu sais, Jack, qu'Angela est astrophysicienne. Elle vient de finir sa thèse à Stanford.

— Tu es mignonne de me poser la question, Em, mais ce que je fais est tellement moins palpitant que ce que tu fais, toi ! Raconte-moi plutôt ta vie dans la belle ville de Manningsport. Des interventions intéressantes récemment ?

— Ah, mais certainement ! Un petit garçon de quatre ans qui s'est enfoncé une myrtille dans la narine et que j'ai secouru, par exemple.

En réalité, l'incident n'avait pas manqué de saveur car le petit Flynn Maloney avait trouvé très excitant que l'on s'inquiète de lui comme ça et était fier à juste titre d'avoir réussi l'exploit d'enfoncer la myrtille aussi profondément.

— Et puis, l'autre jour, il a fallu que j'aille décrocher un type de son lit parce que sa femme avait fait tomber la clé des menottes dans du coulis de chocolat et l'avait avalée. Et euh… enfin, bref…

Le couple imaginatif en question était Prudence et Carl Vanderbeek, la sœur de Jack et son mari. Oups…

— Quelque chose qu'auraient pu faire ma sœur et Carl, tiens.

— Gagné !

Jack sourit.

Oh ! ce sourire !

Il avait un sex-appeal dingue, avec ses yeux incroyables, plissés aux coins, et ce sourire qui vous consolait de tout. Non, vraiment, Jack Holland avait un visage, mais un visage…

— Vous formez un très beau couple, tous les deux, dit Angela.

— Non, non, nous ne sommes qu'amis, corrigea Em en évitant de croiser le regard de Jack.

— On joue ensemble au hockey. Elle est très forte, ajouta Jack en posant le bras sur le dossier de la chaise d'Emmaline, d'une manière une fois de plus ambiguë. Mais ce soir elle a l'air épuisée, alors, si ça ne vous gêne pas, nous allons monter nous coucher.

— Mais bien sûr ! La paix de l'âme n'est rien sans le repos du corps, déclara son père en se levant précipitamment pour embrasser Em. Tu es merveilleuse, ma chérie. Papa t'adore.

— Moi aussi, papa, répondit-elle.

— Et maman t'adore tout autant, si ce n'est plus, ajouta sa mère.

— C'est bon de le savoir. Ange ? Tu veux ajouter quelque chose ?

Angela éclata de rire.

— Je t'adore infiniment plus que ces deux-là réunis !

Emmaline sourit et leur rendit leur étreinte, avant de prendre avec Jack la direction de leur chambre.

— Quelle famille sympathique ! commenta Jack.

Elle n'aurait pas utilisé ce terme, mais bon, c'était sa famille et elle les aimait, oui.

— Merci. Ils t'ont beaucoup apprécié.

— Comme tout le monde, repartit-il en souriant, sans qu'on puisse pourtant douter de sa modestie.

Après tout, c'était vrai. Qu'aurait-on pu ne pas aimer chez lui ? Qui n'aurait pas voulu se nicher dans ses bras et…

— Tu veux te promener un peu ? proposa-t-il.

— Mmm, je pense que je ferais mieux d'aller me coucher. Enfin, je veux dire, toi, tu veux ?

— Non, je ne crois pas, répondit-il après une hésitation. Je suis assez crevé aussi.

— Demain matin, si tu descends sur la plage, tu verras peut-être des otaries. C'est vraiment mignon.

— Je regarderai.

— Il y a un cours de yoga à 5 h 30. J'ai vu ça sur le programme.

— Oui, alors, là, je vais faire comme si je n'avais pas entendu, dit-il en glissant sa carte-clé dans la fente. Bonne nuit, Emmaline.

Elle entra dans sa chambre et ferma la porte à double tour, fit sa toilette et mit son pyjama puis se coucha. Le lit était très confortable, et elle étendit bras et jambes comme une étoile de mer. C'était un lit immense, dans lequel Sarge aurait eu toute la place qu'il voulait. Elle se demanda comment il allait. Shelayne, qui adorait les chiens, le gardait pour le week-end et, vu à quel point elle avait promis de le gâter, Em se demandait si elle le récupérerait un jour.

Ouais, grand lit, bien confortable et tout.

Elle était épuisée, mais ça n'allait pas l'empêcher de cogiter. Alors elle ferma les yeux et essaya de se détendre. Elle s'imagina dans un bateau en train de dériver tranquillement sur l'océan. (Comment ça, dériver ? Elle allait être emportée par le Gulf Stream et finir comme dans *L'Odyssée de Pi*, sans le tigre. Ou alors, pire encore, *avec* le tigre !) Elle s'imagina l'océan si bleu. (Ne pas oublier demain de dire à Jack de lire le bulletin de prévention contre les requins avant d'aller se baigner. Enfin, bon, l'eau serait peut-être à 16 °C. Mais, comme il venait de la région des Grands Lacs, il ne craignait pas l'eau froide. Et puis d'ailleurs il ne voudrait peut-être pas se baigner à cause de cette histoire de sauvetage. En revanche, elle en avait envie, même si elle devrait sans doute porter une combinaison. Mais, à part Naomi, qui n'aurait pas l'air énorme dans une combinaison ?)

— OK, ça ne marche pas du tout, dit-elle à voix haute

en jetant ses couvertures au pied du lit. Allons prendre un peu l'air.

Elle sortit sur le minuscule et adorable balcon, où venait s'enrouler de la vigne vierge rouge. Il y avait une petite table de fer et deux chaises assorties. Elle respira l'air salé et se dit qu'elle viendrait y prendre son café le lendemain, avant de réaliser que tout l'hôtel était sans caféine. Quel enfer !

Elle jeta un coup d'œil au balcon de Jack, qui était identique au sien. Il avait laissé la baie vitrée ouverte, et son rideau voletait dans la brise. Elle espérait qu'il passerait un bon week-end, loin de Manningsport, au soleil et au bord de l'océan. C'était vraiment un type génial.

Devant elle s'étendaient les vastes et sombres pelouses du domaine. L'engoulevent chanta de nouveau. L'air de la nuit sentait le jasmin, un parfum de son enfance, et il lui semblait entendre le clapotis des vagues sur la grève. A moins que ce ne soit la circulation sur l'autoroute de la côte. Quoi qu'il en soit, cet hôtel était admirablement situé. Dieu savait combien avait pu coûter ce mariage ! Non seulement l'endroit était unique, mais il y avait aussi les repas, l'orchestre, les fleurs et toutes les activités.

Son mariage à elle avait été prévu chez ses parents, qui avaient travaillé côte à côte pendant un an dans le jardin. Son père avait même construit une allée voûtée avec une treille, un peu bancale mais adorable.

Trêve de jérémiades ! Il y avait plus grave sur terre que de se faire larguer par son fiancé, elle le savait. Elle s'était d'ailleurs organisé une vie très agréable à Manningsport. Elle adorait son métier, son patron, Carol, et même cet abruti d'Everett. Et puis elle avait des amis, et un chien.

Restait juste ce sentiment de solitude. Et le fait de rentrer dans une maison vide et sombre tous les soirs. Voir défiler les semaines et les mois et ne pas trouver la personne avec laquelle elle pouvait imaginer passer le reste de sa vie.

Il faut croire que Kevin, enfin, le Kevin d'avant, était l'homme de sa vie.

Elle soupira et regarda sa montre. Déjà une heure qu'elle était réveillée. La liseuse n'ayant pas été inventée pour rien, elle murmura alors :

« Elmore Leonard[1], me voici ! »

Un grand bruit provenant de la chambre de Jack la fit soudain sursauter. Un bruit impressionnant.

— Jack ? Ça va ? appela-t-elle.

Pas de réponse.

— Jack ?

Elle rentra et alla frapper à la porte par laquelle communiquaient leurs deux chambres.

— Jack ? Un problème ?

Il ne répondit pas.

A ce moment-là, elle entendit un bruit de verre brisé.

La porte était fermée à clé.

— Jack, ouvre la porte, tu veux bien ?

Toujours aucun signe de vie de l'autre côté.

Elle frappa de nouveau, plus fort, cette fois-ci.

— Jack, c'est Emmaline. Ouvre !

Elle attendit encore cinq secondes, en vain.

OK. Il était temps que la police s'en mêle.

Il tenait Josh Deiner par le bras et le tirait vers le haut. Ce n'était pas si difficile, après tout. Pourquoi avait-il eu si peur de retourner en bas ? Ce n'était même pas si froid, bizarrement, alors qu'Anderson Cooper était là-bas sur la rive en train de répéter combien l'eau était glacée.

La voiture était immergée plus profondément que dans son souvenir, mais ça allait, parce que l'eau était bonne, qu'il nageait avec des otaries et que le gamin souriait, presque comme si tout cela n'était qu'une blague entre eux. En

1. Romancier américain, auteur, entre autres, de romans policiers.

revanche, il gardait les yeux fermés, à la différence des autres garçons. Ils nageaient avec grâce, comme les otaries, mais Josh faisait semblant d'être inconscient, sans doute parce qu'il se destinait au métier d'acteur. Jack savait ça par Anderson.

Soudain, toutes les otaries s'écartèrent, comme font les poissons à l'approche d'un requin. Et l'eau devint glacée. Jack leva les yeux et se dit qu'il n'aurait peut-être pas dû descendre autant, parce que la surface était loin, très loin. Bizarre, qu'il arrive à rester si longtemps sans respirer. D'ailleurs, il n'y arrivait pas, si ?

Tout à coup, ses poumons se mirent à le brûler terriblement, et il fit complètement noir : oh non ! La glace se reformait au-dessus d'eux, et un toit épais lui masquait le coucher de soleil pourpre et violet. Jack l'entendit se refermer avec un craquement comme un bris de verre. Il fallait vraiment, vraiment qu'il respire ! Il regarda Josh, dont les yeux étaient maintenant ouverts, et qui lui souriait, mais d'un air méchant. Il se mit à tirer le bras de Jack et à l'entraîner vers le fond parce qu'il était déjà mort et furieux contre Jack, qui n'avait pas pu le sauver. Il ne voulait pas être le seul à mourir. Jack essayait de se libérer, de le frapper au visage, mais ses bras étaient trop lourds, et ses gestes, trop lents, si bien qu'il cloua le gamin contre la voiture…

— Jack ! Jack ! Tout va bien. C'est juste un rêve.

Une femme était là, couchée sous lui.

— Coucou ! On se réveille ! lui dit-elle.

Ah oui. Emmaline. Il s'accrochait à ses poignets, entortillé dans ses draps, et l'avait pratiquement clouée au lit. Quelqu'un avait allumé la petite lampe sur le bureau.

Il recula d'un bond et lui lâcha les poignets.

— Je suis désolé, dit-il, d'une voix rauque.

Il se passa une main dans les cheveux, couvert de sueur.

— Tu veux un verre d'eau ? lui proposa-t-elle, étonnamment calme pour une femme qui vient d'être assaillie par un homme nu et en nage.

Oui, il était nu. Il dormait toujours comme ça.

Sans attendre sa réponse, elle se leva et alla dans la salle de bains. Il s'assit dans son lit et ajusta les couvertures, tout en regardant autour de lui, la respiration encore haletante.

En fait, il avait posé un verre d'eau quelque part. Là, tiens, en miettes par terre, à côté de la lampe, tombée, elle aussi.

C'était la quatrième fois cette semaine qu'il faisait un rêve similaire, les otaries en moins.

— Comment es-tu entrée ici ? lui demanda-t-il quand elle revint.

— J'ai frappé, répondit-elle en lui tendant le verre, mais comme tu ne répondais pas j'ai escaladé ton balcon. Une vraie cambrioleuse. D'ailleurs, tu devrais fermer ta baie vitrée la nuit.

— Je me suis dit que j'avais peu de chances d'avoir de la visite.

— La preuve que si.

Elle se pencha et attrapa la lampe, la ralluma et commença à ramasser les bouts de verre.

— Je vais m'en occuper, dit-il.

— Non, tu restes dans ton lit. Je parie que tu dors nu comme un ver et je n'ai pas envie d'assister à une exhibition là tout de suite.

Il aurait bien fait de l'humour si l'image du visage de Josh n'avait pas été là, douloureuse, dans sa tête, avec ce sourire implacable et accusateur.

Emmaline mit les débris de verre sur la table.

— Tu fais souvent des cauchemars ? s'enquit-elle.

— Non, pas vraiment.

— Celui-ci avait l'air costaud, en tout cas.

— Je ne m'en souviens plus.

D'un regard, elle lui fit comprendre qu'elle n'était pas

dupe, mais elle n'allait pas lui servir toute la soupe du Dr Freud non plus.

Il aurait dû surmonter cette affaire, à ce stade. L'accident avait eu lieu vingt jours plus tôt, et trois des gamins se portaient comme des charmes.

Josh Deiner tenait le coup, si on pouvait dire ça comme ça.

— Bouge un peu, lui dit-elle.

C'est ce qu'il fit, et elle s'assit à côté de lui sur les couvertures, plaçant un des nombreux oreillers fournis par l'hôtel sur ses cuisses. Elle le regarda. Puis repoussa une mèche de cheveux sur son visage, mais dans un but utile, parce que ses cheveux gênaient sa vision, c'est tout. Rien à voir avec les minauderies de Hadley.

Pourtant, Emmaline était attirante. Elle avait des cheveux noirs épais et portait un bas de pyjama bariolé avec un débardeur. Elle avait de beaux seins, mais il s'efforça de regarder ailleurs.

Il pressentit qu'elle allait lui faire un sermon sur la nécessité de consulter, sur les désordres post-traumatiques, ou bien qu'elle allait lui répéter elle aussi, avec une main sur l'épaule, que sans lui quatre gosses seraient morts, et pas seulement Josh, et que même Josh tenait le coup, que par conséquent il ne devait pas se sentir coupable.

— Tu veux du chocolat ? lui proposa-t-elle. Je meurs de faim.

Sans attendre, elle se leva, déverrouilla la porte qui communiquait apparemment avec sa chambre (Jack avait à peine remarqué) et revint une seconde plus tard avec une barre chocolatée aux amandes, rien que ça. Elle se cala de nouveau à côté de lui et ôta l'emballage.

— J'en ai acheté tout un stock. Ne me dénonce pas ou ils vont m'obliger à faire des pompes ou je ne sais quoi.

Elle partagea la barre et lui en donna la moitié.

Il croqua dedans. Cela faisait bien longtemps qu'il n'en avait pas mangé.

— Dis-moi, pourquoi as-tu accepté cette invitation, en fait ? lui demanda-t-il.

Tout plutôt que de parler de lui.

Elle haussa les épaules.

— Par orgueil stupide et aussi par curiosité malsaine.

Elle croqua dans sa barre chocolatée. Elle se réservait la plus grosse moitié pour une prochaine bouchée.

— Tu sais bien, continua-t-elle, pour savoir si on a vraiment tourné la page, si lui a vraiment tourné la page aussi… Tu dois savoir de quoi je parle, non ?

— Pas vraiment.

— Ça t'embête que Hadley soit revenue ?

Il termina sa moitié, enfin, son tiers, et dit :

— Je préférerais qu'elle ne soit pas là, mais bon.

— Elle veut que vous vous remettiez ensemble ?

— Oui.

— Je vois. Et tu en dis quoi ?

— Non. Est-ce que toi tu donnerais une seconde chance à Kevin ?

Elle termina son chocolat et lécha le papier, ce que Jack trouva irrésistiblement sexy.

— Je pense que oui. Le Kevin que j'aimais vaut bien une seconde chance, mais bon, voilà, quel est l'intérêt d'en parler ?

Elle se tut quelques secondes.

— Mais il a changé. Comme tout le monde, j'imagine, non ?

— Je n'en sais rien.

— Hadley n'a pas changé ?

Sous l'effet de la pénombre et de l'heure tardive, ou de cette intimité qu'ils avaient partagée en même temps que la barre chocolatée, ou bien à cause d'autre chose encore, Jack lui fit alors cette confidence :

— Je ne pense pas, non, mais je ne voyais que ce que je voulais voir.

— C'est bien les hommes, d'être aussi bêtes, tiens ! conclut-elle alors, ce qui, à sa grande surprise, le fit rire.

— Et les femmes, elles sont bêtes comment ?

— Au point d'aller au mariage de leur ex, en espérant quelque chose qui n'arrivera sans doute jamais.

— Quoi, par exemple ? Qu'il quitte sa coach et te supplie de le reprendre ?

— Ce serait sympa, admit-elle, mais non, je suppose que j'attends juste qu'il s'excuse d'une manière ou d'une autre.

Elle rougit.

C'était drôle. Elle ne s'était pas sentie gênée lorsqu'il était couché sur elle tout à l'heure, ni par le fait de le savoir nu sous les couvertures, ni qu'il ait tout cassé dans sa chambre, mais elle se mettait à rougir en admettant que tout ce qu'elle espérait, c'était un simple : « Je suis désolé. »

— Et de quoi faudrait-il qu'il s'excuse ? demanda Jack.

Elle froissa l'emballage de la barre et le lança directement dans la corbeille à papier, puis haussa de nouveau les épaules.

— Je ne sais pas. Rien, à part peut-être l'article dans *People*.

— Quel article ?

— Enfin, Jack, avec trois sœurs, je pensais que tu étais au courant des potins de la ville !

— J'y suis complètement imperméable.

Elle rougit de nouveau.

— Il a dit que je ne l'avais pas soutenu.

— Et c'est tout ?

— Oui, mais c'est faux ! Je le soutenais à 100 % ! Y avait même pas plus supportrice que moi !

— Ça va, je te crois, dit Jack en réprimant à grand-peine un sourire. Mais tu le soutenais en quoi, déjà ?

— Mon Dieu, quel boulet tu fais ! Mais quand il a voulu perdre soixante-dix kilos !

— Ah oui ? Tant mieux pour lui, alors. Et donc il a changé, c'est ça ?

— Oui. Le Kevin d'avant était super, et c'est devenu un débile narcissique.

Là-dessus, elle le regarda comme une professionnelle, à la manière dont Levi aurait pu le faire.

— Tu te sens comment, maintenant ?

Son sourire disparut.

— Ça va. Merci. Désolé de t'avoir réveillée.

Elle haussa les épaules.

— J'étais déjà réveillée. Bonne fin de nuit, Jack !

— Je te raccompagnerais bien à la porte, mais je suis nu comme un ver.

Elle lui sourit par-dessus son épaule et déverrouilla la porte de communication.

— Appelle-moi si tu as besoin de quelque chose, dit-elle d'un ton amical, sans sous-entendu.

Mais elle ne referma pas à clé derrière elle. Et Jack se dit alors qu'il n'avait pas couché avec une femme depuis longtemps. Or Emmaline ne parlait pas trop, ne posait pas toutes ces questions stupides que l'on pose lorsqu'on fait connaissance : Quelle serait pour lui la soirée idéale ? Se voyait-il avec des enfants dans cinq ans ? Elle ne semblait pas le considérer comme le géniteur potentiel de ses futurs enfants et n'avait pas flirté une seule fois avec lui. Et elle ne lui posait aucune question sur l'accident.

Le savoir nu comme un ver n'avait pas semblé la troubler du tout.

Elle était juste… sympa. Enfin, non, ce n'était pas le terme qui convenait.

Elle était facile à vivre et sincère. Il aimait qu'elle soit un peu dure avec elle-même et si affectueuse et tolérante avec sa famille, malgré les yeux levés au ciel et les remarques exaspérées.

Elle sentait vraiment bon.

Et elle avait des fesses magnifiques.

Sa lèvre supérieure était légèrement plus charnue que

sa lèvre inférieure, et il se demandait comment ce serait de l'embrasser.

Et puis, avec elle dans son lit, il aurait autre chose en tête que le sort du petit Deiner.

9

Décidée à renouer avec ses origines californiennes, Emmaline partit le lendemain matin faire un footing le long de la plage.

Il était tôt, car elle était toujours calée sur l'heure de la côte Est, mais il n'y avait aucun danger. Et puis elle avait toujours aimé courir. Même si elle n'était ni très rapide, ni particulièrement endurante, le simple fait de courir était bénéfique. Il n'y avait pas besoin d'avoir de la technique pour que cela porte ses fruits. Ça plus un cours de kick boxing suffisaient à la maintenir en forme. Si elle cessait de manger autant qu'un footballeur professionnel, elle perdrait sans doute un peu de poids et retrouverait une taille trente-huit. Mais la période vécue aux côtés de Kevin lorsqu'il perdait lui-même du poids l'avait dégoûtée des régimes quels qu'ils soient. De plus, Ben & Jerry's risquerait de faire faillite sans elle.

Sa silhouette ne lui avait jamais posé de problème. Dans l'ensemble, elle était satisfaite de son physique. Elle était grande, robuste et solide.

Sauf qu'au milieu de gens comme Naomi elle se sentait ridicule. Colleen O'Rourke, elle aussi, était ravissante, mince et parfaite, mais là c'était encore autre chose : chaque fois qu'elle voyait Naomi, celle-ci se tenait dans une position qui mettait en valeur la musculature parfaite de ses bras ou de son ventre plat. Colleen, elle, était naturelle. De plus, Naomi voulait absolument culpabiliser tout le monde. Son métier consistait à harceler les gens pour leur faire croire qu'ils avaient besoin d'elle.

Avec Kevin, elle avait réussi.

Kevin qui autrefois se réveillait chaque matin à côté d'elle en lui disant qu'il ne méritait pas sa chance…

— Trêve d'états d'âme ! dit-elle avant d'enfiler son short, son soutien-gorge de sport, un T-shirt Ben & Jerry's et ses Nike, et de sortir.

Il n'y avait personne. Dieu merci, pas d'amateurs de yoga en vue. Un serveur mal réveillé la regarda d'un air distrait tout en installant une machine à thé. Nom d'un chien, elle avait oublié : zéro caféine ici ! Dire qu'on payait pour ça !

Cela dit, c'était vraiment beau. Elle courut sur un chemin jusqu'au Pacifique. Les coropsis étaient éclos, formant des touffes d'un jaune vif au milieu de la sauge argentée, tels de joyeux petits phares dans le jour naissant.

Elle s'arrêta en haut de la falaise.

Le ciel était d'un bleu profond, et une ligne rose dessinait l'horizon. Quelques voitures passaient en bas mais elle entendait le bruit de l'océan, et ses cheveux voletaient dans la brise.

La Californie du Sud ne lui manquait pas, mais cette vue, si. Elle repartit en courant, sans musique car elle voulait entendre les oiseaux. Le chemin était large et sinueux, bordé de buissons en fleurs. Il faisait frais, autour de 10 °C.

Elle avait aimé ce moment passé à côté de Jack la veille au soir, même s'il était visiblement en plein syndrome post-traumatique. Ce serait plus facile s'il voulait bien l'admettre. Elle n'était pas fille de psychologues pour rien : il y avait dans sa bibliothèque quelques ouvrages sur le stress et les différentes réactions post-traumatiques. Cela pouvait l'aider pour des interventions d'urgence qu'elle était susceptible d'assurer en tant qu'agent de police.

Un coyote traversa devant elle, une pauvre créature décharnée comparée aux spécimens qu'on voyait dans l'Est.

Elle jeta un coup d'œil à sa montre : vingt minutes aller, vingt minutes retour… Ça devait bien faire six kilomètres et demi (bon, OK, peut-être plus près de cinq…). Quelle importance ? La seule chose qui comptait, c'était de pouvoir justifier la descente au Nelly's Coffee Shop (pourvu qu'il existe encore !) pour acheter des donuts à la *jelly*.

Arrivée à vingt minutes pile, elle fit demi-tour, motivée par la perspective des donuts. C'est alors qu'elle entendit courir derrière elle.

C'était Kevin. Et torse nu, en plus !

— Salut, Emmaline ! dit-il, et le son de cette voix, si familière, si douce, fit bondir son cœur.

— Salut, Kevin, ça va ?

— Super !

Il s'arrêta et s'essuya le front avec l'avant-bras.

Il ne portait pas de T-shirt, mais ça, elle l'avait déjà précisé, non ? Si. On aurait dit un mannequin de magazine de santé ou un acteur de site porno. La vache, si les acteurs de porno étaient tous comme ça, il fallait qu'elle s'y mette !

— Tu as bien dormi ? lui demanda-t-il, la ramenant à des considérations moins excitantes.

— Oui, oui, et toi ?

— Très bien, répondit-il avec un sourire. Tu veux qu'on rentre ensemble en marchant ? En général, je cours vingt kilomètres, mais on va pouvoir discuter un peu. Ça fait si longtemps.

— D'accord, dit-elle, le cœur battant.

— Alors, tu as couru combien de kilomètres ?

— Oh ! juste deux ou trois.

— Bon, tu pourras compenser plus tard. Nous, on fait un semi-marathon demain avant le mariage.

— Sympa.

— Est-ce que je t'ai dit que Naomi était en finale des sélections pour participer à *The Biggest Loser* ?

— Non, Kevin, tu ne m'as rien dit. Ça fait trois ans qu'on ne s'est pas parlé, je te rappelle.

Et en plus ça craint vraiment d'imaginer Naomi à la télévision en train d'aboyer contre des candidats en larmes.

— Pas faux, admit-il. Enfin, bon, tu connais Naomi, il faut toujours qu'elle soit la meilleure. Elle a un casting le 13.

— Bonne chance à elle.

— Ce n'est pas une question de chance, c'est juste une question de travail et d'objectifs auxquels on se tient.

L'avantage d'avoir été larguée, c'était qu'elle n'était plus forcée d'écouter toutes ces stupidités. Elle aurait aussi pu lui faire remarquer qu'il s'était un jour fixé l'objectif de se marier avec elle mais ne s'y était pas tenu. Mais bon, de l'eau avait coulé sous les ponts.

— Je suis désolé, dit-il à sa grande surprise. Je parle comme un abruti.

Il s'arrêta un instant, se pencha et cueillit une petite fleur jaune. Il la lui tendit avec ce sourire qu'elle connaissait si bien.

— Comment tu vas, toi ? Tu m'as manqué.

Elle lut de la gentillesse dans son regard.

Oh non.

Elle entrevit alors l'ancien Kevin, le gentil garçon attentionné qu'elle avait adoré pendant si longtemps.

Le bégaiement frémit dans son sommeil.

Elle respira à fond et se concentra sur l'accent britannique.

— Bien, ça va. Je vais bien.

— Ta mère m'a dit que tu étais flic ?

— Mmm.

— Et tu aimes ton boulot ?

— Oui. Je me sens très…

Elle voulait dire « proche des gens », mais l'expression resta coincée dans sa gorge.

Le bégaiement venait d'ouvrir les yeux.

Il valait mieux se taire que de buter sur le mot. Elle leva le menton, comme si elle cherchait le terme exact.

— C'est gratifiant, j'imagine, suggéra Kevin.

— Oui. C'est ça.

— Et ton compagnon, que fait-il ?

Le corriger aurait nécessité une plus longue phrase, et elle ne voulut pas prendre ce risque.

— Il fait du vin.

Voilà. Une phrase complète, sans accroc. Quatre vrais mots, quatre syllabes parfaites.

— C'est vrai ? Bon, je ne bois plus, mais c'est un super métier.

Il s'arrêta et se tourna vers elle. Elle avait oublié comme il avait de longs cils.

— Em, il faut que je te dise. J'ai tellement pensé à toi depuis trois ans.

Elle le regarda en plissant les yeux. Est-ce qu'il allait s'excuser ? Enfin ?

— Je m'inquiétais pour toi. Tu avais l'air tellement… brisée.

Une rage sourde lui noua le ventre. *Ah, vraiment. Brisée ? Comme dans « cœur brisé » ? Mais pourquoi donc à ton avis ? Parce que tu m'as jetée deux mois avant notre mariage ? Parce que tu m'as quittée pour une furie droguée de sport et que tu as raconté à la terre entière que je t'avais trahi, alors que je t'aimais de toute mon âme depuis dix-sept ans ? Pourquoi s'inquiéter, voyons ?*

— Je n'étais pas sûr que tu arriverais à m'oublier, dit-il en tendant la main pour lui remettre une mèche de cheveux en place.

Elle recula.

— Eh bien, j'y suis arrivée, tu vois. Je ne suis plus suivie pour tendances suicidaires depuis quelque temps déjà.

Il lui sourit tristement, et elle se rappela soudain ce sourire d'empathie, celui de l'époque où il était obèse, et elle, bègue, celui qui voulait dire : « Je sais ce que tu ressens. » C'était pire que tout. Comment osait-il ressentir de la pitié pour elle ? Comment osait-il faire resurgir son bégaiement, alors que tout ça était bel et bien fini ?

— Je suis content, dit-il. Et j'espère que vous allez être aussi heureux, lui et toi, que nous le sommes, Nay et moi.

Nay, quel surnom atroce !

— C'est sérieux entre vous ?

— Oui, nous sommes fiancés.

Oh ! quelle bourde ! Vraiment pas malin, de dire ça !

Enfin, c'était tout de même bon de voir Kevin bouche bée. Et du même coup, d'ailleurs, le bégaiement prit ses cliques et ses claques.

— Ah bon ? lâcha-t-il, visiblement troublé.

Puis il baissa les yeux vers sa main gauche.

— Et où est ta bague ?

— A l'atelier pour modifier la taille.

Eh bien, eh bien, elle se révélait une menteuse de talent ! De ces choses que l'on ignore sur soi-même jusqu'au jour où on les découvre.

— Je suis heureux pour toi.

Sa voix trahissait juste le contraire.

Il avait dû être satisfait à la pensée qu'elle le regrettait amèrement (ce qu'elle avait fait, d'ailleurs), et restait seule chez elle tous les vendredis soir (oui, ça aussi, elle l'avait fait souvent), à se demander si elle connaîtrait de nouveau un jour le grand amour. (Oui, OK ! Elle s'était effectivement dit tout ça !)

Mais quand même ce footing avait pris un tour nettement plus plaisant.

— Alors, vous vous mariez quand ? lui demanda-t-il.

— Nous n'avons pas encore fixé de date.

— Ah ? Eh bien, c'est super.

— Merci, répondit-elle. Ecoute, je crois que je vais finir en courant. On se voit plus tard ?

Parce que, bon, c'était sympa, tout ça, mais il fallait prévenir Jack fissa !

— Bien sûr. On se voit au ranch. Vous participez aux jeux en couple avec nous, d'accord ?

Il sourit, mais ce n'était plus le gentil sourire de tout à l'heure.

— Attends un peu d'avoir vu Naomi en bikini. Ça va te motiver pour maigrir !

Ah, d'accord ! Donc la guerre était déclarée.

— Mais tout le monde n'est pas obsédé par son physique, tu sais, dit-elle d'une voix douce. Certaines personnes accordent plus d'importance à la gentillesse, la loyauté, la droiture.

— Ouais, ouais, c'est ce que je disais, moi aussi, quand j'étais gros. Allez, vas-y, va me brûler toutes ces calories ! On fait la course !

Jack était en train de se raser lorsque la police tambourina à sa porte.

Précision : lorsque l'agent Neal, vêtue d'un short de running et d'un T-shirt, trempée de sueur et soufflant comme un phoque, tambourina à sa porte.

— On a été attaqués ? demanda-t-il en ouvrant. Par des aliens ? Des météores ? Qu'est-ce que… ?

Elle entra en le bousculant, sans remarquer qu'il n'était vêtu que d'une serviette.

— Mais je t'en prie, entre donc…

Avec un soupir (ah, les femmes !), il retourna finir de se raser. Elle le suivit, ferma le couvercle des toilettes et s'assit dessus.

— Nous sommes fiancés, dit-elle, hors d'haleine.

— Fais comme chez… Quoi ?

— Je suis désolée. Je sais très bien ce que je t'ai dit à propos de faire semblant d'être ensemble et tout, mais j'ai dit à Kevin que nous étions fiancés.

— Dans ce cas, j'exige de pouvoir jouir de mes droits conjugaux.

— Jack, la ferme.

— Est-ce comme ça qu'on parle à son fiancé ?

Il passa son rasoir sous l'eau et reprit son rasage.

— Il s'est montré très gentil. Il m'a même cueilli une fleur.

— Le salaud.

— Exactement ! Oh ! tu es ironique, c'est ça ? Laisse tomber. Enfin, bref, il était gentil et brutalement il est devenu très condescendant, et du coup j'ai dit qu'on était fiancés. Alors fais comme si, d'accord ?

— Et ta famille ?

— Merde, dit-elle en fermant les yeux. Mes parents sont incapables de garder un secret, c'est pathologique. Je ne peux pas le leur dire. Je les appellerai une fois qu'on aura quitté cet enfer.

Au même moment, une autre série de coups, portés cette fois sur la porte de la chambre d'Emmaline, se fit entendre.

— Emmaline, ouvre ! ordonna sa mère. Pourquoi ne nous as-tu rien dit ? Est-ce que tu es bien sûre de toi ?

— Tous ces liens qui nous entravent, dit-il, philosophe. Tu ferais mieux d'ouvrir, je crois. Et donne-moi une seconde pour m'habiller, OK ?

Elle réalisa soudain et rougit en détournant le regard, avant de le poser de nouveau sur lui, ce qui le fit sourire.

— Nous aurons toute la vie pour nous regarder, déclara-t-il. Maintenant, ouvre, avant qu'elle n'aille chercher le bélier.

— Je déteste mentir, rétorqua-t-elle sans desserrer les dents.

— La seule autre solution qu'il te reste, c'est de tout dire à Kevin.

— Non, je préfère encore mentir.

Sur ces mots, elle se dirigea vers sa chambre et alla ouvrir à sa famille.

Jack termina sa toilette, et revêtit un jean et un T-shirt.

Alors, comme ça, il était l'amoureux transi ? Parfait. Les femmes étaient capables de tout. Est-ce que Colleen ne lui avait pas déjà demandé de faire semblant de sortir avec elle ? A moins que ce ne soit Shelayne Schanta ? Peu importe. Les femmes étaient étranges.

— Je le savais ! s'exclama Angela lorsqu'il les rejoignit dans la chambre. Sacré cachottier, va !

Le père d'Emmaline lui serra vigoureusement la main.

— Bienvenue dans notre famille !

Sa femme avait l'air médusée.

— Emmaline, tu es sûre que… J'étais tellement persuadée que tu étais…

Angela la poussa doucement du coude.

— Enfin, se reprit-elle, c'est une très bonne nouvelle.

Elle serra maladroitement Emmaline dans ses bras, et celle-ci accueillit ces effusions avec la chaleur d'une statue de marbre.

— Tu as une bague ? s'enquit Angela.

— Oui, ma chérie, raconte-leur ta bague, suggéra Jack.

— Oh ! eh bien, elle est très jolie. Il faut juste la mettre à ma taille.

— C'est quel genre ? C'est une émeraude ? Avec des brillants ou montée en solitaire ?

— Euh, elle est… ronde, bafouilla Emmaline.

— Mais pourquoi avez-vous pris deux chambres ? demanda Mme Neal, en jetant un regard circulaire autour d'elle.

Jack leva le sourcil et se dit qu'il allait laisser Em répondre, cette fois.

— Jack est… euh… un peu… malade. Il ne peut pas…

— La vessie est un peu paresseuse, mon gars ? lança M. Neal. Pas d'inquiétude, je sais de quoi je parle.

Emmaline était aussi mal à l'aise qu'un pingouin dans le désert.

— On a plus d'espace comme ça. On aime bien être au large, c'est tout.

— Attendre un peu avant de franchir la dernière ligne de démarcation, chuchota Jack.

— Voilà, renchérit-elle. Alors, qui participe aux jeux en couple cet après-midi ?

— Tu m'as assuré que vous étiez de simples amis, reprit Mme Neal. Moi, ta mère qui essaie tellement d'établir un lien de confiance avec sa fille. Tu m'as tenue complètement à l'écart de cette relation !

— Moi, je m'en doutais, dit son père en opinant du chef. J'avais remarqué quelque chose dans le ton de sa voix, la dernière fois qu'on a parlé.

— Ce n'est pas vrai ! rétorqua sa femme. Toi aussi, tu pensais qu'elle était lesbienne.

La nouvelle fiancée de Jack sembla accuser le coup. Elle voulut répliquer, mais y renonça et dit :

— Je viens de me rappeler que j'ai un coup de fil à passer.

— Lâche, murmura Jack tandis qu'elle sortait précipitamment de la chambre.

Elle revint l'instant d'après, saisit son téléphone et ressortit en claquant la porte.

— Tout ça a dû se décider très vite. Pourquoi une telle précipitation ? demanda Mme Neal.

— Eh bien, nous ne voulions pas perdre de temps, vous comprenez.

Il y eut un moment de flottement.

Oups !

— Est-ce qu'Emmaline est enceinte ? lâcha Angela à mi-voix.

Jack fit la grimace.

— Je préfère qu'elle réponde elle-même.

— Emmaline ! Tu es enceinte ? cria Mme Neal.

Em fit irruption dans la chambre.

— Non ! Mais qu'est-ce que tu leur as raconté ? Je ne suis pas enceinte !

— Je me suis mal fait comprendre, corrigea Jack. Elle n'est pas enceinte. Absolument pas.

— Mais si, tu l'es ! Hein, que tu l'es ? s'écria Angela. Chouette ! Je vais être tata !

Une éternité et des dizaines de mensonges plus tard, la famille Neal leva le camp, fermement convaincue qu'Emmaline avait un polichinelle dans le tiroir.

— Comment as-tu pu me faire ça ? gémit-elle. Sérieusement, Jack, il va falloir que je fasse le test devant eux si je veux qu'ils me croient, et ma mère est capable de vouloir me suivre dans les toilettes. Alors, merci bien !

— OK, je suis désolé, mais tout s'est un peu embrouillé vu que j'avais appris nos fiançailles à peine trente secondes plus tôt.

— Justement, il me semble qu'il faut un peu plus de temps que ça pour tomber enceinte !

— Alors on ferait bien de s'y mettre tout de suite.

— Dans tes rêves, Jack. Et arrête avec tes blagues !

— Est-ce que nous ne sommes pas attendus là tout de suite ? demanda-t-il.

— Si. Le volley par couples démarre dans dix minutes, indiqua-t-elle en se laissant tomber dans un fauteuil.

— J'ai trop hâte, dit-il.

Elle se leva et commença à fouiller dans tous ses tiroirs.

— Cerise sur le gâteau, il faut que je me trimballe en maillot de bain ! Le ciel m'en veut, aujourd'hui.

Sur ce, elle alla s'enfermer dans la salle de bains. Ce que Jack trouva dommage parce que, maintenant qu'ils étaient fiancés, il méritait au moins de la voir nue.

Ce n'était finalement pas du volley en couple, apprit-il en se dirigeant vers la piscine, mais un jeu de lutte aquatique. Enfin, le jeu portait un autre nom plus ronflant, du genre « célébration aquatique du couple », mais ce n'était rien d'autre qu'une bataille navale. La piscine était vaste et turquoise, en forme de trèfle, avec une cascade sur un côté et un bar à smoothies de chou kale bio de l'autre. Dans une démonstration de force collective qui ressemblait à une publicité, plusieurs couples très affûtés riaient et criaient.

A côté de Jack, Emmaline ronchonnait. Elle portait une sorte de robe parachute blanche. Il avait déjà vu des burkas plus sexy.

Il trouvait dommage qu'ils n'aillent pas plutôt se baigner dans l'océan. Apparemment, l'eau était trop froide pour nager sans combinaison. (A l'évidence, les Californiens ne s'étaient jamais baignés en mai dans le lac Keuka, comme lui le faisait chaque année.)

Le seul souvenir de l'eau froide du lac accéléra son rythme cardiaque. Il s'arrêta brusquement, et Emmaline, qui marchait à côté de lui, en fit de même.

— Jack ? Ça va ?

Il avait du mal à respirer, son souffle était irrégulier. Et il avait l'impression que son cœur avait la taille d'une pastèque. Quelque chose n'allait pas. C'était peut-être un infarctus.

Em le poussa alors jusqu'à une chaise longue et l'aida à s'y asseoir. Il lui attrapa le poignet.

— Ça va aller, le rassura-t-elle en s'asseyant en face de lui.

De sa main libre, elle dégagea un peu les cheveux sur son front.

— Respire doucement.

C'était lui qui était censé prendre soin d'elle ce week-end, pas l'inverse.

— Quel temps magnifique aujourd'hui, pas vrai ? On peut dire ce qu'on veut, la Californie du Sud a un climat super.

Elle sentait la crème solaire et elle avait des taches de rousseur. C'était la première fois qu'il le remarquait.

— Je me disais qu'on pourrait peut-être aller faire un

tour en voiture plus tard. Ça peut être sympa de sortir un peu d'ici. Ce n'est pas que je passe un mauvais moment, mais bon.

Elle lui sourit et s'arrangea pour qu'il lui lâche le poignet pour lui prendre plutôt la main.

— Je connais un super magasin de donuts dans le coin. Enfin, il existait autrefois. J'espère qu'il existe toujours. Je t'en achèterai un au…

A cet instant, il se pencha en avant et l'embrassa. Ses lèvres, prises au dépourvu, s'ouvrirent. Elles étaient douces, et c'était tout ce dont il avait besoin : sa bouche jolie et douce et ses cheveux, chauffés par le soleil, dans sa main posée sur sa nuque.

Ainsi, sa crise de panique se calma. Sous l'effet de la brise, les cheveux d'Em venaient lui chatouiller le visage, et il les repoussa sans cesser de l'embrasser. Il fallait pourtant bien qu'il cesse, il le fallait, oui, bientôt.

Ce fut elle qui l'arrêta. Elle recula de quelques centimètres en fuyant son regard et serra les lèvres.

— Je suis désolé, dit-il doucement.

— Non. C'est… ce n'est pas grave.

Colleen O'Rourke, désormais Colleen Campbell, surgit tout à coup. Depuis leur arrivée, Jack ne l'avait pas encore vue, car ils étaient sur des vols différents, mais il lui semblait que c'était une vieille amie de la mariée, quelque chose comme ça.

— Ça, alors, je n'y crois pas ! Vous étiez en train de vous embrasser, là, non ?

— Laisse-les tranquilles, Coll, lui intima son frère jumeau.

— Salut, Connor ! dit Jack. Qu'est-ce que vous faites là, tous les deux ?

— Obligation familiale. Elle avait besoin d'un baby-sitter, répondit-il en soupirant et en regardant sa sœur.

— C'est mon escort boy, répondit en même temps Colleen.

— Colleen et Connor, lança une voix tonitruante. Rendez-vous à la piscine tout de suite !

La mariée avait donc un mégaphone ! Charmant.

— Mon Dieu ! grommela Connor dans sa barbe.

— Lucas ne pouvait pas m'accompagner, expliqua Colleen. Croyez-moi ou pas, je n'aurais pas choisi Connor en priorité, mais la nièce de Lucas s'est fait opérer de l'appendicite, alors il a dû aller à Chicago hier et il a forcé Connor à m'accompagner parce que je suis une petite chose délicate, comme tu dois le savoir, Jack, et que j'ai un bébé en préparation.

Elle fit une pause pour reprendre son souffle.

— Vous venez jouer ? On fait équipe, Connor et moi.

— C'est atroce, gémit Connor. Je n'y crois pas, que tu m'obliges à faire ça, moi qui supporte à peine que tu m'embrasses !

— Oh ! ça va ! Je dois monter sur tes épaules, c'est tout. Ça ne va pas te tuer.

— Ça dépend. Quand je vois tout ce que tu manges…

— Colleen et Connor, à la piscine, immédiatement !

— Non mais vous l'entendez ? Déjà, à la fac, je ne l'aimais pas beaucoup, mais ça ne s'arrange pas ! Vous jouez, vous ? lança Colleen.

Emmaline, qui n'avait pas soufflé mot jusqu'ici, se racla la gorge et dit :

— On pensait que c'était du volley. Au fait, Jack et moi faisons semblant d'être fiancés.

Connor regarda Jack, qui haussa les épaules, tandis que Colleen applaudit.

— Je te l'avais dit, que c'était un bon plan ! Allez, Connor, on y va, sinon Naomi va nous tuer. Ah, si seulement Lucas était là !

— Je ne te le fais pas dire, répondit Connor.

— Oui, eh bien, si tu crois que ça me fait plaisir d'être ici avec mon mal embouché de frère ! Et au fait, Connor, si tu avais dit oui à Emmaline, tu ne serais pas là, collé à ta sœur !

— Je ne suis pas collé à toi, je te chaperonne.

— Emily et Jack, à la piscine, immédiatement ! appela la mariée d'un ton plus qu'autoritaire.

Comment disait-on, déjà ? Tyrannique ? Oui, ça lui allait bien.

— Quelle galère ! soupira Colleen. Viens, Connor, et sois prêt à te battre à mort pour nous protéger, moi et mon bébé.

— C'est trop injuste, dit Connor, qui obéit malgré tout.

Quand ils se furent éloignés, Jack regarda Emmaline, qui détourna les yeux.

— Je suis désolé pour ce baiser, déclara-t-il.

— Non, non, ce n'est pas grave.

— Et merci, au fait.

— Mais de quoi ? demanda-t-elle, surprise.

Elle avait des yeux d'un bleu sombre.

— De m'avoir aidé à m'asseoir, de m'avoir laissé t'embrasser.

Elle rougit et eut un petit rire.

— C'était un gros effort, en effet ! Enfin, Jack, tu t'es regardé ? Tu es hideux ! Au fait, je t'ai raconté que j'allais suivre une formation de gestion de situation de crise à mon retour ? Tu sais, négocier avec les preneurs d'otages, ou les personnes suicidaires, tout ça. Alors c'était un bon entraînement. Non que tu sois un preneur d'otages, ni non plus euh… Bref, tout va bien.

Elle était mal à l'aise, c'était touchant.

— Prête pour la bataille navale ?

— Non.

— Allez, ça va être sympa. Enlève ce truc, et on y va.

— Je n'aurais jamais dû venir à ce mariage.

— Tu es flic, sois courageuse.

— Va te faire voir.

— Eh ben voilà !

Elle rougit encore un peu plus, protesta, marmonna encore et fit passer sa burka au-dessus de sa tête.

Waouh.

Non mais pourquoi hésitait-elle à se montrer en maillot, avec un corps pareil ? Elle avait de longues jambes, de très belles fesses et des seins magnifiques fort bien mis en valeur. Celui qui avait dessiné ce maillot méritait le prix Nobel.

Certes, on ne pouvait pas la qualifier de mince, mais Jack avait toujours préféré ça. Elle avait le corps d'une vraie femme, pas celui d'une fille prépubère. Une femme à la fois forte et douce.

Il va falloir creuser le sujet, songea-t-il.

— Qu'est-ce que tu regardes ? lui demanda-t-elle d'un ton agressif.

Il détourna le regard.

— Ma grand-mère a le même maillot. Tu pourrais tenter le bikini, la prochaine fois.

— C'est ça, oui. Et pourquoi pas aussi m'immoler par le feu, pendant qu'on y est ? C'est déjà assez douloureux comme ça de me retrouver au pays de Ken et Barbie.

— Emily et Jack, rejoignez-moi tout de suite ! ordonna le mégaphone.

— Je vais t'offrir un bikini, annonça-t-il en se levant. Maintenant que nous sommes fiancés.

— Finissons-en avec ce truc. Je m'excuse à l'avance pour ta hernie discale.

— Détends-toi, et aie l'air contente. On est fiancés, et tu attends peut-être un bébé.

Il lui tendit la main, et ils s'approchèrent de la piscine. La pensée de se baigner ne le dérangeait pas. Une piscine, ce n'était pas comme un lac. Et il n'y avait aucun risque d'accident de voiture ici. Tout irait bien.

La mariée reposa son mégaphone.

— Pas trop tôt, dit-elle en scrutant Emmaline des pieds à la tête.

Celle-ci l'ignora superbement et exécuta un plongeon parfait avant de refaire surface, en regardant Jack avec des yeux gourmands.

OK, Jack, on se calme. N'oublie pas que ce n'est pas facile pour elle, cette histoire. Et cesse de prendre tes désirs pour des réalités.

Il plongea à son tour et sentit l'eau fraîche sur lui. Tout allait bien. Il avait été formé dans la marine, tout de même. Il ne pouvait pas avoir peur de l'eau. D'ailleurs, il n'en avait pas peur, la preuve.

Il nagea jusqu'à Emmaline.

— Sur mes épaules, mon petit chat !

— Je n'ai jamais rien fait de plus stupide de toute ma vie !

Il s'attarda encore un peu sur sa poitrine, que le bain rendait plus généreuse encore.

— Ce maillot te va super bien.

— Ouais, tu n'es pas mal non plus. Comment un vigneron fait-il pour avoir des tablettes de chocolat pareilles ?

— Je suis un dieu grec, tu te souviens ? dit-il, pas mécontent qu'elle ait remarqué.

— Pourquoi j'ai dit ça ? répondit-elle en souriant malgré tout.

De l'autre côté, on entendit un grand plouf.

— Oh ! bon Dieu ! s'écria Colleen. On a perdu Connor. Tu viens ? On va manger quelque chose, je meurs de faim.

Jack se tourna vers Emmaline.

— C'est parti, mon petit chat.

Emmaline souffrait le martyre.

Le maillot miracle lui comprimait l'estomac comme le corset de Scarlett O'Hara, et elle pouvait à peine respirer.

Ses prothèses étaient en place, et, même si elle était certaine de ne pas s'identifier au genre de femme obsédée par ses seins (anti-allaitement, évidemment !) qui achetait ces trucs-là, elle devait reconnaître que le résultat était spectaculaire.

Jack continuait à la détailler, ce qui aurait pu être flatteur premièrement s'il n'en rajoutait pas un peu, deuxièmement si le contact avec ces deux filets de poulet en silicone dégoûtants n'était pas si désagréable.

Et il fallait en plus qu'elle grimpe sur ses épaules. Avec un peu de chance, il n'allait pas se mettre à hurler ou bien s'écrouler pour de bon.

Cela dit, il avait des épaules assez robustes. En fait, c'était toute sa personne qui était plutôt… Il était tellement… Pardon ? Vous disiez ?

Non, parce que, même dans cette assemblée où les invités avaient l'air d'avoir été choisis dans le casting d'Abercrombie & Fitch, on ne voyait que lui. Pas seulement parce qu'il était honteusement beau, mais parce que en plus il était musclé juste ce qu'il fallait. Il n'était ni gonflé ni sculpté (ni couvert d'huile, Dieu merci), il était tout simplement… parfait.

Alors que Kevin et les autres ressemblaient à des accros de la salle de sport, Jack était costaud, voilà tout. Il avait de larges épaules, qu'elle n'allait pas tarder à tester, d'ailleurs, un ventre plat et musclé, des bras puissants à force de soulever des tonneaux (ou quoi que ce soit d'autre, mais l'imaginer en train de soulever des tonneaux lui plaisait bien). De son nombril jusqu'à la lisière de son maillot se dessinait une ombre sympathique, et…

— Emily et Jack, on peut y aller, s'il vous plaît ?

— Prête ? demanda-t-il.

Et avant qu'elle ait pu répondre il était déjà sous l'eau et, oh mon Dieu, avait passé la tête entre ses jambes. Il se redressa avec elle, chancelante, sur les épaules. Comment était son ventre, voyons ? Est-ce que le maillot miracle tenait ses promesses ?

Elle lui attrapa la tête pour ne pas tomber.

— Ça va, là-haut ? s'enquit-il.

— Parfait, dit-elle gaiement.

Ça pouvait difficilement aller mieux ! Quand les Amères larguées apprendraient ça ! Elle allait peut-être même se faire faire un tatouage à l'intérieur de chaque cuisse : *Jack Holland a mis sa tête ici.*

A côté du bar à smoothies était installé un DJ, et la musique des *Dents de la mer* démarra.

— On est là pour gagner ! hurla Naomi, en grimpant sur les épaules de Kevin.

Deux autres couples participaient aussi à ce combat de gladiateurs, et les deux femmes étaient ravissantes, mais pas autant que Naomi. Toutes les trois portaient un bikini string.

Soupir. Non, non, allez ! Je t'interdis de te sentir moche ! se dit-elle avec autorité. *Tu as un score de 93 % de cœur de cible à l'entraînement de tir, tu arrives à porter les trois triplés Cabrera ensemble. Tu es géniale.*

— Si on en restait là, comme Colleen et Connor, et qu'on allait plutôt manger un donut ? suggéra-t-elle à Jack.

— Pas question. Nous aussi, on est là pour gagner.

Les règles étaient simples : il fallait faire tomber les autres. Ils étaient du côté de la piscine où l'eau arrive à la poitrine, et chaque couple devait défendre son territoire. Avec un peu de chance, personne ne heurterait la margelle avec sa tête, parce que, si du sang venait à couler dans l'eau de la piscine, Naomi deviendrait encore plus féroce, c'était sûr. Déjà, là, elle avait un sourire carnassier. Un vrai requin. Et la musique n'arrangeait rien.

Em la soupçonnait de vouloir la mordre.

— Quelle est la stratégie ? demanda-t-elle.

Les cheveux mouillés de Jack lui chatouillaient les cuisses.

Il leva la tête pour la regarder, et le frottement lui soutira un petit cri de plaisir. Ses yeux magnifiques se plissèrent gaiement.

— Accroche-toi.

— A vos marques, prêts ? Partez ! hurla Naomi.

Dans un jaillissement d'éclaboussures, les couples foncèrent vers le centre. Le DJ monta le volume.

Jack s'approcha d'un premier couple : une femme rousse sur les épaules d'un apollon.

— Salut, dit Em.

— Salut.

— Euh, fit Em en la poussant gentiment de la main.

Celle-ci tomba tel un chaton narcoleptique. Mais bon, il faut dire qu'elle pesait le poids d'une plume.

— Oh ! désolée, s'exclama Emmaline, navrée.

— Non, non, c'est pas grave, répondit l'autre.

Elle semblait soulagée, à vrai dire.

— Et d'un, dit Jack en faisant demi-tour.

Sans attendre, l'homme du couple numéro deux plongea, avant même qu'Emmaline eût le temps de toucher sa partenaire.

— Oh ! allez, Randy ! hurla Naomi.

— Oui, allez ! reprit Kevin en écho.

Emmaline comprit soudain que personne ne voulait affronter les mariés. D'ailleurs, Naomi avait l'air un peu vexée que les deux autres couples soient déjà en train de nager vers l'échelle.

— Est-ce que tu veux gagner ? demanda Jack.

— Oh ! ça m'est égal.

— Pas à moi.

Là-dessus, il fonça en avant, et Em poussa un petit cri. C'était très excitant de sentir sa tête contre sa… Elle eut presque envie de lui demander de recommencer.

Naomi et Kevin se trouvèrent soudain devant eux, le beau visage guerrier de Naomi où se dessinait un sourire cruel pile en face du sien.

— Je ne voudrais pas vous faire peur, les amis, mais à ce jeu-là on n'a jamais perdu, Kevin et moi. Pas vrai, bébé ?

— Si, répondit Kevin, docile.

— Nous non plus, répliqua Jack.

— Alors c'est pour bientôt, dit Naomi. Mais essayez toujours, pour voir.

— Il ne faut pas me le dire deux fois, Naomi, répondit Jack sur un ton de défi.

— Je ne perds jamais.

Au même instant, elle posa ses mains sur les épaules d'Em et poussa très fort.

Alors Jack fit un pas sur le côté et, profitant de l'élan, Emmaline se pencha en avant et poussa à son tour. Fort. Naomi chancela. Em se mit à imaginer qu'elle voulait du mal aux triplets Cabrera et elle poussa plus fort encore. Elle n'était pas une super flic pour rien.

On entendit un plouf. Kevin et Naomi étaient tombés.

— C'est de la triche ! s'écria Naomi. On n'a pas le droit d'utiliser son poids comme ça.

— C'est vrai, renchérit Kevin. A l'évidence, tu pèses beaucoup plus lourd que Naomi.

— Et donc il faut que j'utilise quoi ? Une épée ? Mon arbalète ?

— Serrez-vous la main, les enfants. Et rappelez-vous : il faut être humble dans la victoire et beau joueur dans la défaite, déclara Jack.

Puis il regarda Emmaline avec un sourire et dit :

— Je me sens particulièrement humble, pas toi ?

Et voilà. Elle commençait à craquer pour lui. Ce sourire… ces yeux… Le fait qu'il ne s'était pas plaint une fois qu'elle pesait trop lourd.

Soudain, il la renversa, et elle se retrouva sous l'eau. Elle réapparut, les cheveux dans les yeux.

— Merci, puissant destrier. C'était plus marrant que je ne croyais.

Il la regardait, ravi, mais à un moment donné son regard descendit vers sa poitrine et son sourire disparut.

— Euh, Em, on dirait que tu te… dégonfles.

Elle regarda ses seins.

— Oh ! merde.

L'un d'eux était rebondi comme une noix de coco, tel qu'il était lorsqu'elle avait quitté sa chambre, et l'autre était… normal. Ce qui voulait dire que…

Paniquée, elle chercha partout des yeux. Où était ce truc ? Il avait peut-être juste glissé… Elle se tâta le ventre pour sentir s'il n'était pas… non, pas là.

Mais où était sa prothèse ?

— Euh, c'est ça que tu cherches ? chuchota Jack.

Kevin et Naomi, toujours dans l'eau, parlaient à voix basse, elle furieuse et lui tout contrit. Et sur l'épaule large de celui-ci, telle une sangsue géante, se trouvait la prothèse.

— Mais qu'est-ce que c'est que ce truc, enfin ? demanda Jack doucement.

Dans le ciel, une mouette criait en faisant des cercles au-dessus de la piscine, puis elle se mit à faire du surplace, et Jack comprit ce que cela signifiait. Cela voulait dire : « Tiens, j'ai trouvé mon dîner ! »

Au bout de quelques secondes, elle plongea et saisit la prothèse sur l'épaule de Kevin, qui poussa un cri de surprise. Emmaline aurait jugé ça très drôle si sa prothèse ne s'était pas trouvée à cet instant dans le bec de la mouette. Mais elle était trop lourde pour la pauvre bête, qui pencha la tête, ouvrit le bec et lâcha le bout de silicone dans l'eau. Em se précipita, mais Jack fut plus rapide. Il attrapa la chose et se tourna.

— C'était quoi, ce truc ? s'exclama Naomi.

Le moment était peut-être venu de se faire hara-kiri.

— C'est du poulet cru ? demanda Jack à Emmaline à voix basse.

— Chut ! Non ! Donne-le-moi !

— Vous avez triché, déclara alors Naomi.

— Mais comment peut-on tricher au jeu de la « célébration aquatique du couple », enfin ? Allez, les gars, laissez tomber. C'est notre tournée.

Puis il se tourna vers Emmaline et lui tendit sa prothèse.

— Tiens. Je suis tellement content de ne pas être une femme.

— J'exige une revanche, aboya Naomi.

Em saisit la prothèse gluante et dégoûtante (qui sortait tout juste du bec d'une mouette, en plus). Est-ce qu'elle avait raison de la remettre ? Et si l'oiseau avait une maladie ? (La grippe aviaire, par exemple.) Est-ce que le chlore avait tué les microbes ?

— Alors ? demanda Jack d'un air moqueur. C'est toi qui remets ce truc ou c'est moi ?

— Très drôle.

— OK, attends, laisse-moi au moins… voilà.

Il l'attira quelques mètres plus loin et la prit dans ses bras.

— Vas-y. Tu m'expliqueras plus tard pourquoi tu portes des filets de poulet crus dans ton soutien-gorge.

— Ce n'est pas du poulet. C'est pour… Oh ! laisse tomber.

Et elle glissa l'objet répugnant sous son sein.

Elle ne put s'empêcher de remarquer combien c'était agréable de se serrer contre lui. Le contact de sa peau mouillée, chaude…

— Je me demandais aussi comment tout ça défiait à ce point la loi de la pesanteur, dit-il à voix basse.

Elle entendait sa voix gronder doucement dans sa poitrine tout en rajustant le haut de son maillot.

— Ne te moque pas de moi, lui ordonna-t-elle. Le week-end est déjà assez stressant comme ça.

Il recula et la contempla. Une goutte d'eau glissa le long de son cou et s'arrêta dans le creux, et elle eut soudain très envie de l'attraper avec sa langue.

— Juste pour info, tu n'as vraiment pas besoin de ces machins, lui dit-il.

Elle chancela un peu. Il la regarda en plissant les yeux et déposa un baiser sur son front.

Plus aucun doute. Elle craquait complètement pour ce type.

— Merci, dit-elle brusquement.

Puis, la honte de savoir que Jack — ainsi que tous les autres, peut-être — avait compris ce qu'elle avait fourré dans son maillot l'envahissant peu à peu, elle nagea jusqu'à l'échelle et sortit de la piscine.

10

— Mon royaume pour un cheeseburger, murmura Colleen.

— Tu l'as dit !

Le « dîner » de répétition consistait en un buffet de légumes crus. A boire, on servait du thé vert décaféiné (chaud ou glacé), du thé à la menthe, du lait de soja écrémé, de l'eau et du jus de cranberry, le vrai, celui qui vous donne des brûlures d'estomac. Emmaline avait une affreuse migraine, sans doute par manque de caféine, justement, mais aussi de glucides et de glace ces dernières vingt-quatre heures.

La première chose qu'elle ferait en rentrant chez elle, juste après avoir fait un gros câlin à Sarge, serait de l'emmener chez O'Rourke — en théorie, c'était un chien policier en formation — et de commander deux *nachos* et deux de leurs plus gros burgers. Un pour chacun.

Elle avait des gargouillis dans l'estomac.

— Où est Jack ? demanda Colleen en se servant un smoothie au chou kale.

— Je crois qu'il dort, répondit Em.

Elle avait toqué à sa porte mais il n'avait pas répondu, peut-être encore sous l'effet du décalage horaire. Ou peut-être était-il en train de se promener sur la plage ou de faire des étirements après ce jeu dans la piscine, ou bien juste en train de faire une petite pause au milieu de ce week-end pénible.

Elle espérait qu'il n'était pas en pleine crise d'angoisse. Ce regard perdu qu'il lui avait lancé l'avait bouleversée.

— Je retourne à la table des larbins de la mariée, dit Colleen en soupirant. A tout à l'heure.

OK. Jack et elle avaient été placés à une table d'invités plus âgés, venus de Russie, de la famille de Naomi, originaire d'Irkutsk, si elle avait bien compris d'après la carte dessinée sur une serviette par le seul qui parlait un peu anglais. Une grand-tante ou une grand-mère remplissait son sac à main de bâtonnets de concombre. Un vieil homme s'était assoupi, et un autre passait son temps à fixer ses seins (même sans prothèses, ils n'étaient pas si mal, dans cette robe), sinon ils ne parlaient qu'entre eux. Elle leur souriait de temps en temps pour prouver combien les Américaines sont aimables, et seul le reluqueur de seins, à qui il manquait deux dents, lui souriait en retour.

Angela et M. et Mme Neal étaient assis à la table des parents de Kevin. Loyale, Angela avait proposé de s'asseoir à côté de sa sœur, mais Mme Bates (qui avait pourtant fait preuve de beaucoup d'affection envers Emmaline par le passé) en avait presque avalé sa serviette. Em lui assura que tout allait bien sur le front de la Sibérie, et ce n'était pas faux car elle était soulagée de ne pas avoir à faire la conversation.

Kevin et Naomi s'assirent à une minuscule table pour deux sous un spot. Ils avaient vraiment l'air amoureux.

— OK, les amis, il est temps de brûler quelques calories sur le dance-floor ! beugla soudain le DJ.

Oui, on n'allait tout de même pas risquer de voir s'entasser les douze calories du dîner. Les enceintes se mirent à cracher du Black Eyed Peas.

Dans quelques secondes, Naomi et Kevin allaient se livrer à une chorégraphie bien rodée sur leur morceau préféré.

La chanson sur laquelle Kevin et Em avaient prévu de danser à leur mariage était *Unforgettable* de Nat King Cole, et elle ne pouvait pas l'entendre sans un petit pincement de cœur.

— Naomi et Kevin sont heureux de vous offrir ce petit souvenir de leur mariage, dit alors une petite fille chargée d'un panier. Plût au ciel que ce soient des bouteilles de Jack Daniel's !

Mais pas du tout.

Em reconnut immédiatement ce que la petite fille avait dans la main : le fameux numéro du magazine *People* « spécial obèses repentis ».

Sur la couverture, on voyait Kevin qui montrait un de ses gigantesques pantalons, un pantalon qu'Emmaline lui avait acheté, car il détestait faire du shopping pour lui-même à cette époque. Il devait adorer ça aujourd'hui.

Les parents russes ouvrirent le magazine, tandis qu'elle glissait le sien dans son sac. Elle le brûlerait plus tard, quand bien même ça ne changerait rien, car elle ne pouvait pas oublier ce qu'il contenait.

A la page 47, les trucs habituels sur le combat contre la nourriture mené par Kevin, ses problèmes de tension artérielle, son diabète, et enfin le coup de grâce :

Je vivais avec quelqu'un qui ne me soutenait pas, explique Bates. Elle faisait tout pour saboter mes efforts, achetant sans arrêt de la nourriture, ce qui aggravait encore mon addiction. Puis j'ai rencontré Naomi et j'ai compris qu'il fallait que je rompe avec l'autre personne, parce qu'elle me causait du tort.

Naomi Norman, la coach et future femme de Kevin, témoigne. « Les gens dont nous nous entourons ont une véritable importance dans notre vie, dit-elle en posant sa main sur le bras désormais musclé de Kevin. Je crois en Kevin et je l'accompagne dans ses rêves et dans ses efforts. C'est l'homme le plus extraordinaire que j'aie jamais rencontré. »

Dégueulasse. Et douloureux, en plus.

D'autant qu'à cet instant tout le monde était plongé dans son magazine, fasciné par l'exploit de Kevin. Peut-être que demain, plutôt que de se contenter de marcher jusqu'à l'autel, il traverserait d'abord une grande photo de lui obèse, comme ils le faisaient dans *The Biggest Loser*.

Même s'il n'y avait pas autant de copains de fac qu'elle le craignait, certaines personnes dans l'assemblée la connaissaient et lui lancèrent des regards insistants. Au moins, les Russes n'avaient pas l'air concernés. Ils se contentaient de regarder les photos de célébrités.

Mon royaume pour un martini bien tassé.

Elle fit bonne figure puis vérifia son téléphone. Angela venait de lui envoyer un SMS.

> C'est le mariage le plus kitsch que j'aie jamais vu. J'ai bien l'intention de brûler mon magazine dans un grand bûcher funéraire et de continuer à bouffer de la glace.

Em lui fit un sourire de loin.

Faith aussi lui avait écrit un SMS pour savoir comment les choses se passaient, tout comme Shelayne et Allison. Shelayne avait même ajouté une photo de Sarge qui dormait sur son lit (dans son lit), ce qui amusa Em. Elle serait tellement contente de rentrer chez elle.

Jack n'était toujours pas là. Elle décida d'aller voir, se donnant ainsi une bonne excuse pour quitter la table.

A cet instant, le DJ tapota sur son micro :

— Mesdames et messieurs, merci d'applaudir Naomi et Kevin pour leur dernière danse en célibataires !

Une chanson entraînante et bien connue de Bruno Mars, *I Think I Wanna Marry You*, démarra.

C'était trop mignon.

On entendit des cris, des gloussements et des rires, et puis il y eut enfin la chorégraphie tant attendue.

Kevin avait toujours été bon danseur.

— Ça vous dérange si je m'assieds là ? demanda une femme.

Elle avait à peu près l'âge d'Em.

— Je m'appelle Trisha.
— Moi, c'est Emmaline. Asseyez-vous.
— J'ai juste besoin de faire une pause. J'ai trop dansé. Et j'ai la tête qui tourne.
— Vous devez avoir faim.
— Oui, ce n'est pas très nourrissant, ce qu'on nous a servi. Mais j'ai quelques kilos à perdre, alors… Comment connaissez-vous les mariés ?
— J'étais en fac avec Kevin.
Elle ne prenait pas de risques avec cette réponse.
— Ah oui ? Moi, je travaille avec lui. J'en étais raide dingue à une époque. Comment me le reprocher ? Il est tellement beau !
— C'est sûr.
Emmaline se félicitait d'être aussi sereine. Elle méritait une récompense. Peut-être même qu'un petit tour par un magasin de vins et spiritueux s'imposait.
Trisha s'installa et se mit à regarder les danseurs.
— Devinez ce qu'on m'a dit.
— Quoi ?
— L'ex de Kevin est ici. Elle le harcèle. J'imagine qu'elle n'arrive pas à l'oublier, et dire qu'elle lui a déjà fait subir tout ça !
— Ah oui ? Quoi donc ?
— Tout ce qu'elle a dit d'horrible à Naomi, et la façon dont elle a essayé de faire échouer le régime de Kevin.
Elle désigna le magazine.
— Tout est là-dedans. C'est triste, qu'elle se soit sentie si menacée. Mais, au fait, vous deviez le connaître au temps où il était obèse, non ? C'est incroyable, cette métamorphose, pas vrai ?
— Oui. Au fait, c'est moi, l'ex.
Ce fut assez drôle de voir le visage de Trisha se défaire.
— Et il m'a invitée. Je n'ai pas eu besoin de le harceler,

même si j'ai bien prévu dans ma valise un écureuil mort pour demain.

Elle ajouta avec un gentil sourire :

— Vous voulez venir dans ma chambre pour que je vous le montre ?

Trisha s'enfuit.

— On s'amuse bien, mon petit chat ?

— Jack, comment ça va ?

— Bien, mais pourquoi ne m'as-tu pas réveillé ?

— J'ai frappé à ta porte et je me suis dit que tu dormais.

— Eh bien, tu aurais dû frapper plus fort. Je suis venu pour me rendre utile quand même.

Il lui fit les gros yeux, l'air préoccupé.

Elle sentit que cette sieste n'avait pas été si paisible que ça.

— Est-ce que tu as eu Levi au téléphone, par hasard ? l'interrogea-t-il.

— Oui, j'ai pris des nouvelles il y a deux heures.

Sans la regarder, il lui demanda alors :

— Est-ce qu'il t'a parlé de Josh Deiner ?

— En fait, oui, répondit-elle, le cœur serré. Il m'a dit que le petit tenait le coup.

En fait, Levi avait dit « état stationnaire ».

Jack eut une lueur dans le regard.

— Il y a des signes d'amélioration ? s'enquit-il, plein d'espoir.

Cela aurait été facile de répondre par quelque chose d'optimiste et vague comme « des signes encourageants », ou bien « aucune raison de désespérer ». Mais elle était incapable de mentir.

— Non, mais pas de dégradation non plus.

La lueur s'éteignit.

Ses parents émergèrent de la foule.

— Emmaline, ça va ? demanda sa mère. J'ai appris qu'il y avait eu une bagarre dans la piscine. Est-ce bien raisonnable de faire ça dans ton état ?

— Ce n'était pas une bagarre, répliqua-t-elle, en réprimant un soupir. Et je ne suis dans aucun état particulier.

— Jack, claironna son père. Bien content de te voir. Si on parlait un peu d'avenir, tous les deux ?

Désormais rassuré sur son orientation sexuelle, son père se transformait en beau-père parfait.

— On était sur le point d'aller se promener, là, répondit Emmaline. On se voit demain pour se raconter tout ça, OK ?

— Vous avez bien raison, dit sa mère. Ce ne doit pas être facile pour toi de voir Kevin tourner la page.

— Merci pour ce vote de confiance, maman.

— Chérie, je me fais du souci pour toi, c'est tout. J'ai tort de m'intéresser à toi ?

— Il faut passer du temps dans l'intimité à deux pour que la relation soit solide, affirma son père. C'est ce que nous n'avons pas su faire, ta mère et moi. Elle était trop préoccupée par sa carrière.

— Moi ? C'est ton père qui était obsédé par ses patients, Emmaline. Tu t'en souviens forcément. Jack, ne commettez pas la même erreur avec ma fille.

— Non, non, certainement pas. Elle est… elle est parfaite.

— Vous faites un très beau couple, poursuivit sa mère d'une voix légèrement mélancolique. On pourra peut-être choisir ta robe ensemble, cette fois-ci.

Allez, il était temps de déterrer la hache de guerre. Même si c'étaient des Drs Foldingue, ses parents étaient de bonnes personnes. Ils l'aimaient à leur manière, et elle se sentit mal d'avoir à leur mentir ainsi (ou alors c'était plutôt l'effet des smoothies au chou kale).

Lundi, elle leur dirait tout, ou même dimanche, à l'instant même où elle quitterait cet endroit.

— Quand viendras-tu nous voir à la maison ? Il faut qu'on organise le mariage.

— Mmm, bientôt. Bon, on va se promener, maintenant. A demain !

Elle s'efforça de sourire et chercha maladroitement la main de Jack, puis l'attrapa par le poignet et le tira littéralement hors de la pièce.

— Tout doux, ma jolie, qu'est-ce qui se passe ?

— Il faut que je sorte, sinon je vais tout leur dire.

— Mais, si tu veux leur dire, vas-y. Ce n'est pas un problème. Tu veux partir ? On peut s'en aller. Tout me va.

— Ça ne m'aide pas, ce que tu dis là.

— Avant d'aller où que ce soit, faisons une halte dans ma chambre, j'ai des produits de contrebande, dit-il avec un petit sourire.

— Dis-moi que tu as apporté du vin.

— Evidemment. J'en fabrique !

— Béni sois-tu, Jack Holland. Mais tu aurais pu me dire ça hier.

Il la regarda, et elle se sentit fondre.

Un quart d'heure plus tard, ils étaient sur la plage. Il faisait assez froid pour qu'il leur faille une couverture, et Jack avait tout prévu. Il en avait apporté deux, en fait. L'une était posée sur le sable, et il lui enveloppa les épaules avec l'autre, vu que sa robe était tout sauf chaude.

Un pur moment de romantisme.

Il fallait tout de même qu'elle fasse attention, parce qu'il avait la réputation d'agir ainsi avec tout le monde, et la moitié des femmes de Manningsport auraient fait n'importe quoi pour passer la nuit avec cet homme. Il ne fallait pas qu'elle se fasse des idées.

Même ce baiser ne voulait rien dire. Cela avait juste été pour lui le moyen de surmonter une crise d'angoisse, rien de plus. La preuve, il s'était même excusé.

Les vagues venaient lécher doucement le rivage. Il n'y avait pas de vent, et la lune se levait, donnant au sable la couleur de la neige.

— Quel âge avais-tu quand tes parents ont adopté Angela ?

— Quatorze ans.

Le vin était bon, moelleux et souple, pour utiliser le vocabulaire des experts.

— Je suis partie vivre à Manningsport, et mes parents n'ont pas supporté de se retrouver seuls, alors ils sont allés en Ethiopie et l'ont adoptée.

— Ça t'a fait bizarre ?

— Disons que ça m'a étonnée.

— Vous avez l'air très proches, elle et toi.

— Oui, elle est super, tu as bien vu. Belle, intelligente, douée. Elle a été mannequin pendant ses études et a donné tout ce qu'elle avait gagné à l'orphelinat où elle a grandi. Il n'y a pas plus adorable qu'elle. Difficile de ne pas l'aimer.

— Mais toi aussi tu es adorable, tu sais.

Elle eut un petit rire.

— OK, je retire ce que j'ai dit. Ils habitent toujours là-bas ?

— Ils ont déménagé à Palo Alto pour se rapprocher d'elle. Elle fait de la recherche à Stanford.

— De la recherche en quoi ?

— Un truc autour de l'évolution des étoiles dans l'univers.

— Cool.

— Tu sais, Jack, tu pourrais sortir avec elle. Je suis sûre qu'elle dirait oui.

Imaginez un peu les bébés magnifiques qu'ils auraient, ces deux-là !

— Je n'en ai pas l'intention. La science m'intéresse, c'est tout. Tu es jalouse ?

— Oui, comme une folle.

Elle but une gorgée de vin et ajouta :

— Non, mais, sérieusement, tu pourrais sortir avec elle.

— Sauf que je suis ici avec toi.

C'était dingue de l'entendre prononcer ces mots. Elle eut soudain le désir irrépressible de l'attirer sur elle pour n'en faire qu'une bouchée.

Il lui donna un petit coup d'épaule.

— Alors ? Tu aimes mon vin ?

— Très bon. Très fruité.

Il poussa un soupir navré.

— Quelle ignare !

— Je rêve ou tu viens de m'insulter ?

— C'est le meilleur pinot noir qu'on ait fait depuis dix ans, Emmaline. Ne bois pas ça comme du Coca. Prends le temps de le humer.

Elle s'exécuta.

— De la mûre, de la groseille, du clou de girofle et du cuir, dit-il.

— Ah oui, le cuir. Mmm, c'est vrai.

Elle renifla de nouveau.

— Je suis plus bière, en fait.

— OK, je vois. Rends-moi ta bague de fiançailles et dis à ton père de ne plus s'inquiéter pour ta dot, répondit-il, amusé.

Il fallait vraiment qu'il arrête ce petit jeu. A chaque fois, elle tombait un peu plus dans le cliché des Amères larguées : se faire plaquer, obtenir que Jack Holland l'accompagne à ce mariage redoutable, s'enticher de lui et rentrer à la maison pour ne plus jamais le revoir après.

— En quelle année as-tu fini le lycée ? lui demanda-t-il.

— Un an avant Faith.

— Vraiment ?

Il se tourna vers elle. Mon Dieu, qu'il était beau ! L'air salé faisait boucler ses cheveux, comme s'il avait besoin d'être encore plus séduisant.

— Et pourquoi as-tu quitté la Californie ?

Aujourd'hui, il l'avait embrassée, en grande partie pour surmonter sa crise d'angoisse mais il l'avait quand même embrassée, et ce baiser incroyable, doux et long, lui avait fait ressentir quelque chose qu'elle n'avait pas ressenti depuis très très longtemps. De la tendresse. Bon, et du désir aussi.

Inutile de prétendre le contraire. Ça avait été difficile de résister à l'envie de lui sauter dessus.

— Ça ne me regarde pas, désolé, s'excusa-t-il.

Ah oui, il lui avait posé une question.

— J'étais un souffre-douleur à l'école.

En général, lorsqu'elle disait ça, on lui répondait : « Ah bon ? Toi ? Mais tu es tellement costaude/solide/impressionnante ! » Du coup, soit elle acquiesçait, soit elle changeait de sujet. Elle n'en parlait presque jamais, d'ailleurs.

— Ça devait être sérieux pour que tu prennes cette décision de partir, dit-il en se tournant vers l'océan.

— Oui.

— Les gosses sont parfois de vraies teignes entre eux.

— Je ne peux pas dire le contraire.

— Pourquoi te martyrisaient-ils ?

— Je bégayais.

Il la regarda de nouveau et passa son bras autour d'elle. Il était chaleureux et solide, et pendant une seconde elle sentit les larmes lui monter aux yeux. *Attention, ne te fais pas trop d'illusions*, lui dit sa petite voix intérieure.

— Et puis Kevin est parti en internat dans le Connecticut, et nous étions… très proches.

Seule la gentillesse de Kevin lui avait permis de supporter la cruauté cinglante des enfants de sa classe. Le pire, c'étaient ceux qui ne l'attaquaient pas directement mais laissaient faire les choses, sans prendre le risque de se mouiller pour une fille insignifiante comme elle.

Ce qui ne te tue pas te rend plus fort. Bonne idée pour un T-shirt, non ?

— Ce devait être terrible de ne pas être capable de dire ce que tu avais à dire, hein ?

— Oui, dit-elle en prenant une nouvelle gorgée de vin. Je m'étais inventé un ami imaginaire, Horatio.

— Horatio ?

— Oui, mes parents adoraient Shakespeare.

— Et il ressemblait à quoi, cet Horatio ?

Elle retira ses sandales et fourra ses pieds dans le sable.

— Eh bien, il était très loyal, évidemment. Je lui disais mentalement tout ce que je ne parvenais pas à dire à voix haute, et il me trouvait très intelligente et drôle.

— Mais tu *es* très intelligente et drôle, et tu assures comme personne sur un terrain de hockey.

Et il ajouta avec un sourire :

— Moi aussi, j'avais un ami imaginaire.

— Ah bon ?

— Oui, mais le mien avait un prénom cool, pas comme ce pauvre Horatio. Il s'appelait Otis.

— Otis n'est pas un prénom spécialement cool, Jack. Je suis désolée, mais Horatio, c'est carrément mieux.

— C'est toi qui le dis.

— Et Otis avait une mission particulière ?

— Mais absolument. A chaque fois que je faisais une bêtise, je racontais à mes parents que c'était lui. Je racontais aussi qu'il venait me parler le soir, ce qui faisait flipper mes sœurs. Elles pensaient que soit la maison était hantée, soit j'étais dingue.

— Et en fait non ?

Il éclata de rire, et elle ressentit une vague de chaleur dans tout le corps.

— Non, je ne pense pas, enfin, plus maintenant.

— Emmaline ? fit alors une voix féminine. Oh ! mon Dieu, c'est toi ?

Em leva la tête.

— Euh… salut !

La femme, qui était mince comme un fil, avec des cheveux longs, la regarda, incrédule.

— Tu ne te souviens pas de moi ? lui demanda-t-elle en se mettant à tripoter la pointe de ses cheveux.

— Je suis désolée, mais dans la pénombre…

— C'est moi ! Lyric ! Lyric Adams ! On était à l'école ensemble !

Ah oui. Em finit son verre et se leva. Elle se souvenait de Lyric, oui. C'était la plus méchante de tous.

— Salut.

— Waouh, tu es… euh… superbe !

— Et toi tu es très… euh… en forme, répondit Emmaline.

Lyric n'avait pas totalement laissé faire la nature, comme on dit. Pas du tout, même. Elle avait les hanches bizarrement gonflées, la bouche en bec de canard, des seins énormes qui se dressaient sur sa minuscule cage thoracique d'anorexique et un nez beaucoup plus petit qu'avant.

— Oui, n'est-ce pas ? s'écria-t-elle.

Et elle ajouta le plus sérieusement du monde :

— Je m'entraîne avec cette coach incroyable et je fais du Pilates quatre fois par semaine. Zéro gluten, zéro viande, zéro laitage, en plus des cures de détox. Tu devrais essayer ! Que des herbes et de l'huile de poisson, incroyable.

— Je ne suis pas sûre, non.

— La vache, mais tu ne bégaies plus ! J'ai failli ne pas reconnaître ta voix ! Tu te rappelles comme c'était horrible ? « Sa… salut. Je m'… m'… appelle Em… Em… Emmaline. » Tu mettais des heures à sortir une phrase !

Elle était hilare, même si sa bouche restait figée, sous l'effet des injections douteuses qu'elle s'était fait faire.

— Je te présente mon ami Jack, dit Emmaline, tout en essayant de masquer la honte qui lui brûlait les joues.

Cette fille était une vraie teigne à douze ans, aucune raison pour que ça ait changé.

Jack se leva et passa son bras autour de la taille d'Emmaline.

— Bonsoir, je suis le fiancé d'Em.

— Salut. Moi, c'est Lyric, Lyric Adams-Rabinowitz. Oui, la fille du grand Travis Adams. Je suis une vieille amie d'Em.

— On ne dirait pas, répondit Jack.

Ignorant la remarque, elle poursuivit.

— Vous êtes peut-être au courant de mon actu ? Je lance une ligne de vêtements pour bébés. Juste adorable ! La fille de Beyoncé, et celle de Kim Kardashian ? Elles portent toutes mes habits ! Vous le croyez ? Alors, et vous, vous êtes en vacances ? Attendez, attendez, vous êtes là pour le mariage de Kevin et Naomi, c'est ça ? Oh ! mon Dieu, moi aussi !

Les orteils d'Emmaline se crispèrent dans le sable. Kevin aussi avait été martyrisé par cette fille. Alors, d'accord, il était revenu s'installer à Malibu avec Naomi, mais ça semblait dingue qu'il lui ait pardonné. Ses mâchoires lui firent soudain mal, tellement elle était tendue.

Lyric continuait son monologue.

— Il faut que je vous présente mon mari ! Ce n'est pas pour me vanter, mais c'est un magnum de l'immobilier et il se fait des mois à huit chiffres.

— Un magnat, vous voulez dire, corrigea Jack.

— Pardon ?

— Vous avez dit un magnum, et je pense que vous vouliez dire un magnat, comme dans la presse. Parce que je ne vois pas ce qu'un magnum vient faire là. Apparemment, le vôtre ne vous a pas épousée pour vos facultés intellectuelles, en tout cas.

Emmaline se pinça les lèvres pour ne pas rire.

— Oui, enfin, vous avez compris l'idée quoi. Dis donc, vous êtes restés longtemps ensemble, Kevin et toi. Ça ne doit pas être facile pour toi, Emmaline.

— Oui, on est restés longtemps ensemble.

— Et tu fais quoi, maintenant ?

— Je suis flic.

— Sans blague ! Mais pourquoi ?

— Pour assurer la protection et le service public dans la bonne ville de Manningsport.

— Oups, mon téléphone ! Il faut que j'y aille. A demaaain !

Dans un nouvel éclat de rire chevalin, elle s'éloigna.
— Ça, alors ! s'exclama Jack, incrédule.
— Oui, il n'y a jamais rien eu à en tirer. Merci pour ta solidarité, au fait.
— Je t'en prie.
Il se tut un instant puis lui demanda :
— Ça va ? Pas trop dur, de la revoir ?
— Oui, oui, ça va, répondit Emmaline en haussant les épaules.
— Tu devrais lui dire ses quatre vérités.
— Bah, je connais ce genre de fille. Ça ne servirait à rien. Si je lui dis tout le mal qu'elle m'a fait, elle va me parler du prix de ses chaussures.
— Un jour, dans ma classe, un garçon n'a pas été sympa avec Faith. Elle avait eu une crise d'épilepsie à l'église, et il l'avait imitée. Je lui en ai collé une direct, devant tout le monde, à l'église.
Il s'arrêta puis dit :
— Dommage que je n'aie pas été ton frère.
Je n'ai aucun intérêt à t'avoir pour frère, Jack.
— Bon, on rentre ?
— A vos ordres, agent Neal.
Son téléphone sonna, et il le sortit de sa poche. Em aperçut le nom de Hadley sur l'écran.
— Alors, ça te fait quoi, en vrai, que ta femme soit revenue à Manningsport ?
— Mon ex-femme.
— D'accord. Et donc ?
— Ça va.
Le ton de sa voix, jusqu'ici léger et chaleureux, était soudain glacial. Elle comprit qu'elle était allée trop loin. Mais bon, elle était flic, et les flics aiment qu'on leur donne des réponses.
— Tu l'aimes toujours ?
— Je préférerais qu'on ne parle pas d'elle.

Autrement dit, la réponse était « oui ».

Ils ramassèrent les couvertures et remontèrent jusqu'au ranch.

Il ne fallait pas qu'elle oublie qu'il était ici pour rendre service parce que, comme beaucoup d'hommes, il secourait volontiers les femmes en détresse. Bien sûr, elle appréciait, mais elle n'aimait pas être la femme en détresse en question (même si toute cette histoire grotesque de mariage la mettait dans une situation que l'on ne pouvait qualifier autrement).

Son ex-femme, la minuscule et vulnérable Hadley, elle, adorerait qu'il vienne à sa rescousse. Em aurait parié ses dents de devant (remplacées à grands frais à la suite d'un malheureux accident de hockey) que Hadley avait, en revenant ainsi, une stratégie soigneusement préparée et qu'elle aurait notamment besoin qu'il vienne à sa rescousse. Souvent.

En outre, Em n'était pas le style de femme à se battre pour un homme. Elle avait déjà essayé une fois, sans succès.

D'ailleurs, Jack ne s'intéressait pas vraiment à elle. Ce baiser n'avait été qu'un moyen de soigner sa crise, rien de plus.

Ils rentrèrent en silence jusqu'au ranch.

Dans trente-six heures, elle serait de retour chez elle. Avec un peu de chance, une folie criminelle se serait emparée de la ville, et elle pourrait retourner à ce qu'elle savait faire.

11

Bon, alors voilà.

Si vous allez au mariage de votre ex-fiancé dont la future femme a fait deux fois la couverture de *Fitness Magazine*, vous êtes obligée de mettre le paquet. Vous vous livrez à des expériences étranges, comme d'utiliser un sèche-cheveux sans le gel sicilien magique, et vous terminez en ayant l'air d'avoir mis les doigts dans la prise, du coup, vous suppliez une employée de l'hôtel de vous trouver un truc, n'importe quoi, pour réparer les dégâts, et ça se termine par un flacon de laque maxiformat et des cheveux menaçant de tomber en poussière au moindre choc sur la tête. Vous enfilez ensuite à grand-peine votre gaine, en vous haïssant d'obéir ainsi aux diktats de la société en matière de sous-vêtements. Puis vous essayez de vous maquiller, et vous vous collez évidemment du mascara dans l'œil, tentez de l'enlever pendant dix minutes, ce qui finit par vous donner l'air d'avoir passé la nuit à inonder votre oreiller de larmes. Vous réussissez tant bien que mal à loger vos pieds dans des escarpins si hauts qu'ils pourraient figurer dans la liste des instruments de torture couramment utilisés au Moyen Age. Et, bien entendu, vous replacez les filets de poulet cru dans votre soutien-gorge.

Pour finir, vous mettez cette robe qui vous donne l'air complètement endimanchée. Normal, puisque vous l'êtes.

Emmaline se regarda dans le miroir. Le résultat était… bizarre.

Quelqu'un toqua à sa porte.

— Tu es prête ?

Avec un soupir, elle saisit son sac à main et ouvrit.

— Salut, tu es… mais tu as pleuré ?

— Non, je me suis mis un truc dans l'œil. Si, c'est vrai, ne me regarde pas comme ça !

— Tu sais, on n'est pas obligés de s'imposer tout ça. Si on allait manger un bon cheeseburger ?

— *Vade retro, Satanas !* Si, on est obligés. Et, pour le cheeseburger, on ira s'en acheter un en allant à l'aéroport dans moins de vingt-quatre heures.

Jack sourit.

— Tu es très beau, toi, en tout cas, dit-elle sans pouvoir s'empêcher de rougir.

C'était vrai : il portait un costume gris et une chemise blanche, et son sourire était toujours aussi ravageur.

— Tu es très belle aussi, répondit-il.

Elle s'efforça de ne pas ricaner. Il lui offrit alors son bras, qu'elle prit sans hésiter, éperdue de reconnaissance envers Faith, qui lui avait recommandé un tel compagnon de voyage.

Ils arrivèrent presque les derniers au mariage, qui se tenait sur la pelouse en haut de la falaise. Des rangées de chaises blanches décorées de roses roses et de tulle blanc faisaient face à l'océan, et un juge de paix attendait là, dans sa robe rouge très classe. Non loin était installé un quatuor de musiciens. Les parents d'Emmaline lui firent un signe, et Angela forma un cœur avec ses mains dans sa direction.

Elle avait l'impression que tous les regards étaient fixés sur elle, ce qui n'était sûrement pas le cas. En plus, ils pensaient tous qu'elle était fiancée à l'homme qui lui donnait le bras.

Le quatuor à cordes commença à jouer un morceau lent et très joli, peut-être du Bach. La première demoiselle d'honneur descendit le long de l'allée centrale. Elles étaient toutes vêtues d'une robe fourreau rose pâle et avaient à la main un bouquet de lys blancs. Colleen, la plus jolie de toutes, passa devant Jack et Em en levant les yeux au ciel, avant d'adopter un sourire de circonstance. Elle était bien trop gentille pour mal se comporter, de toute façon. Et après tout elle avait peut-être de bons souvenirs avec Naomi.

A sa suite, semant des pétales de fleurs sur leur passage, arrivèrent les quatre petites filles du cortège, adorables dans leur robe de tulle blanc et leur ceinture rose.

La mariée apparut enfin, seule, même si son père était là, quelque part. Connaissant Naomi, Em se dit qu'il fallait que tous les regards convergent vers elle, et rien qu'elle. Ménageant ses effets, elle s'arrêta un instant en attendant que ses demoiselles d'honneur s'installent (ou se mettent à faire quelques exercices de muscu, peut-être ?). Ensuite, les musiciens cessèrent de jouer.

Si on évitait de croiser ses yeux de dragon, elle faisait une magnifique mariée.

Son corps était parfaitement moulé dans une robe dos nu qui en mettait en valeur les parties les plus remarquables (c'est-à-dire toutes), à la fois élégante et terriblement sexy. Elle était légèrement bronzée, et ses cheveux étaient relevés en un petit chignon serré. Pour tout bijou, elle portait une perle au bout d'une chaîne en or et deux autres aux oreilles.

La classe.

Puis un autre morceau de musique démarra, et Emmaline poussa un petit cri de surprise, tout en vouant Kevin aux feux de l'enfer parce que, là, c'était le pompon ! Les musiciens avaient entonné un passage de « L'Hiver » des *Quatre Saisons* de Vivaldi. Elle ne pouvait l'ignorer puisque c'était aussi le morceau qu'il avait choisi pour l'accompagner, elle, jusqu'à l'autel. Il lui avait dit que c'était pour lui le plus beau morceau du monde et il voulait l'entendre au moment de prendre pour épouse la plus belle femme du monde.

Ce serait sans doute mal perçu si elle se mettait à avoir des haut-le-cœur là tout de suite, non ?

Naomi se mit à avancer lentement, posément, un sourire effrayant sur les lèvres, et ses yeux transperçant chaque personne présente, sauf elle, bien sûr, sur laquelle ils glissèrent, indifférents.

Mais enfin pourquoi l'avaient-ils invitée ? Et surtout pourquoi était-elle venue ?

Emu aux larmes et radieux, Kevin regardait Naomi. Heureusement, il n'avait plus rien de l'ancien Kevin qu'Em avait connu.

Ses yeux, pourtant, n'avaient pas changé et, même si elle savait depuis longtemps que ce ne serait pas sur elle qu'ils se poseraient avec cet émerveillement et cette joie, elle avait jusque-là réussi à éviter de les imaginer posés sur une autre.

Etonnant, à quel point cela avait bien marché. On appelait cela du déni, et ses parents se feraient une joie de l'analyser plus tard en sa présence si elle l'évoquait devant eux.

Elle se sentait plus comme à un enterrement qu'à un mariage. D'ailleurs, c'était peut-être dans ce seul but qu'elle était venue : pour enterrer pour de bon le Kevin d'avant, son Kevin qui était au bord de la tombe.

Elle avait mal aux pieds dans ses chaussures et tentait de se concentrer là-dessus. C'était peut-être une ampoule. Elle le souhaitait presque.

Naomi tendit son bouquet à sa demoiselle d'honneur et alla rejoindre Kevin. Tout le monde s'assit. Emmaline avait les oreilles qui bourdonnaient.

A ce moment-là, Jack se pencha vers elle et lui souffla :

— Je déteste les mariages.

Puis il posa un baiser sur sa tempe, avec l'attitude parfaite d'un fiancé qui brûle d'impatience que ce soit son tour.

Sans tourner la tête, elle fronça les sourcils, tandis qu'une demoiselle d'honneur ajustait la robe de la mariée.

— Arrête, tu donnes de faux espoirs à mes parents !

— C'est toi qui as commencé.

— Et arrête de chuchoter dans mes cheveux, ou tu vas te casser une dent, avec toute la laque que j'y ai mise !

— Je sais, susurra-t-il, la faisant frissonner des pieds à la tête. Tu dégages une odeur d'éthanol qui est en train de me griller les cellules du cerveau. Tu as remis tes escalopes de poulet ? Parce que ton décolleté est prodigieux !

— Jack, ferme-la, ordonna-t-elle, le visage en feu.

— Mais est-ce que c'est une façon de parler à son amoureux ?

Il déposa de nouveau un baiser sur sa tempe et fit un clin d'œil à sa mère.

— Tu ferais un gigolo parfait ! murmura-t-elle.

Il avait des yeux scandaleusement bleus.

— On me le dit souvent.

Il fit une petite moue qui eut pour effet de desserrer un peu le nœud dans l'estomac d'Emmaline.

— Bonjour à tous, dit le juge de paix.

Et six minutes plus tard Kevin et Naomi étaient mari et femme.

A la table la plus éloignée de celle des mariés, les mystérieux Russes se passaient joyeusement une bouteille de vodka maison. Dire qu'Emmaline avait pris comme une punition d'être placée ici ! L'alcool de contrebande était infect, mais il vint à bon escient agrémenter le jus de cranberry sans sucre produit localement, issu du commerce équitable, bio et tout aussi infect. Le cocktail des deux passait plutôt bien, surtout grâce au fait que ses papilles gustatives s'étaient déclarées en grève illimitée. Cela étant, la table était plutôt gaie, de plus en plus, même.

— Vous avez très beaux cheveux, dit oncle Vlad, le reluqueur de la veille, en tendant la main pour les toucher, avant de se rétracter avec une grimace.

— Ils sont moins souples qu'il n'y paraît, mais merci quand même, dit Emmaline.

Il mit son bras autour de ses épaules et remplit son verre de nouveau. Elle le bénit.

Apparemment, Jack avait appris le russe dans la marine et il bavardait avec les uns et les autres, ce qui était une bonne chose, tout d'abord parce que la journée avait été éprouvante et aussi parce qu'elle ne souhaitait pas qu'il continue à flirter comme ça avec elle. Il n'arrêtait pas de l'enlacer et de lui chuchoter des compliments à l'oreille. Ça la rendait mal à l'aise, ou en tout cas ça lui faisait de l'effet.

— Comment tu vas ? disait-il d'une voix chaude.

Et immédiatement elle se mettait à ressentir des choses bizarres.

— Bien ! Très bien ! Oui ! Da !

C'était le seul mot de russe qu'elle connaissait. Ça et de la vodka, oui, encore de la vodka ! Elle n'avait besoin de rien de plus.

— Vas-y mollo là-dessus. A mon avis, c'est mortel.

— Compris, chef.

Mmm…, il se pouvait bien que la vodka ait déjà commencé à faire effet.

Elle avala une bouchée de soufflé aux choux de Bruxelles et une gorgée de vodka-cranberry pour faire passer. C'était de moins en moins mauvais, à dire vrai.

— Mesdames et messieurs, dit alors le DJ. Je vous demande maintenant de vous tourner vers le dance-floor, où M. et Mme Norman-Bates vont ouvrir le bal.

— Alors, comme ça, ils ont accolé leurs deux noms ? remarqua Jack.

Mais Emmaline ne lui répondit pas, absorbée par autre chose. La chanson qui démarrait lui était familière : *Unforgettable* de ce bon vieux Nat King Cole.

Kevin n'avait pas fait preuve d'une originalité folle.

Une dernière tournée de vodka-cranberry fut servie. Comment appelait-on ce cocktail, déjà ? Le Cape Cod ? Ces gens de la côte Est savaient vivre. Il fallait d'urgence qu'elle aille faire un tour à Cape Cod, y manger des soupes de coquillages et boire des cocktails. Et voir aussi les beaux pêcheurs comme Phil dans *Péril en haute mer*. Non, attendez, il était mort, lui, non ? Bon, alors Sig…

Kevin et Naomi étaient très bons danseurs, souples, coordonnés et tout. Souriants, en plus, l'air très heureux.

Kevin avait-il été si malheureux que ça avec elle ? Il y avait bien des fois où il faisait la tête, mais à qui est-ce que cela n'arrivait pas ? Il avait pourtant eu l'air de l'aimer tant. Comment se faisait-il que…

Arrête de ressasser ! lui ordonna la moitié encore claire de son cerveau.

Angela lui fit un petit geste de la main, et un sourire de compassion se dessina sur son beau visage.

La chanson terminée, Em applaudit scrupuleusement. Le moment était venu de couper le gâteau. Naomi allait peut-être danser avec son père, et après au dodo ! Elle était presque libérée de tout ça. Et, dès son retour à la maison, elle enverrait à Jack un gros paquet de… on verrait bien quoi, pour le remercier d'avoir été le meilleur *escort boy* possible.

En fait, même le dessert ne laissait rien présager de bon. Naomi avait annoncé un gâteau sans gluten, sans sucre ni produit laitier : du gâteau de riz brun aux pruneaux. Et cela n'avait rien d'une plaisanterie. Le glaçage était fait à partir de jus de betterave ! Si, si !

— Et maintenant les mariés aimeraient vous inviter à partager un souvenir avec eux qui vous est cher.

— Ah, sympa ! murmura Jack.

Les Russes marmonnèrent quelque chose et refirent passer une tournée de vodka. Em sourit et secoua la tête mais, ignorant son refus, oncle Vlad remplit son verre à moitié.

— Ne bois pas ça. Rien qu'à regarder, j'en ai une crise de foie, lui conseilla Jack.

— Mais je vais peut-être en avoir besoin pour partager tous mes chers souvenirs.

— Et si là je te disais : « Fabriquons-nous de nouveaux souvenirs », tu me frapperais ? lui demanda Jack.

— Oui, et n'oublie pas que je suis venue avec mon arme.

— Bluff, dit-il avec son sourire incroyable.

Le témoin, qu'Emmaline ne connaissait ni d'Eve ni d'Adam, fut le premier à se lancer.

— La première fois que je les ai vus ensemble, j'ai su qu'ils étaient faits l'un pour l'autre. C'est-à-dire que Naomi lui hurlait dessus pour qu'il n'abandonne pas, et Kevin était sur son banc de muscu à suer sang et eau. Pas vrai, mon frère ? Bref, c'est dans des moments comme ça qu'on sait qu'on a affaire à un vrai champion. Et je m'en tiendrai à ça.

— Quelle magnifique histoire, commenta Jack. Et détends-toi un peu, tu veux ? Je te rappelle qu'on est amoureux, alors arrête de grincer des dents comme ça.

— OK. Compris.

Elle desserra les mâchoires et fit craquer ses phalanges. Elle pourrait peut-être flirter avec lui, elle aussi, il suffisait de se lancer. Mais c'était typiquement comme à la fête de Noël des Amères larguées, où elle s'était crue très bonne danseuse jusqu'à ce qu'elle voie les images filmées par Shelayne sur son téléphone.

Le récit des souvenirs se prolongea plus ou moins sur le même registre. Le marathon que Kevin avait terminé à quatre pattes, juste après avoir perdu le contrôle de ses intestins. Cette période difficile après sa rupture du tendon d'Achille, pendant laquelle Naomi dut se contenter de courir seulement onze kilomètres par jour. Cette histoire désopilante du jour où, alors qu'ils faisaient un triathlon ensemble, Naomi avait eu un accident de vélo, s'était démis l'épaule et, Dieu merci, se l'était remise en place elle-même contre un arbre, avant de remonter sur son vélo et de rattraper Kevin, qui bien sûr ne s'était pas arrêté parce qu'il était important pour lui de tout donner dans cette course, ce que Naomi comprenait parfaitement.

— Je ne sais pas, murmura Emmaline, mais il me semble que moi, j'aurais voulu que quelqu'un s'arrête et appelle une ambulance.

— Moi, je me serais arrêté et j'aurais aussi dit aux urgentistes de te donner une dose supplémentaire d'antalgiques.

— Et dire que j'hésitais encore à me marier avec toi !

Ben voilà ! Elle savait flirter !

Il lui fit un clin d'œil. Elle faillit s'évanouir.

Puis arriva le tour de Colleen, qui essaya bien de s'y soustraire, mais devant le sourire féroce de Naomi elle prit le micro et soupira.

— Eh bien, euh, Naomi et Kevin, je vous souhaite, comment dire… tout le bonheur du monde.

Elle rendit le micro au DJ et chipa un morceau de quelque chose de non identifié dans l'assiette de Connor.

Connor non plus ne put faire l'impasse.

— Bonne chance, se contenta-t-il de dire.

Le DJ réclama le micro et lança un regard vers le fond de la pièce.

— Qui d'autre veut parler ? Vous, mademoiselle ?

Une vodka ? Mais oui, pourquoi pas ? se dit-elle en chipant la bouteille des mains de l'oncle bizarre qui continuait de reluquer ses seins au poulet.

Le pire du pire fut lorsque sa mère vient s'asseoir à leur table.

— Comment vas-tu ? Il ne faut pas retenir ton chagrin. Il faut le faire sortir, ma chérie. Et pourquoi bois-tu ? Est-ce que ce n'est pas mauvais pour le bébé ?

Em lisait de l'inquiétude dans ses yeux. Il ne manquait plus que cela. Sa mère n'avait que de bonnes intentions, enfin, elle faisait des efforts. Em savait que ses parents l'aimaient, même si elle restait une énigme pour eux. Ils s'y prenaient bien mieux avec Angela.

— Je suis tellement contente que tu aies Jack, lui dit tout bas sa mère. Même si cela m'a fait beaucoup de peine de l'apprendre si tard. C'était si dur de te voir souffrir après Kevin.

Non, vraiment, c'était nul de mentir.

Le DJ s'était approché de leur table.

— Avez-vous un souvenir spécial avec les mariés que vous voudriez partager ? demanda-t-il à la toute petite grand-mère russe recroquevillée sur sa chaise.

— *Kogda uzhin ?* répliqua celle-ci.

— Quand est-ce que l'on dîne ? traduisit Jack, le nez dans les cheveux laqués d'Em. Elle n'a pas compris que c'était tout le dîner, la pauvre.

— Super ! commenta le DJ.

Puis il tendit le micro au grand-père libidineux :

— Et vous ?

— Il y a beaucoup d'années, je viens aux Etats-Unis et je dis : ça être pays de cocagne ! Ha ha ! Beaucoup d'argent ! Et ma petite-nièce, elle vit rêve américain. *Za vas*, Naomi ! s'exclama-t-il avant de s'enfiler un verre de plus.

— Excellent ! Et vous, monsieur ? demanda-t-il à Jack en lui fourrant le micro dans les mains.

— Eh bien, je ne connais pas très bien Naomi et Kevin, mais je leur souhaite d'être aussi heureux que nous le sommes, Emmaline et moi.

Mme Neal eut l'air aux anges et elle serra le bras de Jack.

Em respira à fond et dit :

— Maman, nous ne sommes pas vraiment fiancés, je t'ai menti, je suis désolée.

Jack ferma les yeux, et un murmure se fit entendre dans toute l'assemblée.

Ah. Apparemment, le micro fonctionnait encore… Bon sang, elle jouait vraiment de malchance ces jours-ci !

— Je le savais, lui répondit tout de suite sa mère. Ce n'est pas grave. J'ai toujours su que tu étais lesbienne, ma chérie. Mais est-ce que tu es vraiment enceinte ? C'est Jack le père ou bien tu as fait une insémination ?

— Non, je ne suis pas enceinte. Et toujours pas lesbienne non plus.

— OK, l'interrompit le DJ, un peu paniqué. Euh, voudriez-vous partager avec nous un souvenir ?

Pourquoi pas, après tout ? Emmaline prit le micro, se leva presque sans tituber et regarda vers la table des mariés.

— Eh bien, euh, je pense que tout le monde ici sait que nous avons été proches, Kevin et moi. Nous sommes devenus… amis le jour de notre rencontre en quatrième. N'est-ce pas, Kevin ?

Pour toute réponse, il lui sourit. De son beau sourire d'autrefois.

Sous l'effet de la vodka, elle se persuada non seulement qu'elle dansait très bien, mais en plus que Kevin l'écoutait pour de bon, pour la première fois depuis des années, peut-être pour la première fois depuis sa rencontre avec Naomi. Soudain, il lui sembla que l'adorable Kevin était de retour.

Dieu sait qu'elle l'avait aimé !

— Lorsque j'ai rencontré Kevin, il était…

Le plus gentil, le plus drôle des garçons que j'aie jamais rencontrés.

Mais non. Les mots refusèrent de sortir. Sa langue était coincée derrière ses dents, à essayer de produire un son, mais rien ne se passait. Les muscles de sa gorge faisaient tout leur possible aussi, mais rien.

Le bégaiement surgit et de ses doigts osseux lui bloqua les cordes vocales, étrangla ses mots, si bien que plus aucun son ne parvint à sortir. Rien. Désormais, aux yeux de tous, elle était cette bègue, peut-être lesbienne, ni fiancée ni enceinte, l'ex de Kevin, suffisamment bête pour venir à ce satané mariage.

— Il é… é… tait le p… p… plus gen… gen…

Kevin regarda ailleurs, et Naomi eut un petit rictus mauvais. Evidemment, c'était son expression naturelle. Et Lyric Adams, assise quelques tables plus loin, à côté d'un homme beaucoup plus âgé, avait sorti son téléphone et textotait frénétiquement, l'air ravi.

Jack voulut lui prendre la main, mais elle la retira. Elle ne voulait pas de sa pitié, non mais sans blague !

Pense à l'accent britannique, s'encouragea-t-elle. *Pense à Harry Potter, ou à Tom Barlow, ou à Colin Firth, ou…*

— OK, dit le DJ en reprenant le micro pour se diriger vers une autre table. Et vous, chère belle-maman ? Un petit souvenir avec votre fille.

Emmaline se rassit.

— Ça va ? lui demanda Jack.

— Tu nous as aussi menti là-dessus ? s'exclama sa mère. Emmaline, c'est… c'est… pratiquement pathologique. Mais pourquoi ?

— Dr Neal, vous comprenez bien que c'est difficile pour Em en ce moment.

— Non, Jack. Mam… maman, je suis dé… désolée, vr… vraiment.

Sa détresse augmentait tandis que les mots se heurtaient à ses lèvres. Elle imaginait son bégaiement appuyé contre un mur, en train d'éclater de son rire sifflant et sec. « Ha ha ha, je t'ai encore eue. »

— Je pense que tu as besoin de temps pour y voir plus clair, lui dit sa mère, un peu vexée. A plus tard.

Qui aurait pu lui en vouloir ?

Enfin, les discours, qu'elle n'écoutait d'ailleurs plus, prirent fin. La musique redémarra, et Emmaline resta assise, anéantie.

Jack lui saisit la main.

— Allons danser, dit-il, et elle obéit.

Aux prises avec le témoin, Angela fit un gentil sourire à sa sœur, un sourire de pure camaraderie et de complicité, sans aucune déception, ni reproche d'aucune sorte. Curieusement, elle se sentit encore plus mal.

C'était un slow, une chanson de John Mayer, et Jack

l'attira tout contre lui. Le moment aurait pu être sexy si elle ne s'était pas sentie aussi réceptive qu'une planche de bois.

— Viens par là, murmura-t-il dans ses cheveux, dont le contact avec son menton produisit un craquement. Elle aurait répondu si elle n'avait été terrifiée à l'idée de bégayer encore ou même de se mettre à pleurer.

— Je dois dire que je suis un peu déçu que tu aies rompu nos fiançailles, lui dit-il en la regardant gentiment. Moi qui espérais enterrer ma vie de garçon dans une boîte de strip-tease.

*Merci, Jack, d'être l'*escort boy *parfait et le plus gentil garçon du monde et aussi le plus mignon. Merci de ne pas me faire me sentir encore plus mal.*

Au lieu de lui dire tout ça, elle tenta de sourire et détourna les yeux vers son épaule. Il la serra un peu plus fort, et elle se mordit fort les lèvres pour ne pas pleurer.

Dès demain, elle serait dans sa confortable petite maison, avec son gentil chiot et son super métier. Levi ne lui poserait aucune question sur le mariage parce que ce n'était pas son genre, et Em demanderait à Everett s'il voulait qu'elle le remplace un peu, et il serait d'accord, comme à chaque fois. Elle irait retrouver ses adolescents difficiles, ses cours de gestion de crise, et passerait une soirée avec les Amères larguées, auxquelles elle aurait une bonne histoire à raconter, pour une fois.

C'est alors que son père vint tapoter sur l'épaule de Jack.

— Vous me prêtez ma grande fille ?

— Mais certainement.

Elle se mit donc à danser avec son père, qui sentait bon le papa rassurant.

— J'imagine ce que tu ressens en ce moment, lui dit-il.

— Mmm, parvint-elle à dire, en colère parce que ce bégaiement l'empêchait d'avoir une conversation avec son papa qui l'aimait à sa manière étrange de psy.

Il déposa un baiser sur son front, elle déglutit et le serra fort.

Le slow se termina.

— Je crois que je vais aller danser avec ta sœur, visiblement, le témoin n'a pas compris le message.

Em approuva, l'embrassa sur la joue et le regarda s'éloigner. Elle reviendrait voir ses parents pour se faire pardonner son mensonge. Elle les appellerait demain, ainsi qu'Angela.

Jack n'était pas dans les environs, ni à table, et tout le monde la regardait, un peu gêné. Elle attrapa donc son sac et quitta la pièce non sans sourire à tous ceux (peu nombreux) dont elle croisait le regard. Puis elle aborda l'employé au parking le plus proche. Elle ne pouvait pas conduire, pas après deux (ou même sans doute trois) vodkas explosives.

— Rendez-moi service, dit-elle en lui tendant un billet de cent dollars. Conduisez-moi en ville.

— Avec plaisir, répondit-il en empochant le billet. Où voulez-vous aller ?

— Vous connaissez le restaurant Chez Nance ?

Il sourit.

— Mais absolument. Vous avez faim ?

— Vous n'avez pas idée à quel point !

12

Jack l'aurait juré, ça sentait le bacon.

Il était revenu dans sa chambre après avoir été planté au mariage par Emmaline, à écouter le récit de la coloscopie de la grand-mère de Naomi, en russe, ce qui avait rendu l'épreuve pire encore. Cette langue gutturale…

Il était un peu inquiet car elle n'avait pas répondu lorsqu'il avait toqué à sa porte, pas plus qu'elle n'avait répondu à ses SMS. Elle ne pouvait pas être partie en voiture. En bon flic, elle savait bien que boire et conduire n'étaient pas compatibles.

Ce que Josh Deiner avait compris, désormais, si toutefois son cerveau n'était pas tout à fait mort.

Pendant une seconde, Jack sentit l'eau du lac qui l'engloutissait, et il vit la voiture en bas, tout au fond du lac, dans l'obscurité glaciale.

Non, non, pitié !

Il s'efforça de chasser de son esprit le souvenir sombre et glaçant. Il était en Californie et il faisait presque nuit, la lune se levait sur le Pacifique. Il devait faire 13 °C. S'il y avait une seule bonne raison de vivre en Californie, c'était le climat. Et aussi San Francisco, que Jack avait visité deux ou trois fois. Et puis aussi le vin californien, délicieux.

Ouf. Il avait réussi à penser à autre chose. Il fit ses bagages parce que l'avion partait tôt le lendemain et enleva son costume pour enfiler un jean et un T-shirt.

Son téléphone vibra : c'était Mme Johnson, contre toute attente.

Jackie, mon chou. Tu nous manques beaucoup. Quand rentres-tu de Californie ? Ton père a hâte de te retrouver.

Il avait d'autres SMS : trois de ses sœurs qui lui demandaient toutes comment se passait le mariage, un de Ned qui lui proposait de sortir boire une bière, puis un second pour lui dire qu'il avait oublié qu'il n'était pas là, deux d'Abby qui voulait savoir s'il pouvait passer l'aider sur un devoir de chimie quand il rentrerait, un de Goggy qui disait :

WJK sek de DDjk.

On venait de lui offrir un Smartphone, et toute la famille était dépitée car elle se plaignait que les touches étaient trop petites et elle ne savait pas utiliser le correcteur automatique. C'était ça ou bien alors elle venait de faire un AVC.

Hadley lui avait laissé cinq SMS et l'avait appelé deux fois.

Il répondit à Abby et à Mme Johnson, écrivit à Goggy d'arrêter de faire ses SMS tant qu'on ne lui avait pas montré le correcteur, et ignora Hadley.

Il était impatient qu'elle quitte Manningsport, mais Honor lui avait appris qu'elle s'était installée dans un appartement, ce qui n'était pas bon signe.

Il entendit du bruit dans la chambre d'Emmaline. Elle était donc là.

Il avait trouvé très dur de la voir mise en difficulté cet après-midi, sans pouvoir l'aider.

Il toqua à la porte de séparation de leurs chambres.

— Neal, je t'ai entendue. Ouvre, sinon j'appelle l'accueil pour les prévenir que tu as des tendances suicidaires.

— Laisse-moi, s'il te plaît.

— Mais ne sommes-nous pas censés être amoureux ?

— Plus maintenant. J'ai officialisé la rupture.

— Mais oui, pourquoi as-tu fait ça ? Douze heures de plus et tu étais rentrée à la maison.

— Je n'aime pas mentir.

— Tu peux ouvrir ? C'est ridicule, enfin !

— Non, je suis occupée.

— Ça sent le bacon, alors ouvre et fais-m'en profiter, sinon j'appelle Naomi pour qu'elle défonce la porte.

Elle ouvrit, et l'odeur de bacon se confirma.

Sa coiffure était nettement mieux, maintenant. Elle s'était douchée et avait les cheveux mouillés. Il se dégageait d'elle un parfum frais et citronné agréable. Mais elle avait les yeux gonflés.

Elle avait pleuré.

Il fut bouleversé de l'imaginer en train de pleurer. Ce n'était tellement pas son genre !

Elle portait un bas de pyjama et un top à bretelles, et avait une trace brune sur la joue. Elle avait dans la main un énorme paquet de Skittles et plusieurs sacs étaient posés sur la table derrière elle, ainsi qu'une grosse tranche de gâteau et une bouteille de vin.

Elle croisa ses bras sous sa poitrine et le regarda d'un air furieux.

— Tu as mangé tout ça sans moi ? C'est comme ça que tu me remercies ?

— J'ai besoin d'être un peu seule, Jack.

— Moi, je pense que tu as été bien assez longtemps seule, au contraire.

Elle soupira.

— Bon, entre. Il reste la moitié d'un cheeseburger.

— Tu as pleuré ?

— Non.

— Menteuse. Au fait, tu as du sucre collé sur les dents.

Il prit le cheeseburger et mordit dedans. Succulent ! De loin la meilleure chose qu'il ait mangée depuis son arrivée ici.

Elle se laissa tomber dans un fauteuil et attrapa un bout de gâteau.

— Je compense. On ne se moque pas.

— Et que compensez-vous donc, agent Neal ?

— Je suis en colère, humiliée, frustrée, envieuse, jalouse, et affamée. Ça te suffit, comme justification ?

Jack termina le cheeseburger et se servit une part de gâteau. Incroyable. Dire qu'ils n'avaient mangé que des navets et des betteraves alors qu'il y avait des trucs pareils dans le coin ! Il se servit du vin et regarda l'étiquette : un zinfandel. Il goûta. Pas mal du tout sur la viande et le chocolat.

— Tu n'es pas jalouse, quand même ? Je ne veux pas critiquer tes goûts en matière de gent masculine, mais il me fait l'effet d'être un vrai con, Emmaline !

— Il n'a pas toujours été comme ça, répondit-elle en mordant rageusement dans son gâteau.

— Tu t'apprêtais à dire quoi quand le DJ t'a passé le micro ?

— Je ne sais pas, dit-elle en déglutissant. Qu'il n'avait pas toujours été un con. Qu'il était drôle, bon et gentil jusqu'à ce qu'il me trahisse avec cette odieuse nana sculpturale aux muscles d'acier.

— Tu as bu combien de vodkas, à ce stade ?

— Oh ! arrête, je ne suis pas soûle. C'est dommage, d'ailleurs.

— Tu sais, ma femme aussi m'a trahi.

— Oui, Jack, tout le monde le sait.

Elle se reprit, gênée.

— Je veux dire : c'est gentil de me dire ça. C'est juste que tes sœurs parlent beaucoup, tu sais. Enfin, surtout Prudence. Faith et Honor se sont retenues, mais c'est un des meilleurs potins qu'on ait eus en ville ces derniers temps. Enfin, je veux dire : pas le meilleur, mais le plus intéressant. Oh et puis zut, je me tais.

— Je préfère, oui. Vraiment.

— Mais qu'est-ce que tu veux que je te dise ? Que je suis désolée que ton mariage ait pris l'eau, c'est ça ?

Il ne put s'empêcher de sourire.

— Ou quelque chose du genre : « Bienvenue au club de ceux qui méritent bien mieux que ce qu'ils ont eu. » Si le club n'existe pas, il faut le créer !

Elle éclata de rire en s'étouffant un peu et but une gorgée de vin, puis étendit ses jambes et posa ses pieds à côté de lui sur le lit.

— Combien de temps t'a-t-il fallu pour tourner la page après… comment s'appelle-t-elle, déjà, Blanche DuBois[1] ?

— Si on parlait plutôt de toi ? suggéra-t-il.

— Toujours un sujet douloureux, c'est ça ?

— Non. C'est juste que là nous sommes au mariage de ton ex à toi, et, s'il y a un sujet douloureux, c'est celui-là.

Elle lui fit un gracieux doigt d'honneur.

— Sérieusement, Em, comment vas-tu ?

— Mais très bien, Jack ! Comme une menteuse bègue et lesbienne qui n'est pas enceinte et met des escalopes de poulet dans son soutien-gorge !

— Tout ce que j'aime, dit-il avec un petit sourire ironique.

— Ta gueule.

Mais elle lui dit cela sur le ton de la plaisanterie, et finalement ce n'était pas plus mal qu'elle n'ait pas envie de parler.

Il posa la main sur le pied d'Emmaline. Elle avait de jolis pieds, très soignés et à la peau douce.

— Est-ce que tu es malheureuse ? s'entendit-il lui demander.

Elle fit une grimace puis répondit :

— Non, pas vraiment. Ça fait trois ans.

— Je me souviens.

— Ah bon ?

— Oui. Tu emménageais, et je t'ai aidée à porter des cartons.

1. Allusion à l'héroïne de la pièce de Tennessee Williams *Un tramway nommé désir*, personnage de femme du Sud élégante et frivole, à la santé mentale fragile.

— Oui, je me souviens très bien, mais je ne pensais pas que toi aussi. Je m'étais dit que tu devais être un ancien scout.

— Mais c'est le cas. Et on est formés à venir en aide aux jeunes filles en détresse.

— Appelle-moi encore une fois comme ça, et je t'en colle une là où je pense.

Elle n'avait pas idée de combien elle était sexy en disant ça.

Il lui resservit du vin. Elle avait beau dire qu'elle ne connaissait rien au vin, elle savait l'apprécier, le gardant dans sa bouche avant de l'avaler et se passant ensuite la langue sur les lèvres. Et même cette façon de tenir son verre contre sa poitrine, le rouge formant un contraste avec la blancheur de ses…

Bref, où en étaient-ils ?

— Autrefois, Kevin était un amour. Il était tellement gentil, Jack, tu ne peux pas imaginer. Mais c'est terminé, et j'ai l'impression que je suis la seule à le regretter, ce qui me rend vraiment triste.

— Je comprends, dit-il en s'efforçant de se concentrer sur son visage.

— Tout ce que j'aimais chez lui, tout ça est mort.

— En somme, tu es venue assister à une sorte d'enterrement.

— Oui, répondit-elle, troublée.

Il caressa sa cheville de la main et lui dit :

— Je suis désolé.

Elle s'éclaircit la voix.

— Tu sais le pire ? Je suis tombée dans le panneau. J'ai acheté des talons hauts et une gaine, tout ça pour essayer de leur ressembler à tous. Alors que je me trouve très bien telle que je suis. Je suis forte, je suis costaud, mais mets-moi à côté de quelqu'un comme Naomi et je me crois obligée de fourrer des prothèses dans mon soutien-gorge en espérant que Kevin va me dire quelque chose de gentil.

Ce qu'évidemment il n'a pas fait. J'ai un peu l'impression d'avoir vendu mon âme au diable, tout ça pour rien.

Elle se mit à regarder le tableau accroché au mur et passa très discrètement un doigt sur sa joue. Parce qu'elle pleurait, pas beaucoup, mais c'étaient bien des larmes, et Jack trouvait ça insupportable.

Elle prit un autre bout de gâteau, sans le regarder.

— Tu sais, les hommes ne choisissent pas vraiment les femmes pour leur physique.

— Qu'est-ce que tu veux dire par là ? Qu'en plus d'avoir un corps incroyable Naomi a un bel esprit ? rétorqua-t-elle.

— On se calme. Je dis juste que le physique n'est pas aussi important que tu as l'air de le penser.

— Facile à dire quand on ressemble à un dieu grec.

— Et en plus tu es très jolie, ajouta-t-il en souriant.

— Ne m'oblige pas à te frapper, Jack. Restons-en à mon « super sens de l'humour », si tu veux bien.

— Je n'ai jamais dit ça, ne nous emballons pas.

Cette fois-ci, elle ne sourit pas.

Il se leva et lui prit la main.

— Viens, je vais te montrer quelque chose.

Il l'aida à se lever et la conduisit jusqu'au miroir, puis alluma la lumière.

— Mais ! Comment je me suis fait ça ? demanda-t-elle, surprise, en avisant une tache de chocolat sur son haut, qu'elle se mit à frotter.

— Regarde.

— Quoi ? La tache ?

— Non, Emmaline, regarde-toi.

— J'aimerais mieux éviter, s'il te plaît.

— Ne fais pas l'enfant, regarde et vois ce que tout le monde voit.

Il se posta derrière elle et lui ramena les cheveux en arrière.

— Tu as sans doute un super sens de l'humour, dit-il tout bas, en respirant l'odeur sucrée de son shampoing. Et tu fais très bien ton boulot, je n'en doute pas, mais tu es aussi très belle.

Elle leva les yeux au ciel.

— Sauf quand tu fais ça, ajouta-t-il. Et arrête de râler quand on te fait un compliment.

— Je ne trouve jamais mon Taser quand j'en ai besoin, moi !

— Chut. Regarde-toi.

Il avait maintenant posé les mains sur ses épaules, et sa peau était douce comme de la soie. Les femmes avaient des armes secrètes. Ses seins et ses lèvres, tout comme les lobes de ses oreilles, étaient déjà scandaleusement attirants, et à tout cela s'ajoutait le soyeux de sa peau et son odeur d'orange et de miel.

Sans s'en rendre vraiment compte, il laissa descendre les mains le long de ses bras puis les fit remonter jusqu'à son cou. Il glissa les doigts dans ses longs cheveux noirs et humides.

— Seriez-vous en train de me faire des avances, Jack Holland ? lui demanda-t-elle d'un ton sec.

Il nota tout de même qu'elle ne faisait pas un geste pour le repousser. Et il vit la veine de son cou battre plus vite.

— Tu as des yeux…

— Normaux.

— Ne m'interromps pas. Tu as de très jolis yeux.

Elle les ferma.

— De quelle couleur ?

— Bleu nuit.

Elle fit la moue puis les rouvrit.

— Tu as un nez parfait et adorable.

— Ah oui, un nez parfait, ça, c'est sexy !

— Chut.

Elle avait les fesses contre son bas-ventre, et il ne fallait pas qu'il la serre davantage ou bien…

— Une belle bouche, faite pour les baisers.

— Ça marche, d'habitude, une phrase comme ça, avec les filles ?

— Je ne sais pas, c'est la première fois que je la dis.

Il la regarda dans le miroir, et elle rougit.

— Tu as un teint ravissant.

— Reviens me dire ça dans deux semaines lorsque j'aurai mes…

— Non mais tu sais que tu crains vraiment quand on te fait des compliments ? Tu pourrais au moins dire merci !

— Merci pour tous ces boniments, Jack. Il reste du gâteau.

Elle était vraiment jolie, et plus il la regardait, plus il la trouvait jolie. Elle avait un cou fin et long, des épaules solides et fermes, des seins…, enfin, des seins, quoi, et des lèvres charnues très sexy.

Il croisa les bras autour d'elle et l'attira plus près. Elle eut l'air étonnée, et sa bouche rose s'entrouvrit. Il pencha la tête pour respirer son odeur et la sentit frissonner. Elle ne chercha pas à résister.

Elle sentait si bon qu'il déposa un baiser sur son épaule nue, aussi douce que de l'eau.

Elle soupira, et sa respiration se fit plus saccadée.

Il l'embrassa de nouveau, plus près du cou.

Tu fais quoi, là ? disait une petite voix, assourdie par le battement qui résonnait dans tout son corps. Son goût était aussi exquis que son odeur.

— Tu devrais… je devrais… on ne devrait sans doute pas…, dit-elle dans un souffle.

Mais sa main à lui remontait déjà de son ventre à ses seins doux, ronds et pleins, sans qu'il soit besoin de les rehausser à grand renfort d'escalopes.

Elle poussa un petit gémissement que Jack prit pour une invitation.

— Je pense au contraire qu'on devrait tout à fait, dit-il, avant de l'embrasser à pleine bouche. Il glissa sa langue contre la sienne au goût de chocolat, tandis que son sang battait de plus en plus fort dans ses veines.

Il la plaqua contre le mur et se colla à elle, pour sentir sa douceur, son parfum délicieux, et goûter la saveur de sa bouche. Il ne pouvait pas s'arrêter de l'embrasser, c'était comme une drogue. Lui retenant les mains au-dessus de la tête, il l'embrassa encore et encore, sur la bouche, dans le cou, enivré par la douceur de ses seins contre lui. Elle ne protestait pas mais faisait de jolis petits bruits de gorge, et il sentait la moiteur de sa peau sous sa bouche. Il était même tenté de la mordre, tant Emmaline Neal était tout simplement à croquer.

Tout à coup, elle se libéra de son emprise et tira sur sa chemise, puis passa ses deux mains dessous, le long de son torse, avant de commencer à la déboutonner avec fébrilité, tandis qu'il baisait son cou avec vénération et tenait son sein plein et ferme dans sa main. Il lui retira soudain son haut et laissa libre cours à son désir, qui semblait insatiable. A cet instant, plus rien n'existait d'autre pour lui qu'elle, qu'eux deux. Comme elle tentait de défaire sa ceinture, sans cesser de l'embrasser, il la fit basculer sur le lit, tombant avec elle, sur elle. En quelques gestes, ils furent dévêtus.

Elle était douce et ferme, et Jack ne pensait plus à rien. Rien ne comptait plus qu'Emmaline, son goût de chocolat, et son beau corps robuste et doux, couché sous lui.

Elle se réveilla à 2 h 16 du matin, le bras de Jack étendu en travers d'elle. A sa respiration lente et régulière, elle comprit qu'il dormait. Lentement, elle s'extirpa et alla sur la pointe des pieds jusqu'à la salle de bains, ferma la porte et alluma la lumière.

Femme de peu de vertu, regarde-toi.

Dieu du ciel !

Elle avait les cheveux en bataille, les lèvres gonflées, les jambes molles et tremblantes, et certaines parties de son corps, oubliées depuis très très longtemps, se rappelaient soudain à son souvenir.

Ah oui, et elle était nue comme un ver, au fait. Et aussi presque morte. Morte de quoi ? Mais de plaisir, bien sûr !

Une belle façon de mourir, certainement.

Et regardez-moi un peu cette mine. Un petit sourire comblé illuminait tout son visage, d'ordinaire plutôt sérieux.

J'avais un peu oublié ce que ça fait du bien de s'envoyer en l'air !

Des tas de remarques diverses se bousculaient dans sa tête : protestations, reproches, mises en garde… mais pour l'heure elle restait fascinée par son reflet dans le miroir.

Elle se sentait belle. Jack l'avait complimentée à plusieurs reprises, et ce n'était pas comme si elle détestait son physique. Elle aimait bien son visage et elle aimait aussi être du genre robuste, mais elle ne s'était jamais pour autant trouvée belle.

Jusqu'à cet instant.

— Emmaline ?

Elle sursauta.

— J'arrive.

Elle enfila le peignoir de l'hôtel et le serra bien, puis prit un verre d'eau et sortit de la salle de bains.

Il était magnifique. Le clair de lune, spécialement commandé pour le mariage, inondait la pièce, et faisait ressortir les angles et les ombres de son visage. Sa bouche était une preuve de l'existence d'un principe supérieur tant elle était parfaitement dessinée, et lorsqu'il souriait on avait la certitude que Dieu existait. Le bleu de ses yeux, ses mains, grandes et puissantes, rendues un peu rugueuses par le travail de la vigne. Et les gémissements délicieux que ces mains-là savaient provoquer chez elle…

Elle se rendit compte qu'elle était subjuguée et devait réagir.

Elle s'éclaircit la voix, jeta un œil aux draps froissés et lui demanda :

— Tu as faim ?

— Très.

Il s'approcha et très doucement tira sur la ceinture du peignoir.

— Il reste du gâteau, murmura-t-elle.

— Qui parle de gâteau ? dit-il d'une voix chaude et profonde qui la fit fondre instantanément. Quoique, maintenant que tu en parles…

Et elle se retrouva aussitôt sur ses genoux, son peignoir ouvert, à manger les morceaux de gâteau qu'il lui mettait dans la bouche, en échange de baisers. Il prenait son temps, glissant ses mains sur elle, comme si elle était la première femme qu'il ait jamais touchée, et léchant du chocolat sur ses lèvres.

Comme il était irrésistible, elle ne lui résista pas.

13

« Aux premières lueurs de l'aube », selon l'expression consacrée, Emmaline ouvrit un œil et fut remplie d'une terreur soudaine, sans savoir exactement pourquoi. Gueule de bois ? Non, elle ne se sentait pas mal du tout. En fait, elle était même plutôt…

Tout à coup, la mémoire lui revint, et avec elle un flot de regrets et de reproches se déversa.

Nom d'un chien de nom d'un chien ! Elle avait couché avec Jack.

« Couché » dans tous les sens du terme : ils avaient fait l'amour, et il était toujours là, couché à côté d'elle.

Elle bondit hors du lit, puis se rendit compte qu'elle était complètement nue, saisit le dessus-de-lit et l'enveloppa autour d'elle.

— Qu'est-ce que c'est ? Qu'est-ce qui se passe ? Quelqu'un est mort ? s'écria Jack, en se redressant.

Il avait les cheveux joliment ébouriffés, et les muscles de son bras se dessinèrent sous sa peau, ce qui était…

— Non, non, tout va bien.

Elle détourna les yeux de ce partenaire de lit éblouissant et dit :

— Il faut que je fasse mes bagages. On a laissé passer l'heure. On doit lever le camp dans une demi-heure.

— Emmaline…

— Grouille-toi, Jack, va te préparer.

En voilà, une façon douce et gentille de lui dire bonjour, fit remarquer la petite voix.

— J'ai déjà fait mes bagages, répondit Jack en la fixant, amusé.

— Bon, eh bien, pas moi, alors ouste !

— Tu ne peux pas les faire si je suis là ?

— Non. Alors va prendre une douche, te raser et manger quelque chose. Sors d'ici, il faut que… que je me brosse les dents.

Et rhabille-toi, fissa.

Elle se précipita dans la salle de bains, attrapant au passage sa valise.

Tout ça n'avait été qu'une lamentable erreur.

Un coup pour se consoler ? Non. Dit comme ça, c'était trop vulgaire. Un rapprochement solidaire ? Oui, c'était déjà mieux. Jack Holland, le dieu de Manningsport, avait couché avec elle parce qu'elle traversait un des pires moments de sa vie : rejetée, seule, tentant désespérément de plaire, s'enfilant vodka sur vodka avec des Russes et se gavant de Skittles pour tenir le coup.

Cela dit, à part la vodka de contrebande et les Skittles, rien de tout ça n'était vraiment original.

La veille, dans la salle de bains, Emmaline avait soigneusement évité d'entendre ce que lui disait sa petite voix, mais aujourd'hui celle-ci ne se privait pas de lui faire la morale : elle n'était pas obligée de coucher avec quelqu'un juste pour coucher avec quelqu'un, ni de boire comme un trou, ni de profiter du fait que les tiroirs de la table de nuit étaient remplis de préservatifs pour s'envoyer en l'air toute la nuit…

Elle remonta ses cheveux en queue-de-cheval, prit une douche express et s'habilla nerveusement.

Elle avait été stupide, s'était comportée comme une fille facile et s'en voulait. Elle s'était servie de Jack pour se faire du bien. Alors, bien sûr, il n'avait pas eu l'air mécontent. C'était un homme, et les hommes ne disaient jamais non. Mais celui-ci avait des problèmes sérieux en ce moment, sans parler de son ex-femme, qui cherchait à se réconcilier avec lui. Il l'avait accompagnée ici par gentillesse, et voilà tout ce qu'elle avait trouvé pour le remercier.

Elle se faisait pitié.

Quelqu'un toqua à la porte, et elle sursauta.

— Quoi ?

— Em, ouvre et dis-moi quelque chose.

Elle ouvrit.

— Oui, eh bien, écoute, pour hier soir… merci. Tu as bien fait ton boulot.

Par automatisme, elle chercha son arme de la main.

— Et donc tu vas me tuer ?

— Oh ! non, désolée, dit-elle en replaçant l'arme dans sa valise.

— Pourquoi tu es venue avec ce truc, d'ailleurs ?

— Parce que c'est mon arme de service, et j'ai le droit de l'emporter partout avec moi. Bon, il faut vraiment y aller.

— On a deux minutes, quand même. Tu t'en veux d'avoir couché avec moi, c'est ça ?

— En fait, oui. C'était une mauvaise idée, même si c'était sympa. C'est juste que… que je ne veux pas d'une relation pour le moment.

Elle avait dit ces derniers mots sur un ton peu convaincu.

— Parfait, alors ce sera quatre cents dollars.

— Ne te brade pas. Tu en vaux bien mille.

— Waouh !

— Ecoute, Jack, lui dit-elle avec une petite moue gênée, je suis désolée. Tu es vraiment sympa et…

— Je n'en peux plus que les gens disent ça de moi.

— OK, alors non, en fait, tu es ignoble.

Le coin de sa bouche se souleva, et elle frissonna aussitôt. Non mais elle était incorrigible !

Elle fourra ses mains dans les poches de son short.

— Je suppose que, comme tu es un gars sympa, bien qu'ignoble, tu veux te montrer chevaleresque et m'inviter à sortir avec toi, histoire de te prouver que ce n'était pas juste un coup d'un soir. En plus, tu as des sœurs et une nièce et tu ne voudrais pas qu'on leur fasse ce plan-là. J'avoue que ce n'est pas trop mon truc non plus, mais tant pis. On n'a qu'à se dire que c'était une aventure de vacances express et on n'en parle plus, d'accord ?

— Non. Pas d'accord.

— Mais toi non plus tu ne veux pas d'une relation en ce moment, avec tes problèmes et tout !

— Est-ce qu'on n'a pas tous des problèmes ?

— Si, mais tu ne m'as jamais invitée, jusqu'ici. Tu n'es ici avec moi que parce que j'en avais besoin et que tu voulais sortir un peu de Manningsport. Et puis il y a cette histoire avec ton ex-femme.

— Tu crois vraiment toujours tout savoir, hein ?

— Je me trompe ?

Au même instant, le téléphone de Jack sonna.

— Je te parie que c'est elle. Combien de fois t'a-t-elle appelé ou envoyé des SMS ce week-end ?

— Plusieurs fois, dit-il, le visage fermé.

— Combien ? Plus d'une douzaine de fois ?

Il ne répondit pas, et elle en conclut que c'était largement plus.

— Montre-moi ton téléphone, lui dit-elle.

— Non.

— Froussard.

— OK, répliqua-t-il en le lui tendant.

— Tiens, quelle surprise, c'est Hadley :

Suis dans mon jacuzzi, bois du vin de Blue Heron tu me manques. Les bulles glissent entre mes…

Il lui prit le téléphone des mains.

— OK, tu as marqué un point. Elle est, disons, un peu excessive.

— Moi, je dirais plutôt folle.

— Peut-être que j'aime bien les filles folles, répondit-il en lui ôtant un Skittle des cheveux.

— Dans ce cas, retourne avec elle.

— Impossible. Elle a été méchante avec mon chat.

— Bon, écoute, il faut qu'on y aille. Merci pour ce bon moment. J'ai vraiment beaucoup apprécié ta... sollicitude.

Il la fixa encore une minute de son regard magnifique et indéchiffrable et, au moment où elle allait revenir sur tout ce qu'elle venait de dire et lui proposer de tout reprendre à zéro, il dit :

— Oui, tu as sûrement raison.

Puis il partit dans sa chambre en fermant la porte.

C'était mieux comme ça.

Elle se demanda s'il couchait avec toutes les filles qui lui demandaient de les accompagner à un mariage ou une fête, mais ne s'appesantit pas sur cette idée. C'était injuste de le soupçonner ainsi. Et même si c'était vrai ? Il était célibataire, hétéro, et aucune femme ne lui résistait. Alors, s'il en profitait comme il avait profité d'elle la nuit dernière, comment lui en vouloir ?

Chez les Amères larguées, les spéculations allaient bon train : Jack Holland avait épousé Hadley parce qu'il cherchait quelqu'un de différent. Tout le monde avait remarqué qu'il n'avait jamais eu de relation sérieuse avec une fille du coin. Et sa femme était effectivement différente. Son arrivée à Manningsport avait même fait l'effet de celle d'un papillon en plein hiver.

Mais il avait été amoureux d'elle, Emmaline n'en doutait pas car elle les avait vus ensemble et elle savait reconnaître l'amour.

Elle fourra sa brosse à dents dans sa valise.

En théorie, elle désirait rencontrer quelqu'un. Elle était certaine de ne pas vouloir rester éternellement membre du club des Amères larguées. Mais ce mariage avait bien sûr fait remonter des choses en elle, et elle n'était peut-être pas prête à s'engager. Il lui fallait peut-être encore un peu de temps pour oublier ce garçon qu'elle avait aimé pendant la moitié de sa vie.

Ou alors peut-être avait-elle simplement les jetons.

Tant qu'elle ne tombait pas amoureuse, elle ne risquait pas de souffrir.

14

Cinq jours après avoir quitté le soleil californien, Jack se retrouvait une fois de plus assis dans son pick-up sur le parking de l'hôpital. Il était déjà allé deux fois dans le hall d'entrée. Il essayait de préparer ce qu'il dirait aux Deiner, se demandait s'il n'allait pas soudoyer une infirmière. Jeremy Lyon, qui avait dans le temps été fiancé à Faith, était le médecin de la famille Deiner. Il pouvait peut-être s'adresser à lui pour avoir quelques infos.

Non, il ne valait mieux pas.

Si seulement il avait pu voir Josh, alors… alors quoi ? Il lui aurait demandé pardon ? Pensait-il vraiment que le garçon allait sortir de son coma et lui dire : « Merci de m'avoir tiré de là ! T'es un champion ! Ne t'en fais pas, mec, j'ai la super forme ! »

Jack soupira, laissant un halo de buée sur le pare-brise.

Il avait déjà oublié Malibu. Trente centimètres de neige recouvraient le sol, et il faisait -10 °C dehors. L'état de Josh n'était ni meilleur ni pire, et sa famille venait de porter plainte contre Jack, qui, en tant qu'urgentiste, aurait dû lui venir en aide en premier, vu la gravité de ses blessures. Ils portaient plainte aussi contre la ville pour ne pas avoir installé de glissière de sécurité plus solide et pour ne pas avoir envoyé les secours plus rapidement sur place.

Ils n'avaient aucune raison de gagner, lui avait affirmé son avocat. Josh roulait à cent kilomètres/heure au lieu des cinquante autorisés. Sans lui, le gosse serait sûrement mort. Non, c'était juste une famille désespérée qui tentait de se retourner contre tous ceux qu'elle trouvait.

Malheureusement, cela causa un émoi collectif à Manningsport, et Jack était plus que jamais dans toutes les conversations. Il en aurait presque souhaité que sa sœur et son beau-frère se fassent de nouveau pincer pour attentat à la pudeur.

En plus de tout le reste, il y avait Hadley.

Il l'avait aperçue le jour de son retour en rentrant de l'hôpital. Il avait dû s'arrêter à une intersection où avait lieu une démonstration de sculpture sur glace. Plusieurs dizaines de personnes équipées de bottes et de parkas s'étaient regroupées là pour regarder Carlos Mendez sculpter un loup dans un énorme bloc de glace. Jack reconnut de loin certains membres de sa famille et fut tenté de les rejoindre.

Mais il vit aussi les parents de Sam Miller et, plutôt que de risquer de subir encore une fois leurs effusions de gratitude, il préféra rester dans sa voiture.

C'est alors qu'il remarqua Hadley, dans la rue, un peu à l'extérieur du groupe, un sac de provisions dans les bras. Des gens passaient à côté d'elle, et on pouvait lire sur son visage une telle solitude et une telle détresse qu'il faillit l'appeler.

Personne dans cette ville ne se souciait d'elle, à part lui. Il se souciait d'elle, mais il ne désirait surtout pas s'investir. Toutefois, il ne voulait pas qu'elle soit rejetée, se sente seule ni malheureuse.

Heureusement, elle poursuivit son chemin jusqu'à son immeuble, et Jack rentra chez lui.

Hélas, il la revit quelques jours plus tard. Elle arriva chez lui avec un dîner acheté chez le tout nouveau traiteur et resta sur le pas de sa porte à grelotter, jusqu'à ce qu'il la laisse entrer. Il l'écouta dans l'entrée pendant exactement six minutes puis lui demanda de partir.

A propos de femmes qui vous compliquent l'existence, il avait un peu une dent contre Emmaline.

Il n'était pas habitué à être repoussé et il avait même souvent le problème inverse. Comme la fois, par exemple, où Shelayne Schanta s'était cachée à l'arrière de son pick-up comme un tueur en série. Ou celle où Shannon Murphy avait écrit une rédaction pour la fac sur le fait d'être amoureuse d'un homme plus âgé (lui, en l'occurrence), ce qui avait eu pour conséquence de lui attirer les foudres des parents, qui avaient menacé de le châtrer, alors que son seul tort vis-à-vis de leur fille avait été de courir plus vite qu'elle lors d'un match de base-ball. Et l'épisode où Lorena Creech Iskin l'avait coincé chez O'Rourke pour lui parler des problèmes d'érection de son mari et lui expliquer qu'elle ne lui prendrait que quinze minutes de son temps.

Alors, cette façon d'être remercié pour le bon séjour passé ensemble puis renvoyé dans ses buts, c'était nouveau pour lui.

Le mercredi d'avant, ils avaient entraînement de hockey ensemble et il lui avait dit bonjour, mais elle s'était contentée de répondre :

« Salut, tout le monde. »

Et elle l'avait évité sur le terrain.

Au moment où il démarrait, quelqu'un frappa à la fenêtre de son pick-up. Il baissa la vitre.

— Salut, Abby.

— Salut, oncle Jack. Je suppose que tu es venu prendre des nouvelles de Josh ?

— Oui.

Abby faisait du bénévolat à l'hôpital.

— Je n'ai pas d'infos, et, même si j'en avais, je ne pourrais rien te dire.

— Je sais. Merci quand même.

Elle passa le bras à l'intérieur et lui tapota l'épaule. Un an auparavant, Josh avait soûlé Abby. C'était le genre de gamin trop gâté, trop couvé, qui s'ennuyait tout le temps et cherchait toujours les ennuis.

Apparemment, la vie n'allait pas lui donner une chance de s'amender.

— Tu veux que je te ramène, Abby ?

— Non, j'ai la voiture de maman. Tu ne sais pas ce que j'ai trouvé dedans l'autre jour ?

— Tu crois que j'ai envie de savoir ?

— Non, mais j'ai besoin de partager ma consternation, et toi tu as besoin d'être distrait. T'es prêt ?… Une cravache.

— Dis-moi s'il te plaît qu'elle s'est remise à monter à cheval.

— Eh ben, non !

— Abby, tu es cruelle.

— Bonne journée, oncle Jack ! dit-elle, hilare. Et ne reste pas ici, va voir des gens de ton âge !

Il la regarda pour être sûr qu'elle allait bien vers sa voiture et qu'elle démarrait bien, puis il la suivit pour surveiller qu'elle ne fasse pas d'excès de vitesse, ni ne commette d'autre infraction (ni qu'elle fonce dans un poteau téléphonique ou dans un lac).

Tout se passa bien, et elle tourna en direction d'Old Farm sans encombre.

Pourtant, la respiration de Jack se fit soudain plus saccadée, et il reconnut les signes avant-coureurs de la crise.

Il ne fallait pas qu'il rentre chez lui. Non qu'il ne puisse plus conduire, mais il lui fallait la compagnie des hommes.

— Salut, Jack ! lui lancèrent Colleen et Connor à l'unisson en le voyant entrer. Il fit un signe de tête, et décida de s'installer au bar, où se trouvait aussi Lucas. S'il n'avait pas trop de travail, Connor viendrait prendre une bière avec eux.

Prudence, habillée comme lui d'une chemise de toile et d'un jean, s'approcha.

— Salut, toi ! dit-elle en lui tapant sur l'épaule. Ça gaze ? Devine quoi ! Je suis officiellement ménopausée. J'ai eu les résultats aujourd'hui.

— Quelle bonne nouvelle !

— Laisse tomber ! C'est horrible, Jack. Tout à coup, j'ai envie de sauter sur Carl, et la minute suivante je pourrais l'étriper. En parlant de ça, est-ce que tu aurais des éperons, par hasard ?

— Non, Pru, figure-toi que non.

— Mince. J'en ai commandé, mais ils n'arrivent pas.

Du coin de l'œil, Jack vit une table de femmes. L'une d'entre elles tenait sa bière devant son visage. En d'autres termes, elle se cachait.

— On se voit plus tard, Pru, dit-il en s'approchant de ces dames : Shelayne Schanta, Allison Whitaker, Grace Knapton et Jeanette O'Rourke.

Et Emmaline.

— Mesdames, bonjour, puis-je m'asseoir ?

— Jack ! s'écrièrent-elles presque toutes, en bougeant leur chaise pour lui faire de la place. Comment vas-tu ? Tu es magnifique ! Tu bois quelque chose ? Tu veux t'asseoir ici, près de moi ? Comment était ce mariage ? Tu as faim ?

Une seule gardait le silence : Em.

— Bonjour, Emmaline, lança-t-il.

— Bonjour.

— Ça te dirait de sortir un de ces soirs ? Pour dîner ? Ou au cinéma ?

Elle lui jeta un regard noir.

Les autres se turent.

— Si elle dit non, moi, je veux bien, déclara alors Shelayne.

— Moi aussi, ajouta Allison. Si jamais tu cherches une femme plus âgée avec deux enfants plutôt sympas.

— Moi aussi, je suis dispo, Jack, intervint Hannah O'Rourke en s'approchant avec un plateau sur lequel étaient posés des cocktails à la pêche.

— Moi aussi, dit la mère de Colleen. Même si je suis plus ou moins avec Ronnie Petrosinsky.

— Ronnie le roi du poulet ? s'enquit Grace. J'adore son poulet caramélisé au sirop d'érable.

— Alors, Emmaline ? insista Jack.

— Je suis très occupée, répondit-elle, mais merci quand même.

— C'est dommage, affirma-t-il en fixant sa proie du regard tandis qu'elle ne quittait pas des yeux le juke-box placé derrière Allison. Parce que j'ai beaucoup aimé mon séjour en Californie, en particulier le dernier soir.

Elle se tourna vers lui.

— Tant mieux, je suis contente pour toi ! C'est super. Il faut que je file. Je dois promener Sarge. Ravie de t'avoir vu, Jack. Salut, les filles !

— Sérieusement, tu refuses son invitation ? lui demanda Mme O'Rourke.

— Je te raccompagne, dit Jack en lui emboîtant le pas.

— Ah, vous vous êtes retrouvés, tous les deux ! lança Colleen. C'est trop mignon.

— Ne harcèle pas les clients comme ça, Colleen, fit Connor depuis la cuisine.

Emmaline était déjà dehors.

— Em, attends ! appela Jack en la rattrapant. Pourquoi est-ce que tu refuses de sortir avec moi ?

— Tu es vexé ?

— Un peu.

Elle réprima un sourire.

— Tu es adorable, Jack, et loin d'être repoussant, mais je ne trouve pas que ce soit une bonne idée.

— Mais ce n'est que pour dîner ensemble.

Elle inspira profondément, sur le point de craquer.

— Juste pour dîner, s'il te plaît, Emmaline.

Ses yeux s'adoucirent.

Gagné.

Mais au même instant elle avisa quelqu'un derrière son épaule, et son visage se durcit.

— Emmène donc plutôt ta femme dîner, Jack. Justement, elle arrive. A bientôt !

Sur ce, elle tourna les talons et ses chaussures crissèrent dans la neige.

— Tiens, tiens, un revenant ! Comment ça va, Jack ? l'apostropha Hadley.

Si bien que, pour ne pas passer pour un mufle, Jack lui tint la porte, l'aida à retirer son manteau et à s'installer sur un tabouret.

Puis, refusant de se lancer dans une conversation avec son ex-femme, bien trop belle, il opta pour la compagnie de son chat et traversa la rue pour monter dans son pick-up.

Il y avait un petit papier rose vif sur le pare-brise.

Tu ferais mieux de faire gaffe à toi.

Le tout était écrit à l'ordinateur.

Il regarda de nouveau vers le bar. Est-ce que ceci pouvait être l'œuvre de Hadley, jalouse de l'intérêt qu'il portait à Emmaline ? Elle semblait en pleine conversation avec quelqu'un.

Ou des parents Deiner ? Mais ils n'avaient pas quitté l'hôpital depuis des jours.

Tu ferais mieux de faire gaffe à toi.

La menace contenue dans les mots était adoucie par le rose du papier. Ce n'était peut-être pas une menace, après tout, ou bien alors à destination de quelqu'un d'autre. La moitié des habitants de la ville roulaient dans un pick-up gris. Bah, ce n'était qu'un petit bout de papier. Pas de quoi fouetter un chat.

Il sentait l'eau glacée lui cisailler la peau du crâne tandis qu'il descendait au fond. Le manque d'air lui brûlait les poumons.

Une fois le flash-back passé, la chemise trempée de sueur

froide, il démarra et prit la direction de chez lui, la gorge irritée par l'air glacial.

Deux jours plus tard, Jack, son père et Pops, son grand-père, étaient au travail. Rien de bien difficile, mais curieusement Jack faisait tout de travers. Il heurta un tonneau et renversa son café, comprit à l'envers ce que lui disait son père, écrasa le pied de son grand-père.

— Ça va, mon fils ? lui demanda son père.

— Ça va, répondit-il. J'ai juste besoin d'un café.

Sauf qu'il en avait déjà pris quatre.

Les trois représentants mâles de la famille avaient toujours été proches, notamment par solidarité masculine dans un univers très majoritairement féminin : la mère de Jack, tout d'abord, puis ses trois sœurs et toutes leurs copines, puis Mme Johnson. Lorsque la conversation en venait à tourner autour des règles ou bien de considérations capillaires, ils se défilaient pour parler de base-ball ou de vigne.

Lorsqu'il était dans la marine, son père l'appelait deux fois par semaine pour prendre des nouvelles. Son père et son grand-père ne cessaient de lui répéter qu'il n'était en rien obligé de revenir à Blue Heron, et son père ne voulait qu'il revienne que si c'était aussi son désir profond. Ça l'était : la famille, la ferme, le vin, voilà tout ce dont rêvait Jack, huitième du nom sur la propriété.

Mais, depuis l'accident, il n'était plus tout à fait dans le coup.

Aujourd'hui, ils étaient au chai, occupés à transvaser le contenu d'une petite cuve de cabernet. Cela consistait à siphonner le vin en ne laissant que le dépôt et à le mettre dans une cuve propre afin de préparer la mise en bouteilles. Aussitôt que Jack eut enlevé le bouchon, Pops fronça les sourcils. Il avait un flair incroyable.

— Il est suroxydé.

Jack saisit un verre, qu'il remplit à moitié.

Le vin était trop brun et avait en effet une odeur caractéristique.

— Tu as bien ajouté les comprimés de Campden la dernière fois ? lui demanda son père.

— Il me semblait que oui, répondit Jack.

Ces comprimés empêchaient l'apparition de microbes dans le vin. La dernière fois qu'ils avaient transvasé ce vin, c'était trois semaines auparavant.

— Ne t'en fais pas, va, ça arrive à tout le monde, assura son père tandis que Pops s'apprêtait à renverser la cuve.

— Je suis vraiment désolé, dit Jack.

— A l'odeur, on dirait le parfum de ta grand-mère, lança Pops en lui faisant un clin d'œil. A ce sujet, je ferais bien de rentrer, moi, la vieille m'attend.

— Je te signale que c'est ma mère dont tu parles, lui rappela gentiment son fils.

— Qui est aussi l'amour de ma vie. Ne lui dis surtout pas que je l'ai traitée de vieille, répliqua Pops avec un sourire avant de rejoindre tranquillement son vieux pick-up cabossé.

— On va virer ça, déclara Jack.

— Ça peut attendre demain, répondit son père. Alors, mon fils, comment ça va en ce moment ?

— Bien. Ça va.

Puis, comme son père ne disait rien, il admit :

— C'est un peu tendu.

— Je suis tombé sur Hadley l'autre jour.

— Oui, elle me suit à la trace.

— Vous avez l'intention de vous remettre ensemble, à tout hasard ?

— Non.

Son père tapota un autre tonneau et commença à le siphonner.

— Celui-ci est meilleur, dit-il en remplissant un verre. Sens-le. Il est superbe.

Jack obtempéra. Cette cuve était bien, dénuée d'oxydation,

et avait un arôme prometteur. Il but une petite gorgée et se détendit.

C'était la première fois qu'il fichait une cuve en l'air. Faire du vin était un mélange de science et de hasard, mais surtout une science, et il s'enorgueillissait de la qualité du vin produit à Blue Heron. Il avait grandi en regardant faire son père et son grand-père, et possédait deux magnifiques diplômes censés attester de sa capacité à éviter une aussi grossière erreur.

— Bref, je me posais des questions à propos de Hadlley, reprit son père en évitant son regard. Elle s'est montrée, disons, très directe avec moi, m'expliquant qu'elle avait fait une énorme bêtise, mais qu'elle avait mûri et compris la leçon et qu'elle espérait qu'on la soutiendrait si tu acceptais de te remettre avec elle.

— C'est hors de question.

— Tu es bien sûr ? Parce que la famille se mettra à ton diapason.

— Mme Johnson ne ferait jamais ça, repartit Jack avec un petit sourire forcé.

Son père lui rendit son sourire.

— Non, elle, peut-être pas. Mais le reste de la famille, si. Nous te suivrons si c'est ce que tu souhaites.

— Je ne le souhaite pas, répondit Jack en reposant son verre. Et je suis vraiment désolé pour cette cuve.

— Jack, tu devrais peut-être prendre des vacances, lui dit son père en le regardant avec insistance.

— Mais c'est ce que je viens de faire.

— Si tu as besoin de plus de temps, tu n'as qu'à le dire. Tu as traversé des moments difficiles. Je t'aime, tu sais, comme nous tous ici, déclara-t-il en lui donnant une accolade maladroite.

Puis il recula et s'éclaircit la voix.

— Tu veux venir dîner ? Mme Johnson serait ravie.

— Papa, vous allez fêter votre premier anniversaire de mariage. Tu pourrais l'appeler Hyacinth, maintenant, non ?

— Ça m'arrive parfois, admit son père avec un petit air gêné.

— Je retiens ton invitation pour une autre fois. Rentre, maintenant, je vais terminer.

Et, en lui prenant le siphon des mains, il ajouta :

— Merci, papa.

Son père lui pressa l'épaule puis s'en alla retrouver sa femme.

C'était bizarre, d'éprouver de la jalousie pour son père parce que celui-ci avait une femme et un programme sympa qui l'attendaient à la maison.

— Hello, Jack, lui dit alors son beau-frère anglais. Je viens de voir ton grand-père, qui m'a dit que je te trouverais ici.

— Salut, Tom ! Quoi de neuf ?

— Je viens de recevoir un mail de la proviseur du lycée, Mme Didier, tu la connais ?

— Un peu. Je l'ai vue à la salle de sport une fois ou deux.

— OK, elle fait un peu peur, hein ? Quoi qu'il en soit, ils ont là-bas un groupe d'adolescents difficiles, genre un peu voyou, et elle cherche quelqu'un pour le soutien en chimie. Moi-même, j'ai fait du soutien en maths une fois ou deux.

— C'est Honor qui t'a suggéré de m'en parler ?

— Absolument. Elle pense que ça te ferait du bien.

Honor. Sa sœur qui voulait tout diriger (et qui la plupart du temps y réussissait très bien). Cela dit, l'idée de se retrouver au milieu de jeunes qui n'étaient ni sa nièce, ni Charlie, ni même le beau-fils de Tom le fit hésiter.

Ils connaîtraient tous Josh Deiner.

— C'est l'adjointe de Levi qui dirige le programme, Emmaline Neal. Vous êtes amis, non ?

— Oui, répondit Jack, soudain intéressé.

— Je me demande pourquoi elle ne te l'a pas proposé directement.

— Je lui en parlerai, répondit Jack, qui n'était rien moins que surpris.

— Génial ! Merci, mon pote ! s'exclama Tom en lui donnant une tape sur l'épaule avant de s'éloigner en sifflotant.

Emmaline scrutait du regard le pseudo-preneur d'otages.

— Qu'a-t-elle fait pour te mettre en colère comme ça ?

— Elle a mangé le dernier Twinkie. Et je le gardais pour mon abri anti-atomique. Qu'est-ce que je vais prendre comme dessert, maintenant ?

— Bien vu, Shirley, dit Jamie, l'instructrice du groupe. Je sais, les autres, vous trouvez ça dingue mais, je vous jure, ça ne s'invente pas.

Em tenta de ne pas sourire, mais quand même ! C'était autre chose que son cours de forme et conscience dans l'Angleterre du XVIIIe siècle, suivi en première année de fac. (Elle avait obtenu un B, alors qu'en gestion de crise elle était certaine d'obtenir un A). Jamie, qui était chargée de négocier avec les preneurs d'otages au sein de la police de Chicago, connaissait des dizaines d'histoires et était de très bon conseil.

— Em, que réponds-tu à cette timbrée ?

— Elle t'a volé tes Twinkies, c'est ça ? C'est dégueulasse. J'adore ça, moi aussi. J'ai failli m'arracher les cheveux quand ils ont arrêté la production. C'est super, qu'on en trouve de nouveau, hein ?

— Vous voyez, elle fait preuve d'empathie, et elle crée un lien entre elle et le preneur d'otages. Continue, Neal !

— Tu sais, je peux t'en trouver, moi, des Twinkies. Je peux te les apporter, et comme ça on pourra parler, toi et moi.

— Impossible, répondit Shirley. C'est plein de zombies, par ici.

Le reste du groupe eut un petit rire.

— Ne t'en fais pas, je suis très rapide, et je ne voudrais pas que tu restes sans Twinkies.

— Fantastique, les enfants ! On va s'arrêter là, mais bravo, tout le monde ! Pour la prochaine fois, vous devez lire les chapitres 4 à 6 et essayer de ne pas vous friter avec votre belle-famille. Vous croyez que ça va être possible ?

— A condition de pouvoir m'enfermer dans une pièce avec un flingue, dit entre ses dents Ingrid, un flic originaire d'Ithaca.

Jamie s'approcha du bureau d'Em.

— Tu te débrouilles vraiment bien. Ça ne te dirait pas, de venir travailler avec nous ?

— Ça ne fait que neuf mois que je travaille dans la police.

— Et alors ? Réfléchis-y. Tu aurais des promotions plus vite que dans ton département.

C'était vrai puisque Levi ne quitterait jamais son poste.

Dans une ville comme Manningsport, les grosses affaires étaient confiées à la police d'Etat. Si d'aventure il y avait une prise d'otages, par exemple, le boulot de la police locale serait juste de maintenir le calme en attendant que les autres prennent le relais. Les homicides, les enlèvements, les attaques de banques, tout cela, même si c'était rare, était confié aux gros bonnets.

Elle allait y songer. Elle n'envisageait pas de quitter Manningsport tout de suite, mais un jour, qui sait ?

Dix minutes avant d'arriver, elle appela le bureau, et Everett lui demanda de rapporter des donuts. Avant qu'ils ne déménagent pour rejoindre les nouveaux services d'urgence, ils étaient installés en plein centre-ville, à deux pas de la boulangerie Sunrise de Lorelei. Depuis l'été, Everett avait donc perdu quatre kilos et il déplorait ce déménagement.

A la boulangerie, elle tomba sur Faith Cooper, les mains posées sur son ventre rond.

— Bonjour, Faith !

— Salut ! Comment vas-tu ? Alors, ce mariage ?

— C'était bien. Il faut que je fasse un cadeau à ton frère, d'ailleurs. Il a été top !

— Ah, ben, n'oublie pas de me faire un cadeau à moi aussi, alors, dit Faith avec un sourire, parce que c'était mon idée. Alors, c'est un bon *escort boy* ?

— Très bon.

Tellement, tellement bon. Le souvenir de Jack sur elle en train de l'embrasser la fit chanceler. Mais heureusement c'était le tour de Faith d'être servie, si bien qu'elles écourtèrent leur conversation.

Ce qui n'empêcha pas Emmaline de continuer à y penser.

— Essuyez-vous les pieds, ordonna Carol à Jack, qui entrait dans le bureau de police.

Puis elle leva les yeux et le reconnut.

— Ah, c'est toi ? Comment vas-tu, mon chou ? Toujours la gloire ? Comment va le petit Deiner ?

— Bonjour, Mme Robinson, répondit Jack.

Il était allé en classe avec un de ses fils et gardait un souvenir ému de ses cookies aux pépites de chocolat.

— Cette couleur vous va très bien.

Carol était aux anges et ne pensa plus aux questions qu'elle venait de lui poser.

— Tu peux m'appeler Carol, voyons. Pourquoi es-tu toujours célibataire, Jack ? Oh ! mais attends, j'avais oublié, tu as divorcé. Tu veux épouser ma fille, du coup ?

Levi sortit de son bureau et tendit une liasse de papiers à Carol.

— Arrêtez de jouer les entremetteuses, lui dit-il. Viens, Jack.

Son bureau était bien rangé et impersonnel, à l'exception de quelques photos de Faith et d'une échographie du bébé.

— Comment va ta femme ? demanda Jack, toujours un peu gêné de s'adresser ainsi au gars qui couchait avec sa sœur.

— Elle va très bien. Encore quelques semaines.

— Nerveux ?

— Terrorisé, dit Levi avec un sourire.

Il allait être un très bon père. Il était de ces hommes qui sont faits pour fonder une famille.

Jack s'assit.

— Tu as des nouvelles de Josh ?

Levi baissa les yeux vers son bureau puis les posa de nouveau sur Jack.

— Aucun changement. J'ai les parents au téléphone tous les soirs.

— C'est bien de ta part.

— J'ai appris pour la plainte contre toi, je suis désolé.

Jack haussa les épaules.

— Je les comprends.

Il ne leur reprochait rien, en fait.

« Celui qui avait le plus besoin de vous, vous êtes allé le chercher en dernier. »

— Alors, que puis-je pour toi ?

— Je suis passé voir Emmaline, en fait. Elle est par là ?

Levi allait répondre, mais il se ravisa et plissa les yeux.

— Tu as couché avec elle ?

Il n'était pas flic pour rien. Jack ne répondit pas.

— Fais attention, elle est comme une sœur pour moi.

— Et ma sœur aussi est comme une sœur pour moi.

Levi fit un signe de tête.

— Pas faux. Elle ne devrait pas tarder. Elle était en formation à Penn Yan aujourd'hui et ce soir elle voit son groupe d'ados, mais elle a dit qu'elle passerait d'abord.

— C'est de ça que je voulais lui parler. J'ai appris que les gamins avaient besoin de soutien en chimie.

A cet instant, Emmaline entra, posa une boîte de donuts sur le bureau d'Everett et dit quelque chose qui le fit rire.

Jack eut un choc en la voyant : elle portait son uniforme, une veste large, un pistolet, une radio et d'autres choses diverses accrochées à sa ceinture. Elle avait un chignon serré, et les joues rosies par le froid.

Et elle souriait.

Enfin, jusqu'à ce qu'elle l'aperçoive, et alors son sourire disparut.

— Salut, patron.

— Agent Neal, répondit Levi. Comment s'est passée la formation ?

— Fantastique. Je devrais pouvoir utiliser mon Taser la semaine prochaine !

— Toi et ton Taser... Tant mieux, alors !

Elle approuva et se tourna vers Jack.

— Ah, Jack. Ça va ?

Il se leva.

— Très bien. Je suis passé te voir, en fait.

— Tu veux porter plainte ?

— Non.

Il attendit un peu, et elle sentit ses joues rougir de plus belle.

— Vous n'êtes pas allés à un mariage, vous deux ? demanda alors Carol. Vous êtes ensemble, c'est ça ? Levi, j'y vais. Il est presque 17 heures, et j'ai mes voisins à dîner.

— Ils en ont, de la chance ! s'exclama Jack.

— Oh ! toi, alors ! dit Carol en passant le bras autour de sa taille, car elle était bien plus petite que lui. Reviens me voir à l'occasion !

— Vous ne seriez pas en train d'essayer de me séduire, Mme Robinson ?

— J'y ai bien pensé. Mais je suis peut-être un tout petit peu trop vieille pour toi. Demande plutôt à Emmaline, elle dira sûrement oui.

— C'est vrai, Em ?

— Dans tes rêves, rétorqua celle-ci.

Bon sang, ce qu'elle était craquante !

— J'y vais, moi aussi, dit Levi. A bientôt, Jack.

Il sortit en tenant la porte à Carol. Everett était en train de cliquer sur des photos, la bouche pleine de donuts.

Jack regarda Emmaline qui tripotait sa fermeture Eclair.

— Bon qu'est-ce que tu fais là ? lui demanda t-elle.

Le ton n'avait rien d'encourageant.

— J'ai appris que tu avais besoin de quelqu'un pour assurer le soutien en chimie dans ton groupe d'ados.

— Qui t'a dit ça ?

— Tom Barlow.

— Je vois.

Elle croisa les bras sur sa poitrine.

— Oui, c'est vrai. Ça t'intéresse ?

— Oui, mais tu aurais pu m'en parler toi-même.

— On se retrouve tous les mardis soir au sous-sol de l'église de la Trinité. Si tu ne peux pas ce soir, alors viens…

— Je peux ce soir.

Elle approuva de la tête.

— OK. Bon, il faut que je file chez moi me changer, promener mon chien et manger quelque chose. On se retrouve là-bas.

— Ou sinon je t'accompagne, pour faire la connaissance de ton chien.

Et je te regarde te changer.

— Allez, Emmaline, je pensais qu'on était amis, toi et moi.

Elle ne répondit pas.

— Ecoute, dit-il doucement. La vérité, c'est que j'aime parler avec toi, j'aime ta compagnie. En ce moment, c'est un peu compliqué dans ma vie. Je ne dors plus, mon ex-femme ne me lâche pas, je fais des conneries au boulot. Alors, oui, c'est compliqué. Tu avais raison, je ne suis pas prêt pour une relation, mais j'ai besoin d'une amie.

— D'accord, acquieça-t-elle presque sans le laisser finir. Je suis désolée de t'avoir envoyé balader l'autre soir. Amis, ça me va.

— Merci.

Elle piqua de nouveau un fard.

— Ne me remercie pas avant d'avoir vu ce que je vais t'offrir à dîner.

En fin de compte, c'était plutôt sympa, songea-t-elle en quittant le poste de police. Ses ados avaient effectivement besoin d'un tuteur en chimie, et Jack avait besoin d'une amie. Pour l'aimer bien, elle l'aimait bien. Une relation d'amitié lui convenait. Elle adorerait être amie avec lui, une amie avec qui on couche…

Non, non, suffit ! se reprit-elle.

Jack cherchait à se distraire et il venait d'admettre devant elle qu'il ne voulait pas s'engager. Ils allaient donc être des amis qui ne couchent pas ensemble.

Ils quittèrent le bâtiment, et elle se mit soudain à courir. Levi était accroupi sur le trottoir, en train de parler à quelqu'un.

— Ça va, patron ? s'enquit-elle en saisissant sa radio. Tout va bien ?

Ah.

Au sol était allongée Hadley Boudreau, dans une position très étudiée, sa robe relevée juste ce qu'il fallait pour ne pas être vulgaire mais laisser entrevoir le haut en dentelle de ses bas. Il faisait pourtant -7 °C. Elle avait sorti le maquillage des grands soirs, parfaitement appliqué, alors qu'Emmaline n'était pas fichue de mettre du rouge à lèvres sans le faire déborder. C'était du travail de pro.

— J'essaie juste de convaincre Mme Boudreau d'aller à l'hôpital, répondit Levi avec un regard entendu.

Em regarda Jack, qui se tenait derrière elle.

— Je pense que c'est à toi de jouer, lui dit-elle avant de considérer de nouveau Scarlett O'Hara.

Exactement comme Scarlett, Hadley savait y faire avec les hommes, et son regard s'alluma.

— Je pense que c'est surtout mon amour-propre qui est blessé, chef Cooper. Jack, je passais en voiture quand j'ai aperçu ton pick-up, je me suis dit que j'allais te dire bonjour et c'est comme ça que je me suis retrouvée les quatre fers en l'air par terre.

— Non, sans blague, répliqua Jack d'un ton sec.

Bien fait.

Hadley essaya de bouger, mais sa jolie bouche cerise se crispa de douleur.

Em parvint à ne pas lever les yeux au ciel. Elle se demandait combien de temps il lui avait fallu pour se positionner afin de dévoiler juste ce qu'il fallait de son anatomie.

— Pouvez-vous vous appuyer sur votre cheville ?

— Oh ! chef Cooper, j'ai appris que vous étiez marié à la sœur de Jack ! Elle est adorable. Je l'ai toujours considérée comme mon âme sœur.

Em espéra pour Levi que ce n'était pas le cas. Elle appuya sur sa radio et dit :

— Gerard, bouge-toi les fesses et ramène-toi. On a un blessé dans le parking.

— Affirmatif, répondit Gerard.

Hadley glissa un regard désolé en direction d'Em.

— Je ne voudrais pas embêter tout le monde, déclara-t-elle de sa jolie voix sensuelle.

— Ils sont là pour ça. Vous n'embêtez personne, assura Emmaline.

— J'ai juste besoin qu'on m'aide à me lever. Jack ? Je me sens déjà très bête, alors si tu pouvais ne pas me laisser couchée là toute la journée…

— On va attendre les professionnels, répondit-il.

La porte s'ouvrit et Gerard approcha, d'un pas tranquille, puis, en apercevant le beau spécimen féminin à terre, il accéléra carrément.

— Mais qu'est-ce que nous avons là ? demanda-t-il en s'agenouillant à côté de Hadley.

— Il se pourrait bien qu'il faille amputer, annonça Emmaline.

Levi lui lança un regard désapprobateur. OK. Elle était en uniforme et elle se devait de rester courtoise même avec les imbéciles.

— J'ai juste besoin d'un petit peu d'aide, dit Hadley. Je suis sûre que vous êtes un excellent professionnel, monsieur Chartier (son nom était indiqué sur sa veste), mais Jack et moi avons été mariés et il va m'aider.

Elle parlait sur un ton amical et ferme à la fois. Avec un soupir, Jack s'approcha, suivi par Emmaline. Il tendit la main à son ex-femme.

— Allez, on se lève.

— Peut-être que, si vous ne portiez pas des talons de douze centimètres dans la neige, vous ne tomberiez pas, fit observer Emmaline.

— Mais une vraie dame doit toujours porter des talons, répondit Hadley en saisissant la main de Jack.

Il la releva, et elle perdit l'équilibre. Il la rattrapa de justesse.

— Oh ! misère, gémit-elle, ses grands yeux bruns pleins de larmes.

Elle fit un petit saut à cloche-pied.

— Ça m'a l'air assez mauvais, dit Gerard. Sûrement une entorse, gonflé comme c'est. Je vais vous emmener à l'hôpital pour passer une radio.

— Non, non, ce n'est qu'une entorse. Euh… Jack, ça m'ennuie de te demander ça, mais tu veux bien me raccompagner chez moi ?

— Oh oui, Jack, tu veux bien ? répéta Emmaline.

Il la fusilla du regard.

— Allez passer une radio, dit Levi.

— Non, non, je vais rentrer chez moi, mettre ma jambe en hauteur sur un tas de coussins avec de la glace et voilà tout, c'est ce qu'il faut faire, n'est-ce pas, Mr Chartier ?

— Appelez-moi Gerard. Oui, c'est exactement ça, lui répondit Gerard en souriant comme un professeur fier de son élève.

Quel dragueur, celui-là !

— Passez-vous du Motrin, ça suffira.

Emmaline devait rendre justice à Hadley : tout le monde pouvait faire semblant de tomber dans un parking, mais pour se blesser vraiment il fallait une sacrée motivation.

Hadley daigna enfin la regarder, et Em lut dans ses yeux toute sa détermination : Regarde plutôt et prends-en de la graine. Tu vas voir comment on s'y prend, nous, les filles du Sud.

— C'est très gênant, dit-elle, mais j'ai l'impression qu'il va falloir que tu me portes jusqu'à la voiture, Jack.

Celui-ci soupira et s'exécuta.

Em songea alors que ce ne serait pas la dernière entorse que Hadley se ferait.

— Amuse-toi bien, lança-t-elle à Jack en regagnant sa voiture.

— Em, attends, répondit-il. Je n'en ai que pour quelques minutes.

— Oh non, il faut que tu t'occupes de Blanche DuBois.

— Je m'appelle Hadley, corrigea une voix douce.

— Em…, reprit Jack.

— Je n'ai pas l'intention d'avoir une conversation en présence de cette personne dans tes bras. Amusez-vous bien, tous les deux !

Comme il n'y avait pas d'ascenseur dans l'immeuble de Hadley, Jack fut obligé de la porter jusqu'à son appartement.

— J'apprécie vraiment ce que tu fais pour moi, Jack, lui dit-elle lorsqu'il la reposa.

Elle s'appuya contre sa porte d'entrée et chercha ses clés.

— J'avais oublié à quel point ça peut glisser, par ici, l'hiver, enfin, bon.

Elle sourit et ouvrit la porte.

— Ça ne t'ennuie pas d'entrer juste une seconde ? Je voudrais te parler, et puis tu pourrais peut-être m'attraper une poche de glace. Je suis désolée de t'embêter avec tout ça, sincèrement.

Si elle ne s'était pas vraiment fait mal à la cheville, il aurait pu croire que tout ceci était prémédité. C'était bien son genre. Une fois, elle lui avait raconté qu'elle avait fait exprès de casser son vélo juste pour attirer l'attention d'un joueur de l'équipe de foot de la fac.

Elle entra en boitillant, et Jack, résigné, la suivit. Même s'il en avait très envie, il ne pouvait pas la laisser en plan.

Sharon et Jim Stiles avaient conçu cet appartement pour des gens dans la situation de Hadley, qui ne resteraient pas à Manningsport plus de quelques mois. Faith l'avait loué lorsqu'elle était revenue de San Francisco, et le mari de Colleen y avait habité aussi un été alors que son oncle était malade. C'était petit et mignon, bien meublé et bourré d'objets en porcelaine ou en cristal.

Il n'en fallait pas plus pour que Hadley s'y sente chez elle.

— Je suis tellement heureuse d'être revenue ici, dit-elle tandis qu'il ouvrait le freezer pour y attraper un sac de petits pois car elle n'avait pas de poche de glace. Frankie est venue me voir le week-end dernier, et on t'a bien regretté, toutes les deux.

— J'étais parti avec Emmaline.

Hadley eut l'air très surpris, mais elle se reprit.

— Ah bon ? murmura-t-elle en se passant négligemment la main dans les cheveux.

Il lui tendit le sac de petits pois, qu'elle prit en lui souriant.

— Merci, Jack. Euh… tu veux m'attraper une bande ? Je pense qu'il y a une trousse de premiers secours dans le placard.

Il ne dit rien mais obéit. La salle de bains était remplie de petits paniers débordants de flacons de parfum et autres trucs de fille. Il semblait qu'elle ait prévu d'être ici pour un moment. Il prit le kit et un flacon de Motrin et retourna dans le séjour.

— Tiens, voilà, il faut que je file.

— Tu crois que tu pourrais me bander la cheville ? lui demanda-t-elle alors. Je suis désolée, je suis tellement maladroite. Tu le savais déjà, j'imagine. Je me sens bête, si tu savais ! Comme si cela ne suffisait pas d'être la paria de la ville.

Elle avait l'air triste en disant cela.

— Tu n'es pas une paria.

— Si tu le dis. Pourtant, tout le monde me regarde de travers depuis que je suis revenue.

« Je suis revenue. » Ces mots n'auguraient rien de bon.

— J'imagine que j'ai ce que je mérite.

Il s'assit à côté d'elle, et elle passa la main sous sa jupe afin de retirer son bas d'un geste appliqué qui le surprit. Il s'attendait plutôt à un strip-tease. Elle avait la peau douce et froide, et sa cheville était un peu gonflée. Il eut pitié d'elle.

— As-tu déjà expliqué aux gens pourquoi nous nous étions séparés ? lui demanda-t-elle pendant qu'il lui bandait la jambe.

— Ils ont compris tout seuls, Hadley.

— Jack, lui dit-elle alors de sa voix chaude, si seulement je pouvais effacer ce qui s'est passé.

— Je te remercie, répondit-il. Voilà, j'ai fini.

— Je sais bien que tu es encore meurtri.

— Non, plus maintenant.

— Mais, tu sais, j'ai tellement appris depuis. J'étais si jeune !

— Pas tant que ça, Hadley.

— Tu as raison, mais j'étais immature, et j'aime à croire que j'ai mûri, en tout cas assez pour comprendre que tu es ce qui m'est arrivé de mieux dans la vie. Et puis on a eu de bons moments quand même, non ? Regarde ce que j'ai apporté.

Elle tendit le bras et attrapa un livre sur la table, un de ces albums photos que l'on fait sur Internet, dont la couverture était une photo d'eux à Central Park.

— Tu te rappelles ? Qu'est-ce qu'on s'était amusés ce week-end-là ! Tu m'avais emmenée faire du patin à glace au Rockefeller Center. Et ce dîner que nous avions fait, dans ce restaurant du Chrysler Building avec la vue incroyable ! On avait tellement ri ! Tu te rappelles ?

— Oui, Hadley, je me rappelle. C'est vrai qu'on a eu des moments heureux. Mais je me rappelle aussi tes mensonges, tes caprices, la façon dont tu gaspillais l'argent et celle dont tu m'as trompé.

— Mais je pourrais me faire pardonner.

— Tu ne peux pas défaire ce qui a eu lieu.

— Mais tu pourrais me pardonner. Je regrette tellement !

— Je t'ai pardonné, mais cela ne veut pas dire que je veux de nouveau vivre avec toi, Hadley.

— Moi, je pense que si, mais que tu es juste en colère. Si seulement tu me donnais une seconde chance, Jack, juste une.

Elle avait les yeux pleins de larmes.

— Hadley, fit-il en posant sa main sur la sienne. Arrête. Je ne sais pas pourquoi tu es revenue, mais j'imagine que quelque chose t'est arrivé là-bas et que tu t'es soudain dit que la vie avec moi n'était pas si mal que ça. Mais moi j'ai tourné la page.

Ses yeux prirent alors cet air dur qu'il lui connaissait si bien.

— Regarde cette photo, lui dit-elle en lui montrant celle où il se tenait debout à côté d'un des chevaux de la calèche à Central Park. Regarde comme tu es heureux, là. Je ne te demande qu'une chose, Jack : repense à ces moments qui furent les plus heureux de ta vie et demande-toi s'ils ne justifient pas qu'on se donne une seconde chance. Parce que je te jure que je ferai mieux la seconde fois.

Il admettait que leur vie ensemble avait parfois eu des allures de film : la cour qu'il lui avait faite, leurs chorégraphies amoureuses au lit, leurs dîners aux chandelles, le talent qu'elle avait d'embellir chaque chose.

Mais, lorsqu'il se remémorait tout cela, ces derniers temps, il la revoyait aussi avec Oliver.

— Repose cette cheville, lui dit-il.

Sur ces mots, il se leva et partit.

15

Lorsqu'ils étaient rentrés de leur voyage de noces, deux ans et demi plus tôt, Jack n'avait pas eu plus de neuf jours avant de voir se mettre à clignoter de façon inquiétante certains voyants lumineux.

Neuf jours.

Même si elle avait toujours prétendu vouloir une famille, Hadley avait décidé de ne pas arrêter la pilule, et il n'avait rien dit. Après tout, c'était elle qui serait enceinte et qui accoucherait. Seulement, elle avait annoncé le contraire à tout le monde.

Elle n'avait pas non plus souhaité travailler tout de suite. Elle voulait d'abord prendre ses marques. Là encore, il n'avait rien dit. Elle vivait désormais dans une ville inconnue, à l'autre bout du pays, et il était normal qu'elle veuille s'acclimater. Mais, là encore, elle avait affirmé qu'elle poserait sa plaque de décoratrice d'intérieur et démarrerait tout de suite.

Une fois que le mariage avait été passé et que la vie avait repris son petit rythme, elle s'était montrée un peu… irritable. Elle s'était étonnée qu'il n'y ait pas un grand bal toutes les semaines et s'était assez vite lassée des séances de dégustation et des visites guidées du domaine.

Elle se rendit une fois à une réunion d'amis des jardins mais elle ne s'inscrivit pas, prétextant que ce n'était pas pour elle. Elle prit un ou deux cours de poterie à l'école d'art mais n'y retourna pas. Honor lui proposa de l'aider dans le cadre du club des femmes de Manningsport, qui organisait une levée de fonds pour des élèves boursiers du coin, mais elle rentra de la première tournée en disant que cette manière de faire la charité « ici, dans le Nord » lui donnait le cafard.

— Allons, ma chérie, ne sois pas snob, lui avait dit Jack en lui servant du vin.

— Mais tu comprends, mon minou, avait-elle répondu. Tu connais Savannah, tu sais comment je vivais là-bas.

Et, prenant un air de victime, elle avait ajouté :

— Je suis désolée, je suis un peu mal lunée.

Puis elle était retournée à son ordinateur et l'avait appelé pour lui montrer les jolies décorations de Noël qu'elle avait trouvées, ce qui n'était franchement pas de saison.

Elle passait beaucoup de temps seule à la maison. Pru et Honor lui firent signe plusieurs fois, mais c'était Faith que Hadley préférait et Faith était en Californie.

Et il y avait aussi Lazare, le chat de Jack. Enfin, ce n'était pas à proprement parler son chat. Disons que Jack le logeait et le nourrissait. A l'occasion, le chat lui sautait sur les genoux et s'installait là quelques secondes, puis repartait en faisant un bruit déplaisant, pour se livrer à un carnage parmi les oiseaux et les rongeurs des environs. C'était une créature hideuse, au pelage brun-roux, rayé par endroits, avec une oreille déchiquetée et la queue de travers, hostile à tous les êtres humains sauf Jack.

Lorsqu'il était revenu à Manningsport, Jack avait été surpris de constater à quel point sa mère lui manquait. Il s'était rendu au cimetière et s'était assis là dans la bruine, la gorge serrée. C'est alors que de derrière la pierre tombale du premier de la dynastie des vignerons Holland était apparu un petit animal. Il était en sang et couvert de plaies, si bien que Jack eut d'abord du mal à distinguer de quel animal il s'agissait. Puis il miaula.

Or la mère de Jack adorait les chats. Ils en avaient toujours eu plusieurs, dans les chais, dans la maison, et celui-ci lui apparut donc comme un signe qu'elle lui envoyait. Il enveloppa le chat dans sa veste et l'emmena chez le vétérinaire. Celui-ci dit qu'il n'avait pas grand espoir que le chaton s'en sorte, si bien que, lorsqu'il fut sauvé, Jack lui donna le nom de Lazare.

Hadley détestait Lazare. Jack ne comprenait vraiment pas pourquoi, car il ne s'approchait jamais d'elle.

Elle avait un chat, elle aussi : Princesse Anastasia, un gros chat persan blanc à poil long avec des yeux verts étonnants, qui prenait un plaisir fou à déchiqueter rideaux, fauteuils et chair humaine. Anastasia sautait sur la table, marchait sur les plans de travail, faisait ses besoins n'importe où et laissait des touffes de poils blancs partout dans la maison. A Savannah, elle avait déjà mauvais caractère et ne témoignait d'affection à personne. Chez eux, elle était devenue carrément insupportable, et, ironiquement, surtout à l'égard de Hadley, dont elle lacérait les vêtements, souillait les chaussures, et qu'elle griffait et mordait jusqu'au sang, lui causant de vraies blessures aux mains et aux pieds.

Un soir, après un épisode de ce genre, Jack l'avait attrapée par la peau du cou et jetée dans le sous-sol.

— Jack ! avait protesté Hadley, ce n'est qu'un animal innocent !

Malgré tout, c'était Lazare que Hadley ne pouvait pas souffrir.

— Est-ce que Prudence ne pourrait pas le prendre ? demanda-t-elle un soir, tandis qu'Anastasia était vautrée sur ses genoux, plate comme une galette, paisible, à préméditer sa prochaine attaque.

— Ce n'est pas lui, le problème, si tu veux mon avis.

— Moi, je pense que Princesse Anastasia serait plus heureuse si lui n'était plus là, à lui flanquer la trouille. Pas vrai, Anastasia ? N'est-ce pas, que tu voudrais que cette horrible chose aille vivre chez Pru ?

— C'est hors de question, Hadley.

Elle considéra Lazare, tapi sous la table basse, qui produisait ces sons étranges.

— Mais enfin, Jack, il est dégoûtant !

— Tu sais quoi ? dit-il en resservant du vin à sa jeune épouse. Il se trouve que je l'aime, ce chat dégoûtant, parce qu'il a du caractère. Alors, oui, il est affreux, mais moi aussi, et pourtant tu m'aimes.

— Mais non, toi, tu es très beau et tu le sais très bien.

Elle l'avait embrassé mais n'avait pas changé d'avis sur Lazare.

Un soir, environ un mois après leur retour de lune de miel, Hadley avait invité le clan Holland au grand complet pour un « vrai dîner sudiste ». Honor, Pru, Carl, Ned, Abby, le père de Jack, Mme Johnson, Goggy et Pops ne s'étaient pas fait prier. Faith était là, elle aussi, et Jack avait servi le pinot gris « Demi-Lune » qu'ils avaient mis en bouteilles quatre mois auparavant.

— La maison est ravissante, avait dit Faith, à la plus grande joie de Hadley.

Celle-ci avait passé sa journée à préparer son dîner. Elle avait mis sur la table leur service en porcelaine, des petites cartes nominatives calligraphiées à la main, des fleurs. Comme elle lui avait juré qu'elle n'avait pas besoin de lui pour le dîner, et qu'il était parti tôt vendanger, Jack n'avait aucune idée du menu. Elle voletait dans la pièce et paraissait plus frêle encore au milieu de ses robustes belles-sœurs.

Ils burent du vin en bavardant, et tout se passa bien jusqu'à ce qu'ils se mettent à table. Hadley posa une cocotte et ôta le couvercle.

— Raviolis de poulet à la mode sudiste ! annonça-t-elle fièrement.

Mme Johnson et Goggy eurent un mouvement de recul en découvrant le contenu gluant et blanchâtre de la cocotte.

— Je meurs de faim, moi ! s'exclama Pops. Allez, on attaque, il est déjà 18 heures, et je me couche tôt.

Hadley leur servit à la louche cette plâtrée gélatineuse de laquelle émergeait de temps en temps un bout de viande. Les raviolis étaient gluants, lourds et collants, et le poulet, à la fois élastique et dur. Le tout n'avait rien à voir avec le souvenir que gardait Jack du même plat préparé par sa belle-mère.

Personne ne fit de réflexion. Après tout, dans le Nord, la nourriture était destinée à nourrir, pas forcément à procurer du plaisir, même si depuis son arrivée Mme Johnson (originaire de Jamaïque, et donc sensible à la saveur des choses) avait relevé le niveau.

— C'est délicieux, ma chère. Merci encore de nous recevoir, avait dit Pops.

— Vous êtes ici chez vous, monsieur Holland, avait répondu Hadley en battant des cils.

— Ça, alors, c'est la première fois que je vois quelqu'un battre des cils ! fit remarquer Pru. Je croyais que c'était juste une façon de parler. Carl, arrête de fixer Hadley comme ça.

— Et toi aussi, vieux bonhomme, dit Goggy en donnant à Pops une tape sur la nuque.

— Mais pourquoi faudrait-il que j'arrête ? Elle est ravissante. Vous êtes ravissante, mon chou.

— Monsieur Holland, vous êtes un amour, répliqua Hadley, provoquant l'hilarité de tous.

Hadley savait s'y prendre avec les hommes, et Jack avait un faible pour son grand-père. Et puis Pops disait bien que les hommes de la famille devaient être solidaires.

— J'envisage de refaire la maison, annonça Hadley d'une voix douce, et j'aimerais avoir votre avis.

— Comment ça, refaire ? demanda Mme Johnson en fronçant les sourcils. Elle est parfaite, cette maison.

Jack lui fit un clin d'œil. Il avait toujours été son chouchou.

— Je pense y ajouter une touche sudiste féminine, expliqua Hadley.

Pru éclata de rire mais se reprit très vite en s'apercevant qu'elle était on ne peut plus sérieuse.

— Hadley, je ne me rappelle plus : tu es designer ou décoratrice d'intérieur ? demanda Honor, en mangeant une bouchée de ravioli gluant.

— C'est quoi, la différence ? lança Abby.

Hadley ne répondit pas mais lança à Jack un regard noir, qu'il ne parvint pas à décrypter.

— Un designer s'intéresse plus à la façon d'utiliser l'espace, un décorateur, à la façon de l'embellir, expliqua Faith devant le silence persistant de Hadley. C'est bien ça, Hadley ?

— Euh, oui, plus ou moins. Excuse-moi, mais j'ai quelque chose à faire à la cuisine, dit alors Hadley en se levant brusquement.

— Tu as besoin d'aide ? proposa Jack.

— Non, merci, mon chéri, reste là, va.

Elle était sortie de table et une seconde plus tard Jack avait entendu la porte de leur chambre se fermer.

— C'est quoi, cette sauce blanche, Jack ? avait murmuré Goggy. Loin de moi l'idée de critiquer, mais je serais ravie de lui apprendre à cuisiner.

— Et moi également, Jack, dit Mme Johnson, qui ne voulait pas être en reste. La cuisine jamaïcaine est délicieuse.

— Il y a du fromage ? s'enquit Pops.

Jack alla chercher du fromage pour son grand-père puis se dirigea jusqu'à la chambre.

— Ça va, chérie ? fit-il.

— Pas de problème, lui répondit sa femme, et sans un regard pour lui elle regagna la table.

Pas bon, ça. Pas bon du tout.

— Alors, ça vous plaît, la vie dans le Nord ? demanda le père de Jack. J'espère que vous n'êtes pas nostalgique, mon petit.

— Oh non, bien sûr que non. Vous êtes tous tellement gentils.

— Alors c'est bien, parce que nous vous aimons beaucoup aussi, répondit le père de Jack, avec sa légendaire bienveillance.

Par beaucoup d'aspects, le dîner avait été typique des dîners familiaux chez les Holland : on avait beaucoup parlé, beaucoup bu, et on s'était raisonnablement chamaillé. On avait même fini les raviolis au poulet, mous et blancs, mais pas si immangeables que ça. Si Faith avait été la cuisinière, on l'aurait accablée, mais, comme Hadley venait d'arriver dans la famille, personne ne fit de réflexion désobligeante.

On avait demandé à Ned et Abby de débarrasser, et Mme J. avait découpé la tourte au raisin qu'elle avait apportée. Elle et Goggy s'étaient pris le bec sur des manières différentes de réussir la pâte. Trois minutes plus tard, après qu'ils eurent torpillé le dessert, Goggy déclara qu'il était l'heure de partir et on se sépara, avec force remerciements et embrassades.

— A demain, tout le monde, dit Jack en les raccompagnant à la porte.

Puis il se tourna vers sa femme, l'air satisfait.

— Bon, ça s'est bien passé.

— Tu rigoles ? Ils me détestent ! Tes sœurs sont méchantes, et ta grand-mère critique tout !

Jack resta bouche bée.

— Mais de quoi parles-tu, mon poussin ? Personne ne te déteste.

— Ah oui ? Et Faith qui la ramène en expliquant que les designers sont plus importants que les décorateurs ! Et Prudence qui n'a même pas jugé utile d'enlever ses bottes !

— Ah bon, parce qu'elle aurait dû ?

— Et ton père qui reste là sans dire un mot ! Il me déteste, lui aussi !

— Calme-toi, ma chérie. Mon père n'est pas un grand bavard et je sais qu'il t'aime.

— Et Mme Johnson, elle est horrible !

Bon, là, ça allait trop loin.

— Fais attention à ce que tu dis, Mme Johnson est mon premier amour.

— Ils me détestent parce que je viens du Sud.

— C'est ridicule. Nous avons gagné la guerre de Sécession. Plus aucune raison de vous en vouloir.

Elle ne trouva pas cela drôle et lui lança un regard noir.

— Allez, ma puce, ne soit pas fâchée. Tout le monde a à cœur de t'accueillir ici. Ils essaient juste de te connaître mieux.

Il lui fit couler un bain, alluma des bougies, lui servit du vin, s'excusa si sa famille y était allée un peu fort (c'était vrai, mais ils étaient comme ça et Hadley aurait dû s'y faire, depuis le temps).

Elle but un peu de vin et soupira.

— Tu sais quoi ? Je vais me plonger à fond dans le travail, voilà ce que je vais faire.

— Super. Tu as un client ?

— Oui, idiot. Il s'appelle Jack Holland. Maintenant, viens un peu dans cette baignoire.

Et sa bonne humeur était aussitôt revenue.

Hadley fut prise d'une frénésie de décoration.

La maison de Jack se trouvait en haut de la crête, à un bon kilomètre de la vieille maison où vivaient ses grands-parents et de la maison neuve habitée par son père, Mme J. et Honor. On lui avait donné le terrain pour ses trente ans. Son père avait gardé l'équivalent pour ses trois sœurs, qui jusqu'ici n'en avaient rien fait. Pru et Carl vivaient dans un quartier agréable de l'autre côté de la ville, Honor était toujours chez son père, et Faith, en Californie, même si Jack s'attendait à la voir revenir d'ici peu.

Lui avait construit sa maison six ans plus tôt, après avoir passé six mois dans une caravane afin de bien sentir l'endroit, et d'étudier l'exposition au soleil. Il regarda de près des plans de maisons de Frank Lloyd Wright et de l'époque Arts and Crafts, au tout début du XXe siècle en Angleterre, puis fit venir un architecte.

La maison qui en résulta avait un vaste rez-de-chaussée très aéré, organisé autour d'une énorme cheminée de pierre. Le sol était composé de larges planches de cerisier, et les plans de travail étaient en ardoise. Il y avait deux chambres pour de futurs enfants à l'étage, une en bas, ainsi qu'un bureau. Au sous-sol se trouvaient une salle de billard et une cave à vin. La maison n'était pas immense, mais on y était à l'aise.

Plus important que tout le reste aux yeux d'un Holland, elle se fondait parfaitement dans le paysage. Tout l'extérieur était bardé de cèdre avec de très vastes fenêtres qui donnaient sur les vignes et sur le lac. Sur trois côtés, elle était entourée par une forêt d'érables, de chênes et de pins, si bien qu'on la voyait à peine. Faith lui avait dessiné les plans de son jardin en guise de cadeau de Noël, et il s'y était conformé.

Tout cela contribuait à donner l'impression que la maison de Jack avait toujours été là. Elle était à la fois moderne et traditionnelle, et tout le monde la trouvait magnifique.

Sauf sa femme. Alors, oui, elle s'était extasiée la première fois qu'elle l'avait vue, mais au bout d'un mois elle se mit à regretter vivement son manque de « charme sudiste ». Jack n'aurait rien trouvé à y redire si elle avait eu à l'esprit le charme de sa maison d'enfance où il avait pu admirer les photos de famille et les meubles anciens choisis avec soin.

Mais non.

Tout ce qu'elle savait faire, c'était jeter des coussins dans tous les sens. Le canapé en était couvert. Ce n'était pas laid, mais on ne pouvait plus s'asseoir sans en dégager au moins trois. Sur leur lit, il y avait les deux oreillers d'usage, plus quatre « faux oreillers », plus une douzaine d'autres coussins de toutes les formes et de toutes les couleurs. Le tout répondait à une logique à laquelle Jack n'avait jamais rien compris. Lazare prenait un malin plaisir à se fourrer au milieu des coussins et à bondir ensuite, ce qui les éparpillait dans tous les sens et mettait Hadley hors d'elle.

Elle réagença les meubles, commanda un nouveau canapé à huit mille dollars, sans lui demander son avis. Elle acheta un soufflet hideux en forme de paon pour la cheminée, que Jack s'était empressé de cacher sous la réserve de bois, jusqu'à ce qu'il fasse froid. Elle affichait dans tous les coins des petits messages du genre : « Il faut vivre à fond, aimer avec intensité et rire de tout », ou « Nous sommes bénis des dieux ! » Dans la cuisine, sur un tableau à craie en forme de renne joyeux, était écrit : « Plus que… jours avant Noël ! » Et le message que Jack trouvait le plus idiot était celui accroché dans l'entrée : « Dans la vie, il ne faut pas attendre que passent les orages, il faut apprendre à danser sous la pluie. » Il se croyait toujours obligé de se justifier. En tant que travailleurs de la terre et descendants de Hollandais luthériens, les gens de sa famille n'étaient pas du genre à danser sous la pluie.

Mais cette maison était aussi celle de Hadley, alors il s'accommoda des coussins en espérant que tous les efforts qu'elle faisait finiraient par la rendre heureuse.

Elle demanda ensuite à travailler à Blue Heron. Lorsque Jack lui répondit qu'il allait en parler à Honor, elle fit la tête en disant que Honor était méchante et autoritaire. C'était vrai, Honor était autoritaire, mais sans jamais manquer de tact, simplement parce qu'elle était la patronne et une patronne de talent. Et en aucun cas elle n'était méchante. Au pire, elle se faisait parfois mal comprendre, mais lorsqu'il lui expliqua cela Hadley rétorqua qu'il prenait le parti de sa sœur contre elle.

Honor lui dit qu'elle accepterait son aide avec plaisir, preuve qu'elle n'était pas si méchante que cela. Pourtant, au bout de la première journée de travail de Hadley, elle convoqua Jack dans son bureau et ferma la porte.

— Je ne pense pas que Hadley va faire l'affaire, lui dit-elle sans tourner autour du pot.

— Mince. Tu crois ? C'est le premier jour.

— Je me suis dit que pour commencer elle pouvait peut-être choisir de nouveaux produits pour le magasin de souvenirs et mettre tout ça en place.

— Ce serait super. Elle adore acheter et mettre tout en place.

La veille au soir, il s'était cogné le tibia dans la table basse qu'elle avait déplacée pour la quatrième fois.

— Oui, mais elle ne voyait pas les choses comme ça, dit Honor en tripotant son stylo.

— Que veut-elle faire ?

— Elle veut redessiner notre logo et toutes nos étiquettes. Elle veut redécorer la salle de dégustation en supprimant le bar et en mettant à sa place du marbre italien et des tomettes.

Du marbre italien ? La salle de dégustation (élue parmi les dix plus belles des Etats-Unis par le magazine *Wine Spectator*) comprenait un long bar incurvé dessiné par Samuel Hastings, fabriqué dans le bois d'un arbre tombé dix ans auparavant lors d'une tempête, un sol en ardoise bleue, deux cheminées de pierre, des piliers et des poutres, ainsi que de magnifiques tapis d'Orient.

— Elle pense aussi que l'on devrait poser des plaques de plâtre dans le chai parce que les murs de pierre sont (Honor mima des guillemets avec les doigts) « à vous glacer le sang ».

Ce chai était l'un des plus beaux endroits du domaine, avec ses murs épais ; le vin y vieillissait dans des fûts de bois. Les touristes adoraient.

— Je lui ai dit que tout ceci était impossible, et elle... Eh bien, je pense qu'elle a été vexée. Il faudrait peut-être que tu lui achètes des fleurs.

Les fleurs n'y avaient rien fait. Hadley bouillait de colère, ne cessant de répéter que Honor la détestait et ne lui faisait pas confiance.

— Chérie, il faut que tu comprennes que nous sommes tous très attachés à ce domaine. Nous ne voulons pas qu'il change. C'est super d'avoir des idées nouvelles, mais...

— Mais vous n'en voulez pas !

— Nous ne voulons pas tout transformer, non. De plus, la salle de dégustation a été refaite il y a seulement quelques années.

— Eh bien, elle est affreuse.

— Ce n'est pas l'avis de nos visiteurs, répondit Jack, un peu sèchement. Mon chou, il faut que tu comprennes que Honor sait ce qu'elle fait. Peut-être que ce n'était pas une bonne idée de vouloir tout changer dès le premier jour.

— Parfait. Soutiens-la. Comme d'habitude.

Il était sidéré de ce sentiment de persécution qu'elle éprouvait. Alors que son père l'appelait « chérie » et l'embrassait en la prenant dans ses bras à chaque fois qu'il la voyait, que Goggy était aux anges lorsqu'elle emmenait Jack à la messe, alors que Pops lui répétait qu'elle était la plus jolie fille de Manningsport, que Faith lui envoyait des mails et des petits cadeaux de fille depuis San Francisco. Mme Johnson lui avait donné sa recette de gâteau au citron après avoir juré que même sous la torture elle ne la donnerait à personne. Pru les avait reçus chez elle et s'était extasiée sur le parfum de Hadley. Honor... d'accord, Honor ne l'aimait pas beaucoup, mais elle n'avait jamais rien formulé qui puisse s'apparenter à de l'impolitesse, ni à Hadley ni à Jack.

Cela dit, tout le monde affirmait que la première année de mariage est la plus difficile. Et, pour eux, ça ne se passait pas si mal du tout. Certains soirs, Jack n'en croyait pas ses yeux ni ses oreilles lorsque sa femme lui sautait dans les bras à la fin de la journée en lui répétant combien il était intelligent, beau et merveilleux, ou lorsqu'elle posait sa tête sur son épaule en lui disant qu'elle avait vu tous ses rêves se réaliser le jour où elle l'avait rencontré.

Mais il apprenait dans le même temps que, pour une chose gentille qu'elle lui disait ou faisait, elle s'attendait à être triplement gratifiée en retour. Et elle tenait les comptes. Un soir, ils étaient sortis dîner dans un restaurant très bien à Corning, mais elle lui avait à peine adressé la parole, son humeur devenant de plus en plus maussade au fur et à mesure que la soirée avançait, et refusant de lui répondre lorsqu'il lui avait demandé ce qui n'allait pas. Finalement, et seulement lorsqu'ils étaient de retour chez eux, elle avait craché le morceau : il n'avait pas remarqué qu'elle portait une nouvelle robe noire. Quand il se justifia en disant qu'elle en avait toute une collection (huit, pour être précis), elle sortit de la pièce en claquant la porte si fort qu'un cadre faillit tomber du mur.

Il fallait sans arrêt la complimenter. S'il lui disait qu'elle était jolie, elle boudait jusqu'à ce qu'il dise plutôt qu'elle était belle, ou ravissante, ou encore sexy. Elle lui demandait s'il remarquait quelque chose chez elle et, si par malheur il ne devinait pas qu'il s'agissait de son nouveau parfum ou d'une teinte différente de vernis à ongles sur ses pieds, elle l'accusait de ne plus faire attention à elle. Elle adorait les cadeaux, et il lui apportait souvent des fleurs. Malgré cela, elle faisait toujours mine de tâter les poches de sa veste pour voir s'il ne s'y cachait pas quelque chose pour elle. Le problème, c'était qu'elle était sérieuse. Et ce qu'il lui offrait ne suffisait jamais, à l'exception de sa bague de fiançailles en saphir et diamant, qui, comme elle le lui avait montré sur le site, avait coûté vingt-quatre mille dollars.

Mais il y avait aussi des jours où, avec ses yeux pétillants, son humour et son rire mélodieux, elle lui racontait des histoires qui le faisaient rire. Et dans ces moments-là il ressentait comme une douleur oppressante dans la poitrine tant il l'aimait. Elle lui téléphonait parfois juste pour entendre sa voix, ou bien elle faisait des cookies qu'elle apportait, encore chauds, tout juste sortis du four, pour lui, son père et son grand-père.

En plus, et c'était loin d'être négligeable, leur vie sexuelle était fantastique. Ils faisaient l'amour souvent, et avec enthousiasme, de façon surprenante, sophistiquée, ritualisée, presque chorégraphiée par elle. Et il ne s'en plaignait pas, même si ça manquait un peu de spontanéité.

En quatre mois de mariage, Jack n'avait pas une seule fois pu tout simplement se coucher le soir et faire l'amour avec sa femme. Pas plus qu'il ne pouvait rentrer chez lui après le travail, l'embrasser et l'emmener dans leur chambre (ou bien sur le tapis du salon, ou sur le canapé parmi les nombreux coussins). Elle rechignait à faire ça le matin, le tolérait à l'heure du déjeuner, à condition qu'il la prévienne un jour ou deux à l'avance pour qu'elle puisse se préparer. Jack avait tendance à penser que c'était son boulot de la préparer, mais bon… Ça allait parce qu'ils le faisaient souvent et avec enthousiasme.

Tout de même, il aurait préféré ne pas avoir à perdre tout ce temps à allumer des bougies ou à éparpiller des pétales de roses (il l'avait fait pour leur nuit de noces et c'était devenu un rituel), ni à mettre telle ou telle musique. Certains soirs, il y avait un thème, et Jack devait deviner lequel.

Ces mises en scène nécessitaient aussi une garde-robe spéciale pour Hadley : de la lingerie et des escarpins très hauts à semelle rouge, ou des nuisettes légères, alors que Jack ne voulait rien d'autre que la voir nue.

Même s'il se réjouissait qu'elle déploie autant d'efforts

sur cet aspect-là de leur mariage, leur vie sexuelle devenait un peu trop artificielle, sans parler de ce que ça lui coûtait.

— C'est une erreur, non, deux mille dollars dépensés chez Bergdorf ? lui demanda-t-il un soir en lisant la facture American Express.

— Non, non, c'est ça, mon amour, répondit-elle avec un sourire ingénu.

— Quand es-tu allée là-bas ?

— J'ai commandé en ligne, dit-elle sans lever les yeux de son jeu sur l'ordinateur.

— Et qu'as-tu commandé ?

— Une paire de chaussures.

— Et quoi d'autre ?

— C'est tout…

— Une paire de chaussures à deux mille dollars ! Dieu du ciel ! Tu te fiches de moi ?

— Ne me parle pas sur ce ton, Jack Holland ! Et n'invoque pas en vain le nom du Seigneur. Oui, deux mille dollars pour une paire de chaussures.

Elle fit une petite moue et ajouta :

— Tu ne trouves pas que je mérite ce qu'il y a de mieux, mon chéri ?

C'est alors que leurs disputes avaient commencé, il se rappelait, maintenant. Il trouvait que deux cents dollars étaient déjà beaucoup pour des chaussures, sauf pour des bottes en cuir avec un renforcement métallique au bout, comme celles que Pru lui avait offertes pour Noël. Mais deux mille dollars ?

— Bien sûr que si, tu le mérites, mais tu as déjà des douzaines de paires de chaussures. Deux mille…

— Mais ce sont des Christian Louboutin, mon cœur ! L'autre soir, elles ont eu l'air de te plaire…, dit-elle avec un sourire complice.

C'était vrai, elle lui avait fait un strip-tease particulièrement chaud, ne gardant que ses chaussures sexy à la fin, mais ça ne valait quand même pas deux mille dollars !

Il inspira profondément et lui dit :

— Ma puce, c'est beaucoup beaucoup trop cher.

— Mais on a cet argent.

— Non, nous n'avons pas deux mille dollars à dépenser pour des chaussures pratiquement immettables, Hadley, répondit-il en croisant les bras.

Cette phrase fut le déclencheur : elle tapa du pied ; visiblement, Jack n'appréciait pas les efforts qu'elle faisait pour embellir leur maison, ni ceux qu'elle faisait pour être jolie elle-même.

— C'est ce que font toutes les femmes dans le Sud, Jack, pas comme ta sœur qui ressemble à un homme !

— Chérie, on ne va quand même pas s'endetter au prétexte que tu aimes bien une paire de chaussures !

— Une paire, Jack ! Il me semble que je mérite d'avoir une paire de Louboutin !

Sauf qu'elle en possédait quatre, il l'avait appris par la suite.

Ce soir-là, ils s'étaient assis et avaient fait un budget pour décider de combien d'argent de poche elle pouvait disposer. Elle n'avait pas apprécié du tout.

A l'évidence, elle se méprenait sur l'argent qu'il gagnait. Certes, ils pouvaient vivre sur son salaire. Certes, Jack était aussi en partie propriétaire de Blue Heron et percevait une partie des bénéfices (dont la majorité était réinvestie dans la terre ou mise de côté au cas où, car la prudence était de mise dans ce milieu). Elle ne lui adressa pas un mot de tout le reste de la soirée.

Mais le lendemain matin elle s'était excusée, avait dit qu'elle s'était comportée comme une enfant et l'avait gentiment embrassé. Elle lui avait fait un gâteau en suivant une recette de Mme Johnson et après le dîner avait appelé Faith, et elles avaient joyeusement et longuement papoté.

Ils étaient partis passer Thanksgiving à Savannah, et Hadley avait été ravie de revoir toute sa famille, qui avait été ravie aussi de les accueillir. Jack avait joué au foot à la façon sudiste (qui ressemblait beaucoup à la façon nordiste) avec son beau-père et ses beaux-frères, des gars très sympas, ainsi qu'avec les enfants et Frankie.

— Alors, vous prévoyez d'avoir des enfants ? lui avait demandé Beau, le mari de Rachel, à la fin du match.

— Absolument, avait répondu Jack en faisant sauter en l'air un de ses neveux.

— Vous devriez réfléchir un peu, dit Frankie en s'écroulant au sol. Quand on a des enfants, on est lié à vie. Pas vrai, crapule ? ajouta-t-elle en attrapant sa nièce par la taille.

— Frankie, je t'en prie, dit le père de Hadley en lançant un regard navré à Jack. Venez, les enfants, ça sent bon la dinde. Votre grand-mère s'est donné beaucoup trop de mal pour qu'on la fasse attendre. Levez-vous et allez vous laver les mains tout de suite !

Tout le monde s'exécuta sauf Jack et Frankie.

— Désolée d'avoir mis les pieds dans le plat, dit-elle. Mais tu as l'air d'être un type bien, c'est tout.

— Que veux-tu dire par là ?

— Ce que je veux dire, Jack, répondit-elle en lui donnant une petite tape sur la tête comme l'aurait fait Pru ou Honor, c'est que Hadley n'est pas facile. Elle ne donne pas la meilleure image des filles du Sud. Il faut que tu saches bien à qui tu as affaire.

Elle fit un pas ou deux puis tourna la tête vers lui.

— Au fait, je vais faire mon *coming out* après le dîner. J'espère que tu vas bien le prendre. Tu savais que j'aimais les filles, hein ?

— Quoi ? Ah… euh, oui, bredouilla-t-il, encore sous le coup de ce qu'elle venait de lui dire à propos de sa femme.

L'annonce faite par Frankie n'avait vraiment surpris personne. Ruthie et Rachel avaient dit qu'elles étaient au courant depuis que Frankie avait onze ans, tandis que Bill et Barb avaient admis qu'ils s'en doutaient mais espéraient se tromper parce que c'était la garantie « d'une vie moins facile ».

— Pourquoi dites-vous ça ? avait gentiment répliqué Frankie. Je suis une vraie Yankee, maintenant, et dans le Nord il y a plein de lesbiennes. On se les arrache !

Cette remarque avait fait rire tout le monde, puis Bill s'était levé pour embrasser sa benjamine et lui dire qu'ils l'aimaient de toute façon.

— Vous allez vous occuper d'elle, n'est-ce pas, Jack ? avait demandé Barbara.

— Bien sûr, avait répondu Jack, qui aimait beaucoup Frankie. Cela dit, elle n'a pas vraiment besoin qu'on s'occupe d'elle, mais nous habitons à une heure de Cornell.

— Jack et moi nous apprêtons à fonder une famille, avait alors annoncé Hadley.

Il l'avait regardé, surpris. Depuis cette première conversation pendant leur lune de miel, le sujet des enfants n'avait jamais été abordé. La conversation tourna alors autour des bébés et de la grossesse, et Jack regarda Frankie qui restait silencieuse à l'autre bout de la table. Elle se contenta de lever le sourcil, et Jack comprit alors que sa femme essayait peut-être de voler la vedette à sa sœur.

A Noël, Hadley avait paru un peu tristounette, et Jack lui avait fait la surprise de l'emmener quelques jours à Manhattan, ce qui lui valut un concert de cris de joie (et la fureur de sa grand-mère et de Mme Johnson). Ils allèrent voir un spectacle, séjournèrent dans un bel hôtel (mais pas dans une suite, cette fois-ci), allèrent faire du patin au Rockefeller Center. Hadley s'agrippait à son bras et gloussait, tenant à peine sur ses jambes.

Lorsqu'elle s'arrêta longuement devant la vitrine de Tiffany, Jack fit mine de ne pas comprendre. Il lui avait déjà acheté de très jolies boucles d'oreilles à Manningsport, en plus de ce voyage. Il n'allait pas faire exploser le budget pour une de leurs célèbres petites boîtes turquoise. Elle ne dit rien et ils descendirent main dans la main la Cinquième Avenue.

Ce voyage avait eu l'air de lui faire du bien, et les aspérités du début avaient semblé s'aplanir.

Puis, en février, Jack était passé à la poste, alors que c'était généralement une des tâches de Hadley, car elle avait clairement défini au départ les attributions de chacun dans le couple. A Jack revenait le soin de vider les poubelles et de se débarrasser des victimes de Lazare (ainsi que des touffes de poils de Princesse Anastasia), tandis qu'elle faisait le lit et choisissait les films. Il pelletait la neige et dégageait la voiture, et elle allait à la poste.

Mais, comme Honor attendait un colis, elle lui demanda d'y passer, et il en profita pour vérifier sa propre boîte aux lettres.

Il y trouva trois enveloppes : une de MasterCard, deux de Visa, adressées à M. John N. Holland IV.

C'était étonnant car il ne possédait qu'une seule carte de crédit, une American Express, et ne l'utilisait qu'en cas de nécessité, préférant, à chaque fois que c'était possible, payer en cash.

Non sans un pressentiment, il monta dans son pick-up et ouvrit les enveloppes. Il y avait une facture de 6 008,01 $, une autre de 8 772,15 $ et une dernière de 4 533,98 $.

Le total s'élevait à presque 20 000 $, avec un taux d'intérêt de 24 %.

Les achats remontaient au mois d'octobre, bien après leur dispute à propos des ruineuses chaussures à semelles rouges. Ils avaient été effectués dans des magasins que Jack ne connaissait que de réputation. Tiffany… il se souvenait comme il avait été fier d'elle parce qu'elle n'avait pas insisté à Noël. En même temps, il lui avait déjà fait un cadeau.

Henri Bendel, Neiman Marcus, Chanel, Coach, Prada,

Armani… presque 20 000 $ de vêtements, de chaussures et de sacs à main.

Jack était en nage.

Après les allers-retours en avion pour Savannah, après la bague de fiançailles de chez Tiffany et l'alliance en diamants qui lui avaient coûté cinq mois de salaire, après le dîner prénuptial pour soixante-quinze personnes, leur somptueuse lune de miel, le nouveau canapé, le séjour à Manhattan pour Noël et toutes les choses inutiles qu'elle avait achetées pour la maison, ils n'avaient tout simplement plus les moyens de payer. Jack n'avait jamais manqué d'argent, mais il n'allait pas trouver ces 20 000 $ sous le sabot d'un cheval non plus !

Et, pire que l'argent, il y avait ces mensonges.

Elle lui mentait depuis des mois.

La mâchoire crispée, il rentra à la maison. Elle était assise à la table de la cuisine, les yeux dans le vague, faisant tourner sa cuillère dans sa tasse de thé.

— Tiens ! Mais comment se fait-il que tu rentres si tôt, mon cœur ?

Il posa les factures sur la table et dit sans desserrer les dents :

— Explique-moi ça.

Elle était restée calme, c'était déjà ça. Elle avait admis, sans cesser de caresser Anastasia, que oui, elle avait sans doute un peu exagéré, qu'elle n'aurait pas dû lui cacher tout ça, et que le shopping avait toujours été un hobby pour elle. Elle aimait les jolies choses, il le savait bien. Et elle aimait acheter de la qualité. Il n'y avait pas de quoi fouetter un chat.

Il lui demanda de lui montrer ses achats, ce qu'elle fit en soupirant. Certains étaient dans son placard, d'autres, dans sa boîte à bijoux, et le reste, caché dans le grenier.

Des chaussures à profusion, sept nouvelles robes noires, toutes identiques, quatre vestes de cuir, plus de maquillage qu'elle n'aurait le temps d'en porter durant toute sa vie, des savons spéciaux, des crèmes hydratantes et démaquillantes, des ceintures, des foulards et des gants, du parfum, une bouteille de bain moussant à 179 $...

— J'ai pensé que ça ferait plaisir à Faith pour Noël, dit-elle sans conviction.

— On est en février.

— Et alors ? Je préfère faire mes achats au fil de l'année.

— Hadley, nous n'avons pas les moyens de payer tout ça ! s'écria-t-il, furieux.

Elle croisa les bras et le regarda calmement.

— Mais si. Jack, je sais que tu es un peu radin, mais je n'ai pas été élevée comme ça. Là d'où je viens, un mari s'occupe de sa femme.

— Quand tu dis « s'occupe », tu veux dire au point de se mettre sur la paille ?

— OK, j'admets. J'ai fait quelques achats thérapeutiques.

— Tu devrais peut-être plutôt essayer la médecine classique.

— C'est méchant de dire ça. Tu n'as pas idée à quel point je me sens seule. Tu travailles toute la journée !

— Les gens qui travaillent pour gagner leur vie font tous ça, Hadley.

— Alors tu m'as induite en erreur ! Je croyais que tu étais...

Elle s'arrêta net.

— Tu croyais que j'étais quoi ?

Riche. Voilà ce qu'elle croyait. Et il avait toujours pensé l'être. Il payait ses factures, possédait une maison, s'achetait une nouvelle voiture tous les deux cent mille kilomètres, n'avait pas de dettes (jusque-là) et plaçait une somme modeste dans la Bourse et dans l'épargne.

Mais il n'était pas riche selon ses critères à elle.

Elle regarda droit devant elle et dit alors :

— Je croyais que tu accorderais plus de valeur au temps que nous passerions ensemble.

— Et qu'est-ce qui te dit le contraire ?

— Tu fais toujours passer ta famille avant. Tu passes plus de temps avec ton père qu'avec moi.

— Je *travaille* avec mon père, Hadley.

— Cette Mme Johnson me fait des reproches à chaque fois qu'elle me voit, et tes sœurs sont horribles !

— Mes sœurs ne sont pas horribles, et Mme Johnson fait pareil avec tout le monde. Et ce n'est pas leur faute si tu as dépensé vingt mille dollars en vêtements.

— Tu exagères. Je suis désolée que tu penses que je ne les vaux pas, après tout ce que je fais pour te rendre heureux, lui rétorqua-t-elle avec un air de défi.

— Là, on est au stade de l'accumulation compulsive, et nous n'en avons pas les moyens.

Il prit une paire de longs gants blancs, du genre de ceux qu'une femme met pour… à vrai dire, il n'en savait rien.

— D'une part, tu as imité ma signature sur trois demandes de carte de crédit, ce qui est illégal, et d'autre part cela doit vouloir dire que ton compte est à sec. Tu dissimules des choses partout dans la maison parce que tu sais pertinemment que tu ne devrais pas dépenser autant. Ce n'est pas le comportement d'un adulte responsable.

Blessée, elle s'était durcie. Elle lui avait dit que, si c'était juste l'argent qui l'inquiétait, elle allait prendre quelques clients, et régler les factures. Apparemment, il la connaissait mal.

Jack aimait sa femme, sincèrement.

Enfin, tu l'aimais avant de la découvrir vraiment, lui disait une petite voix dans sa tête, qui ressemblait beaucoup à celle de Honor.

Non. Il l'aimait, mais il était clair qu'elle n'était pas aussi simple que ce qu'il avait cru lorsqu'il l'avait rencontrée. Et il était clair aussi qu'elle l'avait pris pour un riche propriétaire terrien et pas un type qui travaille pour gagner sa vie. Elle n'avait peut-être pas la vie pour laquelle elle avait signé.

— Hadley, si tu n'es pas heureuse ici…, avait-il commencé à lui dire avec autant de précautions que possible.

Elle avait réagi aussi vivement que s'il l'avait frappée.

— Si je ne suis pas heureuse, alors quoi ? avait-elle dit, la voix tremblotante.

— On s'est peut-être un peu précipités. Si tu n'es pas satisfaite…

— Jack, non ! Tu… tu veux divorcer ? Oh ! mon Dieu !

Et elle avait éclaté en sanglots, le visage dans les mains.

— Je t'en supplie, Jack ! Je suis désolée, désolée ! Je vais rendre tout ce que je peux, mais, je t'en supplie, ne me quitte pas !

Il s'était levé et l'avait prise dans ses bras.

— Hadley, ma chérie, c'est juste que j'ai l'impression que tu espérais autre chose.

— S'il te plaît, donne-moi une seconde chance ! le supplia-t-elle, la voix brisée.

Il ne s'attendait pas à cela.

Il prit une serviette et lui essuya le visage, la serra fort, avec le sentiment d'être un vrai salaud et en se demandant comment ils en étaient arrivés là. Il lui servit un grand verre de vin, en versa un autre pour lui et lui assura qu'il ne voulait pas divorcer.

Et c'était vrai. Il voulait juste que les choses changent.

Le lendemain, elle n'était pas là lorsqu'il était rentré de Blue Heron. Elle était arrivée une demi-heure plus tard, radieuse.

— Devine qui vient de trouver du boulot ?

Elle était désolée pour les cartes de crédit, elle les rembourserait. Il avait raison, elle avait eu un coup de folie, mais maintenant qu'elle avait du travail tout allait rentrer dans l'ordre.

Elle avait trouvé un emploi de vendeuse dans le magasin

de souvenirs d'une autre propriété viticole, Dandelion Hill, dirigée par Oliver Linton, un transfuge de Wall Street qui avait pris sa retraite à quarante ans et s'était acheté un vignoble. Un garçon sympa, d'après ce que Jack savait par les réunions de l'association des viticulteurs et d'autres manifestations où ils s'étaient croisés. Oliver les avait même invités à dîner, et ils lui avaient rendu l'invitation un soir, si bien que les choses avaient semblé se rétablir.

Jack fut stupéfait de se sentir à ce point soulagé. Hadley avait un boulot, un endroit où aller chaque jour, ce qui était exactement ce dont elle avait besoin. Elle était plus gaie et avait des petites anecdotes rigolotes à partager le soir sur les clients qu'elle avait vus ou sur le manager grincheux du magasin. La vie était devenue plus simple, plus normale, plus heureuse.

C'était une libération pour lui qu'elle eût une faille. Quand il l'avait connue, elle était parfaite. Désormais, elle était normale. Bien sûr, elle dépensait trop d'argent et jouait la victime quand on le lui reprochait, mais personne n'était parfait. Elle était beaucoup plus heureuse désormais et s'était même mise à parler d'enfants.

— Jack, j'ai une super nouvelle ! s'écria-t-elle un soir.

Il avait senti son cœur bondir dans sa poitrine : elle était enceinte ! Ça ne pouvait être que ça.

— Oliver m'a demandé de faire la déco ! Enfin !

Ah. Bon, ce n'était pas mal non plus.

— Quoi ? s'étonna-t-elle.

— Je pensais que tu étais enceinte.

Une expression indéfinissable passa sur son visage.

— Oh non. Pas encore. Mais c'est quand même une bonne nouvelle. Il m'a demandé de redécorer la salle de dégustation !

Elle s'était lancée dans le projet à corps perdu. Avait passé des heures sur son ordinateur portable, ne parlait plus que de choix de tissus, et de style de tabourets ou de verres, autant de choses auxquelles Jack ne connaissait rien car elles étaient du domaine de Honor.

Oliver s'était mis à lui téléphoner le soir, et elle s'excusait auprès de Jack avant de monter dans leur chambre transformée en bureau. Elle prenait encore plus soin de son apparence et, lorsqu'il se moquait d'elle, elle lui donnait une petite tape sur le bras en disant :

— Mais, Jack, je ne suis plus vendeuse. Je suis décoratrice, chéri ! Il faut que j'assure.

Pour finir, elle avait lié connaissance avec deux femmes qui travaillaient aussi à Dandelion Hill, et elle les avait rejointes dans leur club de lecture, où on ne lisait d'ailleurs rien.

Jack ne l'avait jamais vue si heureuse depuis leur mariage.

Le seul hic, dans tout ça, c'était leur vie sexuelle. Ils ne faisaient plus l'amour aussi souvent.

— Oh ! mon chou, je suis crevée, je suis désolée, expliquait-elle. Et ne me demande pas pourquoi, parce que s'il y a du nouveau tu seras le premier au courant ! Je ne suis pas du genre à annoncer ma grossesse à la terre entière tout de suite !

Un bébé. Oui, évidemment, il valait mieux être sûr d'abord, s'était-il dit, tout ému.

— Arrête de me regarder avec ces yeux de chien battu, Jack Holland, le taquina-t-elle. Qu'est-ce que je viens de te dire ?

Son téléphone s'était mis à sonner, alors qu'il était déjà plus de 21 heures.

— Flûte, c'est Oliver. Non mais cet homme est incapable de prendre la moindre décision tout seul. Allô ?… Oliver, honnêtement, je n'en ai aucune idée !

Elle sourit à Jack et quitta la pièce, en continuant à parler.

Deux semaines après cette allusion à sa grossesse, il décida de quitter le travail plus tôt. Avec son père, ils avaient vérifié les tonneaux et discuté des plantations prévues pour le printemps avec Pru, mais c'était la période calme de l'année. Il s'arrêta à l'épicerie fine hors de prix qui venait d'ouvrir, acheta du filet mignon, du fromage et des asperges. Allison et Charles Whitaker étaient là, eux aussi, car ils habitaient à côté de chez Pru et passaient souvent à Blue Heron.

— Tu prépares un bon petit dîner à ta douce ? lui demanda Allison.

— Exactement, répondit Jack.

— Pourquoi est-ce que tu ne me fais jamais ça, toi ? dit-elle à Charles en lui donnant un coup de coude.

Son mari fusilla Jack du regard et marmonna quelque chose. Jack ressortit, les laissant hésiter devant les magnifiques légumes bio, cultivés localement sous le regard attentif des moines de Saint-Benoît.

Ensuite, il passa à la boutique de Laura Boothby, échangea quelques gentillesses et acheta un bouquet de roses rouges.

— Ah, ces jeunes mariés, dit Laura en soupirant. Tu me brises le cœur, Jack, mais que cela ne t'empêche pas de revenir, tu es un bon client.

Il fit une dernière halte au magasin de vins et spiritueux. Certes, il avait une belle cave, mais Hadley adorait le champagne français. Ce soir, il voulait la gâter un peu, parce que depuis la sombre histoire des cartes bleues il s'était contenté d'acheter le strict nécessaire et se sentait un peu mesquin.

Et puis ils auraient peut-être quelque chose à fêter, auquel cas il rangerait le champagne à la cave et le garderait pour la naissance. Si elle n'était pas enceinte, eh bien, ce serait un petit cadeau. Elle était mignonne quand elle avait bu (et assez chaude aussi, si bien qu'il arriverait peut-être à ses fins, parce que cela faisait deux semaines, autrement dit une éternité).

Pru était appuyée contre son pick-up lorsqu'il sortit du magasin.

— Salut, frérot ! Notre vin n'est plus assez bon pour toi ? lui demanda-t-elle en s'emparant du sac qu'il tenait à la main.

— Ouh là là, du Moët & Chandon White Star ! T'as quelque chose à te faire pardonner ?

— Mais non, Prudence, je suis un mari irréprochable.

— Arrête ! Pour moi, t'es toujours un gamin.

— Merci, ma sœur. Maintenant, rends-moi mon champagne.

— Très bien, je pensais t'inviter avec Scarlett O'Hara, mais je vois que tu as d'autres projets pour le dîner, dit-elle en lui tapant sur l'épaule avant de filer.

Il neigeait très fort, et Jack se sentait aussi heureux qu'un homme pouvait l'être. Il sifflait en conduisant. Rien n'était plus excitant que d'être forcé par la neige à rester chez soi avec une jolie femme. Il roula jusque chez lui, le bruit de ses pneus étouffé par la neige, et coupa le moteur.

La Coccinelle jaune de Hadley était là, couverte de neige. Elle avait dû avoir l'autorisation de partir plus tôt du travail. Il y avait une autre voiture garée là. Peut-être une de ses amies ? Il lui avait suggéré d'inviter ses amies du club de lecture pour qu'il puisse faire la connaissance de ces fameuses lectrices qui ne lisaient rien. Quoi qu'il en soit, elle aurait intérêt à ne pas s'attarder, vu ce qui tombait.

Il rassembla paquets et fleurs et sortit de son pick-up. Sans réfléchir, il balaya la neige sur le coffre de la voiture inconnue. C'était une Mercedes. Sauf erreur de sa part, Oliver avait une Mercedes. Ils devaient être en train de parler décoration.

Pourtant, Dandelion Hill n'en avait pas du tout besoin. C'était un endroit magnifique et déjà rénové, très raffiné, moderne et sophistiqué. Il voyait mal comment Hadley pouvait faire mieux avec ses coussins.

C'était la première fois qu'il se disait tout ça.

Et soudain il eut une boule à l'estomac. Mais non, non,

c'était ridicule. Oliver était son patron, de douze ans son aîné. C'était un brave type, et Hadley était heureuse dans son couple. Les choses n'étaient jamais allées aussi bien entre eux. C'était macho de sa part de s'imaginer des choses. Bah, ils étaient assis dans la cuisine en train de comparer des échantillons de tissu, voilà tout.

Il entendit alors un petit bruit. C'était Lazare qui voulait rentrer dans la maison. Son chat détestait la neige. Il se fichait du vent, de la pluie ou de l'orage, du froid vif et de la grosse chaleur, mais il détestait la neige. L'animal replia sa patte avant, la secoua et refit ce petit bruit de détresse.

— Salut, toi, lui dit Jack en posant ses paquets.

Le chat lui sauta dans les bras. Une première ! Il lui frotta les pattes et sentit les coussinets durs et glacés. Cela faisait visiblement un moment qu'il était dehors. Et il avait déjà dû bien se manifester, miauler fort, gratter la porte et même la cogner avec sa tête. S'il avait renoncé, c'est que cela faisait vraiment longtemps.

Jack ouvrit la porte et le fit entrer, puis ramassa ses provisions et ses fleurs, et entra à son tour.

La maison était silencieuse. Ils étaient peut-être allés à Blue Heron pour... visiter ensemble la salle de dégustation, ou quelque chose comme ça. Peut-être Oliver voulait-il parler affaires avec Honor.

Sans savoir pourquoi, il avait comme des haut-le-cœur.

Par terre, dans la cuisine, il vit le manteau noir en laine de Hadley et, négligemment jetées là aussi, ses ruineuses chaussures à la semelle rouge. Il sentit un étau se resserrer sur sa poitrine, un étau froid et métallique.

La tête vide, il parcourut le couloir qui conduisait au bureau, vit la baignoire à moitié pleine, la buanderie. A présent, il les entendait gémir et soupirer.

— Oh ! mon Dieu, oui, oui, oui, oh, mon Dieu ! faisait la voix de Hadley.

Si ça, ce n'était pas invoquer le nom du Seigneur en vain !

La porte de leur chambre était entrouverte. Jack la poussa un peu : Hadley était debout au milieu de la pièce en soutien-gorge pigeonnant et string, et Oliver, à poil, la bedaine en avant, était à genoux devant elle, à lui agripper les fesses et à s'amuser avec son nombril.

Comment devait-on réagir dans ce genre de circonstances ? Fallait-il s'annoncer ? Hurler ? Partir ? Casser la gueule à Oliver ?

Hadley passait la main dans les cheveux clairsemés d'Oliver.

— Oh ! Olli ! Oh ! mon Dieu !

A cet instant, par chance, Oliver ouvrit les yeux et vit Jack, et s'éloigna immédiatement de Hadley pour se rapprocher à quatre pattes du lit (du côté de Jack) et attraper son caleçon.

— Jack ! s'exclama Hadley en se couvrant le corps avec un coussin. Mais tu rentres tôt !

Il finit par tirer Oliver hors de la chambre et le jeter dehors, nu comme un ver, avant de lui balancer ses vêtements. Hadley, enveloppée dans son peignoir (son peignoir de soie rouge, un de ses achats compulsifs), hystérique, sanglotant, l'accusant, lui demandant pardon et le suppliant tout à la fois, avait suivi Jack. Ensuite, celui-ci était revenu dans la chambre, avait enlevé tous les draps, couvertures et coussins débiles.

Oliver était parti, et l'hystérie de Hadley ne paraissait pas vouloir se calmer, même si elle avait eu la présence d'esprit d'attraper Anastasia et de la tenir serrée contre sa poitrine. L'animal se débattait, et Jack espérait secrètement qu'il parviendrait à s'enfuir pour ensuite aller se faire dévorer par un coyote, mais enfin, bon, ce n'était qu'une créature innocente. Elle était méchante comme une teigne, cela dit, et sa mort ne lui aurait pas tiré de larmes.

Jack descendit à la cave chercher de l'allume-feu puis remonta. Il avait aussi besoin de papier pour démarrer le feu et se rendit à la cuisine où il arracha toutes les affiches idiotes sur le bonheur. Il les roula en boule sur le tas de linge et mit le feu à tout ça, à tous ces mensonges dégueulasses et cette trahison infecte. Son visage se crispa devant la chaleur dégagée par les flammes.

— Jack, appela Hadley d'une toute petite voix.

— Va-t'en, lui dit-il.

— Tu ne peux pas nier le fait que tu as été…

— Va-t'en !

— Je sais que tu veux que je m'exc…

Il se tourna alors vers elle, et elle dut lire quelque chose sur son visage parce qu'elle recula et s'enfuit dans la maison.

Quelques minutes plus tard, elle traînait deux valises et Princesse Anastasia jusqu'à sa voiture. Le méchant animal lui avait écorché la main, et Hadley avait sursauté, toujours surprise que cette créature pourrie gâtée la déteste autant. Elle se tourna vers Jack, tenant sa main blessée comme s'il s'était agi d'une amputation.

— Jack, si seulement tu pouvais…

— Ta gueule, Hadley !

Elle resta bouche bée.

— Tu n'as pas besoin d'être grossier.

— Tu plaisantes, j'espère. Fous-moi le camp d'ici !

Ce qu'elle avait fini par faire.

Il l'avait regardée s'éloigner sur la route qui menait au lac (et à Dandelion Hill, n'avait-il pas pu s'empêcher de remarquer), et était resté longtemps sous la neige, vidé, sonné et furieux à la fois, avec l'odeur de l'allume-feu dans la gorge.

Deux jours plus tard, elle était revenue pour s'expliquer, et c'est ici que cela devient intéressant.

Apparemment, Oliver ne cherchait rien d'autre qu'un petit cinq à sept avec elle. Elle avait choisi ses mots pour expliquer à Jack qu'elle avait été « tentée », mais avait décidé de refuser pour « ne pas mettre leur mariage en péril », ni « rompre son serment ».

— C'est fini entre nous, Hadley.

Elle resta assise là une minute, les yeux remplis de larmes. C'était plus de l'apitoiement sur elle-même que du chagrin, il en était sûr.

— Est-ce que tu vas raconter tout ça ? lui demanda-t-elle à mi-voix.

— Je ne sais pas.

Pour le moment, il n'avait rien dit, même pas à son père, qui pourtant soupçonnait quelque chose. Et puis d'ailleurs, dans une petite ville comme ici, tout se savait. Il n'aurait pas besoin de raconter.

Elle emménagea avec Oliver. D'après la rumeur, celui-ci n'avait jamais eu l'intention de se mettre en ménage, mais en tout état de cause elle était là.

Quelques semaines plus tard, Bill Boudreau avait écrit à Jack qu'il était désolé de la situation, et Jack s'était soudain rappelé les subtiles mises en garde de son beau-père et de Frankie.

Il s'était toujours considéré comme un garçon intelligent. Après tout, il avait suivi un cursus dans une grande université et décroché un diplôme de chimie, non ? Mais il avait aussi l'impression de s'être fait avoir comme un idiot.

Hadley lui avait réclamé 10 000 $ contre un divorce à l'amiable, et il avait payé. Une bonne fois pour toutes, puis plus rien. Elle avait eu des velléités de réclamer une partie de la maison, vu « l'investissement » qu'elle y avait fait, mais son père l'en avait visiblement dissuadée. Elle avait persisté à répéter qu'elle n'était pas infidèle, malgré ce qu'avait vu Jack et bien qu'il eût découvert que le club de lecture n'avait jamais existé et que toutes ces soirées où il s'était réjoui de l'imaginer avec des amies, elle les avait en fait passées avec Oliver.

La loi de l'Etat de New York stipulait qu'ils devaient être

séparés de corps pendant au moins six mois avant que le divorce pût être prononcé, si bien que Jack avait pris son mal en patience, entre le travail et la maison.

La chose que Hadley n'avait pas anticipée en trompant Jack, c'était à quel point elle allait devenir une paria. La seule fois où Oliver et elle s'étaient présentés chez O'Rourke, Colleen, qui faisait pratiquement partie de la famille Holland, leur avait dit d'aller se faire voir. Devant la réaction indignée de Hadley, Connor avait ouvert la porte et leur avait donné trois secondes pour déguerpir avant qu'il ne fît appel à Levi Cooper, également présent ce jour-là, pour les escorter. Prudence avait pris un malin plaisir à tout raconter à Jack, qui pourtant lui avait bien précisé qu'il ne voulait rien entendre.

Les cancans étaient inévitables. Gerard Chartier, qui était pompier urgentiste et que Jack croisait à l'occasion, lui avait rapporté qu'il avait vu Oliver et Hadley se disputer devant un magasin d'antiquités. Honor lui avait raconté avoir croisé Hadley à l'épicerie et que celle-ci avait l'air complètement surexcitée, à bouger dans tous les sens comme une abeille prisonnière d'une voiture. A la dégustation annuelle des producteurs locaux, Oliver se présenta seul.

Et puis trois mois plus tard, un soir où Jack était avec Lazare sur sa terrasse à écouter le concert de la famille hibou, son téléphone sonna.

C'était Hadley, la voix à peine audible.

— Jack, je ne sais pas qui appeler d'autre que toi. Je n'arrive pas à… à réveiller Oliver. J'ai l'impression qu'il ne respire plus.

Il lui avait dit d'appeler le 911 et qu'il arrivait.

Il était 3 heures du matin, mais Hadley n'avait personne d'autre à appeler. Frankie était au moins à une heure de là.

Il s'était donc rendu à Dandelion Hill et l'avait conduite à l'hôpital, derrière l'ambulance, avait attendu aux urgences avec sa future ex-femme, lui avait acheté une bouteille d'eau au distributeur et n'avait pas repoussé sa main lorsqu'elle l'avait glissée dans la sienne.

Et, lorsque les médecins étaient venus leur dire qu'ils avaient fait tout ce qu'ils avaient pu mais que malheureusement le patient n'avait pas survécu, il l'avait prise dans ses bras et l'avait empêchée de s'écrouler.

Les parents d'Oliver étaient venus à Manningsport, le cœur brisé et furieux de trouver cette profiteuse installée dans la maison de leur fils, et ils l'avaient mise à la porte. Elle avait alors rappelé Jack, et d'une voix douce et minuscule elle avait dit qu'elle n'avait plus d'argent (les 10 000 $ lui avaient filé entre les doigts). Son père était furieux contre elle, et elle ne pouvait pas se tourner vers ses sœurs, alors tout ce qu'elle lui demandait c'était de pouvoir habiter chez lui jusqu'à l'enterrement d'Oliver.

Il avait refusé, mais lui avait pris une chambre en pension complète au Black Swan.

Elle était venue chez lui quelques heures après l'enterrement pour lui dire au revoir et qu'elle lui rembourserait les frais d'hôtel. Elle était pâle et le fixait de ses grands yeux totalement terrifiés.

Il avait failli la prendre dans ses bras et lui dire que tout irait bien, qu'elle pouvait rester quelque temps chez lui.

Vraiment failli. Il avait été perturbé de constater à quel point la tentation avait été forte.

16

— Alors, agent Neal, c'était comment, ce mariage ? demanda Tamara à Emmaline, qui arrivait au local de l'église Trinity.

— Je n'ai pas l'intention d'en parler avec vous, répondit-elle, gentiment mais fermement, à son groupe d'adolescents.

— C'était si nul que ça ? dit Dalton.

— Plutôt, oui. Sarge, regarde ! C'est tes copains ! Ils sont venus te voir !

Elle détacha de sa laisse son chiot impatient et le contempla, attendrie, frétiller et remuer la queue en allant d'un gamin à l'autre, son jouet en plastique dans la gueule.

L'une des raisons pour lesquelles elle avait pris un chien, c'étaient ces gosses, justement. Et aussi le fait qu'elle était célibataire et aimait être accueillie le soir en rentrant chez elle. Et qu'elle était flic et pourrait le dresser à devenir chien policier (ou pas, d'ailleurs, parce qu'il ne semblait pas porteur du gène qui fait peur).

En revanche, dans ce rôle-ci, la faire accepter par quatre ados paumés, difficiles et potentiellement délinquants, il était parfait.

— Alors, Cory ? Comme ça, tu as encore été exclu ? demanda-t-elle en sortant de son sac la boîte de cookies achetée plus tôt chez Lorelei.

— Il a dit au Dr Didier que…

— Je sais, Tamara. Cory ? Tu avais déjà des problèmes avec Mme Greenley. Tu n'as pas senti venir le coup ?

Le gamin haussa les épaules. Il avait été exclu pour avoir

insinué que la proviseure du lycée de Manningsport était en fait un homme, et pas sympa, en plus, et il avait utilisé un vocabulaire fleuri pour détailler ses arguments, avant de jeter à la poubelle le presse-papiers de la proviseure, de le jeter très fort, comme au base-ball. Résultat : exclusion provisoire.

— Je suis sûre que tu savais très bien ce qui risquait d'arriver, affirma Em. Tu sais, Cory, on a tous des moments où on a envie de tout casser. Mais ce n'est pas acceptable.

— Sauf quand on est un vrai débile, commenta Tamara tout en épluchant son vernis à ongles et en lorgnant sur les cookies.

— Lâche-moi, répliqua Cory.

Il prit un autre cookie entre ses dents et se pencha vers Sarge pour lui en donner la moitié, puis il mangea le reste. Ce que les garçons pouvaient manquer de délicatesse, quand même ! Enfin, bon, elle avait fait exactement la même chose la veille, alors elle était mal placée pour juger.

— Alors, Cory, cette exclusion ? demanda-t-elle pour recentrer la discussion.

— Mec, tu vas te faire virer pour de bon, dit Dalton.

— C'est pas moi qui ai volé une bagnole, fit remarquer Cory.

— Oui, mais toi t'es bon, tu pourrais avoir une bourse et tout. Moi, à part devenir délinquant, je n'ai pas d'avenir, pas vrai, agent Neal ?

— Non, c'est faux, répondit Em. Mais il n'a pas tort à propos de toi, Cory. Il faut juste que tu trouves le moyen de te contrôler, sinon ça va te gâcher la vie.

— Je sais, grommela Cory entre ses dents. Mais je n'y arrive pas. Et encore, j'allais jeter ce truc par la fenêtre mais au dernier moment je l'ai jeté dans la poubelle.

Ah, il y avait du progrès.

— OK, ça va dans la bonne direction. Tu as choisi la solution la moins violente.

— Ils vont peut-être te filer un bon point, ironisa Kelsey Byrd.

Em poursuivit :

— De petites choses peuvent t'aider, comme respirer bien à fond, te nourrir correctement, sortir prendre l'air. Ce sont des clichés mais qui ont fait leurs preuves. Tu pourrais peut-être aussi t'inscrire au club de boxe.

— Ou alors écouter de la musique, proposa Tamara. Quand mon frère est né et qu'il pleurait tout le temps, ma mère descendait au sous-sol, elle mettait du Nine Inch Nails à fond et elle dansait. Pas bien, mais au moins elle se sentait mieux après.

Cory fit un petit sourire.

— Plus que quatre mois avant la remise de diplôme, les gars. Vous y êtes presque, ajouta Emmaline.

— Oh ! le diplôme, comme si ça changeait quelque chose, maugréa Kelsey.

Elle croisa les bras sur son ventre arrondi. Elle avait toutes les raisons d'être amère, songeait Em. Mère célibataire n'était pas une condition facile, mais à cet âge-là c'était encore pire.

— En fait, si, ça change quelque chose, dit Em. Si vous ne terminez pas le lycée en ayant votre bac, il y a toutes les chances pour que vous soyez obligés de travailler plus pour gagner moins. Et, quand je dis travailler plus, je veux dire plus d'heures par jour pendant plus d'années. Vous voulez une belle voiture ? Un logement correct ? Un métier que vous aimez ? Ce sera beaucoup plus facile si vous ne quittez pas le lycée.

— Je veux travailler à la télé, comme Ellen, confia Tamara en mordillant dans un cookie.

— Ellen a eu son bac, abrutie, rétorqua Cory. Toi, combien t'as loupé de jours ?

— Ce n'est pas tes oignons.

— C'est mon tour de prendre Sarge, dit Kelsey. Viens ici, bébé.

Ses traits s'adoucirent soudain sous son maquillage provocant.

Parmi ces quatre gamins, Em était quasi certaine que Tamara, Cory et Dalton avaient une bonne chance de s'en sortir. Les parents de Cory avaient pris en main son problème d'agressivité et ils adoraient leur fils. Tamara aussi avait des parents bien et elle était assez intelligente. Elle était juste immature et cherchait à attirer l'attention. Elle aurait sûrement une place dans un cursus professionnalisant et finirait par trouver ce qu'elle voulait faire. Dalton avait une longue hérédité de petite délinquance. Ses deux parents étaient passés par la prison. Pourtant, il avait du cœur et du charme, et était très attachant. S'il parvenait à trouver ce qui l'intéressait, ça pouvait le faire. Elle l'aurait bien vu dans le commercial ou la publicité. Ou dans le milieu de l'arnaque, ce qui revenait au même.

En revanche, pour Kelsey, il y avait du souci à se faire.

Un bébé en route, orpheline de père, et sa mère alcoolique régulièrement interpellée par Emmaline pour conduite en état d'ivresse… Elle vivait dans une ferme décrépie à la lisière d'un champ. Des draps grisâtres pendaient aux fenêtres en guise de rideaux, et il y avait un gros trou dans la toiture. Kelsey était tatouée des pieds à la tête, en grave surpoids, et avait de larges trous dans les lobes d'oreilles ainsi qu'un piercing à la lèvre. Ses notes ne décollaient pas, et encore, les professeurs étaient bienveillants.

Elle n'avait vraiment pas beaucoup de chance pour elle.

— Comment s'est passée ta semaine, Kelsey ? lui demanda Em.

A cet instant, la porte du sous-sol s'ouvrit, laissant s'engouffrer de l'air froid.

— C'est qui ? dit la jeune fille en dressant la tête comme une dinde apeurée.

C'était Jack.

Oups. Emmaline n'avait pas prévu ça.

— La vache ! C'est lui ! Le type qui a sorti Sam et Garrett et tout le monde de l'eau. Merde, alors ! C'est super, de vous voir en vrai !

Dalton alla à la rencontre de Jack pour lui serrer la main.

— Vous êtes genre… un super héros !

Jack resta impassible mais, à la mention de l'accident, quelque chose s'éteignit dans ses yeux.

— Désolé d'être en retard, dit-il, un peu gêné, en s'adressant à Emmaline. Bonsoir, tout le monde. Je m'appelle Jack Holland. J'ai entendu dire que vous cherchiez quelqu'un pour vous filer un coup de main en chimie.

La proposition fut accueillie sans enthousiasme.

— Vous êtes prof ? s'enquit Tamara, en le scrutant des pieds à la tête.

— Vous savez faire de la méthamphétamine, comme le type dans la série ?

— Je pourrais, mais je n'en ai pas l'intention, répondit-il, en installant une chaise à côté d'Emmaline.

— Normal, dit Dalton. Je me renseigne, c'est tout. En tout cas, si vous avez besoin d'un partenaire…

— Et une bombe ? Vous sauriez fabriquer une bombe ? lança Cory.

— Oui, ça aussi, mais je ne le ferai pas non plus.

— Une qui libère du gaz empoisonné ?

— Du gaz empoisonné qui forme un nuage au-dessus d'une ville et provoque des pluies acides mortelles sur les habitants, oui.

— Oui, c'est ça ! s'écria Dalton, enthousiaste.

— Je ne crois pas, non.

— Mais alors vous servez à quoi ? demanda Tamara.

— Je fais du vin.

Soudain beaucoup moins intéressés, les gamins levèrent

les yeux au ciel. Par ici, tout le monde faisait du vin. Rien d'excitant à ça.

— Les chimistes exercent leur métier dans des tas de domaines passionnants, expliqua Jack. Il y a la chimie organique, où on travaille à partir du carbone et de ses composants. On développe des médicaments, des engrais, des matières plastiques. Et la chimie inorganique, où on travaille le métal, l'électricité et les minéraux.

— Par pitié, faites-le taire avant que je me suicide ! s'exclama Dalton.

— Et puis il y a les chimistes analystes, qui identifient les matières et en évaluent les propriétés, les chimistes physiciens, qui…

— Jack, tu les as perdus, là, l'arrêta Emmaline. Ils meurent d'ennui. Regarde-les, les pauvres chéris. Dalton ? Dis quelque chose ! Ne te laisse pas hypnotiser !

Jack prit l'air amusé et ajouta :

— Je vous garantis une super note en chimie à l'examen, et une bonne note aussi en physique et biologie.

— Non mais attendez, on est nuls, nous. À part Cory, dit Dalton. Vous risquez de changer d'avis.

— Je maintiens la proposition, répondit Jack, tout comme mon invitation à dîner.

— Ouh là là ! Agent Neal, vous avez un petit copain ! s'écria Tamara, surexcitée, en faisant une petite danse sur sa chaise, ce qui mit tous les autres en joie (sauf Kelsey). Ils se tapèrent dans la main et, excité lui aussi, Sarge se mit à aboyer et à faire pipi par terre. Em se leva pour nettoyer.

— Vous avez déjà entendu parler de l'ocytocine ? leur demanda Jack.

— J'ai un cousin accro à ça, rapporta Tamara, dégrisée.

— Toi, tu parles de l'oxycodone, corrigea-t-il gentiment. L'ocytocine est un acide aminé, une hormone, qu'on appelle aussi l'hormone de l'amour.

— Et alors ? fit Kelsey, le regard vide.

— Eh bien, quand ta grossesse sera plus avancée, tu vas créer davantage de récepteurs d'ocytocine dans tes muscles utérins. Lorsque le bébé sera à terme, ton taux d'ocytocine va monter, pour mettre en marche le travail et aider tes muscles utérins à se contracter en vue de l'accouchement.

— C'est dégueu, commenta Cory.

— Non, c'est miraculeux. Sans cette hormone, tes muscles ne seraient pas assez forts pour mettre ce bébé au monde. Mais grâce à cette substance chimique tu deviens super puissante, dit-il en regardant Kelsey avec bienveillance. Et ensuite, quand tu découvriras ton bébé, cette montée d'hormones va t'aider à créer un lien avec lui. C'est pourquoi on l'appelle l'hormone de l'amour. Si tu l'allaites, tu vas générer encore plus d'ocytocine, et le lien se renforcera encore. L'instinct maternel est l'instinct le plus fort qui existe dans la nature et c'est en grande partie une affaire de chimie.

— Il faut que tu l'allaites, Kelsey, déclara Dalton avec un air moqueur. Je surveillerai.

— Tais-toi, Dalton, ordonna Emmaline.

Sur le visage de Kelsey se lisaient de la surprise et de la joie. On ne lui avait sûrement jamais parlé de sa grossesse en utilisant les mots « super puissante », « miraculeux », ni « amour », ni « lien ».

— Cool, dit-elle dans un souffle.

Content, Jack jeta un regard à Emmaline, qui ressentit alors… à peu près la même chose que Kelsey, sauf qu'il fallait qu'elle nettoie le pipi de Sarge.

Elle alla dans la cuisine se laver les mains puis revint dans la pièce.

— A ton tour, Dalton. Comment va ton père ?

— Toujours en liberté conditionnelle, répondit Dalton en tripotant sa chaussure. Mais il commence à s'énerver. Je crois que vous devriez passer, je ne voudrais pas qu'il fasse une bêtise.

Jack ne dit plus grand-chose pendant le reste de la réunion, mais c'était bon de le sentir là.

Em savait bien que les gamins venaient par obligation, sinon ils seraient renvoyés du lycée. Mais elle essayait de ne pas tenir le même discours que les autres adultes, soit trop autoritaires et pas assez compréhensifs (comme Levi), soit trop proches et agaçants à vouloir utiliser un vocabulaire de jeunes. Elle voulait qu'ils comprennent qu'ils pouvaient lui faire confiance. Elle ne cherchait pas à se faire aimer, même si elle espérait que c'était le cas.

Bientôt, il fut 20 heures, et elle n'avait pas vu le temps passer.

— Allez, les jeunes, on range ses affaires.

— Vous nous montrez vos trucs de flic, lui réclama Tamara.

La fois d'avant, ils avaient tous été subjugués en l'entendant passer un message radio de contrôle. Les Smartphone avaient remplacé les talkies-walkies, qui, du coup, les impressionnaient beaucoup.

— Allez-y, tirez en plein dans la pendule, là ! suggéra Dalton.

— Si je fais ça, je suis virée tout de suite. C'est illégal.

— Un petit coup de Taser sur Dalton, alors ? proposa Kelsey.

— Impossible. Je n'ai pas le droit de taser qui que ce soit, répondit-elle. Dommage, hein ?

— Alors montrez-nous comment vous mettez à terre un malfaiteur ! lança Cory.

— Oh oui ! s'écria Tamara.

— Je suis volontaire, déclara Dalton. Mais ne soyez pas trop dure, agent Neal, ajouta-t-il avec un sourire de sale gosse.

— Ce ne serait pas une bonne idée, jeune homme, dit-elle en empruntant l'expression à Levi.

Puis, se tournant vers Jack :

— Ça t'ennuie de m'aider à leur montrer comment mettre un agresseur à terre ?

— Avec grand plaisir !

Elle se sentit toute ramollie à l'idée de ce contact physique. Allez, il fallait se forcer !

— Il se peut que je te fasse mal, l'avertit-elle.

— Essaie toujours.

— Ah ah, c'est un défi ! Voilà qui est très excitant. OK, regardez bien, les jeunes. Jack, vas-y, prends-moi par-derrière.

— Je n'osais pas te le proposer, murmura-t-il.

— Il y a des mineurs dans la pièce, un peu de tenue !

— Mais je suis le méchant, je ne suis pas censé bien me tenir, si ? répondit-il malicieusement.

Elle plissa les yeux puis lui tourna le dos. Etait-ce bien son cœur qu'elle entendait cogner à toute vitesse ? Mais quel organe stupide !

Les jeunes s'approchèrent pour voir le spectacle.

— Comment faut-il que je t'attrape ? s'enquit Jack.

— Comme tu veux.

Il plaça ses bras autour d'elle, provoquant un jappement joyeux chez Sarge, qui se mit à tourner dans tous les sens. Em eut soudain envie d'en rester là et de se laisser faire, de se laisser aller à ses fantasmes. Mais, au fait, avait-elle les cheveux propres ? Oui, heureusement, ils sentaient bon, et pas l'ail. Bon, où en étaient-ils ? Elle fit une volte-face et un placage impeccables, le forçant à se retrouver d'abord à genoux puis face contre terre. Elle posa ensuite son genou dans le creux de son dos et commença à lui passer les menottes.

Plutôt marrant, en fait.

— Des questions ? demanda-t-elle aux jeunes, non sans une certaine satisfaction.

— Bravo, agent Em, vous êtes une sacrée meuf ! s'écria Tamara.

— J'aurai dix-huit ans dans deux mois, agent Em, ajouta Dalton. Juste pour votre info.

Sarge courait de l'un à l'autre, léchant la figure d'Em et mordillant l'oreille de Jack.

— C'est tout pour ce soir, les jeunes. A la semaine prochaine. Et je compte sur vous pour être assidus avec Jack. Il n'est pas juste venu pour faire joli.

Elle lui ôta les menottes, et il se leva.

— La prochaine fois qu'on s'amuse avec des menottes, tu me laisses faire, lui dit-il de sa voix rauque et chaude à la fois.

Elle se concentra pour ne pas rougir.

— A bientôt, agent Em, fit Cory.

— Salut, mon grand, et pas de bêtises, hein ?

Le gamin marmonna quelque chose et partit en remontant son pantalon. Kelsey le suivit, les yeux rivés sur son téléphone, tout comme Tamara et Dalton.

— Tu t'y prends vraiment bien avec les gamins, déclara Jack.

— Toi aussi. Je suis étonnée que toi et Hadley n'en ayez pas eu.

— Pourquoi faut-il toujours que tu me parles d'elle ? lui demanda-t-il en croisant les bras, agacé.

— Mais pourquoi continue-t-elle de te tourner autour ? Pourquoi ne la remets-tu pas tout simplement dans un avion ?

— On est aux Etats-Unis. Elle a le droit d'habiter où elle veut.

— J'ai l'impression que ça te plaît qu'elle te harcèle. Comment va sa pauvre petite cheville, au fait ?

— Bleue et gonflée.

— Tu vas aller la porter dans son lit ? La border ? Lui lire une histoire ?

Il ne répondit pas et se contenta de la regarder fixement,

un sourcil relevé. Ce fut efficace car elle se sentit devenir cramoisie et s'excusa.

Sarge se tapit sur le sol et commença à mordiller la chaussure de Jack.

— Est-ce que tu accepterais de dîner avec moi si Hadley n'était pas dans le coin ?

— Est-ce que toi tu voudrais dîner avec moi, si elle s'en allait ? C'est plutôt ça, la question.

— Je pense que oui, répondit-il en s'approchant d'elle. J'ai passé un super moment avec toi à Malibu. J'ai aimé notre nuit ensemble et je voudrais te voir plus souvent.

— Mais enfin arrête, Jack !

— Qu'est-ce que j'ai dit ? demanda-t-il en riant.

— Rien, mais on ne peut pas discuter avec toi !

— Alors ne discute pas, dis-moi oui.

Cette voix qu'il avait, profonde, chaude ! Elle eut du mal à déglutir.

Si elle était sincère, elle lui dirait : « Ecoute, Jack, moi, ce que je veux, c'est un mari gentil et trois enfants bien élevés et mignons et spontanés. Ça colle avec tes plans ? Parce que sinon on annule le dîner, vu que je risque de tomber amoureuse de toi au bout de vingt minutes, vingt-cinq maximum, et de passer ensuite des mois à me morfondre parce que toi non. »

Il tendit la main et lui caressa le lobe de l'oreille.

Oh ! mon Dieu. Elle était sur le point de défaillir parce qu'il lui avait touché l'oreille.

On se ressaisit, agent Neal, on est une grande fille ! Ce n'est pas pour rien qu'on porte une arme et des menottes à la ceinture.

— Je t'en prie, Emmaline, accepte.

Mais finalement au nom de quoi pouvait-elle lui interdire de vouloir sortir avec elle ? En plus, il ne s'agissait que de dîner ensemble, même si elle savait bien que ça finirait au lit, ce qui, dans son cas, signifiait : « Je préfère être dans un lit avec toi que d'avoir encore un de ces horribles flash-back. Et puis tu m'aides à rendre mon ex-femme jalouse. » Elle serait donc vraiment stupide d'accepter. En même temps, il lui caressait l'oreille d'une façon… Et qui aurait dit que les lobes d'oreille étaient directement connectés avec d'autres parties de son anatomie ?

A cet instant, il reçut un SMS.

— Je te parie que je sais qui c'est, dit Em en reculant d'un pas.

Elle avait dit ça d'une voix normale, enfin, à peu près.

— Emmaline, est-ce que, oui ou non, tu acceptes de dîner avec moi ?

— Regarde ton téléphone.

— Dès que tu m'auras répondu.

— Non, regarde d'abord.

Ding ding.

— Tiens, un autre !

— Tu es dure avec moi, dit-il.

— Je le prends comme un compliment.

Il sortit son téléphone de sa poche et lut le message avant de le ranger.

— Ma sœur.

— Laquelle ?

— Faith.

— Menteur.

— Très bien, tu as raison. C'est Hadley.

— Je te parie qu'elle a besoin de quelque chose et que tu es le seul à pouvoir l'aider.

— Eh bien, tu vois, moi aussi, j'ai besoin de quelque chose, et tu es la seule à pouvoir m'aider.

— Justement, Jack, je pense que tu te trompes.

— Tu as une piètre image de toi.

— C'est faux, mais je sais faire la différence entre quelqu'un qui m'apprécie vraiment et quelqu'un qui a juste besoin de distraction après un…

Et soudain il l'embrassa et, sans savoir comment, elle se

retrouva plaquée contre le mur. Très malin, cet homme-là, décidément, et qu'est-ce qu'il embrassait bien ! Sa bouche était pressante et chaude, et il tenait son menton dans sa main. Ne pouvant s'en empêcher, elle l'embrassa à son tour et passa ses bras autour de lui, et, *oups*, lui caressa même les fesses. Ce n'était pas sa faute s'il était totalement irrésistible !

Il recula un peu et lui déposa un baiser au coin des lèvres. Elle avait bien conscience d'être hors d'haleine.

Il lui prit la main et la posa sur son cœur. Elle sentit le battement rapide et fort dans sa poitrine.

Il était vraiment craquant.

— S'il te plaît, accepte de dîner avec moi, chuchota-t-il.

— D'accord, parvint-elle tout juste à articuler.

— Samedi ?

— D'accord.

— Je t'appelle, dit-il avec un sourire.

— D'accord.

Il ne dut pas être dissuadé par son manque de vocabulaire puisqu'il lui déposa un baiser sur le front et s'en alla, sans rien ajouter, la laissant pantelante, rouge pivoine et… préoccupée.

Apparemment, elle n'avait pas eu besoin de vingt ni vingt-cinq minutes pour tomber amoureuse de lui. Ce baiser avait suffi.

17

— Il te faut un string, ma grande.

Cette affirmation fut inspirée à Allison par le spectacle pathétique de la garde-robe d'Emmaline, dont la plus belle pièce était un pull en cashmere troué à la manche par Sarge, qui d'ailleurs tentait de le récupérer en douce. Après un pianotage rapide sur son téléphone, elle ajouta :

— Ouais, et Caroline se rallie à mon avis d'experte.

Ça paraissait bizarre, qu'elle consulte sa fille sur le sujet, non ? Certes, Caroline n'était plus tout à fait une enfant, mais quand même.

— Jack ne me verra pas en sous-vêtements, répondit Emmaline.

— Mais bien sûr, ma biche ! Ils disent tous ça.

— Qui ça, ils ? C'est un cavaleur, c'est ça ?

— Oh non, alors ! Si c'en était un, j'aurais peut-être pu en profiter un petit peu. Cela dit, c'est le meilleur *escort boy* que j'aie eu. Et je ne me suis pas privée de le raconter à Charles.

— Comment va Charles ?

— Bien, bien. On va sans doute se remettre ensemble. Il a laissé tomber les bocaux à biscuits, mais garde ça pour toi. Revenons à nos moutons : ton string. Allez, on y va ! Il y a de jolies choses très sexy à la boutique de mariage. Ne me regarde pas comme ça ! Je te jure que son ex-femme mettait tout le temps des strings. C'est à des filles comme ça que nous, les filles du Sud, devons notre mauvaise réputation. Et puis tu vas mettre une robe.

— Mais ce n'est pas un dîner habillé !

— Chut, mon petit. On fait confiance à tatie Allison.

Et c'est ainsi que, deux heures plus tard, Emmaline était dans sa chambre en train de retirer l'étiquette d'un ensemble string et soutien-gorge en dentelle rose pâle acheté à la boutique de mariage de l'autre côté du parc. C'était très mignon et très petit. Elle enfila d'abord le soutien-gorge. Ça grattait un peu, mais ce n'était pas mal.

Et puis le string.

Mais comment était-ce possible ? Comment les femmes pouvaient… ? Elle avait dû se tromper en l'enfilant, parce que c'était horrible ! Il fallait vraiment que la petite ficelle soit… ?

Elle l'enleva et fonça sur Google pour chercher « comment enfiler un string ». Non, non, elle ne s'était pas trompée. Elle le réessaya. Super ! C'était exactement comme avoir son slip bien coincé entre les fesses, sauf que ça coûtait vingt-cinq dollars.

Elle décrocha son téléphone pour appeler Allison.

— Tu vas t'y habituer, dit Allison sans même lui dire bonjour. Il faut une semaine ou deux pour s'y faire.

— Tu plaisantes ?

— Il faut que je file. Je suis de garde, et un gosse vient de s'enfoncer un petit Lego dans la narine.

OK, bon, le string, c'était super désagréable, il n'y avait pas à discuter, mais c'était joli. Plus joli que les culottes en coton rayées orange et violet déchirées sur le côté qu'elle s'était achetées (en solde, on ne se moque pas) des lustres plus tôt. Si effectivement il se passait quelque chose avec Jack (on se calme, ma fille), il méritait mieux que ses culottes rayées. Et déchirées. Il méritait des strings, des talons hauts et du gel sicilien dans les cheveux.

Cette nuit passée avec lui à Malibu était comme irréelle. La lune brillait dans le ciel et les portes-fenêtres étaient ouvertes, les vagues venaient mourir sur la grève, et tout était incroyablement romantique. S'il n'y avait pas refait allusion, elle aurait pu croire que ce n'était que le produit de son imagination stimulée par l'abus de vodka maison postnuptiale.

Coucher ensemble ici, à Manningsport, serait beaucoup plus réel.

Elle avança péniblement jusqu'à la salle de bains. La vache ! Ça faisait mal, ce truc ! Mais comment était-elle censée marcher ? Et s'asseoir ?

Elle essaya de s'asseoir, s'arrêta à mi-chemin et se releva d'un bond, ce qui fit rappliquer Sarge surexcité pour se frotter contre elle et couvrir sa robe de poils.

Après avoir passé une demi-heure à enlever tous les poils de chien, elle entendit la sonnette. Elle se tortilla jusqu'à la porte d'entrée, devant laquelle se tenait le splendide Jack Holland avec ses yeux bleus et ses cheveux blonds.

Il tenait à la main un bouquet de tulipes rouges.

— Salut ! Tu es magnifique, lui dit-il.

— Merci, répondit-elle en prenant le bouquet, concentrée sur le nombre de pas qu'il lui faudrait faire pour aller jusqu'à la cuisine mettre les fleurs dans un vase et les poser sur la table basse.

— Où allons-nous ? Chez O'Rourke ?

— Hugo vient de rouvrir. Je pensais y aller à pied. Il fait bon. Tu ne veux pas les mettre dans un vase ? Ton chien risque de les manger, sinon.

En effet, Sarge avait commencé à fourrer le nez dedans.

— Ah oui, bien sûr, dit-elle en soupirant.

Elle prit la direction de la cuisine, les fleurs à la main, chacun de ses pas lui rappelant l'existence secrète de certaines parties de son anatomie. Elle mit les tulipes dans un vase en prenant le temps de caresser les pétales doux et frais. C'était un bon choix, moins cliché que des roses, et elle avait toujours aimé les tulipes.

Elle passa les lèvres sur une fleur et respira le léger

parfum de pêche. Pas étonnant que les chevreuils se régalent chaque année au printemps, elle avait presque envie d'y goûter, elle aussi.

Elle sursauta en se retournant. Jack était appuyé contre la porte, les mains dans les poches, un petit sourire aux lèvres.

Elle fut troublée.

— Tu es prête ?

— Et comment !

Il était si beau qu'elle en oublia presque ce string qui la martyrisait.

En marchant vers le restaurant, ils ne se donnèrent pas la main, dommage. Il aurait aussi pu la porter pour lui éviter les atroces douleurs que lui causait la ficelle. En plus, son sein gauche la démangeait horriblement. Elle tenta d'y remédier en le frottant avec son bras, mais c'était pire. Elle se dit qu'elle essaierait plus tard, discrètement, avec une fourchette.

Ils étaient presque arrivés. (Plus que quarante ou cinquante pas, une torture, d'autant plus qu'elle portait des talons. Bon, pas de quoi se fouler la cheville, mais de quoi lui faire mal aux pieds.) C'était pénible d'être une fille.

Lorsqu'ils arrivèrent chez Hugo, Jack fit la grimace et laissa échapper un juron.

— Tu as oublié ton portefeuille ? Ce n'est pas grave, j'ai de l'argent.

— Non, ce n'est pas ça.

— Oh ! mon Dieu, c'est vous ! Chéri, regarde, c'est Jack Holland !

Lori Baines se précipita vers lui, tandis qu'un murmure s'élevait dans tout le restaurant. Lori et Phil Baines étaient les parents de Garrett et ils lui devaient la vie de leur fils.

— Jack, je suis tellement, tellement heureuse de vous voir, dit-elle en le serrant dans ses bras, secouée de sanglots.

— Nous vous invitons à dîner. Prenez ce que vous voulez,

c'est pour nous. Je vous en prie, dit Phil, la voix étranglée par l'émotion.

— Bonsoir, dit alors Jessica Dunn, qui travaillait là un soir ou deux par semaine. Une table pour deux ?

Jack pâlissait de minute en minute tout en essayant de se montrer aimable envers Lori, qui lui montrait des photos sur son téléphone.

— Désolée, Jess, mais je ne suis pas certaine qu'on va rester, en fait, murmura Emmaline.

— Oui, il a l'air un peu…

— C'est ça, fit Em en posant la main sur le bras de Jack. Dis donc, ils n'ont rien sans gluten ici, et je suis au régime sans gluten, tu sais.

— C'est comme ma sœur, intervint Lori. Au fait, agent Neal, nous ne vous avons jamais remerciée. Vous avez été merveilleuse ce soir-là, vous aussi.

— Je suis contente que tout se soit bien terminé, pour Garrett, en tout cas.

— Oui, moi aussi, bredouilla Lori, les yeux de nouveau remplis de larmes. Ce pauvre Josh !

— Dites bonjour à Garrett pour nous, d'accord ? dit Em. Il faut qu'on y aille.

— Mais nous voulions vous inviter à dîner, protesta Phil.

— C'est très gentil. Une autre fois, peut-être, répliqua Em en prenant le bras de Jack. Passez une bonne soirée !

Jack ne dit rien et, une fois dehors, il se mit à marcher d'un bon pas vers le parc. Elle le suivit tant bien que mal, clopinant sur ses hauts talons et gênée par son string.

Il s'arrêta au premier banc et se laissa tomber, la tête dans les mains. Il ne releva pas la tête lorsqu'elle s'assit à côté de lui tout en essayant discrètement d'ajuster sa ficelle.

— Ça va ? lui demanda-t-elle.

— Ça va.

Elle attendit. Au bout d'une minute, il se passa les mains dans les cheveux et se tourna vers elle.

— Désolé.

— Tu n'as pas à être désolé.

Il soupira et renversa la tête en arrière, en fermant les yeux.

Elle aurait voulu lui dire combien il avait été courageux, lui dire la peur qu'elle avait eue de le voir ainsi risquer sa vie pour ces gosses, et quand il était redescendu chercher Josh, alors qu'il y avait si peu de chances…

Mais elle savait que tout ça il l'avait déjà entendu des milliers de fois, sinon plus.

— Les gens pensent que, lorsqu'on a sauvé quelqu'un, tout est super, dit-elle doucement. Ils n'ont aucune idée de ce que cela fait d'imaginer sans arrêt ce qui aurait pu se passer.

Il ouvrit les yeux, et elle fut encore une fois éblouie par le bleu intense de son regard.

— Tu as déjà sauvé la vie de quelqu'un ? lui demanda-t-il.

— Pas encore. Pas de cette façon-là. J'ai interpellé quelques conducteurs en état d'ivresse, mais c'est tout.

— Je déteste ce culte du héros, confia-t-il à voix basse. Je ne suis qu'un vigneron qui se trouvait là en train de prendre des photos du ciel. On ne peut pas faire moins héroïque.

— Jack, ce que tu as fait est exceptionnel, ne put-elle s'empêcher de répondre.

— Mais non. Tu aurais fait exactement la même chose. Comme n'importe qui qui aurait été là, même ma nièce, ou Faith, et même son chien.

— Mais tu as réussi ! Tu te trouvais là et tu as plongé, et tu as sorti d'un lac glacé quatre adolescents. Nous, on aurait peut-être essayé, mais je ne connais pas grand monde qui aurait réussi. Toi, tu n'as jamais abandonné.

— Dis ça à Josh Deiner. Je doute qu'il me trouve exceptionnel.

— Sans toi, il serait mort.

— D'après ce que je sais, il est en train de mourir, de

toute façon, lentement mais sûrement, répliqua Jack avec un ricanement amer.

— Et donc tu aurais dû le laisser ?

— Non, mais j'aurais pu mieux faire.

— Tu ne pouvais pas mieux faire, lui dit-elle, bouleversée.

— Et ça n'a pas suffi.

Il la regarda un instant.

— Bon, pas réjouissant, tout ça, hein ? Allez, viens, on va dîner. Tu as faim ? demanda-t-il en la prenant par la main pour qu'elle se lève.

— On n'est pas obligés de…

— Je meurs de faim. Allons-y.

— Jack, ce que tu endures est…

— Moi, je prends les *nachos*. Tu sais que Connor rajoutera du saumon si tu lui demandes ? Ça n'en a pas l'air, mais c'est délicieux.

Il la remorqua sans pitié aucune à travers le parc, ouvrit avec détermination la porte du pub et se montra soudain euphorique, embrassant Colleen sur la joue, serrant la main de Lucas. *Ah, super…* Son père et sa belle-mère étaient là, eux aussi.

— Vous connaissez Emmaline, n'est-ce pas ? lança-t-il d'une voix énergique.

— Mais bien sûr, qu'ils me connaissent. Ravi de vous voir, monsieur Holland. Madame Holland.

La Jamaïcaine lui répondit d'un signe de tête altier, et Emmaline vit qu'elle avait marqué des points en l'appelant par son nom d'épouse.

— Vous êtes ravissante, ce soir, ma chère, dit le père de Jack.

Il avait les mêmes yeux bleus que son fils et elle sentit ses joues chauffer sous l'effet du compliment.

— Eh bien, nous allons vous laisser à votre tête-à-tête, les enfants !

— Et nous, au vôtre ! répondit Jack avant d'aller taper dans le dos de Gerard Chartier et dire bonjour à Lorelei.

On ne voyait que lui dans toute la pièce, il dégageait une telle énergie !

Ils allèrent enfin s'installer à une table.

— Tout va bien ? lui demanda-t-elle lorsqu'ils furent assis.

— Passons une bonne soirée, si tu veux bien, suggéra-t-il avec un soupir en l'irradiant de ses yeux azur. Ce n'est pas d'une assistante sociale que j'ai besoin, c'est d'une amie.

D'une amie qui se déshabille, pensa-t-elle en se rappelant la séance dans le sous-sol. Parce que sinon elle n'avait vraiment pas besoin de s'infliger la torture inhumaine du string et pouvait porter plutôt des sous-vêtements normaux.

— Va pour l'amie, alors, dit-elle.

— Je t'aime beaucoup, Emmaline, déclara-t-il avec un large sourire plein de gentillesse.

Elle entrevit alors le jeune homme qui venait parfois chercher Faith au lycée, l'étudiant qui revenait voir sa famille et lui faisait tant regretter de ne pas avoir de grand frère.

Ils commandèrent des *nachos*, des burgers et une bouteille de vin qui serait, dixit Jack, parfaite avec le dîner : un pinot frais et fruité, avec des touches de muscade et de feuilles d'automne.

— Si tu le dis, fit Emmaline tout en se tortillant sur sa chaise.

Ce string lui faisait souffrir le martyre. Elle tenta de s'asseoir sur ses mains, en vain, croisa les jambes : *ouille, mauvais plan, on abandonne l'idée !*

— Quelque chose qui ne va pas ? s'enquit Jack, inquiet.

— Tu veux dire : à part ta crise de panique de tout à l'heure ?

— Non, toi. Tu marches bizarrement, tu gigotes sur ta chaise.

— Ça va très bien.

— Tu t'es fait mal ?

— Non, ça va, je te dis.

— Si tu ne te sens pas bien, on peut…

— Jack, c'est bon, OK ? C'est plutôt à toi qu'il faut poser la question, monsieur Tout-va-bien ! s'exclama-t-elle en se tortillant de nouveau.

— Là, tu vois, tu recommences ! On dirait un chat avec une trop longue queue dans un rocking-chair.

— Curieuse expression. C'est sudiste ? Ça vient de ta femme, peut-être ?

— Son père, en fait. Qu'est-ce qui ne va pas ?

— J'ai mis un string, tu es content ? Et ça fait mal, figure-toi.

Sa réponse lui coupa le sifflet. De même qu'aux membres du conseil paroissial de Saint-Thomas, assis à la table d'à côté. Le révérend Fisk lui fit un clin d'œil de connaisseur et redirigea l'attention de sa tablée vers la douloureuse question du budget.

— Ah oui ? Un string ?

— Oui, alors fantasme un bon coup maintenant, parce que c'est la dernière fois.

— Si c'est si inconfortable que ça, tu peux l'enlever, dit-il avec un air coquin.

— Ça craint, d'être une fille, crois-moi.

— Je veux bien te croire, mais j'aime autant que tu en sois une.

Elle sentit une douce chaleur envahir son ventre. A cet instant, Hannah apporta les *nachos,* et Prudence Vanderbeek s'écroula sur la chaise à côté de Jack.

— Salut, la compagnie ! Em, je peux goûter ? Je meurs de faim.

Elle trempa un *nacho* et l'enfourna dans sa bouche.

— Vous dînez en tête à tête ?

— Entre amis, précisa Em au moment où Jack acquiesçait sans plus de précisions.

Ah ah, il semblait que le string ait eu son petit effet, finalement.

— C'est bien, de ne pas être d'accord, fit remarquer Pru. Ça garde un peu de piment. Profitez-en bien, parce que quand on est marié depuis vingt-cinq ans on a besoin de faire preuve d'imagination dans l'alcôve, si vous voyez ce que je veux dire.

— Je ne veux pas en savoir plus. Je te paierais même pour que tu t'arrêtes là, lui dit Jack.

— Ne fais pas attention à lui, Em. Je peux te donner des millions de bons trucs.

— N'écoute pas ma sœur te parler de sa vie sexuelle, conseilla Jack. Pru, tu nous laisses ? Tu vas me faire rater mon coup.

— Tu parles ! Ne crois rien de ce qu'il te dira, Em. C'est un triste célibataire pas très soigné. Et si tu voyais son chat ! ajouta-t-elle en frissonnant. Tu mérites mieux.

Elle reprit un *nacho*, donna une tape sur l'épaule de Jack et s'en alla, ses bottes de travail résonnant sur le plancher.

— Au fond d'elle, elle m'adore, dit Jack.

— Ça se voit.

Il lui sourit et elle lui rendit son sourire, et pendant quelques instants ils se fixèrent, jusqu'à ce qu'elle baisse les yeux.

Bon sang, ce que c'était compliqué, ces tête-à-tête ! C'était sans doute pour cela qu'elle n'en avait pas eu beaucoup.

— Tu me donnes l'impression d'aimer ton métier, enchaîna Jack.

Très bien. Parlons boulot. Elle adorait parler de son travail.

— Oui, beaucoup.

— Levi est un bon chef ?

— Tu le lui diras si je réponds que oui ?

— Non, je ne voudrais pas qu'il prenne la grosse tête.

— Moi non plus. Mais c'est un super chef. Et comme beau-frère, il est bien ?

— Parfait, sauf que je suis presque certain qu'il couche avec ma sœur.

— A voir le ventre de Faith, on dirait bien, oui.

Hannah leur apporta leurs burgers, et elle ébouriffa en passant les cheveux de Jack. (Visiblement, il était impossible de passer à côté de lui sans le toucher, si on était une femme.) Puis ils se retrouvèrent seuls. Et indéniablement c'était agréable. Elle était presque détendue.

Sauf lorsqu'elle se mettait à le regarder un peu trop longtemps, parce qu'il était vraiment, comment vous dire… très beau. Tout était parfait chez lui : son large et beau sourire, sa bouche (il ne fallait pas qu'elle pense à leur baiser ou elle manquait s'étouffer avec son burger). Et ses yeux, ces yeux bleu azur qui étaient comme la cerise sur un gâteau savoureux.

Alors qu'elle, elle n'était pas désagréable à regarder, avec aussi un bon sourire, grâce aux bons soins du Dr Warren qui avait remplacé ses deux dents de devant, et puis elle n'était pas trop mal coiffée ce soir, grâce au gel sicilien…

Elle se força à se tenir bien droite, ce qui n'arrangea rien au niveau de son string, essaya de sourire, sourit, essaya aussi de trouver des histoires amusantes à lui raconter et n'en trouva aucune.

Pourtant, elle en connaissait des tas. Mais si, elle en connaissait. Maintenant, est-ce que c'était le moment de les raconter ? Non. Ah si, l'histoire du chat ! Celle-là avait toujours un franc succès.

— L'autre jour, j'étais sur une intervention, et…

— Salut, la compagnie !

C'était Faith, plus ronde et jolie que jamais.

— Comment ça va ? leur demanda-t-elle, radieuse, les mains posées sur son ventre.

— Très bien, répondit Emmaline sans prêter attention au soupir de Jack. Vous dînez ici avec Levi ?

— Non, je suis là avec mes sœurs, on est venues espionner Jack.

— Vous n'avez pas intérêt, dit celui-ci.

— Pru dit que tu es trop timide.

— Il faudrait que je sois comme elle, c'est ça ?

— Par pitié, non. Tu sais ce qu'elle m'a raconté l'autre jour ? Ils étaient en train d'enchaîner des épisodes de *The Walking Dead*, ce qui les a évidemment bien émoustillés, et donc…

— Stop ! Tu es pire qu'elle, Faith !

Faith fit un clin d'œil à Emmaline, qui sentit une bouffée d'affection. Elle avait toujours bien aimé Faith.

— Oh ! le bébé donne des coups de pied ! Touche.

Elle prit la main d'Em et la posa sur son ventre, qui se déforma bizarrement.

Waouh.

Il y avait bien un bébé là-dedans. Oui, évidemment, qu'il y en avait un, mais de là à le sentir bouger…

— C'est dingue, souffla Emmaline, émue.

— Allez, Faith, viens et fiche-leur la paix, dit Honor Holland sur un ton amusé. Désolée pour ce défilé familial, Jack. Ça va, Emmaline ?

— Très bien, je suis contente de te voir.

— Moi aussi. Viens, Faith, tes *nachos* sont servis.

— Ah, je dois y aller. Il faut que je mange pour deux, vous comprenez.

— Honor, c'est toi ma préférée, lança Jack.

— Quoi ? s'insurgea Faith. Mais qui fait de toi le parrain de son premier enfant ?

— Je retire ce que j'ai dit, Honor. C'est Faith, ma préférée.

Honor lui répondit d'un signe de la main.

— Tu as une famille très sympa, commenta Em.

— Oui, ça va. Ils sont un peu envahissants mais assez chouettes.

Son regard se tourna alors vers l'entrée. Em regarda aussi.

Devinez quoi. C'était Hadley, enveloppée dans un élégant manteau ivoire, et chaussée de bottes de cuir caramel, une écharpe verte à motifs savamment nouée autour du cou. Elle était coiffée d'une queue-de-cheval qui lui donnait un air juvénile et plein d'énergie. D'un geste gracieux, elle enleva son manteau, révélant un legging vert foncé et un top de dentelle vraiment adorable. Un mélange de sophistication et de fraîcheur, de décontraction et d'élégance. Emmaline se dit qu'elle devrait peut-être prendre une photo pour avoir un modèle de tenue pour son prochain tête-à-tête, parce que tout à coup sa robe noire toute simple lui sembla d'une banalité incroyable et d'une prétention pathétique.

Elle soupira. Dans une minute, elle allait venir leur dire bonsoir, et Emmaline allait se sentir comme un gorille à qui on a enfilé une robe pour lui faire passer une soirée parmi les humains.

— Alors, c'était quoi, cette histoire ? demanda Jack en se tournant de nouveau vers elle.

— Tu ne veux pas saluer ta femme ?

— Mon ex-femme, Emmaline, et la réponse est non. Raconte-moi plutôt cette intervention.

Tandis qu'il disait cela, son regard se dirigea de nouveau vers Hadley et il fronça les sourcils.

— Tu fronces les sourcils, lui fit remarquer Em.

— Je suis agacé.

— Désolée, grincheux.

— Pas par toi. On aurait dû rester chez Hugo.

— Je suis sûre qu'elle t'aurait retrouvé n'importe où. Elle t'a installé une puce électronique sous la peau.

Em prit un *nacho*, en attendant que Hadley vienne faire les yeux doux à Jack.

Mais à sa grande surprise elle ne s'approcha pas d'eux. Elle les vit et fit un signe de tête, puis s'installa au bar, pas directement dans la ligne de mire de Jack, mais pas en dehors non plus.

Mmm… c'était louche. Et encore plus louche lorsqu'elle sortit un livre de son sac.

Donc elle savait lire.

Mais Emmaline connaissait ce sentiment de solitude le soir à table quand on se retrouve avec le silence pour seule compagnie. Parfois, c'était agréable. Parfois pas du tout, et, s'il y avait un endroit où la solitude se faisait particulièrement sentir, c'était celui-là.

Est-ce que sa présence était juste une coïncidence ?

— Alors, comme ça, tu as un chat ? lui demanda-t-elle.

— Oui, Lazare, répondit Jack.

— Sympa, comme nom.

— Je l'ai trouvé quand il était tout petit. On aurait dit qu'il avait été attaqué par une bête, il était couvert de sang, et il avait une oreille arrachée et une patte cassée. Je l'ai emmené chez le véto, qui pensait qu'il n'allait pas passer la nuit, mais si.

Il avait posé sa main gauche sur la table, tout près de sa main droite à elle, et elles se touchaient presque. Lorsqu'elle s'en rendit compte, elle voulut la retirer, mais cela attirerait peut-être trop son attention sur le fait qu'elle était nerveuse.

Il avait de grandes mains. Grandes et fortes, des mains très masculines. Em déglutit avec peine.

Le petit doigt de Jack effleura le sien, et ce fut comme une imperceptible caresse. Il lui sourit, et elle ressentit un bonheur et une plénitude grandissants.

Il lui avait apporté des fleurs, s'était rasé. Son petit doigt la faisait chavirer, et, si son seul petit doigt lui faisait autant d'effet, que lui ferait sa main tout entière, sans parler de son…

— Oh non ! Oh non !

Ils se tournèrent vers Hadley, qui avait posé une main sur sa bouche, tandis que l'autre tenait son téléphone contre sa charmante petite oreille.

La demoiselle en détresse, deuxième acte.

— Va voir ce qui ne va pas, dit Emmaline à Jack, avec un soupir.

— Non. Si elle a besoin de moi, elle…

— Mais elle a besoin de toi.

— Elle n'a qu'à venir.

— Tu perds du temps, répondit-elle en levant les yeux au ciel.

— Mange ton burger, tu veux ?

Ah oui, au moins, il restait ça. Elle mangea une bouchée : c'était le burger spécial de la maison, avec des oignons caramélisés croustillants et un fromage fondant absolument fabuleux, et elle attendit de voir.

Elle n'eut pas à attendre longtemps. Hadley s'approcha, les yeux remplis de larmes, comme une biche aux abois.

— Jack, je suis désolée de te déranger.

— Que se passe-t-il, Hadley ?

En effet, que se passait-il ? Quel était l'événement majeur qui cette fois-ci allait forcer Jack à la raccompagner chez elle ?

— Tu t'es retordu la cheville ? demanda Emmaline.

— Quelqu'un est mort dans la famille, murmura Hadley dans un sanglot.

Zut, se dit Emmaline, qui se sentit soudain super mal.

— Oh ! je suis sincèrement désolée, lui dit-elle en lui prenant la main.

— Oh non ! Mais qui ? s'enquit Jack en se levant.

Hadley retira sa main de celle d'Emmaline, se couvrit le visage et s'effondra en sanglots contre la poitrine de Jack. Emmaline ne comprenait pas ce qu'elle disait. Il lui sembla entendre le prénom Anna. C'était peut-être une enfant ? Ou bien sa sœur ? Ou sa grand-mère ou…

— Je sais bien qu'elle avait vingt-trois ans, mais je n'étais pas prête, j'imagine. Oh ! Jack !

Waouh, mince ! Vingt-trois ans, c'était vraiment jeune pour mourir ! Pauvre Hadley ! Mais pourquoi Jack ne se montrait-il pas plus gentil ? A contrecœur, il passa son bras autour de ses épaules, et elle se lova plus encore contre lui.

— Ce sont des choses qui arrivent, dit-il.

Non, décidément, vraiment pas très sympa, surtout venant de lui.

— Je n'imagine pas la vie sans elle, poursuivit Hadley sans cesser de pleurer.

Toute la salle avait les yeux rivés sur elle, à présent.

— Qui est Anna ? chuchota Em.

— Son chat, Anastasia.

Em était stupéfaite. Tout ça pour ça !

— Vingt-trois ans ? C'est un record.

Comme les *nachos* n'allaient pas se manger tout seuls, Em se resservit. Hadley ne semblait pas vouloir se calmer. Heureusement, son mascara était waterproof, ce qui n'avait rien de surprenant.

— Elle n'était même pas malade. Quel choc !

— Oui, enfin, vingt-trois ans, ça me paraît un âge canonique pour un chat. C'était son heure, voilà tout, déclara Emmaline.

— Mais non, pas encore ! s'écria Hadley en lui lançant un regard désespéré et choqué (et peut-être aussi un peu triomphal), avant de se raccrocher à la chemise de Jack.

— Elle était en parfaite santé, n'est-ce pas, Jack ?

— Tout de même, vingt-trois ans, c'est très très vieux. Vous deviez vous y attendre, fit remarquer Em.

— Pas du tout ! Je suis sous le choc, je vous assure. Je ne m'y étais pas du tout préparée !

— Non, d'ailleurs, pourquoi vous y seriez-vous préparée ? La plupart des animaux de compagnie ne meurent jamais, répliqua Em, ce qui lui valut un regard réprobateur de Jack.

— Je suis désolé, dit-il à son ex, tout en essayant de la maintenir à bonne distance, mais, aussi menue fût-elle, elle se raccrochait à lui de plus belle.

Résignée, Em continua de manger son burger et se

demanda si ce serait impoli de vérifier sur son téléphone le score du match Rangers-Penguins. Vu que son tête-à-tête était compromis à cause de cette pleurnicheuse, elle décida de le faire.

Plusieurs personnes s'étaient approchées, notamment les membres du conseil paroissial, qui exprimaient leur compassion, ainsi que Gerard Chartier, et Victor et Lorena Iskin.

— Mon chat a vécu jusqu'à dix-neuf ans, déclara Lorena d'une voix tonitruante. Il est allé mourir sous le radiateur, et je ne l'ai retrouvé qu'à cause de l'odeur. Mon pauvre Oscar.

Les pleurs de Hadley redoublèrent.

— Quelle est la durée de vie moyenne d'un chat, en fait ? demanda Gerard.

— Quinze ans, peut-être, répondit Victor, qui avait lui-même plusieurs animaux.

— Quinze ans ? dit Emmaline en levant les yeux de son téléphone. (Les Rangers menaient de quatre points, bénis soient-ils.) Waouh, on dirait que vous avez plutôt eu de la chance, alors, Hadley.

— Eh bien, je n'ai pas l'impression d'avoir particulièrement de la chance à cet instant, riposta d'un ton vif la petite chose fragile.

Elle avait un air dur, et Emmaline lui lança un regard oblique. Cet épanchement public était grotesque. Ça ne serait jamais arrivé dans *Steel Magnolias*[1].

— C'est très triste, dit Victor. Vous pourriez la faire naturaliser. Moi-même, je pratique la taxidermie à mes heures perdues.

Nouveau redoublement de pleurs.

Em en avait plus qu'assez.

1. Film américain réalisé par Herbert Ross sorti en 1989, dont le titre français est *Potins de femmes*, et qui met en scène six femmes dans un salon de beauté en Louisiane.

— OK, Jack, on se verra une autre fois. Mes condoléances, Hadley.

— Si j'avais su, je serais restée près d'elle, gémit Hadley. Oh ! Jack, je n'étais pas près d'elle lorsqu'elle est morte ! Comment ai-je pu laisser faire une chose pareille ?

— Calme-toi, lui dit-il. Em, ne t'en va pas.

— Merci pour le dîner. C'était parfait.

Et elle s'assura qu'il ne perdait rien de son ironie en l'assortissant d'un regard bien senti.

— Je passe chez toi plus tard.

— Non, surtout pas. Reste auprès de cette femme qui souffre, j'insiste.

— Emmaline.

Elle s'en alla.

Dire qu'elle avait mis un string pour ça.

18

Trois jours plus tard, Jack se réveilla d'une humeur de chien.

Il avait finalement raccompagné Hadley l'autre soir, ignorant la désapprobation unanime de ses sœurs et de Mme J. lorsqu'il avait quitté le pub. Elles ne s'étaient pas privées de lui faire connaître leur point de vue à coups de SMS.

Oui, il était nul. Mais qu'était-il censé faire d'autre ? Laisser Hadley là, en train de pleurer toutes les larmes de son corps au milieu d'une ville où personne ne l'aimait ? L'emmener jusqu'à Cornell et la larguer devant la porte de Frankie ? Lui dire qu'il se fichait de ses problèmes ?

Elle adorait Princesse Anastasia en dépit de son caractère diabolique. On la lui avait offerte pour ses sept ans. Et il savait que son chagrin était sincère.

Il avait quitté son appartement dès qu'il avait pu, avait marché jusque chez Emmaline et s'était posté devant la petite maison. Il y avait de la lumière à l'étage, peut-être celle de sa chambre, une pièce mansardée dont les murs étaient peints en vert, et où il apercevait les briques d'un conduit de cheminée.

Son lit devait être confortable et désordonné, avec des draps de pilou, un bon vieux matelas et une pile de livres sur la table de chevet. Elle devait être du genre à dormir avec son chien.

Il sortit son téléphone et l'appela. Il tomba directement sur le répondeur.

« Salut, je suis devant chez toi. Je suis vraiment désolé pour ce soir. Appelle-moi, OK ? »

Mais elle ne l'avait pas fait, et il avait l'impression qu'elle ne le ferait pas.

C'était dommage parce qu'il se sentait bien avec elle. Elle était forte et tendre à la fois, jurait comme un charretier mais portait un string, savait passer des menottes mais aimait respirer le parfum d'une tulipe. Sur le terrain de hockey, elle était redoutable, mais sa peau avait la douceur de la soie.

Bien. Il avait fini son café, et il était temps d'aller travailler. Mme Johnson lui reprochait de ne plus jamais venir prendre le petit déjeuner et avait même tenté de l'acheter en lui proposant un gâteau au chocolat qu'elle avait fait rien que pour lui. C'était payant, d'être le chouchou.

Avant de partir, il cliqua sur le site web du journal local, histoire de vérifier si Josh Deiner était mort ou pas.

Il ne l'était pas, pas encore, du moins.

Lazare réclama sa pitance, et Jack s'exécuta, puis il attrapa ses clés et passa mentalement en revue tout ce qu'il avait à faire aujourd'hui. Il fallait nettoyer les fûts, un gros boulot mais pas compliqué, goûter la dernière cuvée de riesling avec Pru, qui s'inquiétait des conséquences des dernières chutes de neige, et discuter avec son père de cette nouvelle variété de chêne en vue de la fabrication des futurs tonneaux. Faire un saut à l'hôpital et peut-être croiser les parents Deiner, qui pourraient lui donner des nouvelles de Josh, ou le laisseraient le voir, juste une minute.

« Celui qui avait le plus besoin de vous, vous êtes allé le chercher en dernier. »

Jack sortit de chez lui, en essayant de contrôler ses gestes. Il ferma la porte à clé et s'arrêta une minute.

« Celui qui avait le plus besoin de vous. »

Il resta là à tenter de chasser le souvenir de cette nuit, puis il inspira profondément et longuement l'air frais et humide. Un brouillard épais flottait au-dessus du lac, mais plus haut le pâle soleil de mars diffusait une lumière dorée. Une corneille croassa dans le chêne avant de s'envoler et de se poser au bout d'un rang de vigne sur un pieu de cèdre.

Il inspira de nouveau, plus lentement encore. Le long du champ courait un mur de pierre construit par ses ancêtres, que Jack entretenait.

Il ouvrit la portière et s'installa au volant de son pick-up, avant de se figer : un opossum mort était posé sur l'autre siège avant.

Les opossums sont des animaux qui, quelles que soient les circonstances, n'ont rien d'attirant. Mais un opossum mort ! Et dans sa voiture ! C'était encore plus répugnant. Il avait la gueule ouverte dans un rictus affreux, et sa queue sans poils pendait. A en juger par l'angle, on lui avait brisé le cou.

Il n'avait pas pu grimper tout seul dans le pick-up, ni passer par une vitre baissée car toutes les vitres étaient relevées. On était début mars, quand même, et il avait fait -8 °C la nuit dernière.

Quelqu'un l'avait placé là.

Plus tard le même jour, il se rendit au poste de police.

— Bonjour, Jack, dit Carol en se levant d'un bond pour l'embrasser. Tu viens voir Emmaline ? J'ai entendu dire que votre rendez-vous ne s'était pas très bien passé.

— Elle est là ?

— Non. Elle suit une formation sur la manière de négocier en cas de prise d'otage. Non pas que ça arrive souvent dans le coin.

Curieusement, elle eut l'air déçue en disant cela.

— Est-ce que Levi est dispo ?

— Oui, il est dans son bureau au téléphone. Levi ! cria-t-elle. Jack est ici et il voudrait te voir quand tu auras fini.

— Quelle secrétaire hors pair ! observa Jack.

— Je te demande pardon, mais je suis assistante administrative, et ne me parle pas sur ce ton, tu veux ! Je t'ai changé les couches quand tu étais bébé, répliqua-t-elle.

— Vous dites ça à tous les garçons, répondit Jack.

— Entre, Jack ! lança alors Levi depuis son bureau. Et Carol, s'il te plaît, pourrais-tu utiliser l'interphone au lieu de hurler comme ça ?

Carol leva les yeux au ciel et se rassit à son bureau. Jack lui fit un clin d'œil. Il avait toujours adoré Mme Robinson.

— Que puis-je faire pour toi ? lui demanda Levi.

— Eh bien, il s'agit d'une affaire qui intéresse la police. Enfin, je crois.

Levi s'assit à son bureau, et Jack, en face de lui.

— Je t'écoute, dit-il en prenant de quoi noter.

— Je ne suis pas sûr de vouloir déposer plainte ni quoi que ce soit, mais j'ai trouvé un opossum mort dans mon pick-up ce matin, le cou brisé.

— Mince, alors. A quelle heure ?

— Vers 7 heures.

— Et pourquoi ne m'as-tu pas appelé tout de suite ?

— Il était mort. Il ne risquait plus de me mordre, répondit Jack en haussant les épaules.

— Oui, enfin, ce n'est pas normal de trouver un animal mort dans sa voiture, Jack.

Jack se passa la main dans les cheveux.

— Je sais bien.

— Qu'en as-tu fait ?

— J'ai enfilé des gants et je l'ai jeté dans un sac-poubelle. Il est dans mon coffre.

— Et j'imagine que tu as tout nettoyé ensuite, non ? Et effacé toutes les empreintes digitales qu'on aurait pu relever.

— Tu peux encore essayer la portière, mais, oui, c'est ce que j'ai fait. Je ne veux pas en faire toute une histoire. A mon avis, ce sont juste des gamins.

Pauvres gamins. On les accusait de tous les maux.

Levi ne dit rien, tout d'abord, et prit quelques notes.

— As-tu remarqué autre chose de bizarre ces derniers temps ?

— Oui, l'autre jour, quelqu'un a laissé un mot sur mon pare-brise. Ça disait : « Tu ferais mieux de faire gaffe à toi. »

— Tu as gardé ce mot ?

— Non.

— Tu sais, Jack, c'est toujours frustrant pour nous de constater que les contribuables de Manningsport ne se tournent pas vers leurs gentils flics pour demander de l'aide. En particulier lorsque le flic en question fait partie de la famille.

— Je comprends, fit Jack.

Puis, quelques secondes après, il ajouta :

— Le bout de papier était rose vif, si ça peut t'aider.

— Ce qui m'aurait vraiment aidé, c'est que tu ne le jettes pas. Y a-t-il autre chose ?

— Oui, une autre fois, je suis rentré chez moi et toutes les lumières étaient allumées, et la porte d'entrée, ouverte. Mais bon, c'est peut-être moi. J'oublie plein de trucs, ces derniers temps.

— J'imagine bien que l'accident t'a causé pas mal de stress. Tu vas bien, sinon ? Tu dors bien ?

Jack était content de constater qu'Emmaline n'avait rien raconté à son patron. Il songea un instant à parler à Levi de ses cauchemars et de ses flash-back, mais c'était son beau-frère et il allait être papa. C'était aussi le chef de la police et un vétéran de l'armée qui devait avoir ses propres flash-back. Jack n'allait pas en rajouter.

— Oui, je vais bien.

Levi le fixa, et Jack le fixa en retour.

— OK, dit finalement Levi. Pour moi, il s'agit de quelqu'un qui t'en veut à mort. J'aimerais bien aller en toucher deux mots aux Deiner.

— Hors de question, dit Jack.

— Mais, Jack, ils...

— Leur fils est dans le coma. Je doute vraiment qu'ils prennent le temps d'aller tuer un opossum pour le fourguer dans ma voiture.

— C'est vrai qu'ils ne quittent pas son chevet. J'en doute aussi.

Levi se renversa en arrière dans son fauteuil.

— Et ton ex-femme ?

L'idée avait aussi traversé l'esprit de Jack.

— Les lumières et le mot sur le pare-brise, éventuellement, mais l'opossum mort, impossible.

— Tu es sûr ? Rien ne rend les gens plus fous que la jalousie.

Jack hésita. Hadley était un peu... barrée, c'était vrai, mais il ne la voyait pas faire une chose pareille.

— Ce n'est pas son style, dit-il.

— Je lui poserai tout de même quelques questions. Et toi, Jack, ne sois pas bête : la prochaine fois que quelque chose arrive, préviens-moi. L'animal mort dans ta voiture, ce n'est quand même pas rien.

— D'accord, acquiesça Jack en avisant une photo de Faith dans le dos de Levi. Et, sinon, comment se porte ma sœur ?

L'expression sur le visage de Levi changea du tout au tout.

— En pleine forme, répondit-il, béat.

— Parfait. J'ai hâte de voir mon neveu, fit Jack en se levant et en tendant la main à Levi. Il faut que j'y aille.

Emmaline n'était toujours pas revenue. Dommage.

19

— Souvenez-vous, la personne en question est votre amie pour le moment, expliquait Jamie, la super instructrice. Même si vous êtes horrifié par ce qu'elle est en train de faire, et que vous n'avez qu'une idée c'est de lui coller votre poing dans la figure, pour le moment, vous êtes dans *l'empathie*, dans *l'écoute* et dans *l'identification*.

Elle désignait sur le tableau blanc ces mots qu'elle avait écrits.

— Ne lui dites pas que ce qu'elle fait est fou ou idiot. Ne négligez pas ce qu'elle ressent. La situation est tendue, et elle a besoin de sentir qu'elle peut vous faire confiance. OK ? Emmaline et Butch, à vous. Em, tu fais la femme givrée qui tient en joue ses parents. C'est parti !

Butch s'éclaircit la voix. Lui et Emmaline étaient assis sur des chaises devant le groupe, dos à dos, tandis que Shirley et Gale jouaient les parents terrorisés.

— Alors que se passe-t-il avec tes parents ? demanda Butch.

— Je les déteste, répondit Em, avec un clin d'œil pour Shirley, qui était sa meilleure copine dans tout le groupe.

— Eh bien, mais tout le monde déteste ses parents. Moi aussi, je déteste les miens, répliqua Butch.

— Non, Butch, interrompit Jamie. Il ne s'agit pas de toi. Il s'agit d'Em et de ses cons de parents. Reprenez.

— OK, dit Butch. Tu détestes tes parents, c'est ça ?

— Oui. Ils préfèrent ma sœur.

Ce n'était pas si loin de la vérité.

— Ah bon, ils préfèrent ta sœur ?

— Ouais.

— Et pourquoi, à ton avis ? demanda Butch.

Em l'entendait pratiquement transpirer. Ce n'était pas le meilleur élève du groupe.

— Parce qu'elle est mieux que moi, c'est tout. Plus jolie, plus intelligente, plus gentille.

— Et qu'elle ne les retient pas en otage, elle, ajouta Ingrid.

— Poursuis, Butch, dit Jamie.

— Oui, euh… qu'est-ce que je dis, maintenant ?

— Pourquoi ne pas faire jouer la corde sensible ? suggéra Jamie. Identifier ce qu'elle ressent pour qu'elle voie que tu comprends la situation.

— OK, OK. T'es super énervée, hein, c'est ça ?

Em s'efforça de ne pas sourire.

— Ouais, je suis énervée ! C'est pour ça que je les ai attachés et que j'ai ce flingue !

C'était amusant, ce jeu de rôle.

A vrai dire, il y avait beaucoup plus de psychologie qu'elle ne l'aurait cru : l'identification, l'empathie, l'écoute active, l'adaptabilité… Pour la première fois de sa vie, elle comprenait pourquoi ses parents aimaient à ce point leur métier.

— Attends voir, Butch, je prends le relais, dit alors Jamie en le délogeant de sa chaise pour s'y asseoir.

— Alors, Em, comme ça, tu trouves injuste que tes parents préfèrent ta sœur ?

— Exactement.

— Ce doit être vraiment frustrant. Notez, les autres, que je suis en train de nommer ce qu'elle ressent, pas seulement de m'en faire l'écho, comme ce que faisait Butch. Ne le prends pas mal, Butch, mais, si elle m'entend nommer ses sentiments, Em est sûre que je la comprends et nous créons une relation d'empathie. OK, Em, revenons-en à toi. Ce doit être frustrant.

— En effet, répondit Em, qui ressentit alors une bouffée de culpabilité. Mais je dois admettre que je n'étais pas facile, alors que ma sœur est vraiment géniale.

A propos d'Angela, sa perfection de sœur, elle se dit qu'elle devrait l'appeler un de ces jours.

— J'ai l'impression que vous êtes très proches.

— Oui, très. Elle est sympa.

— Que penses-tu qu'elle dirait si elle voyait ce qui se passe en ce moment ?

— Elle me dirait de ne pas faire ça.

Jamie ne répondit rien, si bien qu'Em poursuivit.

— Elle serait fâchée, dévastée, même. Elle les aime tellement !

— Vous avez remarqué que je l'ai laissée parler, les autres ? s'enquit Jamie. Ceci n'est pas un interrogatoire de police où l'on bombarde le suspect de questions pour le déstabiliser et obtenir ses aveux. Parfois, ces pauses permettent au malfaiteur de réfléchir, et la situation peut être renversée.

Sur ces mots, elle se leva.

— C'est tout pour aujourd'hui. On a bien travaillé.

Sur la route du retour, Em reçut un appel de Levi qui lui demandait de passer chez Alice McPhales, une gentille vieille dame qui souffrait de démence sénile. Elle vivait encore seule, mais son fils allait rapidement devoir prendre des mesures. Elle appelait la police au moins trois fois par semaine, convaincue que des rôdeurs tournaient autour de sa maison, une ferme à la sortie de la ville. Aujourd'hui, elle avait prétendu que quelqu'un s'était introduit chez elle. Cela arrivait plusieurs fois par mois, si bien qu'Em n'était pas vraiment inquiète.

Everett se gara en même temps qu'elle.

— Petite journée ? fit Em.

— Je vais inspecter le périmètre, répondit Everett, en posant la main sur son arme.

— Ne touche pas à ça, idiot, lui dit Em.

— Ben qu'est-ce que je suis censé faire, alors ? Je n'ai pas envie d'entrer là-dedans, moi. D'ici à ce qu'il y ait quelqu'un…

— Everett… Non, rien. Fiche le camp et va inspecter le périmètre, mais si tu touches à ton arme je te jure que je fais un rapport à Levi, sauf si c'est une attaque de martiens.

Everett donna un coup de pied dans une touffe d'herbe et s'éloigna en maugréant.

— Madame McPhales, appela Emmaline en frappant à la porte.

La vieille dame entrouvrit.

— Où est Levi ? lança-t-elle.

— Il est resté au poste et m'a demandé de venir à sa place. Je me présente : Emmaline Neal. Je suis la petite-fille de Luanne Macomb. Vous vous souvenez ? Je suis agent de police, moi aussi.

— Ah oui ! Luanne. Elle est charmante ! Et quelle tricoteuse ! Dites-lui bonjour de ma part, vous voulez bien ?

— Je n'y manquerai pas, madame McPhales.

Inutile de lui rappeler que sa vieille amie était morte.

— Puis-je entrer vérifier que tout va bien ?

La maison de Mme McPhales était la maison typique d'une vieille dame : encombrée d'objets et pleine de petits tapis qui risquaient de la faire trébucher. Et elle était sombre car tous les rideaux étaient tirés.

— Que pensez-vous qu'on vous ait pris, madame McPhales ? questionna Em en allumant la lumière.

— La saucière de ma grand-mère. Je ne peux pas croire qu'ils me l'aient prise ! dit la vieille dame en se mettant à pleurer. Elle était tellement belle, et je ne la trouve plus. Ils ont dû entrer pendant que je dormais. Je ne me sentirai plus jamais en sécurité ici, maintenant. Et dire que c'est mon mari qui a construit cette maison. Ils l'ont salie ! Ils l'ont violée !

— Et si je nous faisais une tasse de thé ? proposa Em en lui passant un bras autour de l'épaule.

— J'aime mieux le café, mais la… la boîte noire est cassée dans la cuisine.

— Vous voulez dire la cafetière ?

— Oui.

Em alla dans la cuisine. Des assiettes sales étaient empilées dans l'évier, et la cafetière, débranchée. Elle la rebrancha et fit du café. Pendant qu'il passait, elle remplit l'évier d'eau chaude.

— Vous n'êtes pas obligée de faire ça, dit Mme McPhales.

— Oh ! ça m'est égal, j'aime bien faire la vaisselle. Vous me direz où les ranger.

— Périmètre dégagé, fit la voix d'Everett dans la radio.

— Sans blague ! dit Em à voix basse. Compris. Tu peux rentrer, Ev.

— Compris. Je rentre au poste.

Dans les placards, c'était un désordre sans nom : des boîtes de céréales au milieu des verres, un bocal ouvert de beurre de cacahuètes dans une passoire. Em rangea aussi bien qu'elle le put, puis servit une tasse de café à Alice.

— Alors ? A quoi ressemble cette saucière ? demanda-t-elle en prenant son carnet pour ne pas que Mme McPhales pense qu'elle se moquait d'elle.

Celle-ci but une gorgée de café.

— Quelle saucière ?

— Celle que vous a donnée votre grand-mère.

— Ah oui. Elle était blanche avec des fleurs roses. Elle était très ancienne. Elle l'avait achetée en Angleterre et quand j'étais petite elle la sortait pour Noël. J'adorais la voir sur la table. Elle était très jolie et très classe.

Elle se mit à pleurer doucement, et Em sentit son cœur se serrer. Les parents de son père étaient morts lorsqu'elle était petite, et Nana avait été emportée dans son sommeil par un infarctus massif.

Em vivait dans le Michigan à l'époque et elle se souvenait s'être effondrée en apprenant la nouvelle par sa mère. Kevin avait été merveilleux, l'avait prise dans ses bras, et elle se rappelait l'odeur réconfortante de sa chemise, et aussi celle, constante, de sa sueur, à l'époque où il était si gros.

Nana avait eu de la chance. La vieillesse n'était pas toujours aussi clémente.

— Laissez-moi jeter un œil, dit Em en se levant.

— Vous ne la trouverez pas ! Ils l'ont prise. Ces gens ! Oh ! si seulement ils n'étaient pas venus !

— Si je faisais tout de même un petit tour ? Pour être sûre que rien d'autre ne manque.

Em posa sa main sur l'épaule de la vieille dame, qui leva vers elle ses yeux encore mouillés de larmes.

— Vous feriez ça ? Oh ! merci !

La saucière était dans la salle de bains, posée sur le radiateur.

— Est-ce que c'est ça ? demanda Emmaline en revenant dans la cuisine.

— Oh ! vous l'avez retrouvée ! Oh ! merci, mon petit ! Oh ! merci, je vous adore !

Em sourit, sans être sûre de savoir à qui s'adressait Mme McPhales, la saucière ou bien elle.

Après lui avoir fait un sandwich et avoir vérifié toutes ses fenêtres et tous ses verrous, Em laissa la vieille dame rassurée et alla à sa voiture, d'où elle appela Levi.

— Rien à signaler, patron, mais je pense qu'il faudrait parler à son fils pour qu'il l'installe à Rushing Creek ou bien qu'il lui trouve une aide à domicile. Elle est terriblement isolée, ici.

— Compris, répondit-il. Maintenant, rentre au poste, j'ai besoin de toi.

— Compris, boss !

— Chef Cooper, s'il te plaît, merci.

Elle sourit. Levi se prenait un tout petit peu trop au

sérieux, mais c'était touchant, bizarrement. C'était un bon patron et un flic modèle. Du reste, elle n'avait pas besoin de le lui dire, toute la ville le vénérait.

De sa voiture, Em appela ses parents. Le fait d'avoir fait semblant de les prendre en otage et ensuite sa visite à Mme McPhales, qu'elle avait trouvée si déprimée, eh bien… Disons que ses parents ne rajeunissaient pas.

— Coucou, maman, dit-elle en entendant sa mère décrocher.

— Emmaline ! Tu es malade ?

— Non, j'appelais juste pour prendre des nouvelles.

Il y eut un blanc.

— Ah !

— Alors, comment vas-tu ? demanda Em.

— Bien, et toi ?

— Bien.

Il y eut un autre silence.

— Tu as reçu les photos du mariage que je t'ai envoyées ? s'enquit sa mère.

— Oui, oui. Mais pourquoi fallait-il que tu m'envoies ces photos de Kevin et Naomi, maman ?

— Pourquoi ? Ça te pose toujours un problème ?

— Non, mais je ne suis pas sûre d'avoir envie de les voir s'embrasser.

— Je me suis dit qu'une thérapie par immersion t'aiderait à tourner la page.

— Mais je n'ai pas besoin qu'on m'aide.

Sauf à continuer cette conversation…

— Tout va bien pour moi.

— C'est intéressant que tu formules les choses de cette manière, ma chérie.

Sa mère s'était mise en mode psychothérapeute. Le dialogue n'avait jamais été facile entre elles deux. Em persévéra.

— Tu sais quoi ? Je suis une formation en gestion de crise, et on passe beaucoup par la psychologie.

— Vraiment ?

— Oui.

Emmaline attendit qu'elle relance, selon la technique de la pause, mais aucune relance n'arriva.

— Je crois que je comprends pourquoi vous aimez tant votre métier, reprit-elle alors.

Si ça, ce n'était pas un bel effort !

Silence. OK, donc avoir de bonnes relations avec sa mère était encore plus difficile qu'elle ne le pensait.

— Comment va papa ?

— Aucune idée. Il travaille, j'imagine.

— Et Angela ?

— Tout va bien.

Em soupira. Sa mère était comme ça, parfois, en général après une dispute avec son mari.

— Bon, eh bien, maman, j'ai été contente de t'entendre.

— Quand rentres-tu à la maison, Emmaline ?

Em surprit sa propre grimace dans le rétroviseur.

— Eh bien, un week-end cet été, peut-être ?

— Non, je veux dire quand rentres-tu pour de bon ? Ton caprice dans la police a assez duré, tu ne trouves pas ?

— C'est une carrière, maman, et elle me plaît.

— Moi, j'ai plutôt l'impression que tu te dérobes à ta vraie vie.

— Mais *c'est* ma vraie vie !

— Si tu as vraiment tourné la page avec Kevin, tu peux revenir. J'ai bien vu comme tu avais l'air malheureux au mariage.

— Alors, premièrement, tu as vendu la maison de mon enfance et, deuxièmement, bien sûr que c'était bizarre, ce mariage. Je…

— Ma chérie, tu es tellement intelligente. Et ton diplôme ? Tu n'as pas envie de revenir au journalisme ? Je suis sûre que tu vises quelque chose de plus utile que de rédiger des PV de stationnement toute ta vie !

Il n'y avait qu'une mère pour vous poignarder si directement. Em réussit à maîtriser sa voix.

— Ce que je fais *est* utile, maman.

— Mais tu pourrais faire tellement mieux.

— Merci.

— Enfin ! Regarde ta sœur ! Un doctorat en…

— Je sais très bien ce que fait ma sœur. Et j'aime beaucoup ce que je fais moi.

— C'est dommage.

Alice McPhales ne semblait pas de cet avis, pas plus que le groupe d'adolescents dont elle s'occupait (enfin, elle l'espérait).

— Il faut que j'y aille, maman. Je suis arrivée.

Elle raccrocha et desserra les dents.

Lorsque Levi lui avait offert le poste, il avait très clairement dit qu'il s'agirait à 90 % d'assurer des services à la communauté et à 10 % de faire appliquer la loi. A part des cas occasionnels d'effraction, de dépassement des limitations de vitesse ou encore de conduite sous influence, elle n'avait jamais de situations très graves à gérer.

Enfin, bon, il y avait eu le sauvetage, comme situation grave (et même terrifiante, quand elle repensait à Jack, les cheveux couverts de glace, en train de faire un massage cardiaque à Josh Deiner, les autres garçons formant autour de lui autour un bloc impuissant).

En revanche, faire la vaisselle de Mme McPhales et lui retrouver sa saucière adorée lui avait procuré une telle joie qu'elle en ressentait encore les bienfaits.

— Comment s'est passée ta formation ? lui demanda Levi en la voyant entrer.

— Très bien. J'adore.

— Tant mieux. J'ai un autre boulot pour toi.

— Je suis dispo, patron, déclara Everett, plein de bonne volonté. C'est une mission à risque ?

Sa main se porta automatiquement à son arme.

Levi le regarda, accablé.

— Non, Everett, j'ai besoin d'Emmaline. Et, si je te vois encore une fois tripoter ton pistolet, je te le supprime.

— Compris, patron. Pas tripoter son pistolet. Oui, chef !

— Viens dans mon bureau, Em.

Elle obéit, en piquant au passage un cookie sur le bureau de Carol. Mmm, avoine raisins secs…

— Prends-en deux, dit Carol.

— Tu sais que je t'épouserais bien, toi ! lança Emmaline.

— Inscris-toi sur la liste d'attente, alors, répondit Carol.

Levi s'assit derrière son bureau et croisa les mains.

— J'ai besoin que tu enquêtes sur quelque chose. On dirait que quelqu'un en veut à Jack. Ça n'a pas l'air méchant, mais ça pourrait le devenir. D'abord, on est entré chez lui, on a allumé toutes les lumières et laissé la porte et les fenêtres ouvertes.

— Les Deiner ?

— Je ne pense pas, parce qu'ils passent leur temps à l'hôpital.

— Son ex-femme, peut-être ?

Elle la voyait bien faire quelque chose comme ça, pour prouver à Jack qu'il avait besoin d'elle… mais en fait non, elle était plutôt du genre à l'appeler au secours, au contraire.

— C'est possible, dit Levi. Il y a une semaine, il a trouvé une note sur son pare-brise qui disait : « Tu ferais mieux de faire gaffe à toi. » Sur du papier rose vif, imprimé au laser.

— Est-ce qu'il l'a gardée ?

— Non.

— Mais est-ce que personne ne regarde *NCIS* ? demanda Em avec une moue dégoûtée.

— Il faut croire que non. Et ce matin il a trouvé un opossum mort dans sa voiture, le cou brisé.

— Mince, dit Em avec un sursaut.

— Donc, reprit Levi, je veux que tu ailles chez lui et que tu assures sa protection rapprochée.

— Sa protection rapprochée ? Mais je ne suis pas dans les services secrets, moi !

— Ne fais pas la maligne, tu veux, jeune fille ?

— J'ai un an de plus que toi, Levi. Tu penses vraiment qu'il est en danger ?

— C'est notre boulot de nous assurer que non.

Levi attrapa un stylo et commença à jouer avec, sans la regarder.

— Patron, nous ne sommes que trois dans l'équipe, et tu penses qu'il faut que j'aille baby-sitter Jack Holland parce qu'un rongeur mort est ve… Oh ! je sais, tu veux nous mettre ensemble !

— C'est l'idée de Faith, admit Levi en soupirant.

— Non mais tu plaisantes !

— Quoi qu'il en soit, je suis ton supérieur. Alors assure-toi que Jack se couche sain et sauf ce soir.

— Levi…

— Chef Cooper, si tu veux bien.

— Oh ! ne me balance pas du « chef » ! s'exclama-t-elle en se calant contre le dossier de sa chaise. Bon, OK, le coup de l'opossum, c'est flippant.

— Voilà.

— Mais est-ce qu'Everett ne pourrait pas y aller ? Tu sais bien comme il adore se balader avec son flingue.

— Oui, et d'ailleurs il va finir par se blesser, dit Levi en soupirant. Tu admettras qu'on ne voit pas tous les jours un opossum mort dans la voiture de quelqu'un. Alors fais-toi une raison et vas-y. Fais un tour autour de chez lui et va peut-être parler à son ex-femme. Faith me dit qu'elle est un peu… instable. Si elle a été capable de se fouler délibérément la cheville pour attirer l'attention de Jack…

— Tiens, tu me crois, maintenant ?

— Qui dit qu'elle ne serait pas capable de prendre une bestiole et de la fourrer dans sa voiture ? Surtout si elle est folle de rage qu'il sorte avec toi.

— Il ne sort pas avec moi. Il essaye juste, et…

— Laissons de côté notre vie privée, d'accord ?

— Mais c'est toi qui mets ça sur le tapis, Levi.

Il fronça les sourcils et la fixa patiemment, vaguement las.

— Bien. Je vais le faire, dit-elle enfin.

— Merci beaucoup, agent Neal.

— Tâche de t'en souvenir au moment de mon évaluation annuelle.

— Sans faute.

Il ne put s'empêcher de sourire un peu, puis lui fit signe de sortir de son bureau.

Em fit une première halte à Opera House. Elle monta les escaliers et frappa à la porte de l'appartement 3-C. Hadley lui ouvrit, un sourire radieux sur le visage qui s'évanouit instantanément lorsqu'elle vit que ce n'était pas Jack.

— Bonjour, miss Boudreau, dit Emmaline. Cela vous ennuie si j'entre pour vous poser quelques questions ?

— Jack va bien ? demanda-t-elle dans un souffle, en regardant furtivement derrière la porte.

— Je suis ravie que vous posiez la question. Y aurait-il une raison pour qu'il n'aille pas bien ? répliqua Em, intriguée.

— Euh, je ne sais pas…, répondit-elle en rougissant.

Coupable, pensa Emmaline, dans l'expectative.

— Eh bien, mais entrez donc ! proposa alors Hadley. Je n'ai aucune manière, moi !

Elle portait une robe fourreau rose, dans laquelle Emmaline aurait eu l'air d'un traversin mais qui était charmante sur elle. Elle s'était attaché les cheveux en une sorte de queue-de-cheval savamment négligée, ce qu'Em n'avait jamais réussi à faire. Ses cheveux à elle étaient épais, ni raides ni frisés, mais crantés à la Harry Houdini[1], et la seule manière de les maîtriser en vue du chignon réglementaire était d'user à la fois du gel magique, d'un gros élastique de supermarché récupéré autour des tiges de brocolis et de dix-sept pinces.

En réprimant un soupir de dépit, car ce n'était pas le moment de s'appesantir sur le sujet, elle entra dans l'appartement peu éclairé. C'était une location meublée, mais où Hadley avait mis sa touche personnelle. Un vase de tulipes roses et violettes était posé sur la table basse, et un plaid ivoire très doux, artistiquement placé sur l'accoudoir du canapé. Il y avait également de nombreux coussins et, sur les murs de brique, des miroirs encadrés. Deux ou trois bougies emplissaient l'air d'un parfum de lavande étouffant.

La pièce entière n'était conçue que dans le but de séduire.

Oh ! et puis aussi, comme c'était charmant ! une photo grand format du mariage de Hadley et Jack, placée dans la bibliothèque. Impossible de ne pas la voir…

Il fallait reconnaître que Jack, dans son costume de marine blanc, était superbe. Et, avec Hadley, ils formaient un très beau couple, on ne pouvait le nier. Elle était radieuse, minuscule et jolie comme tout, et Jack… Jack avait l'air incroyablement heureux.

Em s'efforça de détacher son regard de cette photo. Sur le comptoir de la cuisine se trouvaient une bouteille de vin aux trois quarts pleine et un verre. Sur l'évier, le tire-bouchon et le bouchon indiquaient que l'on venait de l'ouvrir.

Ça faisait beaucoup de vin pour cette si petite femme.

— Que puis-je faire pour vous, agent Neal ? demanda Hadley.

— Jack a trouvé ce matin dans sa voiture un opossum mort. Avez-vous une idée de qui pourrait avoir fait cela ?

— Vraiment ? s'exclama-t-elle, surprise. C'est atroce !

1. Célèbre prestidigitateur américain né en 1874.

Comment a-t-il réagi ? Faut-il que je l'appelle ? Est-ce qu'il a besoin de moi ?

— Est-ce vous qui l'avez placé là ?

— Moi ? Jamais de la vie !

— Où étiez-vous hier soir ?

— Ici, seule.

Vu que Jack ne portait même pas plainte, il savait peut-être que c'était son ex mais ne voulait pas qu'elle ait des ennuis.

— Quelqu'un peut-il confirmer cela ?

— Eh bien, oui, en fait. J'ai téléphoné à ma sœur, Frankie, vers 22 heures. Jack l'aime beaucoup. Il aime beaucoup toute ma famille, qui est aussi la sienne, d'ailleurs.

— Vous n'êtes pas sortie ?

— Je vous l'ai dit, je ne suis allée nulle part, répondit Hadley en croisant les bras. Vous me voyez toucher un animal mort ? Vous pensez vraiment que c'est mon genre ?

Effectivement. Quand bien même Emmaline aurait adoré l'inculper pour acte délictueux, elle ne la voyait vraiment pas salir ses jolies petites mains manucurées.

— Après mon coup de téléphone à Frankie, je suis allée au lit. Se coucher tôt, rien n'est mieux pour être belle. Vous devriez peut-être essayer.

Emmaline se prit soudain à imaginer qu'elle passait les menottes aux minuscules poignets de miss Délicate tout en lui énonçant ses droits élémentaires, avant de la conduire en détention provisoire. C'était bon de rêver un peu !

— Avez-vous l'habitude de boire seule, miss Boudreau ? lui demanda-t-elle en désignant la bouteille.

— Eh bien, avoir épousé un vigneron m'a forcément encouragée à apprécier le bon vin, agent Neal. Mais je ne bois pas toujours seule, Jack m'accompagne parfois.

— Assurez-vous de ne jamais prendre le volant après avoir bu, répondit Em, ignorant la provocation.

— Oh ! je suis parfaitement sobre. D'ailleurs, je vais aller vérifier que Jack va bien. Il ne faut pas le laisser seul.

— Inutile, miss Boudreau. La police s'en charge.

— Moi, je pense qu'il a besoin de compagnie, voyez-vous, rétorqua Hadley, furieuse.

— C'est aussi ce que pense le chef Cooper. Du coup, je vais me rendre là-bas. J'espère qu'aucun intrus ne s'y rendra aussi. Passez une bonne soirée.

Sur ce, elle sortit, puis traversa le parc, passa devant chez O'Rourke, où l'on se pressait déjà, et descendit la petite rue jusque chez elle. Il fallait qu'elle donne à manger à Sarge et, pourquoi pas, qu'elle emmène Super Toutou avec elle chez Jack.

En la voyant arriver, Sarge se mit à tourner frénétiquement autour de lui-même, son jouet dans la gueule.

— Bonjour, mon tout beau ! Tu es content de me voir, hein, c'est ça ?

Et en effet le chiot gémissait et jappait de joie. Elle lui caressa les flancs à rebrousse-poil des deux mains et le laissa lui lécher le visage pendant quelques minutes.

— C'est qui, le bon garçon à sa maman, hein ? C'est mon toutou à moi ! Allez, on sort, maintenant !

Tandis qu'il faisait sa petite affaire dans le jardin, Em considéra son intérieur. Bien sûr, cela ne transpirait pas la féminité comme l'appartement de Hadley, mais l'endroit était chaleureux. Il y avait quelques photos sur la cheminée : une d'Angela et elle, une autre de Levi en train d'épingler son insigne, le jour de la remise des diplômes, une, qui datait un peu, de Nana et elle en train de rire par un beau jour d'été. Il lui manquait alors deux dents de devant. Son mobilier était robuste et confortable, à son image, en somme, et la bibliothèque encastrée contenait pas mal de livres. Elle possédait aussi une lampe Tiffany qui lui avait coûté les yeux de la tête chez l'antiquaire à côté du parc.

C'était dans cette maison qu'elle avait vécu les moments les plus heureux de son existence, mis à part les années passées avec Kevin. Elle s'y sentait plus chez elle que dans la maison où elle avait grandi, qui, du reste, appartenait désormais à quelqu'un d'autre. Pourtant, elle ne pouvait pas s'empêcher de ressentir de la peine en considérant la facilité avec laquelle ses parents s'étaient débarrassés, tous les étés, de leur enfant unique. Alors qu'ils avaient toujours gardé Angela avec eux, et que, même après leur divorce, ils avaient évité de se séparer pour ne pas avoir à se la partager.

Mais bon, ils lui avaient sans doute rendu service, car Emmaline avait été bien plus heureuse ici.

— Allez, viens, Sarge, dit-elle en voyant son chiot foncer par la petite porte aménagée pour lui. On est de garde ce soir.

20

La cuisine avait pris de l'importance dans la vie de Jack depuis l'accident. C'était pour lui le moyen de penser à autre chose. Et il écoutait également des émissions scientifiques en podcast sur son ordinateur pour s'occuper l'esprit.

Bizarrement, cette affaire d'opossum ne l'inquiétait pas vraiment. C'était sans doute un adolescent, un copain de Josh Deiner. Et dans ce cas Jack l'avait bien mérité, non ?

Un SMS fit vibrer son téléphone. Expéditeur : Hadley. Super.

Ai appris pour « l'incident » auj. Sava ? xoxox

Etait-ce si difficile d'écrire correctement ? Même Stephen Hawking aurait l'air d'un imbécile en écrivant de la sorte. Il décida de ne pas répondre.

Dis-moi si sava, stp.

Il soupira.

Tu veux venir dîner ?

Force était de reconnaître qu'elle avait les pouces rapides.

Peux venir si tro compliqué pr toi ☺.

Ah non, par pitié, pas de smileys !

Tu mapel ?

Non, merci, sans façon.

Tu me manques.

Je m'inquiète.

Ces SMS lui faisaient le même effet que des ongles raclant un tableau noir.

Voilà maintenant que son téléphone sonnait. Inutile de préciser qui appelait. Il ne prit pas la peine de décrocher mais répondit par SMS :

Rien de grave.

Il songea à éteindre son portable, mais il n'avait pas de ligne fixe et son grand-père n'était pas très en forme ces jours-ci. Jack avait demandé à Jeremy Lyon de passer le voir, puisque le vieil homme ne serait pas allé le consulter sauf avec un fusil sur la tempe.

Il ajouta de la chair à saucisse à l'ail et à l'oignon qu'il était en train de faire revenir. Un bon dîner en perspective, même s'il avait un peu perdu l'appétit ces derniers temps. Ah, et il y avait aussi le gâteau au chocolat de Mme Johnson pour le dessert. Il prit son téléphone pour l'appeler.

— Je voulais vous remercier à nouveau pour mon gâteau, lui dit-il.

— Oh ! ne sois pas bête, Jackie ! Tu sais bien que tu es mon chouchou, répondit-elle malicieusement.

— Je sais bien et je ne me prive pas de le répéter à mes sœurs à la moindre occasion. Et à mon père, répliqua-t-il sur le même ton. Vous faites quoi, ce soir ?

— Ça c'est secret, mon chou.

— Ah oui, euh, je comprends, dit-il, gêné. Merci encore, Mme Johnson.

Peut-être devrait-il prendre un chien, parce que, pour ce qui était de tenir compagnie, Lazare n'assurait pas du tout. Cela dit, comme pour lui donner tort, le chat, dans un élan d'affection inhabituel, se frotta contre sa jambe avant de pousser un sifflement et de se tapir sous le canapé.

On frappa à la porte, et Jack sentit ses mâchoires se crisper. Il éteignit sous la poêle et alla à la porte. Si c'était Hadley, il appellerait la police.

Ce n'était pas elle, mais c'était justement la police en personne et en uniforme, et le chiot de la police, un jouet dans la gueule.

Il sentit un sourire s'afficher sur son visage en ouvrant la porte.

— Salut, comment ça va ?

— Je suis en service commandé, répondit Emmaline, qui rougissait déjà. C'est Levi qui m'envoie.

— Je lui revaudrai ça. Entre. Je préparais le dîner. Je t'invite.

— Non, merci, nous sommes juste là pour… euh… vérifier.

— Vérifier quoi ? S'il y a d'autres opossums morts ?

— En gros, oui. Ça te dérange si je fais le tour de la maison ?

— Pas du tout, je viens avec toi.

Il attrapa sa veste.

— Salut, toi, dit-il en se penchant pour caresser le chiot, qui se tortilla, tout content, puis secoua la tête et son canard avec.

Lazare se précipita dehors et se cacha sous un buisson pour mieux espionner le chien. Jack, en se relevant, sentit le parfum du shampoing d'Emmaline.

Délicieux.

Elle avait de beaux yeux bleus, des yeux de chat. Et sa bouche… Il se rappelait sa bouche, ça, oui. Une belle bouche, parfaite pour embrasser, pour…

Il se rendit compte qu'il la dévisageait et toussota, gêné.

— Alors, on cherche quoi ?

— Des indices d'intrusion, répondit-elle en fourrant ses mains dans ses poches. Tu n'aurais pas dû nettoyer ton camion, au fait. La prochaine fois que quelque chose comme ça arrive, laisse faire les pros.

— Epargne-moi tes leçons, Levi m'a déjà dit tout ça.

— Est-ce qu'il y a un autre moyen d'arriver ici que par cette allée ? s'enquit-elle en regardant vers le mur de pierre qui longeait les bois.

— Non. A part en montant de l'autre côté de la colline et en traversant par chez les Ellis.

— Tu penses que tu te réveillerais si quelqu'un roulait en voiture dans l'allée ?

— Oh oui, c'est du gravier.

— J'en conclus que notre opossum est arrivé par-derrière.

— Ça m'en a tout l'air.

Il avait fait un peu moins froid pendant quelques jours et la neige avait fondu, mais la température était redescendue autour de -5 °C la nuit d'avant. Un petit nuage se formait dans l'air glacé devant leur bouche lorsqu'ils parlaient. Détaché de sa laisse, Sarge furetait derrière eux, et Lazare fermait la marche.

— Comment ça va, toi ? demanda Jack.

— Bien, répondit Emmaline. Tu as une idée de qui pourrait avoir laissé un opossum mort dans ta voiture ?

— Des amis de Josh, je suppose.

Elle approuva.

— C'est ce que je crois aussi.

La lumière faiblissait, et l'horizon rougeoyait à l'endroit où se couchait le soleil.

Comme ce soir-là où les jeunes étaient tombés dans le lac.

Le souvenir envahit d'un coup le cerveau de Jack, supprimant tout le reste. Il vit le dessous de la voiture qui volait, clair et lointain, au-dessus de sa tête. Il entendit le petit bruit de l'appareil-photo lorsqu'il l'avait posé sur le ponton. Il sentit la morsure aiguë de l'eau sur son crâne lorsqu'il avait plongé.

Il en eut le souffle coupé pendant quelques secondes, tandis qu'il regardait le ciel rouge et violet dans le lointain. Josh ne bougeait toujours pas, et Jack était à bout de souffle. Il ne voyait presque plus rien, mais le gamin était en train de mourir. Il était…

Soudain, il sentit une boule de poils contre sa bouche et un petit corps qui gigotait contre sa poitrine. Em lui avait mis le chiot dans les bras.

— Il a les pattes gelées. Tu veux bien le porter ?

— Oh ! mais bien sûr.

Sarge était au comble de la joie et lui léchait le visage en gémissant.

— Calme-toi, mon pote. On se connaît à peine, lui dit Jack sur un ton presque normal.

Le chiot poussa un petit jappement et posa sa tête sur son épaule.

Emmaline prenait soin de ne pas les regarder et tenait dans la main le jouet du chiot. Jack comprit qu'elle avait fait exprès de lui donner le chiot.

— Tu l'as trouvé où, ce chiot, au fait ?

— Chez Bryce Campbell. C'est lui qui tient le refuge, maintenant. Tiens, c'est chez Jeremy, là-bas, non ? demanda-t-elle en pointant du doigt Lyons Den, la maison voisine la plus proche de Blue Heron, où vivait l'ex-fiancé de Faith.

— Oui.

— Il est tellement sympa. Tu devrais peut-être l'appeler pour lui parler de tes troubles post-traumatiques.

— Je n'en ai pas.

— Tu te rends compte qu'il y a deux minutes tu t'es arrêté net et tu ne m'as pas répondu jusqu'à ce que je te mette le chien dans les bras ?

Et zut.

— Bon, finissons-en avec ce truc, OK ? Ta vérification du périmètre ou je ne sais quoi. Et ensuite tu restes dîner.

Elle ne répondit pas mais, en se rapprochant de la maison, elle inspecta toutes les fenêtres et scruta le sol.

— C'est dommage qu'il n'y ait plus de neige, et qu'il fasse trop froid pour qu'on ait des empreintes dans la boue, remarqua-t-elle. Mais peut-être que quelqu'un aura laissé tomber un mégot ou quelque chose.

Sarge ronflait doucement.

— Bon, je crois que j'ai fini, dit Emmaline, apparemment déçue de n'avoir trouvé aucun indice.

— Bon. Quand s'arrête ton service ?

— Je suis d'astreinte ce soir.

A cet instant, son téléphone tinta. Tout comme celui de Jack. Il le prit dans sa main libre :

Levi prend la garde ce soir, donc si Em est avec toi tu peux l'inviter à dîner. xox ta sœur préférée.

Em soupira.

— Tout va bien ? fit Jack.

— Oui, oui.

— Du coup, puisque tu ne bosses pas ce soir, je suppose que tu restes dîner.

— Qui a dit que je ne bossais pas ? demanda-t-elle en fronçant les sourcils.

— La femme de ton chef, répondit-il avec un sourire. Allez, Em, reste. Je n'ai pas envie d'être seul. Laisse-toi faire. Je cuisine très bien et, puisque tu n'es plus en service, je peux t'offrir un verre de vin.

Décidément, il était vraiment beau, comme ça, dans sa cuisine. Il s'aperçut qu'elle le regardait, et elle détourna les yeux.

— J'ai rendu visite à ta femme hier, lui dit-elle.

— Je ne suis pas marié, répondit-il posément, en lui servant un verre de vin blanc. C'est notre « chardonnay nourri au granit et sans passage au bois ». Un nom un peu compliqué, parce que la vigne est à côté du cimetière familial et ça nous semblait bizarre de lui donner le nom du cimetière. Le bouquet est floral et vanillé, avec des notes minérales sensibles et une finale très longue qui perdure sous le palais. Mais enfin qu'est-ce que tu es allée faire chez Hadley ?

— Lui poser des questions à propos de cet opossum.

— Tu ne fais que mettre de l'huile sur le feu, tu sais. Plus on fait attention à elle, pire elle devient.

Il lui tendit le verre et ses doigts effleurèrent les siens, ce qui fit frissonner son bras tout entier.

Elle s'assit au bar de la cuisine et goûta le vin.

— Tu aimes ? demanda-t-il.

— Pas mauvais.

— Tu veux ma mort ou quoi ?

— Elle avait l'air très excitée que l'on envoie quelqu'un pour te surveiller.

Jack posa alors la spatule avec laquelle il remuait le contenu appétissant de sa poêle.

— Ecoute, Emmaline, je n'ai pas du tout envie de parler de mon ex-femme, d'accord ?

— OK. Tu prépares quoi ?

— Une fricassée de saucisse italienne avec une sauce à la crème de vodka et des penne au brocoli-rave. Tiens, goûte. Il lui tendit la spatule en bois, et elle obéit.

Une pure jouissance gastronomique. A la fois épicé et crémeux et doux, et complètement dingue !

— Tu cuisines comme ça tous les soirs ?

— Je le ferais si j'avais une bonne raison, répondit-il, les yeux rivés sur sa bouche.

Elle s'arrêta de mâcher et déglutit avec peine.

Les hommes comme lui devraient faire plus attention

à ce qu'ils disent. On pouvait imaginer des tas de choses à partir d'une telle déclaration.

A ce moment-là, le chat émit un son proche d'un grincement de porte rouillée, et Sarge surgit à sa poursuite.

— Tu veux que je l'enferme dans la cave ?

— Non, ça va. Lazare va très bien s'en sortir, dit Jack en attrapant un flacon d'épices qu'il ajouta à sa préparation.

Elle ne se souvenait pas quand pour la dernière fois un homme avait cuisiné pour elle. Enfin, cuisiné un plat qui lui fasse vraiment envie, parce que les derniers mois avec Kevin ne comptaient pas.

Dans la grande cheminée du salon, un feu crépitait. Elle se leva pour aller voir.

Jack avait installé quelques photos ici et là, dont une de Levi et Faith le jour de leur mariage l'an dernier. Em s'y était rendue et se rappelait le moment où la photo avait été prise, avec tout le monde qui riait parce que Blue avait essayé de s'interposer entre les jeunes mariés.

Il y avait aussi celle du mariage de Honor et Tom, auquel elle avait assisté aussi, et puis une autre de Jack et Honor, très jolie. Une de Jack et son père qui tenait dans ses mains une bouteille et une médaille d'or. Il y avait une photo de la famille Holland au complet y compris la mère de Jack, et du mariage de Prudence, où Jack était tout jeune et maigrichon mais déjà terriblement mignon.

La bibliothèque était remplie de biographies et de thrillers politiques, des lectures typiquement masculines. Et, comme on pouvait s'y attendre, elle contenait des tonnes de livres sur le vin.

Par les fenêtres, on voyait tout le domaine familial, qui s'étendait jusqu'au lac Keuka.

Les meubles de Jack étaient très beaux, simples et fonctionnels mais en bois marqueté et avec des lignes pures.

— Où as-tu trouvé ça ? lui demanda-t-elle en passant la main sur une console.

— Je l'ai fabriquée, répondit-il.

Evidemment. Il sauvait des enfants et fabriquait de beaux meubles et faisait la cuisine et ressemblait à une star de cinéma.

— C'est ma première et ma dernière réalisation. J'ai bien failli me couper le doigt avec la scie à onglet. Dix-neuf points de suture, ajouta-t-il en lui montrant sa main avec une petite grimace.

Bizarrement, cela la rassura.

— Moi, j'ai perdu mes deux dents de devant à la fac. Pendant un match de hockey. Cinq points de suture, dit Em.

— Ah oui ? Alors tu as de fausses dents ?

— Oui. Le miracle de la médecine moderne. Le dentiste les a replacées direct. C'était horrible, du sang partout. Mais j'ai été très courageuse, comme tu peux imaginer.

— Pas de cicatrice ?

— Si.

— Fais voir.

Elle avait une cicatrice juste au-dessus de la lèvre supérieure, une ligne blanche très fine de trois centimètres de long, à peine visible.

— Elle est là, tu peux me croire.

Il sortit de la cuisine et se plaça devant elle, prit son visage entre ses mains et examina sa bouche.

Elle entendait son propre cœur battre fort dans sa poitrine.

Il avait l'air très sérieux, et sa bouche à lui était parfaite. Elle n'osa pas le regarder dans les yeux de peur de défaillir.

— Ah oui, murmura-t-il. La voilà.

Il passa le pouce sur la cicatrice, et Em oublia soudain de respirer. Comment faisait-on, déjà ? Ah oui, un coup j'inspire, un coup j'expire. Oh ! mon Dieu, ces yeux ! *Arghhl*… elle avait regardé ! Mais qu'ils étaient beaux ! Comme tout chez lui était…

Au même moment, Lazare surgit à fond de train dans la pièce, suivi de près par Sarge. Le chat stoppa net sous un canapé, tandis que Super Toutou loupa son virage et vint s'écraser contre les jambes d'Em.

Elle recula d'un pas et tenta de se ressaisir. Elle était encore en uniforme, et il était sûrement interdit par le règlement d'embrasser en uniforme.

— Couché, Sarge ! ordonna-t-elle au chiot, qui la regarda d'un air réprobateur. Couché, j'ai dit !

Il obéit en prenant cet air de martyr dont les bergers allemands ont le secret.

Une minuterie se fit entendre dans la cuisine, et Jack retourna à ses fourneaux.

De gros flocons de neige commencèrent à tomber.

Tout était d'un romantisme achevé, même les bruits diaboliques émanant du chat sous le canapé.

— Il a un problème ? demanda Emmaline.

— Non, non, c'est son état normal.

Jack ne semblait pas le moins du monde troublé par la séance d'examen de la cicatrice, et c'était agaçant. *Ah, les hommes ! Quel mystère !* Elle se rassit au comptoir et le regarda remuer, goûter et régler la température. D'une minute à l'autre, il passait du séducteur irrésistible au candidat de MasterChef.

Et, maintenant qu'elle y pensait, Em avait toujours eu un faible pour les candidats de MasterChef.

— Est-ce que je peux te poser une question, Jack ?

— Bien sûr.

— Pourquoi moi ? Il y a tellement de femmes ici qui adoreraient sortir avec toi, dont c'est le grand fantasme, qui tueraient père et mère pour ça. Pourquoi t'intéresses-tu à moi ?

— Je ne sais pas. Je suis un mec, et on ne réfléchit pas si loin. Si je réponds « parce que tu assures au pieu », ça te va ?

— Euh… non, fit-elle avec un petit gloussement.

Il lui resservit du vin. Il avait vraiment du charme.

— Moi aussi, j'ai une question pour vous, agent Neal.

Pourquoi refusez-vous de sortir avec moi ? Et ne recommencez pas avec vos arguments à la noix, que je suis encore attaché à Hadley ou que je souffre de troubles post-traumatiques.

— Mais tu es encore attaché à Hadley et tu pourrais faire la campagne de prévention contre les troubles post-traumatiques.

— Je vais faire comme si je n'avais rien entendu et attendre ta réponse.

Pour gagner du temps, elle but une gorgée de vin. Il était franchement délicieux. Elle n'avait jamais vraiment fait attention à ce qu'elle buvait : c'était du vin, ça ne pouvait pas être mauvais ! Mais, lorsque Jack lui décrivait les arômes, elle les goûtait pour de bon. Ce n'était pas du vent, en fin de compte.

— Et si Hadley n'habitait pas ici ? lui demanda-t-il alors. Et si ces gosses n'avaient pas eu cet accident ? Tu accepterais ?

— Eh bien, tu ne te serais jamais intéressé à moi sans tout ça, alors je suis forcée de dire non.

— Peut-être que c'est l'inverse. Que c'est toi qui ne t'es jamais intéressée à moi alors que j'ai toujours trouvé que tu étais la plus sexy de l'équipe de hockey.

— Mais tu ne m'as jamais invitée, lui fit-elle remarquer avec un nouveau petit gloussement.

Il fallait qu'elle arrête de glousser comme ça.

— Tu ne m'en as jamais donné la moindre occasion.

— Si tu en mourais d'envie, tu cachais bien ton jeu.

— Je n'en mourais pas d'envie, Emmaline. Mais je trouvais juste, comme tout le monde, que tu étais sexy.

— Et c'est ce qui explique que j'ai eu deux propositions en trois ans.

— Peut-être que cela a quelque chose à voir avec ton caractère si doux et gentil.

— Oh ! lâche-moi, tu veux ?

— CQFD, dit-il, amusé. Tu n'es pas obligée d'être douce

et gentille tout le temps, mais si tu pouvais sourire de temps en temps… On t'a déjà dit que tu étais légèrement sur tes gardes ?

— Eh bien, non, figure-toi, répondit-elle, et elle but son verre cul sec pour faire passer ce mensonge. Et puis il y a aussi ton physique.

Em, ferme-la, lui conseilla alors la petite voix.

— Je suis hideux, c'est ça ?

— Un peu. Je suis désolée d'avoir à te le dire.

Il lui sourit, et elle eut la bouche sèche d'un coup.

— Non, en vrai, tu es incroyablement beau, et c'est bien le problème.

Il la regarda alors comme s'il tentait de résoudre une équation complexe.

— Alors, si je résume, je ne t'intéresse pas parce que je suis incroyablement beau, et parce que ton ex, qui était lui aussi incroyablement beau, t'a brisé le cœur.

— Oui, c'est ça, en plus du reste. Et ne prends pas cet air-là. Ce n'est pas si idiot que ça en a l'air.

— Tu me rassures parce que, effectivement, ça a l'air idiot.

— Eh bien, non. C'est même très complexe et plutôt intelligent.

Ou pas. C'était peut-être idiot, en fait. Peut-être aussi fallait-il qu'elle mange quelque chose avant de boire encore du vin.

Elle reprit tout de même une gorgée.

— Jack, ce que je crois, c'est que tu veux être avec moi juste parce que je suis là, parce qu'il s'est déjà passé quelque chose entre nous et que tu cherches à te changer les idées.

— Tout ça est vrai. Mais en plus je t'apprécie beaucoup.

Curieusement, cette phrase lui ficha les jetons.

Il l'appréciait beaucoup. Alors qu'elle en était déjà amoureuse. C'était donc bien ça.

Exactement le genre de situation qui vous rendait malheureuse et vous envoyait directement pleurnicher auprès des Amères larguées, vous faisait inonder votre oreiller de larmes, en sachant pertinemment que vous aimiez quelqu'un sans espoir de retour. Jack voulait se distraire et il l'appréciait beaucoup. Cela se résumait à ça.

— Je vais y aller, dit-elle d'une voix étranglée.

Il éteignit sous la poêle et vint la rejoindre de l'autre côté du comptoir. Emmaline pivota sur son tabouret pour lui faire face, ce qui était une erreur.

Il mit ses deux mains autour d'elle et se pencha en avant. Il sentait si bon… le vin, la lessive et le feu de bois.

— Ne t'en va pas, murmura-t-il.

Puis il se pencha davantage et frotta sa joue contre la sienne. Elle sentit alors sa barbe de fin de journée, la chaleur de son corps. De ses lèvres, il lui frôla le menton, et elle eut les jambes soudain toutes molles tandis qu'un battement presque douloureux s'installait dans son bas-ventre.

— Jack, parvint-elle à articuler.

— Il y a du gâteau au chocolat pour le dessert.

— C'est ta conception des préliminaires ? fit-elle en déglutissant à grand-peine.

— Oui, dit-il à voix basse en déposant un baiser dans le creux de son cou, un baiser tellement doux… Est-ce que ça te fait de l'effet ?

Elle recula un peu et plongea dans ses yeux clairs, bleus et malicieux, avant de s'entendre répondre :

— Oui.

Alors il se mit à l'embrasser, en douceur et sans cesser de sourire, et elle se dit qu'elle avait été bien bête parce que depuis deux semaines elle le repoussait, alors qu'au lieu de ça elle aurait pu l'embrasser. De la main, il se mit à fourrager dans son chignon, alors qu'il était impossible à défaire, à moins de s'équiper d'un pied-de-biche et d'un plan détaillé. Mais non, il y parvint, il délivra ses cheveux et y glissa les doigts, faisant tomber quelques pinces par terre au passage. Sa bouche était toujours dans son cou, lui causant des bouffées de chaleur violentes. Sans y penser, elle posa ses mains sur son torse et sentit ses muscles fermes et chauds qui bougeaient sous sa peau.

Il la fit lever, en la tenant fermement contre lui, ce qui valait mieux car elle n'était pas sûre à 100 % que ses jambes la porteraient. Elle tira sa chemise de son jean et sentit sa peau douce et chaude et son corps ferme.

Elle ôta alors sa ceinture de police. (Oups, elle aurait dû y penser avant. Il ne s'agissait pas maintenant de lui tirer dessus par accident.) Et la posa sur une chaise.

Jack la souleva (il était costaud, on ne pouvait pas le nier) et la coucha sur la table de la cuisine, avant de commencer à déboutonner sa chemise d'uniforme. Il la repoussait lorsqu'elle essayait de l'aider. Il lui retira ses bottes, lui défit son pantalon, lui décrocha son soutien-gorge avec adresse et lui ôta sa culotte.

Et ils firent ça comme ça, dans la cuisine.

C'était pour qui, le gâteau, au fait ?

Un long et très agréable moment plus tard, Emmaline s'extasiait sur le fantastique gâteau.

Elle était blottie sur son canapé, vêtue d'un pantalon de pyjama avec des motifs de canards (un cadeau de sa nièce à Jack) et d'un sweat-shirt d'homme, à déguster le célèbre gâteau chocolat-moka de Mme Johnson.

Jack la regardait manger avec un petit sourire en coin, et elle avait l'impression de n'être rien de moins qu'une déesse du sexe. *Vraiment, oui.*

OK, OK, elle se comportait comme une gourgandine, et méritait le fouet.

Mais comment résister à Jack Holland lorsqu'il lui susurrait combien elle sentait bon et avait la peau douce et sucrée ? Toutes ces choses la flattaient, et elle se sentait belle et forte et faible et chérie, tout à la fois.

Elle avait pris une douche dans sa magnifique salle de

bains et avait passé une minute à se regarder, les cheveux en bataille, les lèvres gonflées, et ce qui ressemblait à un suçon sur l'épaule, qu'elle était tentée de photographier pour le poster sur sa page Facebook : # ma nuit avec Jack Holland. Elle avait encore le teint enflammé, et sa peau était douce, et, oui, elle avait pris son pied.

La salle de bains était assez incroyable, avec une gigantesque baignoire encastrée dans un bloc de bois énorme, au rebord assez large pour y poser quelques plantes, un verre de vin, un sandwich et un livre, sans risque de les mouiller. La douche était tout aussi impressionnante, séparée de la baignoire par un mur de pavés de verre. Elle se peigna et enfila les vêtements qu'il lui avait préparés puis revint à la cuisine, où, s'il était encore besoin de prouver qu'il était parfait, Jack leur avait servi à chacun une énorme part de gâteau.

On commençait par le dessert. Enfin un homme qui la comprenait !

Sarge dormait devant le feu, et Lazare était couché sur le manteau de la cheminée, tel un vautour qui surveille sa proie.

— Est-ce que ton chat va dévorer mon chiot ?

— Il va essayer.

Jack était assis à côté d'elle et il prit ses pieds pour les poser sur ses genoux.

— Au fait, nous sommes ensemble, maintenant.

— Eh bien, c'est…

— Chut, femme. Nous sommes ensemble. Maintenant, finis ton gâteau. J'ai des projets pour toi, et tu vas avoir besoin de forces.

Pour une fois, Emmaline ne dit rien.

21

En fin de compte, ce dont Jack avait besoin, c'était une femme. En tout cas, c'était comme cela qu'il voyait les choses.

Ça n'avait pas été une mince affaire car elle s'était montrée aussi fuyante qu'une anguille, mais il en appréciait d'autant plus sa victoire. Et les anguilles avaient des facultés physiques insoupçonnées.

Emmaline Neal lui plaisait décidément beaucoup.

Elle était drôle, intelligente, incroyable au lit, et son chien était très mignon.

C'était bon de ne plus être seul. Le samedi, ils partirent faire du ski de fond après leur match de hockey, par une belle journée claire et froide. Sarge les accompagna et batifola dans la neige, tentant d'attraper les bâtons de Jack. Ils rentrèrent ensuite chez Jack, et il descendit chercher une bouteille de vin.

En remontant, il eut un déclic. Voilà à quoi devait ressembler sa maison. Lorsqu'il était marié, il y avait trop de tout : de coussins, de messages affichés partout, de parfums d'ambiance, et cela ressemblait davantage à un intérieur de magazine qu'à une maison habitée par des gens.

Désormais, tout lui semblait parfait. Elle avait apporté son livre, qui traînait sur la table basse, à côté d'un magazine illustré pour lui, car il lui avait avoué qu'il continuait à adorer *Superman* et elle en avait trouvé un vieux numéro chez l'antiquaire. Son sac à dos pendait sur une chaise de la cuisine, et son chien était couché sur le dos, à essayer d'amadouer Lazare. Sur la table était posée une tasse de café, et sa veste était accrochée à côté de la porte d'entrée.

Et puis elle-même était allongée sur le canapé, le plus naturellement du monde, ce que ne faisait jamais Hadley… Elle se relaxait, c'est tout, ou bien dormait, peut-être ?

— Oui, et alors ? Je suis fatiguée. Tu m'as épuisée, dit-elle sans ouvrir les yeux. Et je ne parle pas du ski. La nuit dernière, tu m'as tuée.

L'image de Josh Deiner, froid et sans vie sur le ponton, lui revint immédiatement.

Emmaline se redressa.

— Pardon. Je suis désolée. Le mot était mal choisi.

— Pas de souci.

Elle se mit à tripoter le magazine pour se donner une contenance.

— Tu es passé à l'hôpital aujourd'hui ?

Il y était passé. Il y passait tous les jours, sans vraiment savoir pourquoi.

— Tu as faim ? lui demanda-t-il.

— Comment va Josh ?

— Je n'en sais rien, Em. On ne m'autorise pas à le voir. Tu as faim ou pas ?

Sans répondre, elle se leva et lui prit la main.

— Il faut que tu règles cette histoire, tu sais.

— Ecoute, répondit-il en prenant sa main à son tour, j'ai sauvé trois gamins, presque quatre, c'est déjà bien. Ne fais pas de moi une victime, tu veux ? Je pensais que les psys, c'étaient tes parents, pas toi. Alors maintenant dis-moi si tu veux dîner ou pas.

Il parlait d'une voix cassante.

— D'accord, dit-elle en se dirigeant vers la cuisine. Tu veux que je prépare le repas ?

Au même moment, il reçut un SMS de Faith :

Emmaline est chez toi ? Ne fais pas tout foirer. T'es bien habillé ? Petit conseil : vêtements propres.

Immédiatement après arriva un SMS de Honor :

Ne descends pas pour Top Ten Tumors, je te l'enregistre. J'espère que tu as mieux à faire. Avec Emmaline par exemple.

Et, enfin, Pru :

N'hésite pas à tenter des trucs.

Le trio des sœurs était réuni et avait décidé que rien n'était plus drôle que d'embêter leur frère.

Il tapa le numéro de Faith en poussant un juron.

— Tiens, tiens, mais qui m'appelle ? fit celle-ci.

Il entendait derrière les voix des autres.

— Les filles, fichez-moi la paix, je suis occupé !

— Waouh ! Il est occupé, les filles !

— Si tu as besoin de conseils, n'hésite pas, frérot ! lança Pru, tandis que Honor éclatait de rire.

Il raccrocha avec un sourire mi-résigné, mi-amusé.

Emmaline était penchée contre le comptoir de la cuisine, en contemplation devant une casserole.

Il se leva et s'approcha d'elle.

— Je suis désolé de t'avoir parlé sur ce ton, lui dit-il.

— Pas grave, répondit-elle gentiment, ce qui le fit se sentir coupable.

Il l'embrassa doucement, puis l'assit sur le comptoir et l'embrassa moins doucement, sans prêter attention à la petite voix dans sa tête qui lui disait qu'il se servait peut-être d'elle.

Le jeudi suivant, Emmaline réunit son groupe d'adolescents.

— Je vous emmène, on sort ! lança-t-elle. Cachez votre joie.

Son annonce provoqua grognements, plaintes et mauvaises excuses, comme il fallait s'y attendre.

— Oh ! ça suffit, s'exclama-t-elle. Ça va être sympa. Il faut faire du sport et vivre sainement, les jeunes ! C'est le secret du bien-être.

— Jusqu'ici, on vous aimait bien, agent Neal, répondit Cory.

— Chut, les jeunes ! Montez dans ma voiture, et si vous êtes sages j'allume la sirène.

Elle les conduisit jusqu'à Pettiman Rink, où elle jouait au hockey toutes les semaines.

— Je ne peux pas patiner, grommela Kelsey. Je suis enceinte.

— Ah bon ? Je n'avais pas remarqué, fit Dalton.

— Va mourir.

— Ce n'est pas du patin, c'est du curling, et vous allez adorer, dit Em.

— C'est quoi, le curling ? demanda Kelsey.

— C'est ce truc avec un caillou et des balais sur la glace pour tous les paumés qui vivent dans le cercle polaire, expliqua Dalton.

— Il déconne ?

— Non, c'est à peu près ça.

— Je suis trop nulle pour faire partie d'une équipe. Mais c'était bien essayé, agent Neal, déclara Tamara non sans une certaine fierté.

— C'est un club, ce n'est pas une équipe, et le Dr Didier m'a donné l'autorisation de vous emmener. Elle n'est pas belle, la vie ?

— Sérieux, vous carburez à quoi ? rétorqua Dalton. Parce que je veux bien la même chose.

Dans l'enceinte de la patinoire se trouvaient d'autres jeunes : Abby Vanderbeek et Charlie Kellogg.

— On peut se mettre avec vous ? demanda Abby d'une voix morne. Ma mère dit qu'il faut que je fasse du sport avec d'autres. Je crois qu'en fait elle veut juste rester tranquille avec mon père.

— Ça craint, dit Tamara.

— Mais oui, bien sûr, que tu peux venir, affirma Emmaline. Ça fait longtemps que tu aimes le curling, Charlie ?

— Je ne sais même pas ce que c'est. Je suis là pour être avec Abby, confia-t-il, gêné.

— Vous êtes cousins, non ? s'enquit Cory.

— Non, non, répondit-il, cramoisi.

— Bah, tout le monde est plus ou moins de la même famille, dans cette ville. J'ai appris que tu couchais avec mon oncle, Emmaline. Il va falloir que je t'appelle tatie bientôt ?

— Tais-toi, Abby, fit une voix. Salut, les jeunes !

En parlant du loup…

Jack s'approcha d'Em et lui plaqua un baiser sur la bouche.

— Dégueulasse, commenta Abby. Comme si ça ne suffisait pas que mes parents jouent les châtelains à la maison, en plus, mon oncle fait les yeux doux à la seule personne adulte un peu cool de la ville.

— Moi, je trouve ça beau, répliqua Dalton. Bien joué, Jack.

— Vous êtes trop mignons, ajouta Tamara. Vous allez vous marier ? On sera invités ?

— C'est bon, C'est bon, dit Em. Alors, voici les règles, en gros.

Pendant l'heure et demie qui suivit, elle les laissa essayer. Ils poussaient le caillou, un lourd morceau de granit poli, d'un côté à l'autre de la patinoire, en balayant furieusement la glace sur son passage. Em ne leur donnait aucun conseil technique. Tout ce qu'elle voulait, c'est qu'ils soient occupés et pas assis toute la journée en train de se plaindre que la vie était injuste. Dalton s'amusait à glisser sur le ventre comme une otarie tandis que Charlie Kellogg et Abby se tordaient de rire, ce qui faisait plaisir à voir.

Elle s'assit sur les gradins et prit quelques photos de ses jeunes (et de Jack aussi, bien sûr). C'était si rare de les voir se bouger un peu et sourire.

Kelsey aussi prit part au jeu en étant celle qui poussait le caillou. Elle était à six mois de grossesse, ce qui signifiait que le bébé naîtrait juste avant la remise de diplôme. Elle n'avait pas encore donné le nom du père et ne s'était pas non plus décidée pour une adoption. Em était inquiète. Si elle n'obtenait pas son diplôme…

— Bravo, mon frère ! s'écria Jack en tapant dans la main de Dalton. On a gagné !

En parlant d'inquiétude, elle trouvait Jack nerveux ces derniers jours. Depuis le soir où elle l'avait interrogé à propos de ses visites à l'hôpital. Cette nuit-là, il avait fait un sacré cauchemar sans parvenir à se réveiller. Elle avait essayé de le rassurer, de lui dire que tout le monde allait bien, mais il avait encore de grands cernes noirs sous les yeux.

Il vit qu'elle le regardait et lui adressa un sourire un peu forcé.

A l'époque, elle avait aussi tenté de soigner Kevin, de le réconcilier avec lui-même, avec son problème de poids, de le protéger des gens méchants et de sa propre noirceur, mais tout ça n'avait fait que se retourner pitoyablement contre elle.

Il n'y avait aucune raison d'espérer qu'elle parviendrait à aider Jack. Elle pouvait le distraire, l'amuser, mais elle ne pouvait sauver personne, et il ne fallait même pas qu'elle essaye.

— Excusez-moi, fit une voix douce, qu'elle reconnut instantanément.

— Hadley, comment allez-vous ?

— Merveilleusement bien, merci. Et vous, agent Neal ?

— Super.

Bien qu'il fasse tout de même 7 °C dehors, Hadley portait un manteau de laine noir avec un col en fourrure et un bonnet assorti qui lui donnaient l'air de sortir tout droit d'un conte russe. Em était, comme d'habitude, en uniforme.

D'ailleurs, Hadley la déshabilla du regard.

— Vous êtes... drôlement bien bâtie dans ces vêtements, dites donc !

— Merci.

— Oui, enfin, je ne sais pas si c'était un compliment. Plutôt une observation, disons. Mais j'imagine que dans la police il faut être forte, vu que vous êtes toutes plus ou moins destinées à rester célibataires.

— C'est vrai, admit Em. Je suis célibataire et j'ouvre moi-même mes boîtes de conserve. Du coup, je n'ai jamais divorcé.

Et jamais trompé mon mari non plus.

— Oui, je sais, je lis *People*. Comme tout le monde, non ? répliqua Hadley.

— Un point pour vous.

— En fait, je suis venue parler à Jack, mais j'adore le regarder. Il est tellement beau quand il bouge, tellement... animal, si vous voyez ce que je veux dire.

Emmaline leva les yeux au ciel et jeta un coup d'œil à sa montre.

— Allez, les jeunes, on arrête là. Jack, tu as de la visite !

Jack approcha, le visage fermé en voyant son ex.

— Qu'est-ce que je peux faire pour toi, Hadley ? lui demanda-t-il d'un ton poli, avec une pointe d'agacement.

— Jack, je suis tellement contente de te voir ! s'exclama-t-elle en serrant ses mains gantées devant son visage. Tu étais très beau sur la glace. Enfin, comme toujours, d'ailleurs. Devine qui est en ville. Frankie ! Et elle rêve de te voir ! Alors dis-moi que tu vas venir dîner avec nous, cette fois-ci. Tu sais comme elle t'adore ! Oh ! et tu sais ce qu'elle me racontait tout à l'heure ? La fois où on est allés tous les trois faire cette promenade et où vous vous êtes arrêtés devant la boulangerie et n'avez même pas remarqué que...

— Oui, bon, d'accord. A quelle heure ?

— Pour l'apéritif, à 18 heures, ça te va ? Tu sais bien que c'est la tradition chez nous, fit-elle, radieuse.

— Parfait. A plus tard, alors.

— Magnifique ! A tout à l'heure, mon chou !

Et, avant qu'il ne change d'avis, elle fila.

— Vous faites des infidélités à l'agent Neal ? lui demanda Dalton, curieux.

— Non, je vais juste dîner chez elle.

— Mais vous êtes dingue ! Ça ne se fait pas ! Même si, je vous l'accorde, elle est super mignonne.

— Em, ça ne t'ennuie pas, si ? lança Jack.

— Pas du tout, répondit-elle.

Ce qui était faux. Pourtant, elle savait qu'il aimait bien son ex-belle-sœur, et ce n'était pas comme s'ils avaient déjà prévu quelque chose qu'il venait d'annuler. Non, elle ne voulait pas être la fille qui lui dirait qui il pouvait et ne pouvait pas voir, la fille qui cherche à tout contrôler.

Mais quand même.

Miss Délicate voulait qu'il vienne dîner avec elle, et il y allait.

— Non mais t'es vraiment naze, dit Dalton. Je n'aimerais pas être à ta place, mon pote.

— Il a raison ? s'enquit Jack. J'ai l'impression que, quand tu dis « pas du tout », il y a du souci à se faire.

Em détourna la tête.

— Non, c'est bon. Il faut que je ramène les jeunes, maintenant.

— C'est juste que Frankie et moi sommes restés amis.

— Tu n'as pas à te justifier.

— J'ai l'impression d'avoir été maladroit.

— Mais non. Tu peux dîner avec qui tu veux. On est

en Amérique, le pays de la vie, de la liberté et des dîners avec ton ex-femme.

— Cela fait des mois que je n'ai pas vu Frankie.

— Jack, c'est bon, affirma-t-elle avec un sourire forcé. Mais je vais te manquer.

Il se pencha pour l'embrasser.

— Ça, c'est sûr.

Emmaline déposa les gosses à la paroisse et rentra chez elle. Visiblement, elle allait devoir se préparer son dîner elle-même, hélas ! Elle ouvrit la porte et tomba sur quatre valises posées dans l'entrée. Sa sœur était assise sur le canapé, la tête de Sarge posée sur ses genoux.

— Angela !

En entendant sa voix, Sarge bondit, saisit son jouet dans sa gueule et se mit à tourner sur lui-même en gémissant de joie.

— Ah, Emmaline, je suis contente de te voir ! Je suis désolée de ne pas t'avoir téléphoné avant, dit Angela en se levant avec grâce.

Elle prit sa sœur dans ses bras, à la plus grande joie de Sarge, qui se mit à sauter sur elles pour ne pas être en reste.

— Quelle bonne surprise ! Je suis super contente, déclara Emmaline.

— Il faut que tu me pardonnes, dit Angela d'un air triste. Je suis venue sans vraiment réfléchir.

— Mais tout va bien ?

— Oui, oui, ça va. C'est juste que… je ne sais plus très bien où j'en suis. Je peux rester avec toi quelque temps ?

— Mais évidemment. C'est aussi ta maison. Nana nous l'a laissée à toutes les deux. Qu'est-ce qui se passe ?

— Je remplace un collègue à Cornell, expliqua-t-elle. Ça s'est décidé très vite, mais franchement le timing est parfait parce que en fait je viens de rompre, tu comprends.

— Ah bon ? Mais je ne savais pas que tu voyais quelqu'un.

— Oui. Je voulais te le dire au mariage, mais ce n'était

pas le bon moment. Ça fait un certain temps que je sais que c'est fini, mais là c'est officiel. Et papa et maman ne me lâchent pas. Tu les connais, dès qu'ils sentent que quelque chose ne va pas…

— De vrais vautours ?

— Je savais bien que tu comprendrais tout de suite, répondit Angela avec un sourire.

— Tu peux rester aussi longtemps que tu veux. On va enfin habiter sous le même toit.

Les yeux d'Angela se remplirent de larmes.

— Oui, ça va être génial. Emmaline, il y a aussi quelque chose que je voudrais que tu m'aides à leur dire.

— Ah bon ? Quoi ?

Est-ce qu'elle était enceinte ? Leurs parents seraient enchantés. Em elle-même l'était, rien qu'à cette idée.

Sa sœur respira un grand coup et dit :

— Je suis lesbienne.

Em resta bouche bée.

— Ah. Je, euh… ne le savais pas.

Puis, quelques secondes après :

— Tu crois qu'ils vont être effondrés parce que c'est toi et pas moi ?

A son grand soulagement, Angela éclata de rire et la prit dans ses bras.

— Promets-moi juste d'avoir des bébés à toi, parce qu'on ne voudrait pas que tous ces gènes précieux se perdent, ajouta Em.

22

L'une des choses que Jack se rappelait à propos de Hadley était son incompétence culinaire totale. Deux étages en dessous de chez elle, il sentait déjà l'odeur de brûlé.

— On ne peut pas dire que ça sente bon par ici, pas vrai ? déclara Frankie en l'accueillant avec son bel accent du Sud. Je vais peut-être aller dormir chez toi, Jack, parce que j'ai l'impression qu'on essaie de nous empoisonner, à moins que ce ne soit une recette exclusive de ma grande sœur. Je ne suis pas sûre d'avoir envie de savoir…

— Salut, Frankie, fit Jack en lui donnant l'accolade. Content de te voir.

— Moi aussi, mon grand ! On va chez O'Rourke, si ça te va. Hadley a essayé de t'impressionner avec sa cuisine, mais je garde un souvenir ému de leurs burgers et je ne suis pas mécontente que les choses aient pris cette tournure.

Elle alla chercher son manteau au bout du couloir.

Jack pénétra dans l'appartement. Une bouteille à demi bue de chardonnay de Blue Heron était posée dans la cuisine, et sa photo de mariage lui sauta aux yeux.

— Oh ! Jack, je suis confuse, dit Hadley en sortant de la cuisine et en ôtant son tablier. Je voulais nous préparer un bon petit dîner en famille et je ne sais pas ce qui s'est passé.

Elle avait les larmes aux yeux. S'il y avait une chose qu'elle détestait, c'était de se ridiculiser devant ses sœurs, des femmes au QI élevé qui réussissaient tout. Il fut pris d'un élan de compassion pour elle.

— Eh bien, c'était vraiment gentil d'essayer.

— Merci, répondit-elle à voix basse avec un sourire. Tu te doutais bien que je n'étais pas devenue un cordon-bleu tout à coup.

— Ne t'en fais pas. Allez, mesdames, allons-y. Dis donc, Frankie, c'est quoi, ce nouveau tatouage sur ton poignet ?

— Pas mal, hein ? dit-elle en retroussant sa manche. « Avec conscience et dignité. » Cela fait partie du serment des vétérinaires.

— Tu ne devrais pas te couvrir de tatouages, intervint Hadley. C'est tellement vul…

— Vulgaire ? Oh ! Seigneur, quand tu parles comme ça, on croirait vraiment entendre cette dingue de Blanche DuBois !

— En tout cas, pour quelqu'un qui prétend aimer tellement les animaux, tu ne m'as pas beaucoup soutenue lorsque Anastasia est morte, rétorqua Hadley d'un ton sec.

— Je t'ai envoyé une carte. Je t'ai téléphoné. Est-ce que j'étais censée déclarer un jour de deuil national ? Ce chat avait l'âge de Mathusalem, Hadley. Et rappelle-toi comme elle m'a mordue, le jour de mes neuf ans. J'ai encore la cicatrice.

Les deux sœurs continuèrent à se chamailler avec une ferveur étonnante durant tout le trajet, tandis que Jack se félicitait de ses sœurs à lui (qui certes n'étaient pas parfaites, surtout en ce moment, où elles ne cessaient de le bombarder de SMS et de conseils en matière de vie amoureuse). Mais, si deux sœurs n'avaient rien en commun, c'étaient bien ces deux-là.

Il y avait foule chez O'Rourke. Ah, mais oui, c'était mardi gras. Colleen portait une robe de femme enceinte à taille basse. Depuis peu, son ventre se remarquait plus. Mais ce n'était pas la seule chose que l'on remarquait. Sa poitrine aussi, avantagée par la grossesse, était spectaculaire. Jack avait toujours trouvé les femmes enceintes très belles, et Colleen était déjà gâtée au départ. Lucas donnait un coup de main derrière le bar. Colleen fit un signe de la main à Jack avant de s'apercevoir qu'il était accompagné.

— Tiens, salut ! Frankie, c'est bien ça ?

— Tu as bonne mémoire, répondit Frankie. Attendrais-tu un heureux événement, par hasard ?

— Exact, acquiesça Colleen en se caressant le ventre de la main. Et ce pirate espagnol là-bas est mon mari, Lucas Campbell.

— Ce n'est pas mon vrai métier, non, corrigea Lucas en serrant la main de Frankie. Enchanté. Salut, Jack. Hadley.

— Moi, j'aimais bien pirate, dit Frankie. Je suis l'ex-belle-sœur de Jack.

— Mais je ne pense pas qu'il te considère comme une ex-quoi que ce soit, protesta Hadley.

Colleen jeta un regard circulaire dans la salle.

— Voyons un peu… Est-ce que tu veux partager une table avec Emmaline et sa sœur, par exemple ? proposa-t-elle d'un air entendu. Elles viennent de s'installer, et je suis sûre que ça ne les dérangera pas. Sinon, il va falloir attendre quarante-cinq minutes.

— Oh non, nous allons attendre qu'une table se libère, déclara Hadley.

— Mais oui, bien sûr, allons les rejoindre, dit Jack un petit peu trop sèchement. Ça me paraît parfait.

Emmaline et Angela passaient un moment délicieux. En fait, Angela était du genre à passer un bon moment avec n'importe qui, de Kim Jong-un à la simple ménagère du New Jersey, car il n'y avait pas une once de méchanceté en elle. Mais elles étaient très rarement juste toutes les deux. C'était peut-être arrivé deux fois. Et Emmaline devait admettre qu'elle était heureuse de recevoir les confidences de sa petite sœur.

Angela avait été avec une certaine Béatrice, mais depuis quelque temps cela ne marchait plus très bien, et, lorsque cette occasion d'aller enseigner l'astrophysique à Cornell s'était présentée, elle avait sauté dessus.

— Je n'ai pas réussi à le dire à papa et maman, expliqua-t-elle, avec un air coupable. Ça va les choquer. Ils ont beau être des parents super concernés, ils ne sont pas si observateurs.

— Je sais. Je crois ça leur a brisé le cœur de découvrir que j'étais hétéro, dit Emmaline.

Angela éclata de rire et leva la tête.

— Tiens, bonsoir, Jack ! C'est super de te revoir !

Jack était là avec Colleen, Hadley et une autre femme, plus petite et assez jolie aussi, avec les cheveux en hérisson et des piercings partout.

— Est-ce que ça vous ennuierait de partager une table ? demanda Colleen, avec un clin d'œil pour Em.

Sacrée Colleen, songea Em, en lui rendant son sourire.

— Pas du tout, pas du tout, assura Angela. Asseyez-vous, je vous en prie. Je suis Angela Neal, la sœur d'Emmaline.

— Frankie Boudreau. Ma sœur Hadley ici présente a été brièvement mariée à Jack.

Angela resta impassible.

— Bonsoir, Hadley. Quel joli prénom ! Moi, c'est Angela.

— Bonsoir, dit Hadley, d'un air renfrogné.

— Comment connaissez-vous Jack ? demanda Frankie.

— Nous sommes ensemble, Em et moi, répondit Jack en s'asseyant à côté d'Emmaline.

— Vraiment ? s'exclama Angela. Oh ! super ! J'en étais sûre. Je le sentais.

Elle se rassit, ravie.

— Eh bien, voilà une soirée qui s'annonce très bien, fit joyeusement remarquer Frankie en s'asseyant à son tour en face d'Angela.

— Alors ? Il te faut un garde du corps, souffla Em à l'oreille de Jack.

— Tu as tout compris. Je te le revaudrai.

— Tu as intérêt, répliqua-t-elle en buvant une gorgée de vin (des arômes d'abricot et d'herbe avec une touche de calcaire, à moins que ce ne soit juste le raisin, elle ne savait pas encore très bien).

— On n'est pas bien ? dit Angela. Frankie, je suis désolée mais je ne suis pas d'ici. Tu habites dans le coin ?

— Non, mais, avant de te répondre, laisse-moi te dire que j'adore ton accent.

Angela rit.

— Et moi, le tien.

— Afrique de l'Est ?

— Oui, bravo ! Quelle oreille !

— J'ai passé quelques semaines au Kenya dans une réserve d'animaux, expliqua Frankie. Je termine mes études de vétérinaire à Cornell.

— Merveilleux ! Moi, je commence à enseigner là-bas la semaine prochaine. La relativité et l'astrophysique, dans la chaire du Pr Bering.

— Ce barbon ? J'ai suivi ses cours sur le système solaire juste pour m'amuser, enfin, c'est ce que je pensais. Eh bien, je peux te dire que ses étudiants vont être ravis de te voir arriver.

— Je lui dis d'arrêter de draguer ta sœur ? demanda Jack à Em.

Em regarda Angela, qui n'avait pas du tout l'air malheureuse.

— Non, elle saura très bien s'en sortir toute seule.

Hadley avait un air pincé.

— On dirait que nos sœurs s'entendent comme larrons en foire, lui dit Emmaline. C'est mignon tout plein, non ?

— Mmm, se contenta de faire Hadley en lisant le menu.

Jack avait posé son bras sur le dossier d'Emmaline et lui caressa doucement l'épaule, ce qui lui donna la chair de poule instantanément. Leurs yeux se rencontrèrent, et ceux de Jack passèrent alors d'un bleu glacier à un bleu ciel des Caraïbes.

Quel effet il lui faisait ! Dire qu'elle s'était tant retenue avant de céder à son charme !

Mais il ne fallait pas qu'il la regarde comme ça en présence de son ex-femme, aussi pénible fût-elle.

Em était bien placée pour savoir ce que cela fait de voir son ex avec une autre.

— Comment allez-vous, Hadley ? se surprit-elle alors à demander.

Avant que celle-ci n'ait eu le temps de répondre, Hannah O'Rourke arriva avec une bouteille de blanc et une de rouge.

— Pour le héros de l'hiver et ses amis ! annonça-t-elle avec emphase. De la part de Barb Nelson, qui demande si elle pourrait t'interviewer pour le journal. Elle ne se fait pas beaucoup d'illusions, mais elle t'offre quand même le vin.

— Dis-lui qu'elle a raison de ne pas se faire d'illusions, dit Jack, dont les yeux s'étaient éteints.

Il se retourna tout de même et fit un geste de la main à Barb. Lorsqu'il se tourna à nouveau, Em sentit qu'il se renfermait, et d'ailleurs il enleva son bras.

La soirée se poursuivit, et Angela et Frankie n'arrêtèrent pas de parler, l'une aussi douée que l'autre pour la conversation. Hadley ne dit pas grand-chose, mais à chaque vague plaisanterie on entendait son rire un peu trop fort. C'était comme si elle voulait désespérément qu'on la trouve drôle, et c'était agaçant. Em ne pouvait pas s'empêcher de la prendre en pitié. C'était le vilain petit canard de l'assemblée.

— Est-ce que tu as eu beaucoup de travail ces derniers temps, Hadley ? lui demanda-t-elle tandis que leurs plats arrivaient.

— Non, en fait, pas du tout.

— Tu es décoratrice d'intérieur, c'est ça ? Comme c'est intéressant ! dit Angela.

— Ce n'est pas ce que pense ma famille, répondit Hadley d'un ton sec. Frankie sera vétérinaire bien avant que je…

— A ce propos, vous ne devinerez jamais où cette main-là est allée se fourrer aujourd'hui ! lança Frankie. Dans le vagin d'une vache. La mère et son petit vont très bien.

— Et, comme je le disais avant que ma sœur m'interrompe, mon autre sœur, Ruthie, est médecin, et Rachel est députée, tandis que moi, comme dit notre père, j'aime les jolies choses. Personne ne comprend ni n'apprécie ce que je fais.

Frankie leva les yeux au ciel, et Jack soupira. Em était d'accord, Hadley était une femme… compliquée.

— Je trouve que c'est un super métier, déclara Angela. Que serait la vie si nous n'avions pas chacun notre petit cocon où rentrer le soir ?

— Aujourd'hui, Emmaline et moi, nous sommes allés faire faire du curling à ses adolescents en difficulté, commença à raconter Jack, et Hadley le fusilla du regard pour avoir ainsi changé de sujet.

— Qu'est-ce que le curling ? demanda Frankie.

— Pardon de vous déranger, intervint alors une voix masculine légèrement empâtée. Il fallait juste que je vous dise que je vous trouve très belle.

— Oh ! merci ! s'exclama Hadley en levant la tête, ravie. C'est vraiment gentil.

— Ce n'est pas à vous que je parle.

Hadley, mortifiée, ne dit plus rien. Et de toute façon OK, elle était jolie, songea Em, mais Angela était d'une beauté à couper le souffle. Elle se tourna vers sa sœur, qui leva un sourcil impeccable et lui dit :

— C'est à toi qu'il parle, Emmaline.

Em leva les yeux.

— Hein, quoi ?

C'était un type à l'air niais, avec une mèche gominée ridicule sur le front, dans les vingt-cinq ans.

— Ouais, vous êtes… waouh !

Il tangua un peu en disant cela.

— Vous avez l'intention de conduire ce soir ? lui demanda-t-elle.

— Pas si vous me raccompagnez chez moi, répondit-il en se raccrochant à la table.

— Vous avez remarqué que j'étais flic ?

— Et on vous a déjà dit que c'était super excitant ?

— Elle est avec moi, mon pote, dit alors Jack, faisant disparaître le sourire de Hadley.

— Oh ! j'adore ! s'exclama Frankie. Je veux dire, je préfère les filles, mais la façon dont tu as dit ça, Jack !

— OK, mec, compris. Mais quand même vous êtes sexy. Et vous, pas mal non plus, ajouta-t-il à l'attention de Frankie.

— On ne conduit pas, hein ? insista Em.

— Compris, madame l'agent ! Mais je n'aurais rien contre le fait que vous me passiez les menottes, je dois dire.

— Ah, celle-là, on ne me l'avait jamais faite ! répliqua Em.

Jack fit mine de se lever, mais le type sourit. Il était plutôt gentil et il s'éloigna avec un signe de la main.

Angela applaudit.

— Oh ! Em, ça t'arrive souvent, des trucs comme ça ?

— Euh… non, dit-elle, un peu gênée.

Il n'y avait qu'Angela pour poser une question pareille sans sourciller.

— Excusez-moi, mais je voudrais m'assurer qu'il ne va pas prendre le volant.

— Mais je vous en prie, fit Hadley.

Le pauvre homme était tellement soûl qu'il n'avait plus la vision très claire.

Il but son verre d'une traite et le tendit pour qu'on le resserve.

Em se dirigea vers la table du type dans le coin où étaient assis d'autres garçons du même âge.

— Qui est le capitaine de soirée parmi vous ?

— Moi, répondit l'un d'eux en montrant son verre plein d'eau gazeuse.

— Parfait. Je voulais juste vérifier que ce petit malin n'avait pas l'intention de conduire. Je suis flic, ajouta-t-elle au cas où.

— Vous m'avez suivi ! J'en étais sûr ! fit l'autre. Vous voulez qu'on aille aux toilettes tous les deux ?

— Non, lâcha-t-elle en soupirant.

Ah, l'alcool !

— Ta gueule, boloss, gronda un des jeunes.

Em tourna les talons, mais elle entendit aussitôt le bruit d'une chaise et sentit une main sur son épaule. Elle fit volte-face.

— Arrête tout de suite, dit-elle d'un ton ferme.

Mais le type l'attira à lui et lui plaqua un baiser sur la bouche.

Neuf mois plus tôt, elle lui aurait envoyé un bon coup de pied là où je pense et l'aurait laissé pleurer, mais maintenant qu'elle portait l'uniforme il ne fallait pas qu'on l'accuse d'être brutale. Du coup, elle opta pour la solution qui consistait à lui planter son index dans la pomme d'Adam.

Et ça fonctionna. Evidemment, personne ne pouvait embrasser qui que ce soit si l'on bloquait son arrivée d'air. Soudain, elle vit qu'on poussait brutalement le type contre le mur. C'était Jack. Il le plaqua en mettant son bras en travers de son cou. Le gamin, terrifié, pouvait à peine respirer.

Les copains du jeune se levèrent, puis s'arrêtèrent, plus très sûrs de ce qu'il fallait faire.

— Restez là, leur ordonna-t-elle, puis elle posa sa main sur l'épaule de Jack. Laisse tomber, Jack.

Tout le monde s'était tu dans le bar, et on n'entendait plus que la musique du juke-box.

— Ça va ? demanda Jack à Emmaline.

— Très bien. Je m'ennuierais presque.

— Il y a un problème ? s'enquit Connor O'Rourke en s'essuyant les mains avec un torchon.

Lucas le suivait de près, ainsi que la moitié de la brigade de pompiers, prête à intervenir.

— Non, juste un gamin qui ne tient pas la bière, répondit Em. Jack, lâche-le.

Jack finit par le lâcher au bout d'un long moment et il regarda Emmaline d'un air furieux. Sous son œil gauche, un muscle tressaillait.

— Allez vous faire foutre, brailla le gosse ivre.

— Maintenant, ça suffit, vous sortez d'ici, les gars, dit Connor.

Jack avait toujours la mâchoire crispée et il fusillait le jeune du regard. C'était sexy en diable. Personne jusqu'ici n'avait été jaloux à cause d'elle. Mais il fallait avouer que le gosse avait exagéré.

— On retourne à notre table ? suggéra-t-elle en lui prenant le bras pour l'emmener plus loin.

Il la suivit en protestant, ce qui ne le rendait que plus sexy encore. Em était ravie.

Puis on entendit un bruit mat, et Jack trébucha en avant. Elle se retourna et vit des gens se précipiter, puis Connor, Lucas et la moitié des copains du jeune imbécile qui le plaquaient contre le mur.

Il avait lancé une bouteille de bière sur la tête de Jack, dont les cheveux blonds étaient souillés de rouge.

— Pour que je comprenne bien, dit Levi une heure plus tard. Mon beau-frère et mon agent étaient ensemble dans un bar ?

Jack soupira. La douleur cognait dans sa tête, Hadley n'arrêtait pas de miauler comme Lazare lorsqu'on l'emmenait chez le véto, et il se serait bien passé de toute cette… attention autour de lui.

— Levi, laisse tomber tes sermons, dit Emmaline. Le gosse a agressé Jack.

Jack entendait à peine. Il songeait à Josh Deiner, quatre étages plus haut, relié à toutes ses machines.

— Pourquoi t'a-t-il agressé, Jack ? demanda Levi.

— Parce qu'il m'avait embrassée et que Jack voulait défendre mon honneur de femme pure et immaculée.

Quelle ingrate. Les femmes ! On ne pouvait jamais avoir le dessus, avec elles.

Levi leva un sourcil puis regarda Hadley, qui continuait de sangloter, et Frankie, en train de feuilleter un magazine, assise à côté d'elle.

— Mais alors que fait-elle ici ?

Oui, pourquoi Hadley était-elle là ? Parce que l'ex-femme de Jack avait besoin d'attirer l'attention des autres, et ce qui leur arrivait à eux n'était rien comparé à ce qui lui arrivait à elle. Le fait qu'Emmaline ait eu un ticket avec ce jeune crétin allait forcément lui faire piquer une crise, si bien que Jack n'était pas surpris par son comportement hystérique à cet instant.

Aussitôt après que le jeune ivre l'avait agressé, Hadley s'était mise à hurler comme une diablesse (à se demander lequel des deux avait bu), à le supplier de lui parler, alors même qu'il était debout, en train de s'éponger la tête avec un torchon plein de glace que lui avait donné Colleen. Comme si cela ne suffisait pas, elle s'était mise à ramper vers lui jusqu'à ce que Frankie la ramasse par terre.

Ensuite était arrivé Everett Field en uniforme, fier comme Artaban lorsqu'il avait emmené le gosse menotté sous les applaudissements des clients du bar. Pru et Carl aussi étaient là, installés au fond, et en costume de *Star Trek*. Pru avait éclaté de rire, comme elle savait si bien le faire, en voyant la tête ensanglantée de son frère.

Puis étaient apparus Levi et Faith, et malgré les protestations de Jack on avait appelé une ambulance, pour le plus grand plaisir des collègues de l'équipe de secouristes de Manningsport.

Lui ne voulait qu'une chose : rentrer chez lui, avec Emmaline.

Comme si elle avait deviné ses pensées, Hadley cessa de pleurer, regarda autour d'elle puis recommença de plus belle.

— Il va falloir que je l'interroge, prévint Levi.

— Je n'aimerais pas être à ta place, dit Em.

— Ça va durer encore longtemps ? demanda Jack.

— Il y a du monde ce soir. Tu veux que je prévienne quelqu'un ? Ton père ? Mme Johnson ?

— Je suis sûr que ta femme s'en est chargée. Sauf si Pru l'a devancée.

Dans la famille Holland, rien ne restait privé très longtemps.

— Bonsoir, je cherche un certain John Noble Holland, quatrième du nom. Quel magnifique nom ! C'est vous ? Entrez !

Jack se leva et suivit une minuscule femme d'origine asiatique à qui on donnait tout au plus quatorze ans.

— Bonsoir, enchantée. Je suis le Dr Chu. Désolée de vous avoir fait attendre. Il y a un monde fou, ce soir.

Hadley se leva et tenta de le suivre, mais Jack se contenta de dire « non », ce qui provoqua des pleurs encore plus bruyants.

— Tu ne veux pas te taire ? lui dit Frankie. Ils vont finir par te shooter si tu ne la fermes pas. Arrête de faire l'intéressante, Hadley. Il va bien, et de toute façon ça ne te regarde plus.

— J'ai cru qu'il était mort. Oh ! Jack s'il t'avait…

Dieu merci, les portes se refermèrent derrière lui, mettant fin à ces pleurnicheries.

Le médecin, qui ne devait pas mesurer beaucoup plus d'un mètre cinquante, l'emmena jusqu'à la salle de consultation.

— Asseyez-vous, monsieur Holland. On va s'occuper de vous tout de suite. N'ayez aucune crainte.

On frappa à la porte, et Emmaline passa la tête.

— Tu veux que je vienne ?

— Vous êtes sa femme ?

— Sa petite amie, répondit Emmaline en rougissant.

— Bien. A en juger par la couleur de cette serviette, monsieur Holland, je dirais qu'il va falloir recoudre. J'adore recoudre. C'est ce que je préfère. Vous a-t-on déjà dit que vous étiez très beau, monsieur Holland ?

Dieu du ciel !

— Dites, est-ce que Jeremy Lyon est de garde ce soir ? demanda Em.

C'était vrai, il faisait quelques gardes ici chaque mois.

L'enthousiaste petit médecin réfléchit une seconde.

— Mmm… oui.

— C'est un ami de la famille. Cela ne vous ennuierait pas qu'on le fasse venir ?

Le Dr Chu soupira.

— Très bien, dit-elle, déçue. Je vais l'appeler.

Et elle quitta la pièce à regret.

— Merci, dit Jack.

— De rien.

Elle s'assit sur le bord de son lit, le regarda puis baissa les yeux.

— Ça va ?

— Oui.

— Merci de… tu sais, d'être venu à ma rescousse. Mais ce n'était pas la peine, ajouta-t-elle en fourrant ses mains dans ses poches.

La mauvaise humeur de Jack se dissipa un peu.

— Mais je t'en prie. Je crois que j'ai mérité un baiser, tu ne crois pas ?

— Peut-être.

— Sûrement.

— Je vais y penser.

Il tendit le bras, passa un index dans le col de son pull et l'attira vers lui, puis il l'embrassa. Elle lui posa les mains sur la poitrine. Elle avait une bouche si douce, c'était un vrai baume après les événements stupides de cette soirée.

— Ça m'a mis hors de moi de voir ce type t'embrasser, murmura-t-il.

— J'espère bien.

Il l'embrassa de nouveau, et cette fois-ci sa langue effleura la sienne et elle se lova contre lui.

— Salut, Jack ! Houlà, mais vous êtes ensemble, tous les deux ? Pourquoi on ne me dit jamais rien, à moi ?

C'était Jeremy.

— C'est sympa comme tout, ça ! J'aimerais bien être celui qui vous a présentés. Salut, Emmaline, comment tu vas ?

Il lui donna une accolade puis il serra la main de Jack.

— Alors, on t'a blessé à la tête ? Pas très malin de ta part.

— Il a tourné le dos à un abruti bourré.

Jeremy secoua la tête.

— C'est plutôt toi qui m'as fait tourner le dos à un abruti bourré, corrigea Jack.

— C'est vrai. Désolée.

— Tu as perdu connaissance ? demanda Jeremy en se lavant les mains.

— Non.

— Tu as mal comment ?

— Pas trop.

— Ah, vous, les anciens militaires, vous êtes courageux.

Il examina la tête de Jack puis ouvrit un petit placard et prit son kit de suture.

— On va devoir faire quelques points. Ça risque de piquer.

*
* *

Quand Jeremy eut fini, Em dit qu'elle allait voir Hadley et vérifier si Levi n'avait besoin de rien d'autre.

— Mis à part cet incident, comment vas-tu ? s'enquit Jeremy, une fois qu'elle fut partie.

— Bien.

— Des séquelles du sauvetage ?

— Comme quoi ? demanda Jack, sur la défensive.

— Douleur à l'oreille interne, problèmes d'équilibre, énuméra Jeremy, avant de marquer une pause puis d'ajouter : symptômes post-traumatiques.

— Non.

— Ça ne sortira pas d'ici, bien sûr, je suis soumis au secret professionnel. Les symptômes post-traumatiques, ce sont par exemple des cauchemars, des crises d'angoisse, des flash-back.

— Je sais tout ça, Jeremy, mais je vais bien, merci.

— OK. Tant mieux, dit-il en signant une ordonnance. Glace, Tylenol si besoin, et tu reviens dans une semaine pour qu'on te retire les points. Voilà. Content de t'avoir vu.

— Moi aussi, répondit Jack en lui donnant une accolade virile.

Jeremy faisait pratiquement partie de la famille.

Comme Emmaline n'était pas revenue, Jack se dirigea vers l'ascenseur, y entra et appuya sur un bouton. L'ascenseur monta et six secondes plus tard les portes s'ouvrirent, laissant apparaître une pancarte : « Quatrième étage. Unité de soins intensifs. Silence, s'il vous plaît. »

Le couloir était silencieux à l'exception des signaux émis par les appareils et, plus loin, du murmure des infirmières dans leur local, du crissement des semelles de caoutchouc, du sifflement d'un ventilateur.

Devant la chambre 401 était accroché un tableau blanc sur lequel était écrit en vert : *McGowan, H.*

Jack vit un lit et dessus une personne qui dormait (ou était morte).

De l'autre côté, chambre 402 : *Zaccharias, M.*

403 : *Blake, S.*

404 : *Humbert, L.*

Chambre 405 : *Deiner, J.*

La porte était entrouverte.

Jack n'avait rien à faire là.

Son cœur battait violemment dans sa poitrine et contre ses côtes.

S'il ouvrait la porte un petit peu plus, il pourrait voir quelque chose, les pieds de Josh, peut-être.

La vision de Josh Deiner, assis sur son lit en train d'envoyer des SMS, de regarder la télé ou de manger des bonbons surgit alors si soudainement qu'il sentit ses genoux fléchir.

— Je peux vous aider ?

Jack sursauta. Il n'avait pas entendu l'infirmière arriver.

« Jane McGregor, infirmière en chef », pouvait-on lire sur son badge. Jack réalisa qu'il était trempé de sueur.

— Comment va-t-il ? demanda-t-il à voix basse.

— Vous êtes de la famille ? répondit-elle, suspicieuse.

— Non.

— Alors je ne peux rien vous dire.

— Comment osez-vous ? Sortez d'ici ! Tout de suite !

La mère de Josh était debout dans l'encadrement de la porte et s'adressait à lui sur un ton cinglant.

— Comment osez-vous venir ici ? Ne vous approchez pas de mon fils !

— Madame Deiner, je voulais seulement…

— Je vous interdis d'entrer ! cria-t-elle alors, suscitant la curiosité des visiteurs alentour. Il est ici par votre faute ! Comment osez-vous faire intrusion comme ça !

L'infirmière prit Jack par le bras et le guida vers la sortie. Il chancelait, peut-être à cause de son coup sur la tête.

Quelque chose n'allait pas, en tout cas. C'était Josh, il ne fallait pas qu'il meure !

Les portes de l'ascenseur s'ouvrirent, et Emmaline apparut.

— Te voilà, dit-elle.

— Ce monsieur s'est introduit sans autorisation. J'ai appelé la sécurité, expliqua l'infirmière.

— Dans la chambre de Josh Deiner ? demanda Em. C'est Jack qui a plongé pour le sortir de l'eau.

— Ah, je vois, fit l'infirmière en se tournant vers Jack avec bienveillance. Je suis désolée, mais je suis obligée de vous demander de partir.

— Oui, nous partons, répondit Em. Et pas besoin de la sécurité, je suis moi-même de la police.

— Je tiens à vous dire que ce que vous avez fait est extraordinaire, chuchota l'infirmière à Jack. Et je suis navrée pour la réaction des Deiner.

Puis elle s'éloigna dans le couloir.

Jack entendit alors Mme Deiner sangloter. Il n'y avait pas de son plus bouleversant ni plus désespéré sur terre que les pleurs d'une mère sur la mort de son unique enfant.

De son côté, Jack n'allait pas mieux et n'avait pas besoin d'un médecin pour le lui dire.

— Allez, viens, rentrons à la maison, dit Emmaline en appuyant sur le bouton de l'ascenseur.

Lorsque les portes se furent refermées et que l'ascenseur commença à descendre, Jack prit Emmaline dans ses bras et la serra, sans rien dire.

Arrivés dans le hall d'entrée de l'hôpital, ils se séparèrent et se regardèrent.

— Je vais dire à Angela que je dors chez toi, le prévint Em.

23

Quelques jours plus tard, Emmaline avalait sa troisième tasse de café. C'était son jour de congé, et la veille elle s'était couchée tard après avoir passé la soirée avec les Amères larguées et Angela, généreusement admise en tant que membre honoraire, même si on avait déclaré qu'elle était « trop jolie et trop sympa » pour faire partie du club.

Les nouvelles ne manquaient pas : Jeanette O'Rourke partait en croisière avec Ronnie Petrosinsky, le roi du poulet. Allison s'était effectivement remise en ménage avec son irréprochable et agaçant Charles, qui lui avait prouvé son amour en lui envoyant un colis plein de morceaux de bocaux à biscuits. Shelayne avait annoncé que son dossier avait été accepté en vue d'une adoption, du coup, on s'était beaucoup embrassé, on avait bu beaucoup de cocktails à la pêche et de champagne.

Emmaline était passée sur le gril, elle aussi : on voulait savoir comment était Jack au lit. Elle était restée muette comme une carpe, ce qui avait suscité moult spéculations très imagées.

— Elle rougit, avait signalé Grace, en arrivant de la cuisine avec une carafe de Peach Sunrise dans les mains. Vous savez ce que ça veut dire : ce Jack est un petit coquin !

Venant de la plus âgée du club, ce commentaire avait provoqué des hurlements de rire.

— Je trouve que vous devriez changer le nom de votre club, avait déclaré Angela. Aucune d'entre vous n'a l'air ni amère ni larguée.

Cette remarque les avait soudain fait douter.

— Pourquoi vous ne vous appelleriez pas les Sunrise Girls ? avait suggéré Ange. Ce cocktail est juste fabuleux, Grace.

Ce fut sans conteste leur meilleure réunion. Personne n'avait évoqué le livre qu'elles n'avaient de toute façon pas lu, mais ce n'était pas important.

Angela se leva très tôt ce matin-là, absolument pas affectée par la courte nuit, comme il fallait s'y attendre. Emmaline n'avait pas cette chance. Sarge était en haut, s'étant pris de passion pour Angela, l'ingrat, et il aboyait à tout ce qu'elle faisait. Beaucoup trop fort, songea Emmaline, en faisant la grimace.

Dix minutes plus tard, comme toutes les deux avaient une furieuse envie de chocolat, elles se rendirent à la boulangerie de Lorelei, où flottait une odeur irrésistible.

— Oh ! s'exclama Angela, un magasin de robes de mariée ! Viens, on va voir !

— Pour quoi faire ?

— Je pense que tu devrais essayer des robes, pour quand tu te marieras avec Jack. Je n'aimais pas tellement la petite robe tristounette que tu t'étais achetée.

— Elle n'était pas tristounette, protesta Em.

— Qu'est-ce qu'il te faut ! On aurait dit que tu te rendais à un bal de charité dans les années 1980. Non, cette fois-ci, je choisis avec toi. J'insiste.

— Mais qu'est-ce que tu connais des bals de charité ? Et puis qui dit que je vais me marier ?

— Attends, il est fou de toi. Il ne va pas tarder à te faire sa demande, à mon avis.

Emmaline poussa la porte de la boulangerie et tomba sur l'objet de leur conversation.

— Jack ! Nous parlions de toi, justement, dit Angela.

— Vraiment ? répondit-il en regardant Emmaline comme s'il ne la resituait pas.

— Jack, qu'en penses-tu ? reprit Angela, les yeux pleins de malice. Ivoire ou blanc ? Tu préfères quoi ?

— Ne l'écoute pas, dit Em.

Jack regarda vers le trottoir d'en face où, dans la vitrine de la boutique, était exposée une robe mousseuse et scintillante, mais ne sourit pas.

— Voudrais-tu venir dîner avec ma famille ce soir ? demanda-t-il à Emmaline.

Angela étouffa un petit cri de joie, et Em la fusilla du regard.

— Euh…

— Angela, tu es la bienvenue aussi.

— Oh non ! Merci de me le proposer, Jack, c'est adorable, mais non, il faut que j'aille à Cornell ce soir.

Puis, se tournant vers Emmaline, elle ajouta :

— D'ailleurs, il est déjà tard. Il faut que j'y aille. C'est toujours un plaisir de te croiser, Jack !

Et elle s'éloigna à grands pas en saluant de la main quelqu'un dans le magasin d'antiquités.

— Je n'étais pas en train de choisir une robe de mariée, se justifia Emmaline, avant de le regretter aussitôt.

— Veux-tu venir dîner ? répéta Jack.

— Tu es sûr ? lui demanda Em en plissant les yeux.

— Sinon, pourquoi t'aurais-je invitée ?

— Je n'en sais rien.

— A 18 heures chez Honor et Tom. Je peux passer te prendre, si tu veux, dit-il en regardant sa montre.

— Non, c'est parfait. Jack, est-ce que ça va ?

— Super. Il faut que je file. A ce soir.

Emmaline avait oublié combien les Holland étaient nombreux.

L'allée était remplie de voitures. Blue, l'énorme golden retriever de Faith, se précipita vers sa portière, faisant la joie de Sarge, qui se mit à donner de grands coups de queue dans la tête d'Emmaline.

Honor l'avait appelée un peu plus tôt pour confirmer l'invitation personnellement et lui avait dit de venir avec Sarge, parce que tout le monde adorait les chiots, et que cela ne ferait pas de mal au sien d'en rencontrer un autre.

Tout un chacun à Manningsport connaissait la grande maison blanche de la famille Holland. Em n'y était jamais entrée et était un peu intimidée. Elle se félicita d'avoir mis une jupe.

Elle attacha Sarge en laisse, sortit de la voiture et le laissa s'ébattre joyeusement tandis que Blue le reniflait sous toutes les coutures. Puis elle attrapa le bouquet de gerberas qu'elle avait acheté et, après avoir respiré un grand coup, elle alla frapper à la porte d'entrée.

Pas de réponse, alors qu'à l'intérieur un brouhaha pas possible se faisait entendre. Elle frappa de nouveau. Rien. Du coup, elle ouvrit et se faufila à l'intérieur.

Il y avait foule.

— Emmaline ! Bienvenue ! s'exclama Honor en s'approchant. Oh ! quelles jolies fleurs ! Merci.

— Merci à toi de m'accueillir. Tu es sûre qu'il ne faut pas que j'enferme Sarge dans la voiture ?

— On adore tous les chiens, ici, ne t'en fais pas, dit-elle en se penchant pour caresser le chiot, qui s'assit et remua la queue. Salut, mon beau ! Tu es venu enseigner les bonnes manières à mon Spike ?

Puis elle le détacha en souriant.

Un minuscule yorkie s'avança sans bruit et grogna à l'attention de Sarge. Celui-ci, bien que beaucoup plus imposant, réagit en se mettant joyeusement sur le dos pour signifier que, oui, l'autre était le patron et qu'il se soumettait.

— Les voilà meilleurs amis du monde, dit gaiement Honor. Entre donc. C'est un peu la pagaille, mais c'est toujours comme ça. Je vais ranger ta laisse et mettre ces fleurs dans un vase.

Elle s'éloigna avec le bouquet, laissant Em livrée à elle-même.

Le salon bleu pervenche était vaste et beau, meublé avec goût, rempli d'étagères encastrées et d'une cheminée de marbre ravissante. Jack et son père étaient en pleine conversation, chacun un verre de vin dans la main gauche. Pas difficile de savoir de qui Jack tenait son charme. Le vieux M. Holland, le grand-père de Jack, était debout en train de les écouter en mangeant un morceau de fromage de la taille d'un Smartphone. La grand-mère se demandait à voix haute pourquoi donc Honor avait repeint le salon dans ce bleu-là, alors qu'elle préférait le bleu pâle, puis enchaîna sur Abby qui ne devait jamais monter dans un van blanc, parce que c'était toujours ces voitures-là que conduisaient les kidnappeurs.

Emmaline se dirigea vers Jack, en entendant au passage Mme Johnson qui donnait à Tom Barlow un cours de cuisine. Pru et Carl Vanderbeek se chamaillaient à propos de quelque chose, et Pru levait au ciel ses yeux magnifiques. Leur fils Ned discutait avec Charlie Kellogg, et Levi se tenait dans un coin, à regarder Abby promener ses mains sur le ventre de Faith. Le volume sonore était impressionnant.

— Salut.

Elle sursauta.

— Ah, Jack !

Il ne l'embrassa pas.

— Tout le monde connaît Emmaline, n'est-ce pas ?

— Salut, jeune fille, lança Prudence. Que fais-tu ici ? Jack t'a invitée ? Waouh ! Il n'a pas fait cela depuis sa belle du Sud. Y a-t-il un scoop ? Vous êtes fiancés, c'est ça ?

— Jack, dit alors la grand-mère, tu devrais essayer de nouveau le mariage. Ton grand-père n'est pas éternel, tu sais. Est-ce que tu ne voudrais pas lui donner d'autres arrière-petits-enfants ? Cette jeune fille me semble avoir de bonnes hanches bien larges.

— Goggy ! s'exclama Faith.

— Quoi ? Toi aussi, ma chérie, ne t'inquiète pas.

— Laissez-les donc tranquilles, intervint Honor. Emmaline, je suis désolée.

— Non, non, répliqua Em, qui avait chaud tout à coup. C'est… très bien, les hanches larges. Merci, madame Holland.

— Salut, Em, dit Tom en s'avançant pour l'embrasser sur la joue. Qu'est-ce que je te sers ?

N'importe quoi, pensa-t-elle.

— Eh bien, du vin, ce sera parfait.

— Super. Je t'apporte ça tout de suite.

Les trois chiens faisaient la course dans le salon et dans l'escalier. Mais Em semblait être la seule que cela dérangeait. Il faut dire que, dans sa famille, les dîners consistaient plutôt à écouter un échange de vacheries déguisées en jugements psychanalytiques sur un ton parfaitement maîtrisé, entrecoupé des paroles bienveillantes d'Angela et de ses propres grognements. On discutait prise de conscience, répression psychique, et de la façon dont Emmaline gâchait sa vie, le tout en buvant des martinis.

Alors, comparé à ça, les chiens qui couraient partout, ce n'était pas si grave.

— Il est 18 h 10, Honor, ma chérie, fit remarquer le grand-père. On passe à table, ou bien on est à l'heure européenne ?

— C'est trop cool que tu sortes avec ce loser d'oncle Jack ! déclara Abby en surgissant aux côtés d'Em. Et, au fait, tu ne voudrais pas m'emmener au stand d'entraînement de tir ? J'aimerais savoir comment on fait pour tuer un homme.

— Dans ton cas, il suffit de l'embrasser, et ça le fera mourir de dégoût, commenta Ned.

— Ferme-la, Ned ! Levi, tu savais que Ned était allé à Geneva dimanche pour voir ta sœur ?

— On est potes, c'est tout, protesta Ned. Ne me regarde pas comme ça, Levi. Si tu me touches, Faith ne s'en remettra jamais.

— Pas si sûr, rétorqua Faith. Je me demande si je t'aime tant que ça.

— Je meurs de faim, se plaignit le grand-père. Est-ce qu'on ne pourrait pas commencer ?

Levi et Em entrèrent les derniers dans la salle à manger tandis que Jack était appelé en cuisine.

— C'est toujours comme ça ? s'enquit Em à voix basse.

— Oui, répondit Levi. Et tu devrais subir un interrogatoire pendant le dîner. Ils m'ont fait le coup la première fois, et à Tom aussi l'an dernier. Mais ils sont sympas, ne t'en fais pas.

— Je transpire comme une bête.

— Je vois bien ce que tu ressens. Mais voyons, agent Neal, c'est juste une prise d'otage, sauf que l'otage, c'est vous, lui dit-il avec malice.

— Merci, patron, vous n'êtes pas si méchant que ça, finalement.

— Ces paroles méritent d'être gravées dans le marbre.

— Je retire !

On s'installa à table, et Honor, Tom, Mme Johnson et Jack sortirent de la cuisine, les bras chargés de plats et de plateaux. Le volume sonore augmenta encore tandis que l'on se servait et que l'on commentait avec passion le contenu des assiettes. Avant même qu'Emmaline ait réussi à s'asseoir, le grand-père et Charlie étaient déjà en train de se resservir.

— Alors, chère Emmaline, racontez-nous un peu votre famille.

— Eh bien, euh… j'ai juste mes parents et une sœur,

Angela, que mes parents ont adoptée quand j'avais quatorze ans.

— Donc vous étiez enfant unique jusque-là ?

— Exactement.

— Quelle chance, dirent en chœur Ned et Abby, tandis que Charlie faisait la moue.

— Et vous êtes proches de vos parents ? demanda M. Holland père.

Elle préféra mentir.

— Euh, oui, bien sûr.

— Est-ce que je les connais ? questionna Mme Holland.

— Non, mais vous vous souvenez peut-être de ma grand-mère. Luanne Macomb, la mère de ma mère ? Elle habitait sur Water Street, là où j'habite maintenant. Je passais mes étés chez elle, et un jour je suis venue vivre avec elle, lorsque je suis rentrée au lycée.

— Quelle drôle d'idée d'avoir quitté vos parents, fit remarquer Mme Johnson en fronçant les sourcils.

— Maman, tu ne voudrais pas m'envoyer habiter ailleurs pour la fin du lycée, histoire que je ne voie plus la tête de Ned toute la journée ? lança Abby.

— Oh oui, maman, fais ça, renchérit Ned.

— N'est-ce pas là-bas que tu allais jouer de temps en temps, Faithie ? demanda le père de Jack.

— Si. La grand-mère d'Em nous invitait l'été. Elle nous faisait des brownies incroyables, répondit Faith, que ce souvenir gourmand fit sourire.

— Et où avez-vous grandi, du coup ? demanda Mme Johnson.

— En Basse-Californie, répondit Em.

— Quelle horreur, murmura Mme Holland. Enfin, vous n'y pouvez rien.

— En fait, c'est très beau par là-bas, tu sais, Goggy, dit Faith.

— Voyez-vous souvent vos parents ? demanda alors Mme Holland.

— Mais laissez-la donc tranquille, protesta le grand-père. Elle n'a pas encore touché à son assiette !

Pas faux. Jack serait bien avisé d'intervenir et de mettre fin à son supplice. Mais il n'avait pas l'air d'écouter.

— Je leur rends visite plusieurs fois par an, madame Holland.

— Oh ! appelez-moi Goggy.

Non, vraiment ?

— Va pour Goggy, alors.

— Très bien ! Puisque vous allez bientôt faire partie de la famille, ajouta malicieusement la vieille dame.

— Ça suffit, Goggy, dit Faith.

— Charlie, raconte-nous un peu ton combat de l'autre jour, suggéra Tom avec un clin d'œil en direction d'Em. Emmaline, notre petit gars est en passe de devenir un champion de boxe.

Quelque mille heures plus tard, Emmaline remercia Tom et Honor et sortit, accompagnée de Sarge, sous une pluie battante qui lui parut délicieusement fraîche tant elle avait les joues en feu. Jack la suivit.

A neuf reprises dans la soirée, on avait abordé le sujet du mariage et on avait fait onze fois allusion à de futurs bébés. Goggy (un sacré prénom !) avait exprimé l'espoir que Jack et Em « ne vivraient pas dans le péché », alors que Pops était de l'avis contraire. Abby avait lourdement insisté pour avoir des petits cousins, et Pru avait montré à Em un site de *sex toys* qui avait fait hurler d'horreur Abby, Ned et Charlie.

Elle avait le cerveau en bouillie.

Jack avait à peine parlé, et, même si elle n'était pas une pauvre petite chose sans défense, elle aurait aimé que son… son petit ami (le terme était nul) vienne à son secours.

Elle ne pouvait s'empêcher de se demander pourquoi il l'avait invitée.

Elle mit Sarge dans sa voiture. Le chiot était exténué, mais il allait se réveiller dès qu'elle allumerait le moteur. Il pleuvait très fort, et elle avait les cheveux trempés.

— Bon, c'était sympa, dit Jack.

Elle le regarda. Il était sérieux.

— Sympa ? Non, Jack, ce n'était pas sympa.

— Ah non ? lâcha-t-il, surpris.

— Attends, tu n'étais pas vraiment là, si ? Enfin, bon, je me réjouis que toi tu aies passé un bon moment.

— Pas toi ? Tout le monde t'aime bien.

Son téléphone vibra, et il y jeta un coup d'œil.

— Tout le monde ? Y compris toi ? Parce que tu ne m'as pas adressé la parole de toute la soirée.

Il la regarda comme s'il ne voyait pas du tout de quoi elle voulait parler.

— Moi ?

— Bon, reprenons depuis le début. Je pense que tu m'as dit « salut » et ensuite… plus rien. Pendant que ta grand-mère me cuisinait pour savoir combien de temps ma mère était restée en travail le jour de ma naissance, que Mme Johnson me demandait combien d'enfants je comptais avoir et notait la réponse, et que ta nièce voulait que je l'emmène apprendre à tirer au pistolet.

— Ah, ben oui, au fait, combien ?

— Combien de quoi ?

— Combien d'enfants ?

— Je lui ai dit dix-huit, ou peut-être vingt.

Il se mit à sourire.

— Tu veux venir chez moi ? lui demanda-t-il.

Elle n'en revenait pas. Les hommes !

— Jack, pourquoi sommes-nous ensemble ?

— Je n'en ai pas la moindre idée.

Et il l'embrassa, sous la pluie. Sa bouche était douce et

chaude, et son corps, tiède dans le froid et la nuit. Em était tiraillée entre l'envie de le gifler et… celle de continuer juste à l'embrasser, parce qu'il avait pris sa tête entre ses mains et qu'elle avait passé ses bras autour de sa taille et qu'il l'embrassait si bien. Oui, elle aimait le contraste entre la douceur de ses lèvres et la rugosité de ses joues mal rasées.

— Nous sommes ensemble, il faut que tu t'y fasses, murmura-t-il à son oreille.

Elle recula pour reprendre son souffle.

— Tu es imprévisible, Jack.

— Tu ne sais pas à quel point. Viens chez moi, et je te montrerai, répondit-il.

Son visage s'éclaira, et ce fut comme si le soleil revenait et emplissait soudain Emmaline d'une intense chaleur, faisant par là même flageoler ses jambes, et convoquant des visions de bébés aux yeux bleus. Bon, peut-être pas dix-huit, mais quelques-uns.

Et, égal à lui-même, avec cette certitude infaillible qu'elle le suivrait, Jack monta dans son pick-up.

Et, égale à elle-même, consciente qu'elle ne tarderait pas à devenir une de ces femmes complètement gagas, Emm le suivit.

Les hommes vous embrouillent toujours.

Mais vous savez quoi ? Elle avait une sœur qui, bien qu'elle soit lesbienne, était la fille la plus perspicace du continent sur ces sujets. Em sortit donc son téléphone et composa le numéro d'Angela.

— Comment ça s'est passé ? demanda celle-ci avant même de dire bonjour.

— Mmm, je n'en sais trop rien. Là, il a l'air heureux, mais il n'a pratiquement rien dit pendant le dîner. On a passé son temps à me dire que j'avais des hanches à mettre au monde des enfants. On va chez lui.

Angela partit d'un rire franc.

— A toi de jouer, maintenant !

— Je ne sais pas trop.

— Alors, si je peux être un peu directe, Emmaline… commença à dire Angela.

— C'est tout ce que j'attends de toi, répondit Em en s'engageant dans l'allée de Jack.

— Peut-être que tu devrais te… lâcher un peu plus. Laisser parler ton cœur. Parce que je sais que tu l'aimes profondément, et il serait peut-être temps que tu le lui dises. Il t'a présentée à sa famille, il a peut-être besoin d'un signe de ta part, maintenant.

— Comme quoi ?

— C'est ici que j'atteins mes limites. Mais tu vas trouver, j'en suis sûre. Je rentre, là. Tu veux que je sorte Sarge ?

— Non, il est avec moi, mais merci quand même, Angela.

— A demain, ma grande.

Em remonta la longue allée devant chez Jack et s'arrêta quelques instants. La maison s'éclaira, et une sensation de bien-être s'empara d'elle. Cette maison était magnifique, tout comme celui qui l'habitait. Et Angela avait raison, maintenant, c'était à elle de jouer.

— Viens, mon doudou, dit-elle à son chiot, en lui essuyant les pattes avec la serviette réservée à cet usage. Elle le porta jusqu'au vestibule et le posa, puis ôta son manteau et l'accrocha. Lazare vint voir ce qui se passait, émit un son étrange à l'attention de Sarge, qui lui valut un accueil chaleureux et un grand coup de langue qu'il endura avant de détaler.

Lorsqu'elle entra dans le salon, Jack était en train d'allumer un feu.

Nous sommes ensemble, il faut que tu t'y fasses.

Ainsi, ce n'était pas juste pour le sexe, ni pour se distraire, ni pour se protéger de Hadley, c'était peut-être pour de vrai.

Elle sentit la chaleur dans sa poitrine se répandre encore.

Le téléphone de Jack vibra sur la table.

— Probablement une de mes sœurs, dit-il en ajoutant une bûche.

Il se leva et vérifia.

— Qu'est-ce que je disais ? Elles sont incorrigibles. Bon, tu veux un verre de vin ?

— Je veux bien, répondit Emmaline, qui n'avait pratiquement pas bu au dîner.

— J'ai une bonne bouteille à la cave. Je reviens tout de suite.

Il déposa un baiser sur ses cheveux et descendit. Il n'avait pas été très présent tout à l'heure, mais il se rattrapait. Elle l'excusait, car après tout elle n'était pas parfaite non plus.

Sarge s'approcha de la cheminée, tourna cinq fois sur lui-même et se coucha. Lazare s'avança lentement puis s'allongea contre la tête du chiot.

Ça, alors ! Ils étaient copains.

Le téléphone de Jack vibra de nouveau, et puis encore une fois. Les vibrations le poussèrent jusqu'au bord de la table, et sans réfléchir elle l'attrapa avant qu'il ne tombe.

Sans le vouloir, elle jeta un œil sur l'écran.

Pru : On l'adore, ta nana. Vous êtes déjà à poil, là ? En tout cas, ne lui montre pas le pyjama affreux que t'a offert Honor pour Noël. Il faut que tu le brûles !

Faith : Tu aurais dû parler plus ce soir. Elle avait l'air d'une biche aux abois. A l'occasion, dis-lui qu'elle n'a pas des hanches de pouliche. C'est très subjectif.

Goggy : Wermww ri & ght cmlwlr ?

Honor : Elle s'est débrouillée comme une championne. Tom et moi approuvons à 100 %. Charlie aussi.

Hadley : Jack il fo que je te parl asap. Nous 2 ce nest pa fini. Apel moi. Je sais que tu m'm.

Goggy : qhy ro$(ia we flt rgis

OK, la grand-mère de Jack avait un peu bu. Quoique Abby s'était plainte d'avoir reçu dix-sept SMS de sa part dans la journée.

Quant au SMS de Hadley, pas très agréable. La pauvre avait décidément besoin de voir un psy.

En tout cas, Em était heureuse de savoir que les sœurs de Jack l'appréciaient, ce qu'elle savait plus ou moins déjà. Et Jack l'appréciait, et elle l'appréciait, beaucoup trop… ou alors juste ce qu'il fallait.

C'était peut-être le moment de se lancer, mais, si elle voulait le faire ce soir, un téléphone qui n'arrêtait pas de vibrer n'allait pas rendre la chose facile.

Elle allait peut-être le mettre sur silencieux pendant quelque temps. Il était déjà plus de 22 heures. Elle appuya sur le bouton. Et voilà.

Cela faisait quelques semaines qu'ils étaient ensemble, elle et Jack, et, oui, elle s'était montrée méfiante, compte tenu de son passé sentimental et de la présence de l'ex-femme de Jack, sans parler de tout le tumulte autour de l'accident.

Mais ce soir elle allait baisser la garde.

Il remonta de la cave, et elle se leva.

— Alors, tu as vraiment passé une très mauvaise soirée ? lui demanda-t-il en posant la bouteille sur le comptoir.

Au lieu de répondre, elle s'approcha de lui, passa ses bras autour de son cou et l'embrassa à pleine bouche. Un baiser mouillé, chaud et fougueux, 100 % émoustillant.

Jack réagit sur-le-champ. Il l'empoigna par la taille et la fit s'asseoir sur le comptoir, tandis qu'elle attirait contre elle son corps ferme et robuste. Elle glissa ses mains sous sa chemise, sur son ventre musclé et son torse légèrement velu, puis lui ôta sa chemise et se mit à caresser son dos. En continuant de l'embrasser, toujours plus serrée contre lui.

Elle déboutonna son jean, puis sauta jusqu'au sol, enleva son pull et fit glisser sa jupe à terre. Les yeux de Jack se posèrent sur son soutien-gorge et il émit un petit son admiratif avant de commencer à le décrocher. Elle se mit à parcourir son cou avec ses lèvres, son beau cou chaud, jusqu'à la naissance de ses épaules. Soudain, elle sentit sous son dos le sol froid de la cuisine et Jack sur elle, lourd et puissant, sa bouche à la recherche de tous les points sensibles de son corps. Ensuite, ce fut son tour à elle.

Il n'y avait plus de méfiance qui tienne !

Quand on est en train de faire ça sur le sol de la cuisine.

Pendant ce temps, chien et chat, bénis soient-ils, continuèrent à dormir malgré le bruit.

24

Jack Holland était un homme heureux, du moins, pour le moment. Après le joyeux épisode par terre dans la cuisine, qui, soit dit en passant, avait été… waouh, il avait emmené Emmaline dans la salle de bains, avait ouvert les robinets, et ils s'étaient embrassés pendant que la baignoire se remplissait. Il l'avait ensuite laissée, le temps d'aller déboucher une bouteille, et il était revenu avec deux verres de vin. Puis il l'avait rejointe dans le bain et l'avait attirée contre lui, en se félicitant d'avoir opté pour le plus grand modèle de baignoire lorsqu'il avait fait construire la maison.

Ils n'entendaient plus que le clapotis de l'eau quand l'un d'eux bougeait et le bruit de la pluie contre les vitres. Sarge entra et commença à boire l'eau du bain, ce qui les fit rire. Jack se dit qu'il ne connaissait pas de plus jolie musique que celle du rire d'Emmaline.

Elle avait la peau laiteuse et douce, et un corps robuste et parfait. Au bout d'un petit moment, elle ne put s'empêcher de voir qu'il l'observait, alors elle se tourna vers lui et ils remirent ça, dans la baignoire.

A bien y repenser, il y avait autre chose d'encore meilleur à entendre que le rire d'Emmaline, c'était sa voix chaude et presque surprise lorsqu'elle prononçait son nom. C'était si bon de lui donner autant de plaisir.

Ensuite, il l'emmena dans son lit et l'attira contre lui, ses cheveux sombres contre sa figure, sa main posée sur sa poitrine. Elle s'endormit en quelques secondes et lui resta comme ça, dans un état de paix totale qu'il n'avait plus connu depuis longtemps.

Son mariage avait été tumultueux car Jack ne savait jamais dans quel état psychologique il allait retrouver sa femme chaque soir. Les seules brèves périodes heureuses s'étaient fondées sur de simples apparences, comme lorsqu'il appréciait la belle robe d'un vin pour s'apercevoir ensuite que celui-ci était complètement piqué. Après avoir découvert Hadley et Oliver au lit, il avait ressenti un sentiment de colère et d'échec cuisant, et une profonde solitude aussi.

Plus tard, depuis l'accident des jeunes, son esprit était comparable à un fleuve après une grosse crue : plein d'objets dangereux, blessants et invisibles, charriés par le courant, qui passaient à côté de lui ou bien le percutaient sans prévenir.

Mais désormais il se sentait à l'abri et, pour la première fois depuis très longtemps, en paix.

Si on lui avait dit que ce serait grâce à une policière joueuse de hockey à la bouche en cœur, il ne l'aurait jamais cru.

Lazare sauta sur le lit, et une seconde plus tard Jack l'entendit ronronner comme un moteur. Aussi incroyable que ça puisse paraître, même son chat sauvage s'était entiché d'Em.

Il s'endormit sans s'en rendre compte jusqu'à ce qu'un bruit sourd le réveille.

Le tonnerre ?

Non.

Quelqu'un frappait à la porte.

Le réveil affichait 2 h 37.

Il se glissa hors du lit et enfila un pantalon, puis alla ouvrir. C'était Pru, et c'était mauvais signe.

— Ça fait trois quarts d'heure que j'essaie de te joindre, imbécile ! aboya-t-elle. Pops a fait un infarctus. Grouille-toi ! C'est grave !

Il sentit une poussée d'adrénaline dans tous ses membres,

attrapa un sweat-shirt et l'enfila, courut chercher son portefeuille et ses clés. Et son téléphone.

Seize appels manqués et autant de SMS. Mais pourquoi n'avait-il rien entendu ?

— Tout va bien ? demanda alors Emmaline, qui s'était levée, les cheveux en bataille, vêtue du peignoir de Jack.

— Notre grand-père est à l'hôpital, il a fait un infarctus.

— Oh non ! Est-ce que je peux faire quelque chose ?

— Mon téléphone était sur silencieux, dit Jack sèchement.

Elle porta sa main à sa bouche.

— Je suis désolée ! C'est moi qui l'ai éteint !

Nom d'un chien ! C'étaient des choses que Hadley était susceptible de faire, pas Em !

— Il faut qu'on y aille. Je t'appelle plus tard.

Il n'avait pas le temps d'en parler.

Son grand-père était en train de mourir, et il n'avait pas été mis au courant.

Tout le monde s'était retrouvé à l'hôpital, assis dans la salle d'attente des urgences. Goggy était épaulée par Faith et Honor, Abby sanglotait en silence dans les bras de Ned. Carl, Levi, Charlie et Tom se tenaient un peu à l'écart, et Mme Johnson avait passé son bras autour de M. Holland.

Jack alla directement vers Goggy et s'agenouilla devant sa chaise.

— Oh ! Jack, dit-elle en l'embrassant.

— On ne nous a encore rien dit, murmura Honor. Jeremy est encore auprès de lui.

Apparemment, Pops s'était réveillé avec des douleurs dans la poitrine qui gagnaient son bras gauche. Il ne pouvait plus parler, et Goggy avait immédiatement réagi en appuyant sur le bouton d'urgence dont tous les appartements de Rushing Creek étaient équipés et en fourrant un minicachet d'aspirine dans la bouche de son mari. La résidence possédait son propre service d'ambulances, et ils étaient arrivés à l'hôpital en moins d'un quart d'heure. Goggy avait aussi appelé Jeremy, le médecin traitant de Pops, qui était en ce moment même avec le cardiologue.

— Visiblement, tu as très bien géré la situation, comme toujours, déclara Jack à sa grand-mère.

— On s'entendait si bien depuis l'année dernière, répondit-elle en pleurant contre l'épaule de Jack, qui la serra plus fort.

— Là, là, murmura-t-il, la gorge serrée. Tu sais ce qu'il m'a dit l'autre jour ? Que tu étais l'amour de sa vie.

— Evidemment. Qui d'autre aurait pu le supporter ? rétorqua Goggy avec un sourire misérable.

— Bonsoir, tout le monde, dit alors Jeremy. Son état est stabilisé. Elizabeth, il a demandé à te voir dans une minute. John, tu viens avec moi, s'il te plaît ?

Le père de Jack regarda son fils, et tous les deux se dirigèrent ensemble vers le couloir.

D'ordinaire, les filles ne se privaient pas de faire des réflexions sur le sexisme qui régnait dans cette famille et elles appelaient leur frère le petit prince. Le fait qu'elles s'abstiennent ce jour avait une résonance inquiétante.

Bien sûr, personne n'est éternel. Il n'y avait rien de nouveau sous le soleil. Mais, quand cette vérité universelle vous touchait de près, c'était terrible.

On avait vite fait de décrire Pops comme un vieil homme blagueur et malicieux, mais ce n'était que la surface.

John Noble Holland Sr. avait un amour profond pour sa famille et sa terre, une morale et une ardeur au travail exceptionnelles, tout en étant d'une sensibilité qu'il s'efforçait de cacher. Mais qu'il trahissait à chaque fois qu'il voyait son petit-fils en uniforme de marine, ou bien qu'il déposait des fleurs au cimetière le jour de l'anniversaire de la mort de chaque membre de la famille et chaque mois d'avril au moment de la bénédiction des récoltes. Ses yeux s'étaient remplis de larmes lorsque Faith et Levi avaient annoncé l'arrivée de leur bébé, et l'année dernière, lorsque la maison avait brûlé et que Goggy avait failli mourir, il avait été pratiquement terrassé.

Jeremy s'arrêta devant une chambre et leur fit signe d'entrer.

Pops était gris ; il avait un masque à oxygène sur le visage. On aurait pu le croire mort, s'il n'y avait pas eu les signaux du monitoring cardiaque.

— On est là, papa, chuchota le père de Jack en lui prenant la main, les yeux pleins de larmes.

— Salut, Pops, fit Jack.

Pops entrouvrit les paupières et fit un geste faible en direction de son visage. Jeremy se pencha et ôta le masque.

— Je suis fier de vous, tellement fier de vous, mes garçons, dit le vieil homme.

Puis il referma les yeux, et le monitoring se fit plus lent.

25

Dire qu'Emmaline était rongée par la culpabilité n'était pas une exagération.

Mais enfin pourquoi avait-elle eu cette idée de mettre le téléphone sur silencieux ? Sans même lui en parler ? Pour la dixième fois depuis le début de la matinée, elle se prit la tête entre les mains.

Elle était toujours chez lui, même si elle était attendue au travail dans une demi-heure. Elle restait, avec l'espoir de le voir revenir. Elle avait préparé du café et, vers 4 heures du matin, elle avait même fait un gâteau, la recette de sa grand-mère, aux amandes, une des rares qu'elle connaissait par cœur. Elle espérait voir Jack rentrer et lui dire que tout allait bien, que ça avait été une sacrée nuit, se réjouir de manger le gâteau, et lui assurer que tout était pardonné, cette histoire de téléphone oubliée.

Mais il ne rentra pas, pas plus qu'il ne lui téléphona ni ne lui envoya de SMS. De son côté, elle n'osa pas l'appeler. Après tout, elle ne faisait pas partie de la famille.

La pluie s'était transformée en neige, cette neige à gros flocons d'un hiver qui n'en finissait pas, et elle tombait non pas en tempête mais assez fort pour être déprimante.

Sarge se mit soudain à aboyer, et Emmaline se leva d'un bond. Le chiot remua la queue et se mit à gémir et à poser ses pattes sur la baie vitrée.

C'était Hadley qui remontait à pied l'allée de Jack, vêtue d'un imperméable noir et brillant.

Super.

Emmaline ouvrit la porte au moment où l'autre s'apprêtait à frapper.

— Surprise ! s'exclama Hadley en ouvrant son imper.

Elle portait un bustier rouge pompier et une minuscule culotte.

— Bonjour, dit Em. Jolis sous-vêtements.

Elle avait un corps parfait, c'était sûr, et sa taille devait avoir la même circonférence que la cuisse d'Emmaline.

— Où est Jack ? Il faut que je lui parle, tout de suite.

Oh oh…

Elle était soûle.

Son maquillage avait coulé, et elle n'était pas loin de ressembler au Joker de *Batman*. Son rouge à lèvres débordait, et ses cheveux blonds si lisses et impeccables étaient tout emmêlés. Malgré le froid, elle ne portait pas de collants, ni de chaussures adaptées. Elle était perchée sur des talons de dix centimètres et avait les pieds bleus.

— Entrez, fit Emmaline. Jack n'est pas là.

— Mais je suis déjà allée à Blue Heron et il n'y avait personne, alors ne me mentez pas ! Je veux le voir ! C'est mon mari, après tout.

— Non, ce n'est plus votre mari.

Em ne voulait pas lui raconter ce qui s'était passé, voulant éviter qu'elle ne se rende à l'hôpital, ce que Jack n'apprécierait sûrement pas.

En même temps, c'était aussi une bonne occasion de mettre en pratique sa formation sur la gestion de crise. La moitié des appels qu'ils recevaient au poste émanaient de gens sous l'influence d'alcool ou autre. Première règle dans un cas pareil : établir la communication.

— Entrez, Hadley, ces chaussures sont ravissantes mais vous devez avoir les pieds gelés.

— J'ai pas à vous obéir, moi, balbutia-t-elle.

— Non, bien sûr que non. Mais il fait bon ici, et j'ai fait du café.

— Allez vous faire voir, vociféra-t-elle en appuyant son index contre la poitrine d'Emmaline par trois fois, sur les trois derniers mots.

Em réprima un sourire. Ça n'allait pas être facile de faire preuve d'empathie.

— Vous avez l'air bien frustrée, dit-elle alors.

— Qu'est-ce que ça peut vous faire ? Où est Jack ?

— Pas ici, je vous le jure.

— Vous couchez ensemble, tous les deux ?

Et puis quoi encore ? Emmaline ne répondit pas tout de suite.

— Non ! hurla Hadley en devinant la réponse. Comment oses-tu me voler mon mari, espèce de garce nordiste !

Manifestement, il ne suffirait pas de reformuler l'évidence. Em ouvrit la porte en grand.

— Hadley, entrez et nous allons parler.

— Non ! Vous n'avez aucun ordre à me donner. Et, si je perds Jack, j'aime mieux mourir, s'écria-t-elle avant d'éclater en sanglots.

Nom de nom !

— Hadley, prenons donc un café et vous pourrez caresser Lazare. Je crois que vous aimez bien les chats, non ? Il doit vous manquer.

— Je le déteste ! Jack ! Jack ! J'ai besoin de toi ! Si tu ne viens pas tout de suite, je te jure que tu vas le regretter.

Sur ces mots, elle s'empara d'une pierre et la lança contre la façade, et elle ne loupa pas son coup puisqu'on entendit un bruit de verre brisé.

Visiblement, ce n'était pas prémédité, parce qu'elle en resta interdite. Elle ouvrit des yeux grands comme des soucoupes et se tourna vers Emmaline.

— Oups, désolée.

Puis elle partit, chancelante sur ses chaussures ridicules, mais au lieu de redescendre l'allée elle prit la direction des bois.

Ce n'était pas une bonne idée, et Emmaline, qui n'avait pourtant pas prévu de passer la matinée à ça, se mit à courir derrière elle. Il ne manquait plus que Jack arrive et voie sa petite amie (la même qui avait éteint son téléphone pour être sûre qu'ils ne soient pas dérangés dans leurs ébats et du même coup l'avait empêché de répondre à une urgence familiale) en train de pourchasser son ex-femme (soûle comme une barrique et à moitié nue).

Pour quelqu'un qui avait bu, Hadley courait très vite.

— Hadley ! cria Em, arrêtez-vous ! Vous allez vous blesser !

Ou mourir de froid. Car ça piquait bien, aujourd'hui. Le manteau de Hadley volait au vent comme deux ailes. Qu'avait-elle voulu dire en le prévenant qu'il allait le regretter ? A part qu'elle allait casser sa vitre ?

Jack n'avait pas besoin de ça, avec son grand-père à l'hôpital, très malade, ou même peut-être déjà mort.

— Hadley, je vous en prie, arrêtez-vous !

Celle-ci se retourna et lui fit un doigt d'honneur.

Agréable. Une branche frappa Em au visage, et elle poussa un grognement exaspéré.

Elle rattrapa Hadley au moment où celle-ci tentait d'escalader un mur de pierre. En la voyant arriver, la petite femme ramassa par terre une poignée de quelque chose puis se retourna et le lui jeta au visage.

De la terre et de la neige. Cela commençait à bien faire !

Emmaline lui saisit la main, lui tordit le bras derrière le dos et la plaqua contre elle.

— Suffit, maintenant ! dit-elle en recrachant de l'herbe gelée. Ou je vous arrête pour ivresse et trouble de l'ordre.

— Jack ! Jack ! hurla Hadley en se débattant.

Bon. Faire sortir du bois cette femme soûle et étonnamment forte n'était pas si facile.

— Vous allez marcher, ordonna Em, parce que je n'ai aucune envie de vous porter.

Pour toute réponse, elle reçut un coup de pied dans le tibia. Des branches craquaient sous leurs pas, et un écureuil les suivit dans les arbres, amusé par le spectacle. La neige que Hadley lui avait lancée au visage avait glissé et s'était logée sous sa chemise comme un troisième sein glacé.

Cinq minutes plus tard, Hadley était menottée et enfermée à l'arrière de la voiture, en train de sangloter. Au moins, ici, elle ne se ferait pas mal (et n'abîmerait pas la voiture), et elle avait plus que mérité les menottes. Elle avait des feuilles dans les cheveux et des yeux de raton laveur, à cause du mascara qui avait coulé.

Em s'adossa à la voiture, hors d'haleine. Elle n'était pas dans un meilleur état que sa passagère, le front égratigné et le tibia douloureux.

OK, commençons par le commencement.

— Je reviens tout de suite, dit-elle à Hadley.

Elle alla dans la chambre dont la vitre était cassée, ramassa les bouts de verre et ferma la porte pour que le froid n'entre pas. Elle hésita à appeler Levi mais se dit qu'il avait d'autres chats à fouetter.

Elle sortit de nouveau, ouvrit la portière à Sarge et s'installa au volant.

— Votre sœur est-elle toujours en ville ?

— Non ! Je n'ai nulle part où aller, ni personne.

— Est-ce que vous comptez toujours comme ça sur la gentillesse des gens ?

— En fait, oui !

C'était vraiment Blanche DuBois. Em se retint de lever les yeux au ciel.

Elle allait l'emmener au poste, parce qu'elle n'avait pas le temps de s'occuper d'elle à l'appartement. Elle était de garde aujourd'hui. Hadley n'aurait qu'à rester en cellule, le temps de dégriser.

Em se frotta la mâchoire à l'endroit où elle avait reçu un coup de tête.

La journée allait être longue.

Dix minutes plus tard, elles étaient au poste.

— Vous devez être gelée ! Elle n'est pas gelée ? demanda Carol Robinson à leur arrivée.

Même si Em avait bien boutonné son imperméable à Hadley, il lui couvrait à peine les fesses. En plus, elle avait refusé de remettre ses chaussures.

— Ce ne serait pas la femme de Jack Holland, par hasard ?

— Son ex-femme, corrigea Em d'un ton sec. Everett, ouvre-moi la cellule de détention provisoire.

Hadley se cabra tandis qu'elle la conduisait dans le couloir et essaya de se dégager.

— Non, pas ça ! Ne me mettez pas là-dedans ! Je ne supporterai pas !

— Ce n'est pas non plus l'enfer, Hadley, dit Em tandis qu'Everett ouvrait la porte. Vous allez rester ici un petit moment. Il y a une couverture sur le lit, réchauffez-vous, d'accord ?

Elle lui ôta les menottes, la poussa doucement sur le lit et ferma la porte de la cellule.

— Je vais vous chercher des vêtements.

— Je vous en prie, ne m'enfermez pas ! supplia Hadley en serrant son poing contre sa bouche et en sanglotant, comme si elle voyait *N'oublie jamais*[1] pour la première fois.

Ev était sidérée par la tenue légère de la prisonnière, si bien qu'Em lui donna une petite tape derrière la tête.

— Allons, Ev !

— Oui, oui, pardon. Qu'est-ce qui t'est arrivé ? Tu es dans un état !

— C'est vrai, Emmaline, tu devrais te changer, ajouta Carol.

— Oui, je sais.

1. Film américain de Nick Cassavetes, sorti en 2004.

Em se rendit à son casier, où elle gardait un uniforme propre. Elle attrapa aussi un pantalon de yoga et un sweat-shirt au logo de la police et les tendit à Carol.

— Apporte ça à Meryl Streep, tu veux bien ? Et demande-lui si elle a faim.

— Meryl Streep est ici ? demanda Everett.

— Non, Ev, je voulais parler de Hadley, la femme qui est dans la cellule, dit Em, exaspérée.

Carol s'exécuta, et deux minutes plus tard on entendit rugir Hadley.

— Mais c'est beaucoup trop grand !

Puis elle éclata de nouveau en sanglots.

A son retour, Carol essayait de ne pas rire.

— Elle voudrait savoir si elle peut passer un coup de téléphone.

— Oui, lorsqu'elle aura un peu dessoûlé.

Em essayait de garder une attitude professionnelle. Hadley était en garde à vue et dépendait désormais des autorités. Ce n'était pas juste l'ex-femme de Jack.

Mais elle avait du mal à savoir si elle la traitait exactement comme elle aurait traité n'importe qui d'autre. Elle était forcément trop gentille. Hadley avait conduit en état d'ivresse, elle l'avait admis en se rendant au poste, et sa voiture était garée sur la pelouse du Blue Heron, à moitié dans l'allée. Elle avait jeté une pierre dans une fenêtre, ce qui constituait un acte délictueux envers le bien d'autrui. Elle avait plus ou moins menacé un agent de police. Que ferait Levi dans un cas similaire ?

Elle pensait qu'il agirait grosso modo de la même façon, lui donnerait le temps de se calmer, puis lui administrerait une bonne leçon, sans oublier de nommer les délits dont elle s'était rendue coupable, et enfin lui dirait de grandir un peu.

Voilà. Em avait fait ce qu'il fallait, en fin de compte.

Elle fit un brin de toilette et se changea, se recoiffa en

refaisant son chignon habituel. Elle respira deux ou trois fois à fond puis quitta la salle des casiers.

— Levi a appelé, dit Carol. John Holland Sr. a eu un infarctus et il est à l'hôpital. Levi est là-bas aussi avec Faith.

— Et comment va M. Holland ? demanda Emmaline.

— Il ne m'a pas vraiment dit. Tu devrais peut-être poser la question à Jack.

— OK. Autre chose ?

Carol acquiesça et lui tendit quelques messages avant de se rasseoir à son bureau.

Rien d'inhabituel pour un jour de semaine. Mme McPhales avait cru voir un intrus. Quelqu'un d'autre signalait la présence d'un chien errant ou d'un coyote dans son jardin. Un fou du volant était passé devant chez Phyllis Nebbin, et les poulets en liberté de la ferme Knox étaient un vrai danger pour la circulation. Enfin, Dalton avait séché les cours.

Em vérifia son téléphone : rien de la part de Jack.

— Bon, je vais aller voir tous ces gens. Everett, tu gardes un œil sur Hadley, d'accord ?

— Et comment ! dit-il en retournant à son ordinateur.

En entendant une chanson d'*Angry Birds*, Em le fusilla du regard puis s'en alla.

Lorsqu'elle revint au poste, deux heures plus tard, Everett l'attendait devant la porte.

— On a un petit problème, je crois. Je viens d'aller voir Hadley, et elle n'a pas l'air très bien.

— Bon sang !

Em se précipita vers la cellule.

Hadley était assise par terre, en train de se balancer d'avant en arrière, tout en gémissant. Elle était noyée dans les vêtements d'Em, et il régnait une forte odeur de vomi.

— Hadley, lui demanda Emmaline. Ça va ?

— Laissez-moi sortir, s'il vous plaît, supplia-t-elle d'une toute petite voix.

Elle n'avait plus rien à voir avec la furie de tout à l'heure.

— Mais oui, bien sûr. Vous vous sentez mieux ?

— Est-ce que je peux téléphoner ? demanda-t-elle, encore secouée de tremblements.

— Mais absolument, répondit Emmaline en l'accompagnant vers les bureaux. Aucune charge n'est retenue contre vous, enfin, pour le moment. Je vous ai juste mise à l'abri. Vous étiez plutôt… incontrôlable, tout à l'heure, vous vous rappelez ?

Elle hocha la tête. Em s'assit au bureau et lui tendit le combiné.

— Vous n'avez qu'à composer le 9 pour la ligne extérieure, lui dit-elle, avant de s'éloigner un peu pour ne pas être indiscrète.

Ça ne promettait rien de bon.

— Que s'est-il passé ? s'enquit Carol.

— Elle a vomi. Mais pour le reste je ne sais pas. Elle est bien plus calme, maintenant. Everett, tu l'as surveillée ?

— Euh, oui ! Oui. Enfin, je veux dire, j'étais content quand elle s'est calmée, quoi !

— Quand est-ce que tu es allé la voir pour la dernière fois ?

— Il y a peut-être une heure ? répondit-il en regardant la pendule avec une grimace.

Super. Hadley avait peut-être passé une heure assise dans son vomi.

Em eut comme le pressentiment que toute cette histoire n'allait pas bien finir.

— Vous avez besoin de quelque chose ? lui demanda-t-elle lorsqu'elle eut raccroché. De l'eau, peut-être ?

Hadley secoua la tête et garda les mains croisées devant elle.

— Vous ne voulez pas aller vous laver un peu dans les toilettes ?

— Non, merci, répondit-elle d'une voix à peine audible.

Les minutes passaient, et Em tentait de faire ce qu'elle avait à faire, mais la crainte l'envahissait peu à peu, comme un grand froid intérieur.

La porte s'ouvrit.

— Jack, murmura Hadley.

Elle se leva et alla se blottir dans ses bras, telle une petite orpheline, et non plus la prostituée hystérique de tout à l'heure. Elle était pieds nus. Zut, Em aurait dû lui donner des chaussettes. Elle tremblait comme une feuille des pieds à la tête.

Et, pour une fois, elle n'avait pas l'air de faire semblant.

— Emmaline, tu peux me dire ce qui s'est passé ici ? lança Jack d'une voix dure.

— Elle était soûle, Jack. Elle est arrivée chez toi et…

— Et donc tu l'as arrêtée ?

Comme s'ils sentaient l'orage venir, les quatre pompiers, ainsi que Shannon et Kelly Murphy, qui étaient là en formation, s'approchèrent.

— Au fait, Jack, comment va ton grand-père ? demanda Gerard.

— Pas bien. Emmaline, j'attends tes explications.

Em lança un regard aux sœurs Murphy, qui lui adressèrent une petite moue de compassion.

— Mais je n'ai pas retenu de charge contre elle. Je l'ai simplement placée en détention provisoire.

— Elle est claustrophobe, Emmaline !

Aïe aïe aïe…

— Je ne pouvais pas le savoir.

— Tu ne pouvais pas t'en douter ? Regarde-la.

Em se passa la main sur la tête.

— Personne n'aime être en cellule de dégrisement, Jack.

— C'est vrai qu'elle criait et qu'elle pleurait, ajouta Carol.

Cette remarque était superflue, sauf si Carol voulait mettre en cause les méthodes brutales de la police.

— Oui, enfin, elle criait déjà lorsqu'elle est arrivée chez toi.

— Et donc tu l'as arrêtée, répéta Jack, la mâchoire crispée. Elle m'a dit que tu l'avais poursuivie, menottée et enfermée dans une cellule. Tu as vraiment fait ça, Em ? Juste parce qu'elle était en colère ?

— Non ! Je l'ai fait parce que j'ai pensé qu'elle risquait de se faire du mal. Ou d'en faire à quelqu'un. Elle était très agressive. Elle…

— Mais tu pèses vingt kilos de plus qu'elle, Em. Tu ne pouvais vraiment pas éviter tout ça ?

Le bégaiement commença à se réveiller doucement.

— J'agissais en ma capacité d'agent de police, rétorqua sèchement Emmaline.

— J'ai plutôt l'impression que tu t'es comportée comme une brute jalouse, répondit-il d'une voix calme et froide.

Ces mots la percutèrent. *Oh ! mon Dieu, se peut-il qu'il ait raison ?* Elle sentit son estomac se nouer. Hadley était tellement petite et fragile et malheureuse. Elle avait le visage si pâle… Ce ne pouvait pas être du cinéma.

— Jack, tenta de dire Everett.

— Je n'ai pas le temps, coupa Jack d'un ton brusque. Mon grand-père est mourant, et il faut que je retourne à l'hôpital. Sauf que là je dois en plus m'occuper d'elle, parce que regardez dans quel état elle est ! Merci, Emmaline.

— J… J… Jack, je n'… ai p… pas.

Sa voix se tut. Et son vieil ennemi se mit à rire en se frottant les mains.

— Il faut que j'y aille, dit Jack.

Il ouvrit la porte, considéra les pieds de Hadley et la souleva dans ses bras pour qu'elle n'ait pas à marcher pieds nus jusqu'au pick-up.

26

Au chapitre des bonnes nouvelles : Pops n'était pas mort. Au chapitre des mauvaises : tout le reste.

Ces derniers jours s'étaient écoulés dans un brouillard fait de tension, de mauvais café et de sommeil agité. Jack s'était rendu à l'hôpital la fameuse nuit en prenant soin de ne pas tomber sur M. et Mme Deiner afin de ne pas les contrarier une deuxième fois. Et, lorsqu'il était finalement rentré chez lui, il avait trouvé une vitre brisée dans la chambre jaune à l'étage.

Il avait scotché une feuille de plastique dessus, oppressé par le silence qui régnait dans la maison, à l'exception des petits bruits émis par Lazare.

Sur la table de la cuisine se trouvait un gâteau et la cafetière était prête à fonctionner. Une attention d'Emmaline, sans aucun doute.

Il se sentit coupable tout à coup mais, bon sang, il en avait assez de toute cette culpabilité. Elle avait mis son téléphone sur silencieux, alors qu'il n'avait pas de fixe, et qu'elle le savait. Et si Pops était mort ? Et si elle l'avait ainsi privé de l'occasion de dire au revoir à son grand-père ? Ce n'était pas à elle de décider si et quand il pouvait recevoir des coups de téléphone. Pas à elle ni à personne d'autre.

Alors, OK, en soi, ce n'était pas si grave. Comment pouvait-elle savoir que Pops ferait un infarctus ?

Mais était-il vraiment nécessaire de mettre Hadley en cellule ? Jack savait mieux que personne que son ex-femme était une comédienne, mais là elle avait été vraiment traumatisée, et lorsqu'il l'avait vue, dans ces habits trop grands pour elle, et les yeux remplis de larmes, il… Oh et puis zut ! Il ne pouvait quand même pas la laisser là !

Il l'avait ramenée chez elle en voiture depuis le poste de police et avait téléphoné à Frankie pour qu'elle vienne. Pendant que Hadley prenait une douche, il lui avait préparé un sandwich au fromage et avait attendu l'arrivée de Frankie. Hadley était pâle et ne disait rien. En fait, elle avait l'air gênée, mais pas seulement. Il y avait autre chose, mais Jack n'avait pas le temps de s'attarder. Il voulait retourner auprès de son grand-père. A la seconde où était arrivée Frankie, il était monté dans son pick-up et retourné à l'hôpital.

Depuis, les responsabilités familiales s'étaient accumulées. Son père était sensible, tout le monde savait cela, et Jack passait autant de temps que possible avec lui : deux générations de John Holland, occupés à veiller leur aîné. Il fallait aussi suivre les affaires du domaine, s'assurer que Honor n'était pas complètement submergée, mais heureusement Jessica Dunn avait pris les rênes avec brio. Il avait appelé Faith à deux reprises car la date de l'accouchement approchait et il voulait s'assurer qu'elle n'en faisait pas trop aux côtés de Goggy. Il avait fait un saut chez Pru, pour voir comment Abby tenait le coup, elle qui n'avait jamais connu la mort d'un proche.

Il était aussi passé à Blue Heron contrôler la sédimentation et filtrer le vin, car il était presque temps de procéder à la mise en bouteilles et ces choses-là ne pouvaient attendre. Puis il s'était arrêté chez Hadley (qui n'avait pratiquement fait que dormir, selon Frankie), puis à l'hôpital, puis enfin était rentré chez lui.

Trois jours après son infarctus, Pops retrouva son appartement de Rushing Creek. Il suivait un traitement et avait l'interdiction de manger du fromage, de la glace, du lait entier et « tout ce qui était bon », selon sa propre expression. Il était un peu faiblard, mais Jeremy le trouvait « scandaleusement en forme » malgré son taux de cholestérol élevé. Jack passait les voir chaque soir, lui et Goggy, malgré les protestations de sa grand-mère, car il s'inquiétait pour elle aussi. Ils n'étaient plus jeunes ni l'un ni l'autre, comme cette crise cardiaque s'était chargée de le rappeler à tout le monde.

Ce soir-là, quatre jours après l'infarctus de Pops, Jack prit le chemin de chez Emmaline en rentrant de l'hôpital. Le soir tombait, et le lac avait pris une teinte cobalt sous la pleine lune.

Il fallait qu'il lui présente des excuses.

Jack n'avait pas l'habitude de reconnaître ses torts. Ses sœurs le surnommaient le petit prince, le fils héritier, et ce n'était pas faux. Il savait que son père avait toujours voulu un fils, sa mère aussi, et ce n'était pas pour rien qu'on l'avait appelé John Noble Holland, quatrième du nom. Toute sa vie, il avait tâché de se montrer à la hauteur : étudiant brillant, chef scout, aussi bon frère qu'il était possible, à jouer à la dînette à l'occasion avec Faith, à apprendre à conduire à Honor, à faire du baby-sitting auprès de Ned chez Pru et Carl. Sa mère disait qu'il était parfait, ce dont n'était pas convaincu son père.

Jack était en effet conscient d'avoir commis deux erreurs graves dans sa vie. La première, le jour où il s'était cassé le bras en sautant dans la cascade à côté des ruines de la vieille grange, et la seconde le jour où il avait épousé Hadley.

Avoir accusé Emmaline d'être une brute, eh bien, euh… c'était peut-être la troisième.

— Est-ce que je peux te voir une minute ? demanda Emmaline, debout dans l'encadrement de la porte du bureau de Levi.

C'était la fin de la journée.

— Bien sûr, entre.

Elle entra et ferma la porte derrière elle. Levi avait

entendu parler de l'incident avec Hadley et de la réaction de Jack, évidemment. Carol lui avait tout raconté à l'instant même où il était arrivé au bureau, et Gerard était venu cinq minutes plus tard en faire autant.

Elle allait ouvrir la bouche pour parler, mais les mots restèrent coincés dans sa gorge. Pas à cause de son bégaiement mais parce qu'elle avait envie de pleurer. Le bégaiement s'était retiré dans son trou, même si, la veille, lorsque Angela l'avait pratiquement forcée à se rendre chez O'Rourke, elle avait le cœur qui battait en redoutant que quelqu'un lui lance « B… b… bonjour, Em… Emmaline », comme autrefois.

Mais personne ne l'avait fait, alors qu'ils étaient tous au courant, et Colleen lui avait même offert un verre.

— Que puis-je pour vous, agent Neal ?

— Comment va M. Holland ? demanda Em, qui connaissait déjà la réponse.

Elle avait entendu dire que le vieil homme était rentré chez lui en se plaignant de ne plus voir la charmante cardiologue qui s'était occupée de lui.

— Bien, très bien, même, affirma Levi.

— Tant mieux. Et Faith ?

— Mûre à souhait, dit-il avec un large sourire.

— Tu vas être un super papa, Levi.

— Merci, répondit-il avant de se taire et de la regarder patiemment comme il le faisait toujours lorsqu'elle avait quelque chose à lui dire.

— J'envisage de démissionner, finit-elle par lâcher.

— Pardon ?

— Oui.

— Démission irrecevable, agent Neal.

— J'ai merdé, patron, dit-elle, la gorge nouée. Avec Hadley. Je n'ai pas bien géré la situation, et tout s'est emballé. Je ne l'ai pas assez surveillée.

Elle baissa les yeux et considéra ses mains. Il était temps

d'enlever ce vernis stupide qu'elle avait mis pour le mariage de Kevin.

— Peut-être que je ne suis pas un bon flic, dit-elle, la voix enrouée. Elle était en panique, et je n'ai rien vu.

Levi recula dans son fauteuil avec un soupir.

— Ecoute, ce n'est pas la dernière fois que tu vas merder dans ce boulot. C'est impossible de l'éviter. Le jour où, par exemple, tu interviendras chez un type qui bat sa femme mais que tu ne parviendras pas à la convaincre de le quitter. Ou bien celui où tu patrouilleras dans un quartier sans t'apercevoir qu'un cambriolage est en train d'avoir lieu.

Il tapota son bureau avec un stylo et ajouta :

— Tu sermonnes un gamin et lui colles une amende pour excès de vitesse, mais ça ne l'empêche pas d'aller se ficher dans un lac.

C'était vrai, Josh Deiner avait eu plusieurs fois des… déconvenues avec la police.

— Tout ça ne fait pas de toi un mauvais flic, poursuivit-il. Hadley avait bu, et tu ne savais pas qu'elle allait flipper comme ça. Tu n'as fait que ton boulot. Si quelqu'un a merdé ici, c'est Everett. Il était censé aller la voir tous les quarts d'heure, et je le connais assez pour savoir qu'au lieu de ça il jouait sur son téléphone.

— J'ai quand même l'impression d'avoir réagi excessivement, répondit Emmaline, d'une voix mal assurée. Peut-être que Jack avait raison, peut-être que c'était parce qu'il s'agissait de son ex.

— Emmaline, reprit Levi avec cette voix déterminée qu'il prenait lorsqu'il était agacé. Jack a eu tort. Tu n'as pas agi par jalousie, à aucun moment. Si tu as fauté, c'est par excès de gentillesse, au contraire, alors oublie cette idée de démission parce que, si tu me laisses seul avec Everett, je t'en voudrai à mort.

Sa bienveillance redonna le sourire à Emmaline.

— Entendu, merci, patron.

— Bien. Maintenant, il faut que j'aille acheter de la glace, parce que Faith m'en réclame. Tu es un bon flic, Em, un très bon flic, même. On peut en rester là ?

Elle ne se leva pas tout de suite.

— Quoi encore ? lui demanda Levi.

— Rien. C'est juste que… je t'aime, Levi.

— Sors d'ici, veux-tu ?

— Non, c'est vrai. Je t'aime. Tu es le meilleur patron que j'aie jamais eu.

— Tu vas regretter de m'avoir dit tout ça demain matin, répondit-il en souriant. Tu es toujours furieuse contre Jack ?

— Qui a dit que j'étais furieuse contre Jack ? fit-elle en se renfrognant.

— Tu as mangé une boîte entière de donuts hier. Tu ne marches plus, tu traînes les pieds. Tu es furieuse contre Jack, c'est évident.

— Tu as raison, il m'a… Non mais attends, je te fais tant pitié que ça, pour que tu m'interroges sur ma vie privée ?

Il souleva un sourcil.

— Bon, il vaut mieux que j'y aille. A demain, patron.

Elle lui fit un signe de la main, déposa un baiser sur la charmante petite tête de Carol, et monta dans sa voiture, considérablement soulagée, au moins pour ce qui était du travail. Elle rentra chez elle et fut accueillie par Sarge et son canard en plastique qui n'avait plus qu'un œil et une moitié de bec.

— Angela ? appela-t-elle.

— *Namaste*, répondit celle-ci. Je fais mon yoga. J'en ai pour vingt minutes et ensuite je descends.

Em retira sa ceinture, la rangea puis défit son chignon et alla dans la cuisine. Elle se servit un verre de vin, du Lyons Den, car elle boycottait le Blue Heron pour le moment, non mais.

Son téléphone sonna. Elle décrocha sans regarder qui

c'était, et le regretta immédiatement lorsqu'elle reconnut la voix.

— Salut, maman, tu cherches à joindre Angela ?

Sarge déposa son canard dégoulinant de bave sur ses genoux, comme un lot de consolation.

— Non, en fait, je voulais te parler.

— Ah ? C'est… euh, c'est gentil.

Elle fit une moue étonnée en direction de Sarge, qui leva les sourcils, surpris, lui aussi.

— Comment ça va, vous ? demanda-t-elle alors en buvant une gorgée de vin, une grande gorgée.

— Bien. Nous déménageons dans ton coin.

Emmaline eut un hoquet et cracha un peu de vin sur le téléphone, sur la tête de Sarge et sur le canard en plastique.

— Pardon ?

— C'est aussi bien, maintenant que vous êtes toutes les deux là-bas, Angela et toi.

— Mais, quand tu dis « mon coin », tu veux dire où exactement ?

— A Manningsport.

Cher Dieu. Je suis prête. Fais tomber la foudre sur moi. Signé : Emmaline.

Sa mère enchaîna sur la proximité, les liens maternels, l'affection qui se nourrit du fait de voir régulièrement ceux que l'on aime, et sur sa relation très étroite avec Angela. Son discours habituel.

Pas une fois durant ses années de lycée sa mère n'avait évoqué le fait de venir habiter ici pour être plus proche d'elle et de Nana.

Pas une fois ces trois dernières années, depuis qu'elle s'était installée ici, elle n'avait parlé de la rejoindre. Ses parents étaient à peine venus lui rendre visite. En revanche, ils avaient fait le déménagement de Malibu à Palo Alto, ça, oui. Pour être plus près d'Angela. Et Emmaline ne s'en était pas formalisée, pas vraiment.

Mais le fait qu'ils débarquent ici, dans son territoire, pour se rapprocher d'Angela, fit monter en elle une colère soudaine.

— Eh bien, faites ce que vous voulez. Moi, il faut que j'y aille. J'ai de la visite.

Sans dire au revoir, elle raccrocha et tomba presque de sa chaise en entendant au même instant quelqu'un frapper à sa porte comme un fait exprès. Sarge s'élança hors de la cuisine pour se blottir devant la porte d'entrée, suivi par Em.

— Couché ! lui ordonna-t-elle tandis qu'il gémissait et se tortillait d'excitation. Fais au moins semblant d'être dangereux ! Tu seras un chien policier un jour ou l'autre, que tu le veuilles ou non.

Elle ouvrit la porte et son estomac se noua : c'était Jack.

— Bonjour, dit-il.

— Qu'est-ce que je peux faire pour toi ? lui demanda-t-elle.

Pas évident de garder ses distances, avec Sarge qui avait posé ses deux pattes de chaque côté des chaussures de Jack et lui mordillait les lacets.

— Je peux entrer ?

— Pour quoi faire ?

— Emmaline, s'il te plaît.

— Bon, d'accord.

Il entra et regarda autour de lui.

— Angela est ici ?

— Elle fait son yoga en haut. Ça suffit, Sarge !

Sarge s'arrêta net, avant de foncer dans la pièce d'à côté et de revenir, en secouant la tête dans tous les sens, son canard dans la gueule. Difficile de garder son sérieux devant un tel spectacle, mais bon.

— Comment va ton grand-père ? demanda Emmaline.

— Bien. Il va mieux.

En fait, je le savais, parce que Levi me l'a dit, et Faith aussi. Tandis que toi, Jack, tu n'as pas donné signe de vie.

— Tant mieux, répondit-elle.

— Merci.

Elle essaya la technique de Levi : elle le regarda et attendit.

Ça fonctionna.

— Ecoute, dit-il en se passant une main dans les cheveux. J'ai peut-être exagéré l'autre jour. J'étais très stressé.

— Mmm.

— Je suis désolé.

Elle leva un sourcil.

Jack soupira, semblant penser que les femmes étaient bien compliquées. Ça, oui, alors.

— C'est tout ?

— Il devrait y avoir autre chose ?

— Non. Bonne nuit, fit-elle en refermant la porte.

— Emmaline, attends. Est-ce que je peux entrer et m'asseoir et avoir une vraie conversation avec toi ?

— Je ne crois pas, non.

— Pourquoi ?

Parce que tu m'as accusée d'être une brute jalouse alors que je ne faisais rien d'autre qu'essayer de vous aider, toi et ton idiote d'ex-femme. Parce qu'à cause de toi je me suis sentie bête, méchante et incompétente. Parce que tu m'as humiliée devant mes collègues, comme si j'étais encore à l'école. Parce qu'à cause de toi je me suis remise à bégayer. Voilà pourquoi.

— Laisse-moi t'expliquer quelque chose, dit-elle.

— Je déteste quand une femme commence comme ça.

— Tais-toi. Et laisse-moi t'expliquer, Jack, répéta-t-elle en croisant les bras. Je t'avais prévenu que ça se passerait exactement comme ça.

— Que quoi se passerait comme ça ?

— Tout ça ! Ce bazar entre nous.

— Je n'utiliserais pas cette expression…

— Ah oui ? Mais qui ne m'adresse plus la parole depuis quatre jours ?

— Mais je n'ai pas arrêté depuis quatre jours ! Et

d'ailleurs qui met mon téléphone sur silencieux sans me le dire, hein ?

— Tu te souviens peut-être pourquoi, Jack, non ? La cuisine ? A même le carrelage ? Ça te dit quelque chose ? La baignoire ? Ça te revient ?

Au même instant, Sarge lui fouetta la jambe avec son canard.

— Ecoute, j'ai eu tort. J'ai agi sans réfléchir et je suis vraiment désolée et je t'ai présenté mes excuses, poursuivit-elle.

— Très bien. Tu es excusée.

— OK. Super. Mais laisse-moi t'expliquer autre chose, dit-elle, la gorge un peu nouée, parce que, comme tous les hommes, il ne voyait pas l'évidence mais s'attardait sur des détails.

— M'expliquer quoi, Emmaline ?

— T'expliquer que nous deux ça a commencé comme un jeu, que ça a continué parce que tu avais besoin de te changer les idées, et que tu aimais ma compagnie, et que pour finir je suis tombée amoureuse de toi.

Bon sang ! Elle n'avait pas du tout prévu de dire ça !

Il resta bouche bée. Dans le salon, la pendule de Nana égrainait les secondes. Sarge grognait et mâchouillait son canard, qui couinait doucement.

A part ça, *nada*.

— Bon, reprit-elle. Changeons de sujet.

Elle fixa les motifs du papier peint, des petites fleurs de cerisier blanches sur un fond brun, et s'efforça de ne pas pleurer.

— Emmaline…

Elle lui donnait une chance, une toute petite chance de lui dire à son tour qu'il l'aimait.

— Tu ne le penses pas vraiment, répondit-il en baissant les yeux.

— Oh ! tais-toi, tu veux ! Evidemment, que je le pense !

Tout le monde aime Jack Holland, s'exclama-t-elle, les larmes aux yeux. *(Quelle idiote ! Mais quelle idiote !)* Et toi tu ne ressentiras jamais la même chose pour moi. Tu veux savoir pourquoi ?

— Je sens qu'il y a un piège.

Ce n'était pas le moment de plaisanter.

— Parce que je ne serai jamais ce genre de femme qui a besoin qu'on vole à son secours. Si je me tordais la cheville, je saurais me faire moi-même un bandage. Si mon animal de compagnie mourait, je ne me replierais pas sur moi-même comme si c'était la fin du monde. Quand bien même je serais très très triste, mon bébé, ajouta-t-elle en regardant Sarge d'un air désolé.

— Mais je…

— Et, si je te trompais et que mon amant meure, je n'aurais pas besoin que tu viennes me tenir la main à l'hôpital.

Il eut un mouvement de recul avec la tête.

— Qui t'a dit ça ?

— Tout le monde le sait.

Il ne répondit rien.

— Alors, reprit-elle, le visage en feu, je pense que je ne suis pas ton genre de femme. Tu rêves d'être le chevalier blanc, et je ne suis pas une princesse en danger. Tout le monde n'a pas besoin d'être en couple pour être heureux. Certaines personnes sont mieux toutes seules.

— Eh bien, voilà qui fait plaisir à entendre.

— Mais Hadley ne cessera jamais d'avoir besoin de toi. Elle sera toujours la demoiselle en détresse, et toi, son héros, et d'une certaine manière tu aimes ça. Et tu sais quoi ? Je ne supporte pas que tu m'aies mise dans cette situation. Je t'avais dit dès le départ qu'il ne fallait pas qu'on soit ensemble. J'ai déjà perdu une fois à ce jeu-là. Je n'ai pas l'intention de recommencer.

— Mais je ne veux pas de Hadley, protesta-t-il.

— Alors pourquoi reste-t-elle ici ?

Il ne répondit rien.

— Pour pouvoir faire ses crises et que tu viennes la sauver et continuer de jouer les héros.

— Arrête d'utiliser ce mot ! rétorqua-t-il vivement, la faisant sursauter. Tu penses que je suis un héros ? Josh Deiner meurt à petit feu, maintenu en vie uniquement grâce à des machines, précisément parce que je ne suis pas un héros ! Parce que j'ai fait de mon mieux mais que ça n'a pas suffi. Parce que j'ai échoué au dernier moment. Et tu crois que m'occuper de Hadley suffit à me racheter à mes yeux ? Tu ne comprends donc vraiment rien ?

Sarge, excité par la scène, se mit à aboyer et lâcha son canard aux pieds de Jack. Celui-ci le regarda.

— Tu sais quoi ? dit-il, calmé, c'est bon. Tu as raison. Restons-en là. Je ne cherchais pas vraiment une relation sérieuse, et toi non plus. Tu voulais juste quelqu'un pour t'accompagner à un mariage, et j'ai trop insisté. Je suis désolé. Ce n'est pas grave. Prends soin de toi.

Il se retourna et se dirigea vers l'entrée au moment où Angela descendait, vêtue de son pantalon de yoga noir et d'un T-shirt jaune.

— *Namaste*, espèce de con, lui dit-elle, et dans sa bouche le mot perdit toute vulgarité. Arrête de hurler sur ma sœur, tu veux !

— Oui, c'est ça, répondit-il avant d'ouvrir la porte et de descendre les marches.

Em le suivit dehors.

— Jack.

Il s'arrêta sans se retourner.

— J'aimerais vraiment que tu consultes quelqu'un au sujet de ce syndrome post-traumatique.

Il ne réagit pas et commença à avancer vers la rue où était garé son pick-up.

Du ciel noir de suie commencèrent à tomber avec lassitude d'épais flocons de neige.

27

Em revint à l'intérieur et s'assit sur le canapé, renonçant à repousser Sarge, qui sauta à côté d'elle et se mit sur le dos pour qu'elle lui gratte le ventre.

— Alors, avant toute chose, dit Angela, j'appelle Chicken King. Tu savais qu'ils livraient à domicile ? Et puis je nous prépare un martini, et ensuite on parle.

Elle posa une boîte de mouchoirs en papier à côté de sa sœur.

— Ça, c'est juste au cas où il te viendrait une petite envie de pleurer.

— Oh ! ce n'est pas mon genre, répondit Emmaline, juste avant de fondre en larmes.

Elle qui détestait pleurer parce que c'était désagréable, tellement gênant et incontrôlable se retrouva à sangloter sur l'épaule de sa sœur tandis que Sarge lui léchait le visage.

Une demi-heure plus tard, le poulet bien gras et délicieux avait été livré, et Angela était en train de préparer une deuxième tournée de martinis. Emmaline était entourée de mouchoirs en papier usagés, et Sarge l'observait avec gravité. Elle lui redressa l'oreille, qui était toute retournée, et il lui lécha la main pour la remercier. Il n'y avait rien de mieux qu'un chien.

Et qu'une sœur.

Angela réapparut et lui glissa un verre dans les mains avant de déposer son corps de mannequin dans le fauteuil fleuri de Nana.

— Je pense que tu n'as pas tort quand tu dis qu'il souffre

du syndrome du chevalier blanc. Ah, les hommes ! Tu devrais te tourner vers les femmes, c'est tellement plus facile.

— Dit celle qui vient de fuir à l'autre bout du pays pour échapper à son ex, rajouta Em entre ses dents.

— Pas faux, admit Angela en prenant une gorgée de martini qui la fit ressembler à la version africaine d'Audrey Hepburn. Je vais te dire quelque chose que je ne te répéterai pas, ma chérie, et rappelle-toi que j'ai un QI de 158 que l'on a calculé quand j'avais huit ans.

— Arrête de te la péter.

— Quitte à connaître son QI, autant le faire savoir, non ? As-tu déjà réfléchi au fait que tu avais peut-être, je dis bien peut-être, un peu trop vite réglé la question ?

— C'est-à-dire ? Explique pour nous autres, imbéciles au QI ordinaire.

— Eh bien, Kevin t'a brisé le cœur, l'horrible individu. Et depuis tu as tout fait pour ne rencontrer personne.

— Pas exactement. Ça s'est juste trouvé comme ça.

— Je t'en prie, n'insulte pas mon intelligence supérieure. Je disais donc que maintenant tu es amoureuse de Jack, mais, au premier signe indiquant qu'il n'est pas la perfection absolue, tu le vires pour surtout éviter de souffrir encore.

— Est-ce que je t'ai dit que les parents envisageaient de venir s'installer à Manningsport ?

— Bravo pour la tentative de diversion. Alors, j'ai raison, ou pas ?

— Oui, oui, répondit Emmaline en se mouchant et en buvant une gorgée de martini. Le truc, Ange, c'est que je me suis mise là-dedans toute seule. Je savais qu'il n'était pas bien en ce moment et je savais que je n'étais pas son genre, mais je suis quand même tombée amoureuse de lui.

— Mais bien sûr. Il est merveilleux.

De grosses larmes recommencèrent à couler sur les joues d'Emmaline.

— Il m'a fait bégayer. Lorsqu'il était si furieux contre moi, l'autre jour, il m'a fait bégayer devant tout le monde.

— Et est-ce que la Terre s'est arrêtée de tourner pour autant ? Est-ce que tout le monde t'a jeté des ordures au visage ?

Em leva les yeux au ciel et eut alors l'impression qu'ils y restaient coincés. Il faut dire qu'elle se sentait un peu cotonneuse et que le martini d'Angela était redoutable.

— Non, andouille. Mais c'est quand même un signe de faiblesse.

— C'est le signe que ce qu'il pense compte beaucoup pour toi, et surtout ce qu'il pense de toi. Ce n'est pas de la faiblesse, c'est humain, voilà tout.

Sarge plaça son petit museau adorable sur ses genoux. Son petit chien était en passe de devenir énorme. Elle lui donna un bout de pilon en échange de son canard en plastique plein de bave.

— OK, trêve de sermons, annonça Angela. Si on regardait *Titanic* ? J'ai un gros faible pour Kate Winslet.

Elles se mirent le film et, au moment où Jack rencontre pour la première fois Rose sur le pont des première classe, Em dit :

— Angela ?

— Oui, ma chérie ?

— Je suis tellement contente que les parents t'aient adoptée.

Et ce fut au tour d'Angela de se mettre à pleurer.

Le matin suivant, un petit mot joyeux d'Angela sur la table de la cuisine expliquait qu'elle serait pour deux soirs à Cornell pour y faire des recherches, mais que, si Em avait besoin qu'elle rentre, elle serait là en un rien de temps, ou que, si Em voulait la rejoindre, ce serait super aussi.

Angela était décidément parfaite. Sauf qu'elle laissait toujours la salle de bains dans un état pas possible et avait tendance à être un peu dragueuse, d'après ce qu'avait pu en juger Emmaline.

Ce serait bien aussi d'avoir deux soirs pour elle seule, parce que Angela était tellement brillante et perspicace qu'Em avait du mal à penser par elle-même.

Elle ne travaillait pas aujourd'hui, et il faisait très beau. La neige tombée la veille avait fondu et, d'après les météorologistes, dont on ne pouvait mettre en doute la fiabilité, on atteindrait même les 7 °C.

— Tu veux sortir courir un peu ? demanda-t-elle à Sarge.

Le chiot bondit immédiatement à la porte après s'être emparé de son canard hideux, et elle s'en amusa. Elle se mit en tenue, glissa son téléphone dans la poche de son short, attacha Super Toutou et sortit. Des gens la saluèrent, et elle leur fit un signe de la main, tandis que d'autres s'arrêtaient pour caresser Sarge et admirer son canard.

Il y avait comme un avant-goût de printemps dans l'air. Une dernière tempête ne manquerait pas de se produire en avril, mais pour l'heure il faisait doux (pour la région) et cela sentait bon la terre, et même l'argile. Elle sortit de la ville en courant et trouva son rythme de croisière. Sarge la suivait sans difficulté. Elle passa devant la maison victorienne de la sympathique famille Murphy, et vit des crocus qui pointaient sur leur pelouse, puis devant l'ancienne école, en passe d'être transformée en salle communale. Shelayne Schanta était dans son jardin sur Buttermilk Road, en train de désherber une plate-bande.

— Des nouvelles pour ton adoption ? lui demanda Emmaline en faisant une halte.

— Je viens de réussir le test de la visite à domicile, lui répondit Shelayne, radieuse.

— Fantastique ! Si tu as besoin d'un témoin de bonne moralité, dis-le-moi, OK ? Vu que je suis une citoyenne irréprochable et un agent de la loi.

Elle reprit sa course, sans souffrir des jambes même si son dernier footing remontait à quelques semaines.

Au moins, elle ne pensait plus à Jack.

Elle avait beau ne plus être avec lui, elle continuait de se faire du souci pour lui, même si c'était une cause perdue.

En arrivant près de Meeting Falls, elle s'arrêta, hors d'haleine, et lâcha Sarge assez longtemps pour qu'il boive dans le ruisseau clair.

Elle se plaisait beaucoup ici. Pas seulement à cet endroit, en bas de la gorge profonde creusée par l'eau et le temps, mais à Manningsport, et dans la région en général. La météo parfaite de Malibu et la chaleur excessive ne lui avaient jamais convenu, et elle remercia intérieurement Nana de l'avoir accueillie, quand elle n'était qu'une pauvre adolescente de quatorze ans malheureuse, pouvant à peine aligner deux phrases.

Son téléphone sonna et la fit sursauter. Elle était flic et n'aurait pas dû réagir comme ça à un simple coup de fil, mais pourtant… Super, encore sa mère. Elle hésita à laisser le répondeur s'enclencher, mais depuis l'incident avec Jack elle se méfiait un peu plus.

— Allô ? dit-elle.

— Je sais que tu penses que nous aimons Angela plus que toi, lui déclara sa mère, d'un ton pincé qui prouvait qu'elle avait été vexée.

Em ferma les yeux et soupira.

— C'est juste que je n'ai jamais jamais su comment régler ton problème, poursuivit-elle. Je détestais te voir lutter sans pouvoir t'aider, et il n'y a pas pire sentiment dans la vie que de ne pouvoir venir en aide à son seul enfant. Sois indulgente, Emmaline, j'ai fait de mon mieux et je sais très bien que ce n'était pas encore assez.

— Maman, ce n'est pas que tu ne m'es pas venue en aide, c'est plutôt que tu m'as remplacée.

— Ce n'est pas vrai.

— Tu étais trop contente de pouvoir te débarrasser de moi auprès de Nana, et pas plus de quatre mois plus tard d'avoir une nouvelle fille mieux que l'autre. Si ça, ce n'est pas me remplacer !

— Mais c'est toi qui as voulu partir vivre chez ma mère ! Tu étais tellement plus heureuse là-bas ! Comment pouvais-je te refuser ça ?

— Tu aurais pu au moins faire semblant que je te manquais.

Sarge s'allongea à ses pieds en mordillant si doucement son canard que celui-ci semblait miauler.

— Mais tu m'as manqué ! répliqua sa mère. Seulement, qu'est-ce que cela aurait apporté que je te le dise alors que tu faisais des progrès évidents ? Je détestais ce putain de bégaiement et j'aurais voulu le tuer tant il te faisait souffrir. Alors quand tu appelais à la maison et que j'entendais combien ça devenait plus facile pour toi, je ne pouvais quand même pas fondre en larmes et te dire que j'avais dormi dans ton lit, si ? A quoi cela aurait-il servi ?

— Maman, j'ai mal entendu ou tu viens de dire « putain » ?

— L'adoption d'Angela a été le résultat d'une décision impulsive. J'avais le sentiment d'avoir échoué dans mon rôle de mère, alors, oui, j'ai voulu essayer de nouveau. Si j'avais su que cela te blesserait, je ne l'aurais pas fait.

— Tu ne pourrais pas la rendre ?

— Quoi ? Bien sûr que non !

— C'est une blague. Tu sais bien que je l'adore.

— Ah bon, je préfère.

Le bruit de la cascade était joyeux et puissant.

— Et je t'adore aussi, maman.

Silence. Elle n'entendit plus rien au bout de la ligne.

— Tu pleures ? demanda alors Emmaline.

— Oui.

— De joie ?

— Oui.

— Maman, tu viens nous voir bientôt, d'accord ? proposa-t-elle d'un ton enjoué.

— D'accord.

Puis il y eut un court silence et sa mère reprit.

— Emmie, je suis désolée de n'avoir rien pu faire pour ton bégaiement.

Em caressa son chien et songea qu'elle n'avait pas entendu sa mère l'appeler ainsi depuis bien longtemps.

— Ce n'était pas à toi de faire quelque chose, maman. Et puis, en plus, ça forge le caractère.

Sa mère éclata de rire puis se moucha.

— Ça, c'est sûr ! Personne n'a plus de caractère que toi.

— Pas même Angela la parfaite ? plaisanta Em.

— Oh ! elle ! Elle est tellement parfaite que ça en devient ennuyeux.

— Sauf qu'elle est géniale.

— Exactement. Bon, allez, je te laisse.

Et, après quelques secondes d'hésitation, sa mère dit :

— Est-ce que je pourrai te rappeler demain ?

— Tu peux même me rappeler ce soir.

— Ne dis pas à ta sœur que j'ai dit qu'elle était ennuyeuse. Ce n'est pas vrai.

— Mais je sais bien que tu plaisantais, maman. Ne t'en fais pas.

En raccrochant, Em savait ce qu'il lui restait à faire.

— On y va, Sarge ! lança-t-elle. On a des gens à voir.

Elle apporta des fleurs. Des tulipes jaunes, parce qu'il n'y a rien de tel pour vous remonter le moral.

Evidemment, cela ne suffisait pas, elle s'en rendit compte à l'instant où elle frappa à la porte de la chambre 405.

— Mme Deiner ? C'est moi, Emmaline Neal, l'agent Neal. Vous vous rappelez ? J'étais là le soir de l'accident.

Gloria Deiner leva les yeux depuis l'autre côté du lit.

— Ah, bonjour, dit-elle d'une voix lasse et blanche.

Les Deiner n'avaient pas beaucoup d'amis à Manningsport. Ils s'y étaient installés il y a six ou sept ans, d'après ce qu'avait entendu dire Emmaline.

Trop riches, pas assez discrets. Ils avaient acheté une belle ferme de l'autre côté du lac, loin des vignobles, dans ce coin où les fermes mennonites parsemaient le paysage, et ils l'avaient démolie, au grand désespoir des anciens propriétaires. A la place s'élevait désormais une bâtisse tape-à-l'œil avec un garage à cinq places, huit chambres et onze salles de bains, une piscine intérieure et extérieure, tout ça pour une famille de trois.

D'après ce qu'on lui avait dit, Josh était le prototype de l'enfant gâté : il consommait de la drogue, buvait, couchait avec toutes les filles qui lui tombaient sous la main et conduisait une voiture ridiculement rapide. Il partait skier dans le Colorado, en voyage sur les îles Turques-et-Caïques ou à Londres. Ses parents lui faisaient manquer l'école pour partir en vacances parfois pendant plusieurs semaines, et faisaient un esclandre ensuite lorsqu'on le forçait à redoubler. Rien n'était trop bien pour leur fils, qui méritait tout du seul fait de sa naissance.

On pouvait imaginer combien ils regrettaient aujourd'hui de lui avoir donné ce genre d'éducation.

Mais c'était tout de même très triste de voir cette mère si seule.

— Voulez-vous que je reste un petit moment avec vous ? lui proposa Emmaline.

— Oh ! si vous voulez.

On entendait le rythme régulier du respirateur. Dans la chambre d'à côté, une alarme retentit puis se tut.

Em installa les fleurs dans un vase sur le rebord de la fenêtre, mais cette vision joyeuse lui parut soudain presque obscène. Il n'y avait pas d'autre bouquet dans la chambre. Elle s'approcha du lit et regarda Josh. Oh ! mon Dieu !

Il semblait si petit au milieu de toute cette installation

de tuyaux, de tubes et de couvertures. Un duvet épars avait poussé sur ses joues, et ses yeux étaient entrouverts mais immobiles. Il avait les mains recroquevillées contre sa poitrine creuse et maigre. Il avait les cheveux gras et mal coiffés, et il se dégageait de lui une odeur forte de sueur et de savon mélangés.

— Bonjour, Josh, je suis Emmaline Neal. Je fais partie de la police de la ville.

— Il ne vous entend pas. Il est en état de mort cérébrale. Mais je prie pour qu'un miracle se produise, dit la mère d'un ton triste comme si elle voulait qu'Emmaline l'aide à accepter la réalité.

Et toujours ce respirateur…

Il faisait très froid dans la pièce. Em remonta un peu la couverture. C'était une couverture *Star Wars*, sans doute la préférée de Josh. Elle eut du mal à ne pas pleurer.

— Je peux m'asseoir ?

Mme Deiner haussa les épaules, et elle s'assit donc.

— Comment était-il, enfant ? demanda alors Em à la femme, qui parut surprise.

— Pourquoi ?

— Je ne sais pas, répondit-elle.

Elle hésita et reprit :

— J'étais là ce soir-là et j'ai juste envie d'entendre parler de lui.

Tout d'abord, le visage de la femme resta fermé, puis il s'adoucit et ses yeux se remplirent de joie tandis que les souvenirs lui revenaient.

— Oh ! dit-elle d'une voix soudain rajeunie, il était si beau. Et coquin !

Elle tendit la main pour toucher celle de son fils.

— Il avait un rire qui faisait qu'on lui passait tout. Il courait partout, n'arrêtait pas de faire des bêtises, et puis il me regardait avec son sourire craquant et j'étais incapable de me mettre en colère.

Puis sa voix se brisa.

— Je ne pouvais pas, c'est tout. Je l'aimais tellement. Je l'aime tellement.

Elle se mit à pleurer.

— Mon mari dit qu'il faut le laisser partir, mais je ne peux pas ! Comment puis-je laisser mourir mon bébé ? Comment puis-je cesser d'être une mère ?

Aussitôt Emmaline se retrouva à genoux à ses côtés et la prit dans ses bras.

— Je ne sais pas, dit-elle, sa propre voix brisée par l'émotion. Je ne sais pas.

— Les médecins disent qu'il est déjà parti, murmura Gloria en s'agrippant à la chemise d'Emmaline. Et mon mari dit la même chose. Vous aussi, vous croyez ça ?

Il ne fallait pas se tromper dans la réponse, il fallait trouver les mots qui aideraient Gloria Deiner, dont le fils était certainement en train de mourir.

— Je ne sais pas, répéta-t-elle. Mais, quoi qu'il faille faire, vous le saurez, parce que vous êtes sa mère.

Gloria se contenta de regarder son fils, le visage empreint d'une telle tristesse qu'Emmaline se demanda comment elle parvenait à tenir le coup.

— Merci d'être venue. Je voudrais être seule, maintenant. Et merci de lui avoir parlé. Plus personne ne le fait.

Em la serra une nouvelle fois dans ses bras, mais Mme Deiner était de nouveau plongée dans son état de veille.

Em allait sortir de la chambre lorsque, d'une voix faible, Gloria l'arrêta.

— Vous y étiez ce soir-là ?

— Oui, avec le policier en chef Cooper. Nous avons pris la suite de Jack Holland.

— Jack Holland. C'est sa faute si mon fils en est là, dit-elle d'une voix plus dure.

Non, pensa Emmaline. *Il serait déjà au cimetière.*

— C'est lui que Jack est allé chercher en dernier, poursuivit Gloria d'une voix misérable. Celui qui avait le plus besoin de son aide, il est allé le chercher en dernier. Il a laissé mon bébé tout seul.

Le respirateur continuait de faire entendre son souffle régulier.

— Il n'était pas tout seul, dit Emmaline d'une voix très très douce. Jack était dans l'eau avec lui.

Mais Gloria s'était de nouveau tournée vers son fils, et Em douta que, du plus profond de son chagrin, elle l'ait entendue.

28

Jack frappa à la porte de l'appartement 3-C. Une seconde plus tard, Hadley lui ouvrit.

— Salut, entre.

Elle lui parut différente, plus jeune et fatiguée. Et elle n'était pas folle de joie de le voir.

Une semaine s'était écoulée depuis l'incident au poste de police et, même si Jack était passé la voir chaque jour, ils ne s'étaient pas vraiment parlé.

Ils allaient le faire aujourd'hui.

— Tu veux quelque chose ? Du café ? Un verre d'eau ?

— Non, merci. Assieds-toi, Hadley.

Elle s'assit en prenant un coussin qu'elle pressa contre son ventre.

— Quel temps, hein ? C'est fou.

Le temps n'avait pas été particulièrement fou, mais les gens parlent toujours de la météo lorsqu'ils sont nerveux.

— Hadley, il est temps que tu tournes la page.

— Je sais, dit-elle, les yeux pleins de larmes.

— Si tu veux, je peux te raccompagner à Savannah, proposa-t-il en se calant contre le dossier de son fauteuil.

— Pourquoi ? Pourquoi ferais-tu cela pour moi, après tous les ennuis que je t'ai causés ?

Bonne question. Il haussa les épaules.

— Je ne sais pas. Je me sens responsable de toi, de nous, de l'échec de notre mariage.

— Je t'ai trompé, Jack. C'est moi la responsable de notre divorce.

C'était la première fois qu'elle le reconnaissait.

— Les gens ne trompent pas sans raison, dit-il en regardant par la fenêtre. Tu n'étais pas heureuse alors tu es allée voir ailleurs. Je ne t'excuse pas, Hadley, mais je te comprends. Tu te sentais seule et désœuvrée et tu avais besoin de plus d'attention que je ne pouvais t'en donner. Que n'importe quel être humain ne pouvait t'en donner, j'imagine.

— Mes parents ne m'adressaient plus la parole tellement ils étaient furieux. Pour eux, tu étais ce qui m'était arrivé de mieux.

— Ce n'est pas vrai. Je pense que nous n'étions pas faits l'un pour l'autre. Peu importe ce que nous avons cru au départ.

Une larme coula sur la joue de Hadley.

Si Jack avait écouté plus attentivement les gens perspicaces de son entourage, Honor, ses grands-parents, Mme Johnson ou bien Connor O'Rourke, il aurait entendu leurs mises en garde discrètes (ou pas si discrètes que ça, d'ailleurs). S'il avait pris le temps de mieux connaître Hadley, avait passé avec elle plus de temps qu'un week-end idyllique, la vérité lui aurait sauté aux yeux. Mais tous les deux n'avaient vu que ce qu'ils voulaient voir et pas la réalité telle qu'elle était.

— Pourquoi es-tu revenue ici, Hadley ?

— Autour de moi, tout le monde était marié et attendait un bébé ou bien faisait une super carrière, ou même les deux, et moi, tu sais ce que je faisais ? J'étais vendeuse à mi-temps dans un magasin de décoration, j'avais trente ans, j'étais fauchée, seule et divorcée au bout de moins d'un an de mariage. Un échec sur toute la ligne, répondit-elle en s'essuyant les yeux.

Il aurait pu lui faire valoir qu'il n'y avait aucune honte à se mettre au travail, à reprendre les études, mais il savait que ce serait peine perdue car elle avait toujours eu une idée bien arrêtée de la vie parfaite, et en dehors de cet idéal ce ne pouvait être qu'un échec.

Elle poursuivit entre deux sanglots.

— Quand je t'ai vu à la télévision, avec le bel Anderson Cooper devant le lac, et qu'ils ont montré des images du domaine, cette photo de toi trouvée sur le site web, je me suis dit : « Hadley, tu as tout gâché. » Alors je suis venue ici pour tenter de tout reconstruire.

Elle attrapa un mouchoir en papier et se moucha.

— Il n'y avait pas grand-chose à reconstruire. On se disputait beaucoup.

— Et on se réconciliait souvent aussi. Jack, y a-t-il une chance pour que tu me pardonnes tout ce que je t'ai fait ? Je t'aime, dit-elle alors, la voix tremblante.

— Non, répondit Jack avec douceur. Tu aimes l'idée que tu avais de moi, tout comme j'aimais l'idée que j'avais de toi. Et il y a bien longtemps que je t'ai pardonné.

Il ne s'en était jamais rendu compte avant de prononcer ces mots.

— Je suis désolée pour tout ce que je t'ai fait, Jack, murmura-t-elle. Tu méritais mieux.

Enfin, elle lui présentait des excuses sincères. C'était bien la première fois.

— Merci. Prépare tes affaires, OK ? J'appelle ta famille.

Ce soir-là, Em sortit de chez O'Rourke, où Lucas Campbell avait délicieusement flirté avec elle pendant un quart d'heure avant d'être remplacé par Jeremy Lyon puis Tom Barlow, tandis que Honor bavardait avec Colleen. A sa grande surprise, Em était rentrée dans leur jeu, faisant à Lucas une démonstration de menottes, rajustant le col de chemise de Jeremy et disant à Tom combien son accent était séduisant.

Quel plaisir de flirter avec des hommes charmants et intéressants !

La nuit était claire, la lune ne s'était pas encore levée, mais les étoiles brillaient fort au-dessus du lac. Elle allait emmener Sarge faire sa promenade du soir et ensuite appeler Angela, pour savoir comment ça se passait à Ithaca, et, pourquoi pas passer un petit coup de fil à sa mère.

Elle irait peut-être chez Jack aussi.

Ou pas. Ou si ?

Elle n'était pas bien sûre de savoir qui avait rompu l'autre jour. En tout cas, elle avait envie de le voir, juste pour vérifier que tout allait bien, comme son devoir citoyen l'exigeait… Une petite fouille au corps, peut-être ? *Allons, allons, pas de ça*, se reprit-elle. Pourtant, il était tellement beau, en particulier nu.

Elle pourrait juste aller parler avec lui, plus calmement, cette fois, voir par elle-même s'il allait bien, si l'ombre dans ses yeux avait disparu. Qu'ils soient ensemble ou pas ne changeait rien à l'amour qu'elle éprouvait pour lui. Et au manque terrible qu'elle ressentait.

Pour la deuxième fois de sa vie, elle était vraiment amoureuse.

Ça devait bien signifier quelque chose parce qu'elle n'était pas le genre à s'amouracher du premier venu. En tout cas, tout ce que disaient les romans, les chansons et les films était vrai : le soleil brillait plus fort, et le parfum des fleurs était plus doux encore lorsqu'on était amoureux.

Et puis des types comme Jack ne croisaient pas votre chemin tous les jours. Un homme qui aime sa famille, qui sait s'y prendre avec les jeunes, qui veut bien rendre service à une femme en manque de compagnie masculine, qui plonge dans un lac glacé et sauve trois vies, tout en déplorant ne pas avoir pu en sauver une quatrième.

Elle prit le chemin de chez elle en se disant qu'elle allait embarquer Super Toutou dans sa voiture, mais elle s'arrêta brusquement.

En parlant du loup… Le pick-up de Jack était garé devant l'immeuble de Hadley.

Sans réfléchir, Em se cacha au coin du magasin d'antiquités pour espionner.

Elle n'eut pas à attendre longtemps. Hadley sortit quelques secondes plus tard, ravissante dans son manteau crème et ses bottes à talons. Jack la suivait, une valise à la main.

— Tu as nos billets ? demanda Hadley, d'une voix claire.

— J'ai tout réservé en ligne, répondit Jack. Savannah, nous voilà !

Toujours aussi gentleman, il lui ouvrit la portière et l'aida à s'installer, puis passa de l'autre côté, déposa la valise et s'assit au volant.

Et ils partirent.

Emmaline eut du mal à retenir ses larmes. Hadley avait donc gagné.

Pourtant, Em n'avait jamais vraiment cru que Jack puisse retourner avec sa femme. Et, même si des années avaient passé depuis que Kevin l'avait quittée pour Naomi, Emmaline ne put s'empêcher de se dire une nouvelle fois qu'à la fin c'est toujours la plus belle qui l'emporte.

Le lendemain, elle était auprès de ses adolescents et tâchait de se concentrer, mais c'était difficile. Trois d'entre eux étaient sous la tutelle de Jack, et à chaque fois que son prénom était cité cela lui faisait l'effet d'un coup de Taser. Kelsey était d'humeur maussade, le déficit d'attention de Dalton atteignait des sommets et il passait son temps à faire le poirier, tandis que Cory se curait les ongles avec son couteau suisse, qu'Emmaline faillit lui confisquer, et que Tamara envoyait des SMS.

— Pourquoi on me donne des heures de colle quand je sèche les cours ? grogna Kelsey. Je suis enceinte, j'ai le droit de sécher les cours.

— Tu étais malade ? lui demanda Em.

— Ben non, fit Kelsey comme si c'était la question la plus bête du monde (ça l'était peut-être, d'ailleurs). J'avais juste pas envie d'y aller.

— C'est de la discrimination. Tu devrais leur faire un procès, dit Dalton en se remettant debout. Il reste du pop-corn, agent Neal ?

— Tu as tout fini, annonça Em.

— Alyssa a séché beaucoup plus que moi, et le Dr Didier ne vient pas lui chercher la merde !

— Ouais, enfin, elle a une meilleure raison que toi, dit Tamara sans lever les yeux de son téléphone.

— Pas vrai ! rétorqua Kelsey. Moi, je suis en train d'accomplir le miracle de la vie, là. Elle, elle est juste triste, c'est bon, quoi.

— Qui est Alyssa ? s'enquit Em.

— La copine de Josh Deiner, répondit Tamara. Elle est complètement ravagée avec cette histoire. Enfin, comme nous toutes, pas vrai, les filles ? On n'arrêtait pas de pleurer et tout. C'était bien flippant.

— Josh est un con, commenta calmement Cory.

— Ah ouais, et du coup, comme il est en train de mourir, t'es content ? lança Tamara.

— Un peu, oui.

— Ne dis pas ça, Cory, dit Em.

— Sérieux ? Mais il m'a cassé la gueule en seconde !

Emmaline ne répondit pas, parce qu'une intuition confuse venait de s'immiscer dans son esprit.

— Quel est le nom de famille d'Alyssa ? demanda-t-elle.

A la fin de la session, elle se rendit dans un lotissement haut de gamme dans l'ouest de la ville. Elle se souvenait d'une série de cambriolages qui avaient eu lieu là-bas récemment. Et le coupable n'était autre que Josh Deiner, mais en tant que mineur il n'avait écopé que d'une peine de travaux d'intérêt général.

Elle frappa au numéro 67 sur Barn Circle Road et attendit.

Pas de voiture dans l'allée, pas de lumières à l'intérieur à l'exception d'une pièce à l'étage. Elle frappa de nouveau.

Au bout d'une longue minute, elle entendit qu'on descendait l'escalier et la porte s'ouvrit.

— Quoi ?

— Alyssa ?

— Ouais ?

— Je suis l'agent Neal, de la police de Manningsport, dit Em en montrant son badge. Tout va bien, mais je suis venue parler avec toi.

— Mes parents vont bien ?

— Oui. C'est avec toi que je voudrais parler. Tu permets que j'entre ?

La jeune fille avait les yeux gonflés de chagrin, et ses cheveux bruns étaient plats et sales. Elle portait un pantalon de pyjama et un T-shirt beaucoup trop grand, celui de Josh, à coup sûr.

Elle la laissa entrer et d'un pas lourd alla s'asseoir sur le canapé, les genoux repliés sous le menton.

— Tu es toute seule, ma grande ?

— Oui, mon frère est à la fac. C'est le lycée qui vous envoie ?

— Non, non, je voulais juste prendre de tes nouvelles. Tu es la copine de Josh Deiner, c'est ça ?

Elle éclata en sanglots. C'était bien ça.

Em regrettait de ne pas avoir emmené Sarge avec elle. Il savait y faire dans des cas comme celui-ci.

— Ça doit être très difficile pour toi, murmura-t-elle.

— Je n'arrive plus à aller le voir, dit Alyssa entre deux sanglots. Je ne supporte plus de le voir comme ça. Je voudrais juste que sa mère débranche tout et le laisse mourir.

Emmaline hocha la tête. Elle attrapa une boîte de mouchoirs sur le coin de la table et la lui tendit. La jeune fille prit un mouchoir. Elle avait les ongles rongés jusqu'au sang.

— Tu es retournée à l'école depuis ? Ça te ferait peut-être du bien d'être avec d'autres.

Alyssa secoua la tête.

— Tout le monde me regarde comme si j'étais une bête curieuse. Personne ne me comprend. Mes parents ne l'aimaient pas et c'est comme s'ils étaient soulagés. Enfin, ils ne l'ont pas dit comme ça, mais ils avaient peur qu'avec Josh je devienne une droguée.

— Tu dois te sentir très seule.

Alyssa l'observa, étonnée, comme si elle s'attendait à ce qu'Emmaline prenne le parti de ses parents.

— Oui. Il me manque vraiment.

— Bien sûr. Je crois que vous étiez très amoureux, non ?

— Oui. Tout le monde pense que c'est un con, et, d'accord, quelquefois il déconnait. Ce n'était pas quelqu'un de simple, mais parfois il était tellement, tellement…

Son visage se chiffonna de nouveau, et elle attrapa un deuxième mouchoir.

— Il avait aussi de grandes qualités, dit Emmaline.

Alyssa la regarda.

— Oui, c'est ça. Par exemple, il ne me laissait jamais rien payer. Alors, OK, c'était l'argent de ses parents, mais c'était quand même agréable. Moi, j'avais l'impression d'être une adulte, avec un copain qui ne fouillait pas dans toutes ses poches pour juste m'offrir un café.

— Je comprends.

— Et il était gentil. Il était content même quand on ne faisait rien de spécial, dit-elle en pleurant de plus belle. Je l'aimais. Ma mère me dit qu'il faut que je pense à autre chose, mais je n'y arrive pas.

— Moi aussi, j'avais un petit copain au lycée, raconta Em pour gagner un peu de temps. Quand on s'est séparés, j'ai eu l'impression que je ne pourrais jamais plus être heureuse, et ma mère ne me comprenait pas. Toi, c'est encore autre chose, mais je sais ce que tu ressens.

Alyssa hocha la tête.

— Tu as des photos de lui ?

— Oh oui, bien sûr. Vous voulez les voir ?

— J'aimerais beaucoup, oui.

Elles montèrent dans la chambre de la jeune fille, qui était étonnamment bien rangée, le lit fait, rien sur le bureau à l'exception de quatre paquets-cadeaux, chacun assorti d'un ruban différent.

L'intuition qu'avait Em se confirmait peu à peu.

— C'est ton anniversaire ? demanda-t-elle à Alyssa.

— Non, euh… je range des trucs. J'ai des bijoux que je veux donner, répondit-elle en se rongeant un ongle.

Au milieu de son bureau trônait une photo de Josh et elle dans un cadre ainsi qu'une feuille de papier. Du papier rose vif.

Alyssa la rangea dans le tiroir et tendit la photo à Em. Josh Deiner, un beau garçon aux cheveux blonds, souriait, le bras autour de la taille d'Alyssa. Tout le monde disait que c'était un sale gosse trop gâté, mais ce n'était pas vraiment sa faute. Et la vie ne lui avait pas laissé l'occasion de changer.

— Vous êtes très beaux, tous les deux, dit Em.

— Nous étions très beaux, corrigea Alyssa d'une voix triste.

— Tu as une jolie chambre. Tu as ta propre salle de bains aussi ?

— Euh… oui.

— Tu me la montres ? lança Em, de plus en plus persuadée que la chambre était trop bien rangée et que ces paquets-cadeaux…

— Non ! Elle est un peu… en désordre.

— Oh ! ça m'est égal. C'est ici ? dit Em, la main sur la poignée.

Alyssa bondit.

— N'entrez pas ! s'écria-t-elle en posant la main sur celle d'Em.

— Est-ce que tu aurais par hasard l'intention de te faire du mal, ma grande ? demanda Em en la regardant dans les yeux.

Alyssa se mordit la lèvre, et ses yeux se remplirent de nouveau de larmes.

— Je… euh… oui.

Emmaline la prit dans ses bras.

— Oh ! ma grande, ne fais pas ça, je t'en prie. Je sais combien tu te sens seule en ce moment, mais tu ne l'es pas. Je vais t'aider. Autant que je le pourrai.

— J'en ai tellement assez d'être triste. Je n'en peux plus, avoua Alyssa en sanglotant.

— Je sais ce que tu ressens, je t'assure. Mais ça ne durera pas toujours, je te le promets, dit Em en l'embrassant.

Il s'avéra qu'Alyssa avait subtilisé des somnifères à sa tante et qu'elle avait l'intention de les avaler ce soir-là. Les cachets étaient alignés sur l'étagère de la salle de bains ainsi qu'une bouteille de vin. La feuille rose était une lettre à ses parents, et les paquets-cadeaux contenaient des bijoux destinés à ses meilleures amies et à ses deux cousines.

Em appela ses parents et leur dit que leur fille était saine et sauve, tout en leur expliquant la situation. Ils rentrèrent immédiatement chez eux à quelques secondes d'intervalle, foncèrent dans la maison et prirent leur fille dans leurs bras. Tout le monde pleura beaucoup. Alyssa voyait bien une psychologue mais elle avait manqué les deux derniers rendez-vous, et comme elle était majeure celle-ci n'avait pas prévenu ses parents. Ils l'appelèrent et lui passèrent Alyssa, qui promit de ne pas se faire de mal et prit rendez-vous à la première heure le lendemain. Son père appela aussi Jeremy Lyon afin qu'il lui prescrive un antidépresseur.

Lorsque Emmaline s'en alla, Alyssa avait l'air soulagée,

bien qu'épuisée, et elle était blottie sur le canapé avec un chocolat chaud.

Mme Pierson raccompagna Em jusqu'à la porte.

— Je ne pourrai jamais vous remercier assez, lui dit-elle, encore toute tremblante. Nous savions que c'était difficile pour elle, mais nous ne pensions pas que c'était à ce point.

— C'est bien qu'elle se fasse aider. Ce n'est pas facile de surmonter une chose pareille toute seule.

— Agent Neal, dit alors Alyssa en s'approchant.

— Ma chérie, va donc t'asseoir, tu as l'air aussi faible qu'un chaton qui vient de naître.

— J'en ai pour une minute. Tu me ferais un sandwich au fromage, maman ?

— Bien sûr, mon ange, répondit celle-ci en embrassant sa fille avant d'aller dans la cuisine.

— Qu'y a-t-il, ma grande ? demanda Em.

— J'ai… euh… fait des choses à Jack Holland.

— Je le sais.

— Ah bon ? fit Alyssa, ahurie.

— Le mot sur son pare-brise, les lumières chez lui, l'opossum ?

La jeune fille rougit, et ses yeux se remplirent de larmes de nouveau.

— J'étais tellement en colère qu'il n'ait pas réussi à sauver Josh. Est-ce que je vais avoir des ennuis ?

— Bien sûr que non, ma grande.

— Il va peut-être porter plainte et tout.

— Il ne le fera pas. Je te le garantis. Maintenant, va t'asseoir et laisse ta maman s'occuper de toi.

— Merci d'être venue, murmura Alyssa, et, à la grande surprise d'Emmaline, elle la prit dans ses bras. Merci d'avoir tout deviné.

Lorsqu'elle entra dans sa voiture, Em avait le cœur qui battait comme un tambour, ses mains tremblaient et ses joues étaient en feu. Elle ne savait dire si elle était immensément soulagée ou terrifiée, ou les deux.

Et si elle n'y était pas allée ? Si elle n'avait pas demandé à voir la salle de bains ?

Mais elle l'avait fait. Elle avait suivi son intuition, et Alyssa allait s'en sortir. Elle démarra, prit le chemin situé à côté de la grange où était installé le radar de la police en prévision du Memorial Day, puis s'arrêta, coupa le moteur et prit son téléphone pour appeler Jack.

Ah, mais non. Elle ne pouvait plus faire ça. Elle avait rompu. Ou bien lui. Quoi qu'il en soit, il était retourné avec Hadley.

Mais bon, ce soir, elle avait sauvé la vie d'une jeune fille, et il n'y avait que cela qui comptait. Elle appela donc Levi.

— Salut, c'est Em. Je sors de chez les Pierson.

Et elle lui raconta tout d'une traite.

Levi l'écouta sans l'interrompre.

— Beau travail, inspecteur, dit-il.

Emmaline sourit. C'était tout lui.

— Et donc ?

— Donc quoi ? Tu veux une médaille ? Tu la mérites. Rappelle-moi de t'en reparler demain. Em, au fait…

— Quoi ?

— N'oublie pas, ça, c'était une bonne journée.

— Merci, patron.

Ensuite, elle appela Jamie, et son instructrice la félicita avec enthousiasme.

— Je savais bien que tu étais douée, Em ! Il faut que tu viennes travailler avec nous. Penses-y.

— Je suis très bien là où je suis, Jamie, mais merci, ça me touche beaucoup.

Elle rentra chez elle, toujours dopée par l'adrénaline. Dommage qu'Angela soit encore à Ithaca. Elle devait être en train de dîner avec Frankie. Em l'appellerait plus tard, mais maintenant tout ce qu'il lui fallait c'était un bon verre de vin, des pantoufles, un pyjama et un film de Gerard Butler.

A son arrivée, une silhouette se leva d'un des fauteuils Adirondack installés sous son porche, et elle porta la main à sa ceinture. Avant de sortir son arme, elle reconnut Kevin.

— Kevin, j'ai bien failli te tirer dessus.

— Bonsoir, Emmaline, comment vas-tu ? dit-il gentiment.

Un quart d'heure plus tard, Em était en pyjama (au diable Kevin, il l'avait vue en pire tenue). Elle avait un verre de vin dans la main et avait servi un verre d'eau à Kevin, qui ne buvait pas d'alcool, ne mangeait pas de produits laitiers, etc. Il caressait Sarge, qui ne semblait pas lui en vouloir d'avoir un jour brisé le cœur de sa maman et poussait des petits gémissements de bonheur tandis qu'on lui grattouillait les oreilles. Ils auraient une explication, Sarge et elle, se dit Em.

— Alors, qu'est-ce qui t'amène ici ? demanda-t-elle en s'asseyant.

— J'ai une compétition d'Ironman à Buffalo, dit-il en souriant.

Il avait toujours ces magnifiques yeux bleus. A part cela, sa métamorphose physique continuait d'être un choc pour elle.

— Je me suis dit que j'allais passer te dire bonjour.

— Eh bien, bonjour, alors.

— Ça te plaît de vivre ici, dans la maison de ta grand-mère ?

— Oui, ça me plaît. Pourquoi es-tu venu, Kev ? Vous avez déjà rompu, Naomi et toi ?

Il éclata de rire.

— Non, non. Tout va très bien.

— Super.

— Et comment va Jason ?

— Jason ?

— Ton *escort boy* au mariage, ton faux fiancé.

— Oh ! il va bien.

Elle but une gorgée de vin.

— Mais tu ne m'as pas répondu, Kev. Pourquoi es-tu venu me voir ? A part le jour de ton mariage, on ne s'est pas parlé depuis trois ans.

Il baissa les yeux vers Sarge, couché à ses pieds, et le chiot déloyal le regarda avec adoration.

— Je voudrais te présenter des excuses.

— Vas-y, je t'en prie.

— Tu as toujours été plutôt directe, hein ? fit-il avec un petit rire.

— C'était une des choses que tu aimais chez moi, d'après ce que tu disais.

— Je t'aimais pour de bon. Je suis juste désolé d'avoir cessé.

Elle avala une grande goulée de vin, du Blue Heron, parce qu'elle avait écoulé tout son stock de Lyons Den et qu'il lui restait ça dans le frigo. Il était excellent. Une robe brillante et des notes champêtres. Enfin, bref, il descendait tout seul.

Kevin se contentait de porter sur elle un regard triste. Elle posa son verre.

— Je ne comprendrai jamais ce qui nous est arrivé. Je veux dire, j'ai tourné la page, mais tout ça restera un mystère pour moi, dit-elle.

Il hocha la tête.

— En fait, Em, je me haïssais. Je ne pensais qu'à manger et cela me dégoûtait. Tout le reste ne comptait pas vraiment, ce n'était qu'un moyen de me divertir un moment de la nourriture et de ma graisse. Je détestais mon apparence, mais j'étais obsédé par le prochain repas que j'allais faire. Lorsque j'ai commencé à perdre du poids et à reconsidérer ma vie, je me suis mis à te détester parce que tu aimais la personne paresseuse, triste et pitoyable que j'étais, expliqua-t-il en haussant les épaules.

— Et tu t'es mis à aimer Naomi parce qu'elle te détestait.

— Oui. Ironique, n'est-ce pas ?

— Ça, c'est sûr ! Bon, eh bien, merci d'être passé. Tu as combien, deux heures de route jusqu'à Buffalo ?

Il ne bougea pas.

— Tous les amours ne sont pas destinés à durer, ajouta-t-il.

— Tu as un T-shirt avec ça écrit dessus, c'est ça ?

Il lui sourit et, sans le vouloir ni s'y attendre, elle ressentit un élan d'affection envers lui.

— Je suis vraiment désolé, Em. Tu seras toujours mon premier amour, et je ne regretterai jamais de t'avoir connue.

Elle eut les larmes aux yeux.

Voilà ce qu'on appelait des excuses ! On se serait cru dans un livre de Nicholas Sparks[1].

— La même chose pour moi, Kevin. Et je te souhaite tout le bonheur du monde, sincèrement.

Il lui prit alors la main.

— Et aussi, Em, je suis désolé pour ce que j'ai dit dans l'article de *People*. Tu m'as toujours soutenu. En fait, tu as même été super. Et je te souhaite aussi d'être très heureuse.

Elle serra sa main.

— Je ne sais pas comment j'aurais réussi à terminer ma quatrième sans toi, dit-elle.

C'était vrai : elle aurait pu alors vouloir attenter à ses jours comme Alyssa, mais, grâce à l'amour et à la bienveillance de Kevin, la question ne s'était pas posée.

Elle le regarda et vit pendant quelques instants le garçon qu'elle avait aimé autrefois, et son cœur s'emballa. Comme Alyssa, elle connaissait la puissance du premier amour, le pouvoir terrible et magnifique qu'il avait.

Puis ce sentiment disparut, et à sa place il ne resta… rien.

1. Ecrivain américain né en 1965, auteur de romans d'amour, dont certains sont des best-sellers adaptés au cinéma.

Pas rien dans un mauvais sens, non, plutôt comme lorsqu'on vide entièrement une pièce pour la repeindre à neuf.

— Il faut que j'y aille, déclara-t-il.

— J'ai été contente de te voir, répondit-elle, sincère.

Elle le serra rapidement dans ses bras après l'avoir raccompagné à la porte.

— Embrasse Naomi pour moi, dit-elle sans éprouver la moindre envie de rire ni de lever les yeux au ciel.

— Je n'y manquerai pas.

— Et bonne chance pour ta course !

— Merci ! Ça va être rude, mais tu sais comme moi que c'est toujours facile de se trouver des excuses. Comme dit Naomi…

— Sois prudent sur la route ! l'interrompit Em en fermant la porte.

Sarge s'approcha et lui lécha le genou.

— Ça s'est plutôt bien passé, hein, qu'en dis-tu ? Après toutes ces émotions, ce qu'il nous faut, c'est une bonne Ben & Jerry's. Et on reparlera de ta traîtrise plus tard.

29

Jack rentra de Savannah juste à temps pour dîner avec son père et Mme Johnson.

— Comment s'est passé ton voyage, mon grand ? lui demanda celle-ci après qu'il eut fini sa troisième assiette de rôti de porc aux petits pois et pommes de terre, son plat préféré.

— Pas mal, répondit-il. Au moins, c'est fait.

— Comment vont-ils, là-bas ? s'enquit son père.

— Tout le monde va très bien.

— Je les ai toujours tous bien appréciés.

— Tous sauf elle, précisa Mme Johnson. Je t'avais dit, Jack, que ce n'était pas une femme pour toi, mais tu ne m'as pas écoutée, pas vrai ?

— Si. Et j'aurais dû. Je suis désolé. Est-ce que je peux avoir du dessert ?

— Dans une minute, espèce d'ingrat, dit-elle en croisant les bras. Dis donc, qu'est-ce que c'est que cette histoire qu'on m'a racontée à propos d'Emmaline Neal et toi ?

— Ne vous en faites pas, c'est terminé.

Il avait dit cela sur un ton neutre, mais sa gorge s'était un peu serrée. Ils n'étaient pas restés si longtemps ensemble, pourtant. Il n'aurait pas dû se sentir si… vide.

Mme Johnson se tourna vers le comptoir et lui coupa un morceau de gâteau.

— C'est justement ça que je voudrais bien que tu m'expliques, Jackie.

Elle posa alors une main sur son épaule. Et il baissa les

yeux. Il avait l'habitude d'abréger lorsqu'on abordait ce genre de sujet, mais Mme Johnson n'était pas du genre à laisser filer.

— Hyacinth, pourrais-tu nous laisser un moment, s'il te plaît, ma chérie ? demanda son père.

— Mais bien sûr. Jackie, écoute bien ce que ton père a à te dire.

Elle déposa un baiser sur sa joue et sortit de la cuisine. Telle qu'il la connaissait (c'est-à-dire très bien), elle allait écouter à la porte.

— Qu'y a-t-il ?

— Je me fais du souci pour toi, lui dit son père en le regardant longuement.

— Il n'y a pas de quoi, s'empressa de répondre Jack, que le regard bienveillant de son père inquiétait plutôt.

— Si, mon fils. Tu as l'air perdu.

Et zut. Il sentit sa gorge se nouer.

— Mais non, ça va.

Son père ne reprit pas tout de suite la parole, mais quand il le fit sa voix était douce.

— Lorsque ta mère est morte, certains jours, je ne savais plus comment j'étais arrivé à l'endroit où je me trouvais. Il m'arrivait d'être dans la grange et de me demander : « Mais comment suis-je ici ? Est-ce que j'ai pris un petit déjeuner ? » Parfois, je me regardais dans la glace et je ne me reconnaissais même pas.

Jack comprenait très bien. Il ne voulait simplement pas que sa famille perde le sommeil à cause de lui.

— Depuis quelques jours, je te regarde, mon fils, et je retrouve ce même air perdu qui était le mien à l'époque. Je sais que tu souffres. Nous le savons tous. Et cela ne va pas s'arrêter du jour au lendemain, hélas. Ça a été un horrible accident, lui dit-il en posant sa main sur la sienne.

— Je n'arrête pas de me dire, parvint à articuler Jack, que, si j'avais procédé différemment, si j'avais nagé plus vite et étais arrivé trente ou quarante secondes plus tôt, ou même dix, alors…

— Tu n'es qu'un être humain. Tu as fait tout ce que tu as pu. Tu les as aidés. Les trois autres seraient morts sans toi. Tu as sauvé trois vies ce soir-là, Jack, ça compte aussi.

Jack opina du chef et déglutit à grand-peine. Il savait que son père avait raison. De là à l'admettre, à le ressentir…

— Je veux que tu passes chez Honor. Elle connaît le nom d'un thérapeute spécialisé dans le traitement des syndromes post-traumatiques. Tu veux bien faire ça ?

Jack acquiesça de nouveau. Il se leva, et son père avec lui, et ils tombèrent dans les bras l'un de l'autre. Son père était solide et résistant comme un chêne.

— Je ne veux pas que tu te fasses du souci pour moi, papa, lui chuchota-t-il.

— C'est ridicule, murmura son père, en le serrant à son tour. Je suis ton père. Mme J. est ta belle-mère. Tes sœurs t'adorent, et tu es toujours là quand nous avons besoin de toi. Alors laisse-nous un peu nous occuper de toi.

Honor avait bien sûr une liste complète avec numéros de téléphone, adresses mail et horaires de consultation.

— Viens, frérot, on va au cimetière, lui dit-elle en lui donnant la liste.

Elle attacha Spike, qui se mit à s'exciter et à mordiller la chaussure de Jack.

La nuit était fraîche, mais on sentait le printemps proche. Le lendemain, il était prévu que Ned incise les troncs en vue de la récolte du sirop d'érable. Et le mois suivant toute la famille se réunirait pour la bénédiction des récoltes. Pops était toujours en vie, le bébé de Faith et Levi n'allait pas tarder à naître, Tom et Honor étaient désormais mariés et Charlie vivait avec eux à temps complet.

Mais Josh, lui, serait mort un mois plus tard.

Honor ouvrit la grille du cimetière, et ils s'assirent sur l'un des bancs. Il y avait des fleurs sur la tombe de leur mère.

— Toi aussi, tu vas me faire un sermon ? dit Jack.

— C'est ma spécialité, répondit Honor en crochetant son bras dans le sien.

— Absolument.

Le chien fourra son nez dans le manteau de Jack.

— Vous avez l'air heureux, Tom et toi.

— C'est vrai, oui.

— Et Charlie aussi.

— Il est super.

Elle pencha alors sa tête contre l'épaule de Jack.

— Ça m'a étonnée que vous rompiez, Emmaline et toi. Elle avait l'air parfaite pour toi.

Une vision d'Emmaline en train de passer la porte de chez lui s'imposa alors avec force dans l'esprit de Jack, puis une vision d'elle dans la baignoire, avec de la mousse jusqu'au cou, ou dans la chambre d'hôtel à Malibu avec cette trace de chocolat sur sa joue, lorsqu'ils avaient ri comme des ados.

— Je n'avais pas vraiment prévu ça. Ce n'est pas comme avec Hadley.

— Dieu merci, dit Honor d'un ton sec.

— Si je te pose une question, est-ce que tu vas en parler à toute la smala ?

— Tout dépend de combien tu mets dans mon prochain cadeau d'anniversaire, plaisanta-t-elle en lui prenant le bras. Non, bien sûr, je ne dirai rien.

— Comment as-tu fait pour être sûre à propos de Tom ?

Elle ne répondit pas tout de suite, ce qui était mieux, parce que cela prouvait qu'à la différence de ses autres sœurs elle prenait le temps de réfléchir. Pru aurait évoqué l'attirance purement animale entre elle et Carl, et Faith aurait tenu des discours fumeux et idéalistes.

Honor lui dirait la vérité.

— Ça n'a pas été très compliqué. J'ai essayé de voir ce que j'attendais de la vie, et c'était lui. Son sourire, son rire, sa voix. Je ne me voyais pas avec quelqu'un d'autre. Les débuts ont été… comment dire… chaotiques, mais au final c'était lui.

Jack se rappela alors une soirée avec Emmaline, une soirée tout à fait ordinaire. Il avait préparé le dîner, et elle lui avait raconté une intervention au cours de laquelle, un écureuil s'étant introduit dans l'armoire à porcelaine de Barb Nelson et ayant causé les dégâts qu'on imagine, elle avait été obligée de faire un croche-patte à Everett et de lui prendre son arme pour l'empêcher d'abattre la pauvre petite bête, tandis que Barb prenait des photos pour les envoyer aux journalistes. Jack avait ri de bon cœur. Après le dîner, ils avaient regardé un film, enfin, le tiers d'un film, parce qu'ils avaient fini par faire l'amour sur le canapé. Elle avait la peau si douce, et des yeux si grands et si sombres. Une soirée tout ce qu'il y avait de plus ordinaire et pourtant parfaite.

— J'ai tout fait foirer avec elle, dit Jack. Et je ne vois pas comment arranger les choses.

— Oui, bah, tu es un homme, alors tu as tout fait foirer, c'est classique. Mais tu vas y arriver, va, assura-t-elle en se levant. Il faut que je rentre. C'est l'heure d'une série que je suis et je ne veux pas la louper. Tu veux venir avec nous ?

Au même moment, le téléphone de Jack se mit à vibrer. C'était Jeremy Lyon.

— Salut. Qu'est-ce qui se passe ? lança Jack.

— Tu peux venir à l'hôpital ? demanda Jeremy. Gloria Deiner veut te voir. Il faudrait que tu viennes tout de suite.

— J'arrive, répondit-il avant de raccrocher. Désolé, Honor, il faut que je file. Une autre fois, d'accord ?

— Tout va bien ?

— Je pense que oui. A demain !

***

Les portes de l'ascenseur s'ouvrirent au quatrième étage. Jeremy était là, qui l'attendait, très sérieux dans sa blouse blanche.

— Josh est en train de partir, annonça-t-il sans préambule. Ses parents vont débrancher l'assistance, et Gloria a demandé à te voir.

— OK.

— Tu te sens prêt, Jack ?

— Non, mais bon…

Son cœur battait très fort, et il était trempé de sueur.

Jeremy lui sourit avec tristesse, lui serra l'épaule et le conduisit le long du couloir sombre.

— Gloria ? Jack est ici, prévint-il devant la chambre 405.

Des phrases échangées à voix basse se firent entendre, puis M. Deiner sortit, les yeux humides. Il eut un mouvement de la tête à l'attention de Jack, puis s'éloigna dans le couloir.

— Entrez, dit Mme Deiner.

— Je vais rester auprès d'Alan, déclara Jeremy.

Puis il ajouta à voix basse :

— Bonne chance.

Jack entra.

Enfin, il était là. Pour la première fois depuis toutes ces semaines, il voyait Josh Deiner, le garçon à qui il n'avait pas sauvé la vie.

Ou plutôt ce qu'il restait de Josh Deiner. Ces semaines où il avait été nourri par un tube, le cerveau gravement endommagé, ces semaines sous respirateur et pendant lesquelles ses muscles avaient fondu l'avaient réduit à un état de quasi-squelette.

Jack regarda Mme Deiner, qui fixait son fils des yeux.

— Madame Deiner ?

— Je me suis dit que peut-être vous voudriez le voir, lui répondit-elle sans le regarder.

— Oui, merci, fit Jack, la voix enrouée.

— Alors asseyez-vous, dit-elle d'un ton bizarrement calme. Vous pouvez lui parler si vous voulez. On dit que l'ouïe est le dernier sens à disparaître.

Jack s'assit sur la chaise en bois. Elle n'ajouta plus rien. Le respirateur égrainait les secondes.

Le spectacle de cet équipement médical et de ces yeux mi-clos troublants était épouvantable. Le visage de Josh était presque entièrement caché par le masque, ses mains étaient repliées sur elles-mêmes, et ses bras semblaient disproportionnés, et si maigres.

Pourtant, il avait des cils longs et blonds, et l'air d'un enfant plus que de cet adolescent de dix-huit ans que Jack avait sorti du lac. Il avait un grain de beauté sous l'oreille.

— Je suis désolé, chuchota Jack, tellement désolé.

Il posa sa main sur celle de Josh, dont la peau était froide et bien trop douce.

Puis il pencha la tête en avant et se couvrit la bouche d'une main afin que Mme Deiner ne l'entende pas pleurer. Mais des larmes chaudes se déversaient de ses yeux, et lui qui n'avait pas pleuré depuis vingt ans ne parvenait pas à les arrêter. Tout au plus parvenait-il à pleurer en silence, les épaules secouées de sanglots.

Ce n'était pas juste. Ce n'était pas normal.

— Est-ce qu'il a eu peur ?

Jack se redressa et s'éclaircit la voix.

— Non. Il était inconscient.

Mme Deiner rajusta la couverture et la tira sur la poitrine creuse de Josh. Elle caressa ses cheveux, sa main s'attardant une minute sur le front de son enfant.

— Je ne veux pas qu'il meure, dit-elle en regardant Jack avec un sourire gêné. Bien sûr que non.

Ses yeux se remplirent de larmes.

— Même s'il restait comme ça, je m'occuperais de lui. Cela me serait égal, je suis sa mère, et c'est mon devoir.

Jack acquiesça, incapable de parler.

— Mais il est de toute façon en train de mourir. Il ne m'a jamais obéi.

Elle caressa la tête de son fils, ses cheveux trop longs, et ajouta en levant les yeux vers Jack :

— Je sais que vous avez fait tout votre possible. Merci d'avoir essayé.

Une nouvelle fois, il pencha la tête en avant et s'agrippa à la barre de métal froid du lit.

Alors elle vint à côté de lui et posa sa main sur la sienne.

— Vous devriez partir, maintenant, dit-elle.

Il hocha la tête, se leva, déposa un baiser sur le front de Josh. Puis il se retourna et prit la mère du garçon dans ses bras et l'entendit sangloter contre lui. Des larmes coulèrent encore sur ses joues.

— Je suis tellement désolé, répéta-t-il.

— Je le sais. Moi aussi, murmura-t-elle.

30

En ce jour de la dernière semaine de l'hiver où brillait un soleil obscène, alors qu'il semblait inconcevable que les oiseaux chantent et que le ciel soit d'un bleu si pur, eut lieu l'enterrement de Josh Deiner.

Toute la ville s'y rendit. Em était affectée à la circulation ce jour-là et elle conduisit la procession jusqu'au cimetière. Elle se gara devant les grilles du cimetière, laissa son gyrophare allumé et sortit de son véhicule. Derrière elle roulait le corbillard d'où sortirent M. et Mme Deiner. Em eut du mal à retenir ses larmes en voyant M. Deiner accablé de chagrin, courbé comme un vieil arbre qui ne résisterait pas au prochain coup de vent, et sa femme dont le regard la traversa sans la reconnaître, le visage tendu, les lèvres tremblantes.

Em s'efforça de contenir les sanglots qui lui oppressaient la poitrine.

Toute la classe de Josh était là, chaque élève tenant dans sa main une rose blanche. Alyssa Pierson passa à côté d'elle, entourée de ses parents et le visage ruisselant de larmes. M. Pierson fit un signe de tête à Em, et elle lui rendit son salut du bout des lèvres. Mme Pierson l'avait appelée pour lui donner des nouvelles rassurantes d'Alyssa, et en effet la jeune fille avait l'air de s'être un peu reprise, même si sa peine était évidente. Le chagrin était général, car, même si Josh n'était pas un garçon irréprochable, la douleur de ces parents qui perdaient leur fils unique était une réalité poignante. Josh n'aurait pas la chance de devenir quelqu'un d'autre qu'un gamin difficile qui avait fait le malheur de ses parents et brisé leur cœur, et il ne laissait derrière lui que le souvenir d'un modèle à ne pas suivre.

Emmaline ôta ses lunettes de soleil et s'essuya les yeux, puis elle aperçut la famille Holland et son cœur se serra encore davantage.

Les cheveux blonds de Jack brillaient au soleil. Il portait des lunettes noires et un costume, et on le remarquait à sa grande taille. Les Deiner étaient-ils au courant de sa présence ? Mon Dieu, faites qu'il ne se produise pas la même scène qu'à l'hôpital lorsque Mme Deiner s'était mise à lui crier dessus. Em était trop loin pour voir s'il avait cette expression douloureusement coupable qu'elle avait si souvent vue dans ses yeux ces deux derniers mois. Cet enterrement devait être une torture pour lui.

A côté de lui marchait Levi, sans doute pour le protéger, solennel et beau dans son uniforme. Il dit quelque chose à Jack, qui répondit d'un hochement de tête. Faith était là, elle aussi, reconnaissable à ses cheveux roux et son énorme ventre. Elle donnait le bras à son frère. A tout moment, désormais, un bébé pouvait rejoindre la famille, et c'était heureux. Jack retrouverait une raison de sourire. Son sourire était une des plus belles choses au monde, et Dieu sait combien il manquait à Emmaline. Il lui manqua tant à cet instant même qu'elle en eut le souffle coupé.

Le révérend White commença les prières, et elle baissa les yeux. Elle entendait les sanglots étouffés des camarades de classe de Josh.

— Em ? chuchota la voix d'Everett dans la radio.

Il se trouvait tout au bout de la colonne de gens qui s'allongeait jusque derrière le cimetière.

— Oui ?

— C'est triste, hein ? dit-il, très ému.

— Oui, je sais. Tâche de tenir bon.

Peu de temps après, la foule commença à marcher

lentement jusqu'aux voitures. Quelques personnes s'arrêtèrent près de certaines tombes, pour balayer des feuilles ou se recueillir. Un petit garçon qui devait avoir quatre ans devança ses parents en riant. Il prit sur une tombe un petit moulin à vent, et sa mère dut le rattraper pour le lui reprendre et lui expliquer que cela ne se faisait pas.

Josh avait-il été ce genre de petit garçon ? Sa mère avait dit qu'il était coquin et faisait sans arrêt des bêtises, mais qu'elle lui pardonnait tout. Désormais, lorsque Gloria verrait d'autres enfants, elle penserait sans cesse au sien, mort.

— Bonjour, Emmaline.

Elle sursauta.

— Ah, salut, Jack, comment vas-tu ? réussit-elle à dire malgré la boule qu'elle avait dans la gorge.

Il ôta ses lunettes et, même s'il avait l'air fatigué, son regard était clair.

— Ça va. Ça va mieux.

— Tant mieux, je suis contente.

Elle s'interrompit et posa la main sur son Taser, machinalement. Elle ne valait pas mieux qu'Everett, décidément !

— C'est bien, que tu sois venu aujourd'hui.

— J'ai fini par aller le voir.

— Ah bon ?

— Tu avais raison, Emmaline, dit-il à voix basse en hochant la tête. Je n'étais pas moi-même ces derniers temps. Je suis désolé si tu en as souffert.

— Ce n'est pas grave, ne t'en fais pas.

Il la regarda longuement, de ses yeux aussi clairs que le ciel de mars.

Elle voulait lui demander ce que cela lui avait fait de voir Josh, et ce qui avait fait changer d'avis Mme Deiner, et si cela n'avait pas été trop dur, s'il avait retrouvé le sommeil, s'il était de nouveau avec Hadley, et, si oui, si elle prenait bien soin de lui, parce qu'il… il le méritait tellement !

Sa radio émit un son.

— Il faut que j'y aille. Je suis chargée de la circulation aujourd'hui. Je suis contente de t'avoir vu, dit-elle, la voix enrouée.

— Moi aussi.

Puis, comme elle ne voulait pas qu'il la voie pleurer alors que d'autres avaient de bien meilleures raisons d'être tristes aujourd'hui, elle monta dans son véhicule de police et alla où son devoir l'appelait.

Une semaine plus tard, elle était assise à son bureau en train de montrer à Everett comment télécharger un rapport correctement. C'était le bon moment pour lui enseigner quelques rudiments d'informatique, car cela ne demandait aucun effort intellectuel. Levi avait pris sa journée, et ils étaient seuls avec Carol. C'était très calme. Depuis la mort de Josh, la ville était comme en deuil : pas d'excès de vitesse ni de conduite en état d'ivresse, aucune délinquance.

Em n'avait pas revu Jack. L'autre soir, Angela lui avait proposé d'aller boire un verre chez O'Rourke, mais elle avait refusé par crainte de le croiser. Elle se réjouissait qu'il ait pu voir Josh une dernière fois et qu'il aille mieux. Mais tout ça ne changeait rien aux sentiments qu'elle éprouvait pour lui et que lui n'éprouvait pas pour elle.

« Tu as raison, lui avait-il dit, restons-en là. Je ne cherchais pas vraiment une relation sérieuse, et toi non plus. »

D'accord.

— Et après ? demanda alors Everett, la tirant de sa rêverie.

— Tu cliques juste sur « télécharger ». Ici. Non, pas sur « *escape* » ! Bravo. Tu vas devoir tout recommencer.

— Comment ça se fait que tu saches tout ça mieux que moi, alors que je travaille ici depuis plus longtemps ?

— Parce que tu as le QI d'un moineau, répondit Carol.

— Voyons, Carol, Everett a de nombreuses qualités, dit Emmaline.

Le téléphone sonna, et Carol répondit aussitôt.

— Poste de police de Manningsport, j'écoute ? C'est pour une urgence ?... Ah, salut, Levi ! C'est vrai ? Enfin ! Je pensais que ça n'arriverait jamais ! OK, OK, très bien, ne me crie pas dessus ! Oui, elle est là.

Carol tendit le téléphone à Em d'un air résigné.

— Faith va accoucher, et il veut une escorte de police.

Em prit l'appareil.

— Faith va accoucher, et je veux une escorte de police. Bouge-toi les fesses et rapplique tout de suite.

— J'arrive.

Elle courut jusqu'au parking et monta dans son véhicule, brancha sirène et gyrophare, surexcitée. Elle traversa la ville à fond de train, en faisant hurler sa sirène à chaque intersection, puis s'engagea dans la rue de Levi et Faith. Leur jolie petite maison était à quelques dizaines de mètres du parc.

Apparemment, la nouvelle était allée très vite, car la rue était déjà encombrée : le pick-up rouge et tout cabossé du père de Jack, la voiture de Pru, bleue et non moins cabossée, la Prius blanche de Honor, le pick-up gris de Jack. Colleen était en compagnie des Barrett, qui habitaient juste à côté, tout comme les grands-parents de Faith, ainsi que son neveu et la sœur de Levi.

— Dis donc, Sarah, tu ne voudrais pas qu'on sorte ensemble un de ces soirs ? disait Ned.

— Eh bien, mon frère risque de t'écorcher vif, mais si tu es prêt à ça je suis d'accord, répliqua Sarah Cooper.

— Est-ce qu'il faut faire évacuer la foule ? demanda Emmaline.

— Je crois, oui, répondit Colleen. Ils sont au moins une douzaine à l'intérieur.

A cet instant, la porte s'ouvrit bruyamment et Levi apparut, sa femme dans les bras.

— Waouh, j'adore ! Je rêve que Lucas fasse pareil pour moi le jour où j'accoucherai ! murmura Colleen.

Un flot de Holland divers et variés le suivit : Abby, Pru, Honor, Mme Johnson, le père de Faith.

Jack.

Il souriait, et Em eut l'impression que le soleil brillait soudain plus fort.

Enfin, bon, il ne lui souriait pas à elle. Elle réussit à décrocher son regard de lui. Après tout, elle était en service, et on avait besoin d'elle.

Mais cela ne l'empêcha pas d'avoir une boule au ventre, qu'elle tenta d'ignorer.

— Ça va, Faith ? demanda-t-elle tout en trottinant aux côtés de Levi, qui avançait à grands pas vers la voiture.

— Je crois qu'il exagère un peu, mais c'est vrai que j'ai envie de pousser, là.

— Ne pousse pas ! s'écria Levi. Ne pousse pas, ma chérie. On est à un quart d'heure de l'hôpital, tu vas y arriver.

— Mais pourquoi n'a-t-on pas appelé une ambulance ? s'enquit Em.

— Pas question que Gerard Chartier me voie accoucher ! répondit Faith. Je peux me retenir. Ouille, ça fait un de ces mal ! Dépêche-toi, bébé ! Pas toi, mon petit bébé ! Toi, Levi !

Jack ouvrit la portière arrière de la voiture de Faith, et Levi l'installa.

— Je prends le volant, dit Jack. Tu restes à l'arrière avec ta femme.

Puis s'adressant à Emmaline :

— Tu es prête ?

— On y va.

Elle monta dans son véhicule et alluma la sirène. Elle jetait un œil dans le rétroviseur de temps en temps pour s'assurer qu'il la suivait et ralentissait aux intersections.

Il ne fallait pas qu'elle pense à Jack, pas maintenant, pas de cette façon-là.

Mais il ne lui avait pas échappé que Hadley n'était pas avec lui.

Il fallait rouler vite, mais pas trop vite, et se contenter d'ouvrir la voie. Jack avait allumé ses feux de stationnement, et on aurait dit un cortège présidentiel, avec toutes les autres voitures de la famille derrière eux.

Ils mirent douze minutes au lieu de quinze à rejoindre l'hôpital, et Em se précipita à l'intérieur pour chercher un brancard à roulettes. L'hôpital était bondé, bien sûr. C'était la pleine lune. Shelayne était de garde et considérait la salle d'attente d'un air soucieux.

— Le bébé de Faith et Levi est en route ! lui lança Em d'une voix forte.

— Il était temps ! répliqua Shelayne.

Ah, les petites villes… Tout se savait !

Emmaline sortit avec le chariot, et Levi installa sa femme dessus. Elle lui agrippait la main, et faisait la respiration du petit chien, comme si ça pouvait servir à quelque chose. Sans doute juste un truc pour qu'une femme oublie qu'elle est en train d'accoucher.

Jack leur emboîta le pas, une main posée sur le chariot. Em sentit au passage son parfum si familier, de raisin, de lessive et de soleil. Il écarta une mèche de cheveux sur le visage de sa sœur, et Em sentit sa gorge se serrer.

Il était tellement gentil.

Ils passèrent les portes automatiques de l'hôpital, sans que Levi cesse de murmurer des encouragements à sa femme. Et, derrière, le clan Holland suivait, jacassant comme des pies.

Deux gamins étaient là, en attente d'être examinés. L'un d'eux jouait avec un avion en papier, tandis que l'autre faisait bouger sa dent de devant en tenant sous son menton une compresse de gaze. Ce dingue de Matthias Pembry parlait tout seul. Il était sans doute là pour qu'on ajuste son traitement. Une vieille dame dans un fauteuil roulant regarda passer le chariot d'un air furieux, et un homme pressait contre son oreille un linge plein de sang.

— Vous êtes infirmière ? demanda-t-il à Faith. Je crois que je me suis coupé un morceau d'oreille.

Il montra quelque chose. *Arggbl*, c'était l'oreille. Un filet de sang coulait le long de sa joue.

— C'est horrible, chuchota Faith.

— Ne t'approche pas de ma femme, lança Levi, hostile.

La délicatesse masculine, quelquefois !

— Ah ! J'ai une autre contraction ! Regarde un peu comme j'assure ! Je continue de te parler et tout, je suis trop forte !

— Aucun problème d'ego…, murmura Jack.

— J'ai vraiment envie de pousser, ajouta-t-elle. Je peux ? On est dans un hôpital, non ?

— Non, pas encore, répondit Em. Shelayne, tu veux vraiment que ce bébé naisse dans la salle d'attente ou on peut y aller ?

— Tout le monde m'agresse, soupira Shelayne en s'approchant. Alors, Faith, il était temps ! Tu es prête à faire la connaissance de ton bébé ?

— Bonne chance, les amis, dit alors Em, soudain submergée par l'émotion.

Elle donna une petite bourrade sur l'épaule de Levi, et au même moment le chœur des Holland se fit entendre derrière elle :

« Bonne chance, Faith ! » « On est tous avec toi ! »

— Je continue de penser que c'est moi qui devrais l'accompagner dans la salle d'accouchement, déclara Prudence en s'asseyant lourdement sur une chaise. Vu que j'ai déjà accouché deux fois. Ned est sorti tout seul comme dans du beurre, tout mignon et plein de sang…

— Maman, par pitié, protesta Ned.

— J'ai faim, déclara le grand-père. Quelqu'un a prévu quelque chose à manger ?

— Fred Norbertson ? appela l'infirmière.

L'homme à l'oreille coupée s'avança et fit tomber quelque chose sans le remarquer.

— Vous oubliez votre oreille, lui signala Em.

Abby eut un haut-le-cœur.

— Ah, merci ! dit-il, et il la ramassa tout en détaillant rapidement Em de la tête aux pieds d'un air approbateur.

Les portes s'ouvrirent, et Colleen entra en rangeant son téléphone dans son sac.

— L'attente peut commencer. Connor nous fait apporter des sandwichs. On attend ici ou bien on monte à la maternité ? On est combien ?

Il était temps pour Emmaline de partir. Elle ne faisait pas partie de la famille.

— Bonne chance à l'équipe Holland ! lança-t-elle en adressant un signe à la cantonade.

Un concert de remerciements et d'au revoir lui répondit. Ses yeux se posèrent sur Jack.

— Au revoir.

— Merci, Emmaline, dit-il gentiment.

Elle attendit un instant qu'il ajoute quelque chose, mais il se tut.

Elle se sentit soudain très seule et le trajet de retour lui parut long.

Il était 5 heures, et techniquement son service était terminé. Carol et Everett étaient partis, même si Everett était censé être de garde.

Elle mit de l'ordre dans la cuisine puis s'assit à son bureau. Tout en faisant quelques formalités administratives, elle pensait à ce qui se passait à l'hôpital et espérait que tout irait bien. C'était sympa, ce rassemblement de gens qui attendaient la naissance. Elle dont la famille était si réduite avait du mal à l'imaginer.

En parlant de famille, justement, Ange voudrait peut-être faire quelque chose ce soir, aller courir avec Sarge, ou manger des *nachos* chez O'Rourke, pourquoi pas ? Elle prit son téléphone.

A cet instant, la porte s'ouvrit, et Jack entra. Elle se leva aussitôt.

— Tout va bien ?

— Oui, tout va bien.

— Le bébé est déjà là ?

— Non, je ne pense pas.

— Mais que fais-tu ici, alors ? Tu devrais être à l'hôpital !

— Tu voudrais, toi, que ton frère soit là pour ton accouchement ? J'irai plus tard, quand tout le monde sera propre et pas plein de sang.

Il mit ses mains dans ses poches.

— Je suis venu te voir.

— Ah, fit-elle en se rasseyant. Eh bien, salut.

— Salut, répondit-il en souriant à peine, juste avec les yeux.

— Comment ça va ? demanda-t-elle en essayant de surmonter son émotion.

— Je vais bien. Et toi, comment vas-tu ?

— Je vais, eh bien… ça va.

Cette voix si douce qu'il avait !

Jack s'approcha d'elle ; il était tout près de son bureau.

— J'ai raccompagné Hadley à Savannah, au cas où tu ne le saurais pas. Elle ne reviendra plus ici.

— Je l'ignorais. C'est… c'est super. Enfin, je veux dire : c'est super pour toi.

Il regarda ses mains puis leva les yeux vers son visage.

— Emmaline, je suis désolé de t'avoir accusée d'être une brute. Ce n'est pas vrai. Même si tu le voulais, tu n'y arriverais pas.

— Tant mieux. Merci, dit-elle d'une voix qu'on entendait à peine.

— Il y a aussi que… je suis amoureux de toi.

— C'est bien. Euh… attends, qu'est-ce que tu viens de dire là ?

Elle se sentit devenir rouge pivoine, et son cœur se mit à battre violemment.

Il lui sourit, d'un vrai, grand et beau sourire qu'elle éprouvait dans chaque molécule de son être.

— Je t'aime, Emmaline.

— Mais je pensais que tu ne cherchais pas de relation sérieuse, bredouilla-t-elle, au bord des larmes.

— Non, mais on dirait que j'en ai trouvé une malgré moi.

— Oh ! je vois. C'est… c'est bien.

— Je suis content que ça te fasse plaisir, dit-il en fouillant dans sa poche. Je t'ai apporté un cadeau.

Il le lui tendit. C'était un paquet de Skittles.

— Tu as un gâteau au chocolat pour aller avec ? lui demanda-t-elle.

— A la maison, oui.

« La maison ». Quel joli mot ! Et qui contenait tout un avenir ! Il lui prit la main et la contempla une seconde.

— Je t'ai aussi apporté ça.

Il mit alors un genou à terre, et Em se mit à trembler comme une feuille, tant elle ne s'y attendait pas. *Bon sang, mais oui !* Il était en train de la demander en mariage ! Ou alors il avait juste perdu sa lentille de contact.

Sauf qu'il n'en portait pas.

Il leva vers elle ses beaux yeux bleus.

— Tu es la personne la plus merveilleuse que je connaisse, Emmaline Neal. Donne-moi une seconde chance. Epouse-moi.

Il avait une bague dans la main. *Oh ! mon Dieu, une bague !*

Elle voulut répondre « d'accord », mais il n'en résulta qu'un misérable petit bruit de gorge. Ce n'était pas grave car il lui avait déjà passé la bague au doigt et s'était levé, et il l'embrassait, sa bouche chaude et ferme et souriante contre la sienne.

— Je t'aime, répéta-t-il.

— Il était temps, murmura-t-elle.

Epilogue

Bien sûr, que nous sommes au mariage de Jack et Emmaline ! Comment pourrait-on ne pas y être ? Et quelle belle journée ! La grange est superbe, non ? C'est la tradition dans la famille Holland de se marier ici. Faith l'a fait, tout comme Honor pas plus tard que l'an dernier, vous vous souvenez ?

Bon, il y a peut-être un peu trop de monde, mais la famille de Jack est tellement nombreuse, comment le leur reprocher ? Bien, laissez-moi vous décrire la scène : la garde rapprochée du marié se compose de ses trois beaux-frères, Levi, Tom et Carl. Et de son neveu, le fils de Prudence, et puis aussi de Connor O'Rourke, son vieil ami, bien sûr. Je vois qu'Emmaline a pris les sœurs et les nièces de Jack comme demoiselles d'honneur. Est-ce que Faith n'est pas magnifique avec son petit Noah de quelques mois ? On est si heureux pour elle !

Bien sûr, le témoin d'Emmaline est sa sœur, une ravissante fille. Il paraît qu'elle a été mannequin pendant ses études, on n'a aucun mal à le croire ! Tout le monde la connaît dans le coin. Non, non, inutile d'essayer de la caser avec votre petit-fils, elle aime les filles. Elle a repris la maison de leur grand-mère sur Water Street, et leurs parents viennent d'acheter quelque chose juste à la sortie de la ville. Mais évidemment qu'Emmaline va aller vivre chez Jack ! Vous connaissez sa maison ? Elle est incroyable !

Oh ! mais regardez qui vient par là. Elle a invité les membres de son club de lecture, qui ne lisent jamais un livre. Tiens, Grace Knapton n'est pas là… Ah, mais non, elle s'est mariée ! Elle vit à Hawaï, maintenant ! Vous ne le saviez pas ? Eh bien, si. Le Dr Whitaker fait un discours ? C'est sympa. Et voici Shelayne, cette gentille infirmière qui travaille à l'hôpital et vient d'adopter le bébé de Kelsey Byrd. J'imagine qu'elles se sont mises d'accord pour que Kelsey puisse venir rendre visite au bébé de temps en temps. Il faut reconnaître ce mérite à Emmaline : on n'aurait jamais cru que ces gosses auraient leur diplôme, eh bien, si !

En parlant de bébé, Colleen est sur le point d'accoucher, et voyez comment son mari la regarde. Est-ce que ce n'est pas mignon ? Nous aurons bientôt un nouveau bébé au compteur. C'est presque le baby-boom à Manningsport !

Ah, j'allais oublier : John et Hyacinth Holland, les parents du marié. Je dois dire que Mme Johnson mérite d'être ici, car Jack l'adore. Il a toujours été son chouchou. Il paraît que c'est elle qui a fait le gâteau des mariés. Il ne faut pas que Lorelei s'en approche. Et est-ce que ce n'est pas non plus adorable de la part de Jack d'avoir pris son père comme témoin ? John Holland est vraiment comblé avec ses quatre enfants.

Mais chut ! La musique démarre !

Ça, alors, mais regardez un peu Emmaline ! Elle est ma-gni-fique ! Cette robe est incroyable. C'est beau, de la voir enfin dans autre chose que son uniforme ! Qui aurait dit qu'elle était si bien foutue ? Oui, elle fait du hockey. Regardez comme elle a de belles épaules. C'est là qu'ils se sont rencontrés, Jack et elle. Il faut croire qu'elle lui a tout de suite plu.

Et voyez un peu le sourire de Jack ! Il a l'air tellement heureux !

On en aurait presque les larmes aux yeux, pas vrai ?

C'est le genre d'histoire d'amour que l'on ne vit qu'en rêve.

Remerciements

Merci à mon formidable agent, Maria Carvainis, et à Martha Guzman, Elizabeth Copps et Bryce Gold de tout ce qu'ils ont fait pour moi. Chez Harlequin, mille mercis à Susan Swinwood, Margaret Marbury, l'équipe commerciale hors pair, ainsi qu'à tous ceux qui ont de près ou de loin œuvré à la sortie de mon livre. C'est un plaisir de travailler avec des gens comme vous.

Merci à Sarah Burninghma de Little Bird Publicity et à Kim Castillo de Author's Best Friend. Vous êtes de vrais pros, et je suis heureuse de notre collaboration.

Merci à la merveilleuse Sayre Fulkerson, de Fulkerson Winery, et à John Iszard pour sa gentillesse et sa disponibilité, ainsi qu'à l'agent Jamie Carr Prosser, qui a supporté mes questions aussi essentielles que : « Il faut qu'il y ait un écureuil, une arme et du sang… vous pouvez m'aider ? » Sur le front médical, merci au Dr Jeffrey Pinco.

Merci à tous mes conseillers pour la construction de l'intrigue : Shaunee Cole, Jennifer Izkiewicz, Karen Pinco et Huntley Fitzpatrick. Je vous adore.

Pour m'avoir permis d'utiliser leur nom, merci à Allison Whitaker, M. D., et Shelayne Schanta. Merci à Peggy McKenzie pour le joli titre de ce roman.

A ma sœur, Hilary, et mon frère, Mike, vous êtes super, même si vous m'obligiez toujours à m'asseoir sur le siège du milieu dans la voiture et que ça me rendait malade à chaque fois. Merci à ma mère de m'avoir fait de délicieux cookies, et accessoirement de m'avoir élevée.

Merci à Jill Shalvis pour les nombreuses crises de rire lorsque nous étions enfermées dans cette chambre d'hôtel. Je t'aime, Shalvis. Et merci à tous mes innombrables collègues auteurs, la plupart rencontrés dans le cadre du collectif des auteurs de romances américains, le collectif d'écrivains le plus adorable et généreux du monde.

A mon mari et mes enfants, que j'aime plus que je ne saurais le dire.

Et enfin à vous, chères lectrices. Merci d'avoir pris le temps de lire ce livre. C'est un véritable honneur pour moi.

Composé et édité par HarperCollins France

Achevé d'imprimer en France par CPI
en septembre 2017

Dépôt légal : juin 2017
N° d'impression : 2032247

Pour limiter l'empreinte environnementale de ses livres, HarperCollins France s'engage à n'utiliser que du papier fabriqué à partir de bois provenant de forêts gérées durablement et de manière responsable.